JACK REACHER
SEM RETORNO

Do autor:

Dinheiro Sujo

O Último Tiro

Destino: Inferno

Alerta Final

Caçada às Cegas

Miragem em Chamas

Serviço Secreto

Sem Retorno

LEE CHILD

JACK REACHER
SEM RETORNO

Tradução
Marcelo Hauck

1ª edição

BERTRAND BRASIL
Rio de Janeiro | 2016

Copyright © Lee Child 2013

Título original: *Never Go Back*

Texto revisado segundo o novo
Acordo Ortográfico da Língua Portuguesa

2016
Impresso no Brasil
Printed in Brazil

CIP-BRASIL. CATALOGAÇÃO NA PUBLICAÇÃO
SINDICATO NACIONAL DOS EDITORES DE LIVROS, RJ

C464s
Child, Lee, 1954-
Sem retorno / Lee Child; tradução de Marcelo Hauck. – 1ª ed. –
Rio de Janeiro: Bertrand Brasil, 2016.
23 cm.

Tradução de: Never go back
ISBN 978-85-286-2141-9

1. Ficção inglesa. I. Hauck, Marcelo. II. Título.

16-35276
CDD: 823
CDU: 821.111-3

Todos os direitos reservados pela:
EDITORA BERTRAND BRASIL LTDA.
Rua Argentina, 171 – 2º andar – São Cristóvão
20921-380 – Rio de Janeiro – RJ
Tel.: (0xx21) 2585-2000 – Fax: (0xx21) 2585-2084

Não é permitida a reprodução total ou parcial desta obra, por quaisquer meios, sem a prévia autorização por escrito da Editora.

Atendimento e venda direta ao leitor:
mdireto@record.com.br ou (0xx21) 2585-2002

Para meus leitores, com os mais sinceros agradecimentos.

1

POR FIM COLOCARAM REACHER EM UM CARRO E O LEVARAM para um motel a dois quilômetros de distância, onde o recepcionista da noite lhe deu um quarto que possuía todas as características que Reacher esperava, pois já tinha visto quartos como aquele mil vezes. Havia um aquecedor ruidoso daqueles instalados na parede, com certeza barulhento demais para que alguém conseguisse dormir com ele ligado, o que fazia com que o dono do motel economizasse uma grana com eletricidade. Com a mesma intenção, todas as lâmpadas no quarto eram de baixa voltagem. O carpete era fino e depois de lavado secaria em questão de horas, de modo que o quarto poderia ser alugado no mesmo dia. Não que lavassem o carpete com frequência; sua cor escura e padronagem eram ideais para ocultar manchas. Tal como a colcha. Com certeza o chuveiro seria fraco e mirrado, as toalhas, finas, o sabonete, pequeno e o xampu, barato. A mobília era de madeira escura e toda detonada, a televisão, pequena e velha, a cortina, surrada e encardida.

Tudo como o esperado. Nada que já não tivesse visto mil vezes. Mesmo assim, deplorável.

Antes mesmo de colocar a chave no bolso, ele se virou e voltou para o estacionamento. O ar estava frio e um pouco úmido. O meio da noite, no meio do inverno, no nordeste da Virgínia. O preguiçoso Potomac não estava distante. À direita além dele, o brilho de Washington iluminava as nuvens. A capital nacional, onde todo tipo de coisa estava acontecendo.

O carro que o levara até ali já estava indo embora. Reacher acompanhava as luzes traseiras dele desaparecerem lentamente na neblina. Um tempo depois, elas sumiram completamente, e o entorno ficou calmo e silencioso. Só por um minuto. Não demorou até outro carro aparecer, veloz e confiante, como se soubesse onde estava indo. Ele entrou no estacionamento. Era um sedan básico de cor escura. Muito provavelmente um veículo do governo. Estava indo para a recepção do motel, mas, após a luz do farol passar pelo vulto imóvel de Reacher, o carro mudou seu trajeto e seguiu na direção dele.

Visitantes. Propósito desconhecido, trazendo boas ou más notícias.

O carro estacionou paralelamente ao prédio, em frente à Reacher, que ficou à mesma distância tanto do veículo quanto da porta de seu quarto, o que o deixou no centro de um espaço do tamanho de um ringue de boxe. Dois homens saíram do carro. Apesar do frio, eles estavam de camisa de malha branca apertada por cima daquelas calças esportivas que os velocistas tiram segundos antes da corrida. Os dois pareciam ter mais de um metro e oitenta e noventa quilos. Menores do que Reacher, mas nem tanto. Ambos militares. Óbvio. Reacher sabia disso por causa dos cortes de cabelo. Nenhum barbeiro civil seria tão pragmático ou brutal. O mercado não permitiria tal coisa.

O cara do lado do passageiro contornou o carro pela frente e alinhou-se com o motorista. Os dois ficaram parados lado a lado. Usavam tênis brancos, grandes e disformes. Nenhum dos dois tinha passado pelo Oriente Médio recentemente. Não estavam queimados de sol, não tinham linhas brancas no canto do rosto de tanto ficar apertando os olhos, que por sua vez também não demonstravam estresse ou tensão. Eram jovens, com pouco mais de trinta anos. Tecnicamente, Reacher era velho o suficiente para ser pai deles. Praças, pensou ele. Cabos, não sargentos. Não pareciam sargentos. Não eram espertos o bastante. O oposto, na verdade. Rostos estúpidos e inexpressivos.

O cara do lado do passageiro perguntou:
— Você é Jack Reacher?
— Quem quer saber? — questionou Reacher.
— Nós.
— E quem são vocês?
— Somos seus assessores jurídicos.

O que não eram, obviamente. Reacher sabia. Advogados do exército não viajam em dupla nem respiram pela boca. Eram outra coisa. Más notícias, não boas. Caso em que ação imediata era sempre a melhor aposta. Seria fácil demais fingir que acreditou neles, aproximar-se de maneira ansiosa, levantar a mão para cumprimentá-los, assim como seria fácil demais deixar a aproximação ansiosa virar um ímpeto imbatível e transformar a mão levantada em um golpe ceifador, o cotovelo no lado esquerdo do rosto do cara, com força de cima para baixo, seguido de um pisão com o pé direito, como se matar uma barata imaginária fosse o objetivo de todo o exercício. Imediatamente o ricochetear do pisão faria com que o cotovelo retornasse e golpeasse o lado direito da garganta do cara, um, dois, três, porrada, pisão, porrada, game over.

Fácil demais. E sempre com a abordagem mais segura. O mantra de Reacher: vingue-se antecipadamente. Principalmente quando se está em menor número, diante de dois caras com a juventude e a energia do lado deles.

Porém. Ele não tinha certeza. Não absoluta. Não ainda. Não tinha como arcar com um erro dessa natureza. Não naquele momento. Não naquelas circunstâncias. Estava coibido. Ele deixou a oportunidade passar.

— Então qual é o seu conselho jurídico? — perguntou.
— Conduta inadequada — respondeu o cara. — Você trouxe descrédito para a unidade. Uma corte marcial seria ruim para todos. É melhor então você sair fora desta porra de cidade agora. E não voltar nunca mais.
— Ninguém falou nada sobre corte marcial.
— Ainda não. Mas eles vão. Então não fique vacilando por aqui.
— Estou seguindo ordens.

— Não conseguiram te achar antes. Não vão te achar agora. O exército não usa investigadores. Mesmo se usasse, eles não iam conseguir te achar. Não do jeito que você parece viver.

Reacher ficou calado.

— Então esse é o conselho jurídico pra você — completou o cara.

— Registrado — respondeu Reacher.

— Você tem que fazer alguma coisa além de registrar.

— Tenho?

— Porque nós estamos oferecendo um incentivo.

— De que tipo?

— Toda noite que a gente te encontrar aqui vai te meter uma porrada.

— Vão mesmo?

— Começando por hoje. Assim você vai ter uma ideia do que tem que fazer.

— Vocês alguma vez na vida já compraram eletrodomésticos?

— O que isso tem a ver com o que a gente está conversando?

— Vi um certa vez numa loja. Tinha uma etiqueta amarela na parte de trás. Estava escrito: se mexer com isto, você corre risco de morrer ou ficar seriamente ferido.

— E?

— Finge que eu tenho essa mesma etiqueta.

— A gente não tem medo de você, *velho*.

Velho. A imagem do pai surgiu na cabeça de Reacher. Em algum lugar ensolarado. Okinawa, provavelmente. Stan Reacher, nascido na Lacônia, capitão da Marinha que servia no Japão, tinha esposa e dois filhos adolescentes. Reacher e seu irmão o chamavam de *velho*, e ele parecia velho, ainda que naquela época ele devesse ter dez anos menos do que Reacher tinha naquela noite ali.

— Vão embora — ordenou ele. — Voltem para o lugar de onde vieram, seja ele onde for. Vocês estão cutucando onça com vara curta.

— Não é o que a gente acha.

— Eu costumava fazer isso aí pra viver — argumentou Reacher. — Mas vocês sabem disso, né?

Nenhuma resposta.

— Eu sei todos os movimentos — continuou Reacher. — Alguns deles fui eu que inventei.

Nenhuma palavra.

Reacher ainda estava com a chave na mão. Regra prática: não ataque um sujeito que acabou de passar por uma porta com tranca. Um molho de chaves é melhor, mas uma chave só também é uma boa arma. Encaixe a cabeça dela na palma da mão, deixe a parte comprida sair por entre o dedo indicador e o dedo médio e você tem um soco-inglês bem decente.

Mas. Eram só moleques burros. Não tinha necessidade de deixar os dois completamente acabados. Não tinha necessidade de rasgar carne e quebrar ossos.

Reacher colocou a chave no bolso.

Os tênis deles deixavam claro que não tinham a intenção de dar chutes. Ninguém dá chute nas coisas com tênis brancos e confortáveis como os que se usa para fazer exercício. Não faz sentido. A não ser que eles estivessem querendo dar golpes com os pés só para ganharem uns pontos extras na luta. Como naquelas artes marciais que viraram mania com nomes esquisitos que pareciam tirados de cardápio de comida chinesa. Tae-kwon-do, por aí vai. Bons demais nos Jogos Olímpicos, mas inúteis na rua. Levantar a perna igual a um cachorro perto de um hidrante é a mesma coisa que implorar para tomar uma porrada. Implorar para ser jogado no chão e levar bicudas até ficar inconsciente.

Será que esses caras sabiam disso? Eles tinham olhado pros próprios pés? Reacher estava de bota pesada. Confortável, mas resistente. Ele a tinha comprado na Dakota do Sul. Planejava usá-la o inverno inteiro.

— Vou entrar agora — informou ele.

Nenhuma resposta.

— Boa noite.

Nenhuma resposta.

Reacher começou a se virar dando um passo para trás na direção da porta, já tinha girado tranquilamente o corpo todo uns noventa graus quando, assim como tinha certeza que iria acontecer, os dois caras partiram para cima dele, mais rápido do que estava se movendo, de forma impensada e involuntária, prontos para agarrá-lo.

Reacher deixou avançarem até que o impulso deles estivesse estável e então fez o giro no sentido contrário, na direção dos dois — nesse momento já estava movimentando-se tão rápido quanto eles, cento e treze quilos prestes a colidir de frente com cento e oitenta. Continuando a girar, deu um longo gancho de esquerda no cara à esquerda. Ele o acertou, como planejado, com força na orelha esquerda, escutou um estalo, e a cabeça do sujeito socou no ombro de seu parceiro, que nesse momento já estava tomando de Reacher um direto no queixo. Fez contato de tal maneira que poderia servir de instrução sobre como se dar esse golpe: a cabeça do cara levantou e voltou do mesmo jeito que a do amigo tinha balançado, só que de lado e quase no mesmo segundo. Como se fossem marionetes e o titereiro tivesse espirrado.

Os dois permaneceram de pé. O cara da esquerda cambaleando desnorteado como alguém num navio, e o da direita afastando-se para trás aos tropeços. O cara da esquerda estava completamente desequilibrado, apoiado nos calcanhares e com o centro de massa aberto e desprotegido. Reacher deu-lhe uma porretada com o antebraço bem no plexo solar, com força o bastante para deixá-lo sem ar, mas não para criar danos neurológicos extremos. O cara desabou, encolheu as pernas e abraçou os joelhos. Reacher passou por ele e foi atrás do cara da direita, que o viu se aproximando e balançou o débil braço direito. Com o antebraço esquerdo Reacher o afastou de lado e repetiu a porretada bem no plexo solar.

O cara desabou do mesmo jeito.

Depois disso foi bem fácil forçá-los a ficar na direção correta e usar a sola da bota para empurrá-los na direção do carro, primeiro um, depois o outro. Eles bateram de cabeça com força e despencaram. A lataria da porta ficou amassada. Permaneceram caídos ali, esforçando-se para conseguir respirar, ainda conscientes.

Teriam que dar explicações sobre um carro amassado e dor de cabeça de manhã. Só isso. Misericordioso, dadas as circunstâncias. Benevolente. Ponderado. Gentil, até.

Velho.

Velho o suficiente para ser o pai deles.

Nesse momento, Reacher estava na Virgínia havia menos de três horas.

2

Reacher tinha finalmente chegado. Saíra da neve da Dakota do Sul. Mas não tinha sido rápido. Ficara retido em Nebraska, duas vezes, e dali em diante o progresso foi lento. Teve que ficar aguardando um tempão no Missouri até que apareceu um cara esquelético em um Ford prata, seguindo para o leste, que não calou a boca de Kansas City até Columbia e depois ficou em silêncio. Em Illinois foi um Porsche preto veloz, que Reacher achava ser roubado, pois os dois homens sacaram facas em uma das paradas. Queriam dinheiro. Reacher supunha que eles ainda estavam no hospital. Em Indiana, ficou dois dias sem conseguir ir a lugar algum, até um respeitável senhor de gravata azul, que dirigia lentamente um Cadillac da mesma cor, ajudá-lo. Em Ohio ficou quatro dias na mesma cidadezinha e então conseguiu carona numa Silverado cabine dupla vermelha de um casal jovem com seu cachorro, que ficavam rodando o dia inteiro em busca de trabalho. O que na opinião de Reacher era uma possibilidade para dois deles. O cachorro não encontraria emprego fácil. Estaria sempre na coluna do débito na contabilidade. Era um vira-lata grande e inútil, de cor clara, uns quatro anos de idade, de confiança e amigável. E tinha pelo de sobra, ainda que estivessem no meio do inverno. Reacher acabou coberto com uma fina penugem dourada.

Em seguida, teve que dar uma volta ilógica pelo o nordeste da Pensilvânia, mas foi a única carona que conseguiu pegar. Passou um dia perto de Pittsburgh e outro perto de York, e então um cara negro de uns vinte anos o levou a Baltimore, Maryland, em um Buick de uns trinta anos de idade. Progresso lento, no geral.

Mas a partir de Baltimore ficou fácil. A rodovia I-95 atravessava a cidade, D.C. era a próxima parada no sentido sul, e a parte da Virgínia aonde Reacher queria chegar era praticamente no miolo de Washington — não mais longe, no sentido oeste, do Cemitério Arlington do que da Casa Branca, a leste. Reacher pegou um ônibus em Baltimore, desceu em D.C., na estação rodoviária atrás da Union Station, caminhou pela cidade, pegou a K Street até o Washington Circle, a 23rd Street até o Lincoln Memorial, depois atravessou a ponte até o cemitério. Havia um ponto de ônibus em frente ao portão. Uma linha local, principalmente para jardineiros. O destino de Reacher era um lugar chamado Rock Creek, Riacho da Pedra, um dos muitos locais na região com o mesmo nome, porque ali havia pedras e riachos por todo o lugar, e colonizadores tinham ficado isolados uns dos outros, usando os mesmos hábitos descritivos para dar nomes aos lugares. Sem dúvida, nos tempos das calças enlameadas na altura da canela e das perucas, aquela tinha sido uma bela vila colonial. Mais tarde, no entanto, transformou-se em apenas mais um dos vários cruzamentos em 150 quilômetros quadrados de residências caras e complexos comerciais baratos. Reacher olhava pela janela do ônibus, reconhecia lugares, registrava o que era novo e aguardava.

Seu destino era uma construção robusta específica erguida aproximadamente sessenta anos antes pelo Departamento de Defesa, com um propósito original havia muito esquecido. Quarenta anos depois, a polícia do exército fez uma oferta por ela — um erro, como se viu depois. Algum oficial tinha em mente uma Rock Creek diferente. Mas ele ficou com a propriedade mesmo assim. Ela permaneceu vazia por um período, depois foi entregue à recém-formada 110ª Unidade Especial da PE.

Era a coisa mais próxima de uma base de operações que Reacher já tinha tido.

Reacher desceu do ônibus a duas quadras de distância do local, em uma esquina, na parte de baixo de uma subida comprida que ele percorrera muitas vezes. A rua que descia na direção dele tinha três pistas, calçadas de concreto rachado e árvores já maduras em seus buracos. O prédio do quartel-general ficava mais à frente à esquerda em um lote grande atrás de um muro de pedra alto. Somente o telhado, de ardósia cinza e com musgo crescendo na parte da frente, era visível.

Havia uma entrada para carros na rua de três pistas. Ela atravessava o muro alto de pedra por entre dois pilares de tijolos, que na época de Reacher não passavam de mera decoração, pois não tinha portões. Mas eles tinham sido instalados depois. Eram de aço pesado, com roldanas do mesmo material que corriam em trilhos arredondados cravados no asfalto velho. Segurança na teoria, mas não na prática, porque os portões estavam abertos. Do lado de dentro, logo onde eles terminavam, havia uma guarita, que também era nova. Estava ocupada por um soldado engajado, com o novo Uniforme de Combate do Exército, que na opinião de Reacher parecia um pijama estampado e folgado. O final da tarde transformava-se em início de noite e a luz desvanecia.

Reacher parou à guarita e o soldado lançou-lhe um olhar investigativo.

— Estou aqui para me encontrar com o comandante.
— Major Turner? — perguntou o sujeito.
— Quantos comandantes você tem aqui? — retrucou Reacher.
— Só um, senhor.
— Primeiro nome Susan?
— Sim, senhor. Correto. Major Susan Turner, senhor.
— É com ela que eu quero falar.
— A quem devo anunciar?
— Reacher.
— Qual é o assunto?
— Pessoal.
— Um minuto, senhor.

O sujeito fez uma ligação telefônica.

— *O sr. Reacher quer falar com a major Turner.*

A ligação durou muito mais do que Reacher esperava. Num determinado momento, o sujeito cobriu o bocal do telefone e perguntou:

— O senhor é o mesmo Reacher que já foi comandante aqui? Major Jack Reacher?

— Isso.

— E o senhor falou com a major Turner quando estava em algum lugar lá na Dakota do Sul?

— Isso.

O sujeito repetiu as duas respostas afirmativas ao telefone e ficou escutando. Depois desligou e liberou:

— Por favor, senhor, siga em frente.

Ele começou a explicar o caminho, depois parou e disse:

— Eu acho que o senhor sabe o caminho.

— Acho que sei — falou Reacher.

Ele começou a caminhar. Dez passos depois escutou um rangido, parou e olhou para trás.

Os portões estavam sendo fechados.

O prédio diante dele era um clássico da arquitetura do Departamento de Defesa dos anos 1950. Comprido e baixo, dois andares, tijolo, pedra, ardósia, armação de janela metálica verde e corrimões tubulares verdes nas escadas que levavam às portas. Os anos 1950 tinham sido a época de ouro do Departamento de Defesa. Os orçamentos eram imensos. O Exército, a Marinha, a Força Aérea, os Fuzileiros Navais; as Forças Armadas tinham tudo o que queriam. E mais. Havia carros nos estacionamentos. Alguns eram sedans do Exército, de cor escura e bastante rodados. Alguns eram veículos particulares, de cores mais claras e geralmente mais antigos. Havia uma solitária Humvee verde-escura e preta, enorme e ameaçadora ao lado de um carro de dois lugares. Reacher se perguntou se ele seria de Susan Turner. Chegou à conclusão de que poderia ser. Pelo telefone, ela deu a impressão de ser uma mulher que teria um negócio daqueles.

Ele subiu o curto lance de escada até a porta. Mesmos degraus, mesma porta, mas haviam sido pintados desde a época dele. Mais de uma vez, provavelmente. O Exército tinha muita tinta e ficava sempre contente em usá-la. O lado de dentro do lugar tinha mais ou menos a mesma aparência de sempre. Um lobby, uma escada de pedra à direita que levava ao segundo andar, um balcão de recepção à esquerda. Depois do lobby havia um corredor do comprimento do prédio com salas à esquerda e à direita. A metade das portas das salas era de vidro canelado. As luzes estavam acesas no corredor. Era inverno, e o prédio sempre fora escuro.

Havia uma mulher ao balcão da recepção, com a mesma farda de combate estilo pijaminha do sujeito ao portão, mas com as listras de sargento na insígnia no meio do peito dela. Parece um alvo, Reacher pensou. Sobe, sobe, sobe, fogo! Ele preferia muito mais a antiga camuflagem woodland da farda de combate. A mulher era negra e não parecia feliz em vê-lo. Estava agitada por algum motivo.

— Jack Reacher para major Turner — informou ele.

A mulher fez menção de falar e parou algumas vezes, como se tivesse muita coisa a dizer, mas no final só conseguiu expressar:

— É melhor o senhor ir direto para a sala dela. O senhor sabe onde é?

Reacher fez que sim. Sabia onde era. Tinha sido a sala dele no passado.

— Obrigado, sargento.

Ele subiu a escada. A mesma pedra gasta, o mesmo corrimão de metal. Subira aquelas escadas mais de mil vezes. Faziam uma curva e davam diretamente no centro do lobby no final do comprido corredor do segundo andar, onde as luzes estavam acesas. No chão, o mesmo linóleo. As portas das salas tanto do lado esquerdo quanto do direito tinham o mesmo vidro canelado que as do primeiro andar.

A sala dele era a terceira à esquerda.

Dele não; de Susan Turner.

Ele certificou-se de que sua camisa estava para dentro da calça e ajeitou o cabelo com os dedos. Não tinha ideia do que falaria. Tinha gostado da voz dela ao telefone. Só isso. Sentira que era uma pessoa interessante que estava do outro lado da linha. Ele queria encontrar-se com aquela pessoa. Simples assim. Deu dois passos e parou. Ela pensaria que ele era doido.

Porém, quem não arrisca não petisca. Ele deu de ombros e seguiu em frente. Terceira à esquerda. A porta era a mesma de antigamente, mas tinha sido pintada. Inteiriça embaixo, vidro em cima que, por ser canelado, recortava a imagem embaçada nele em fatias verticais. Havia uma placa de identificação no estilo da corporação na parede perto da maçaneta. *Maj. S. R. Turner, Comandante.* Aquilo era novo. Na época de Reacher o nome dele estava impresso na madeira abaixo do vidro, de maneira ainda mais econômica: *Maj. Reacher, Com.*

Ele bateu.

Ouviu um vago som de voz lá dentro. Devia ter sido *Entra*. Então suspirou, abriu a porta e entrou.

Ele esperava ver mudanças. Mas não havia muitas.

O linóleo no chão era o mesmo, de cor escura, encerado e com um brilho sutil. A mesa era a mesma, metal como o de um navio de guerra, pintado, porém desgastado a ponto de ser possível ver o metal brilhar aqui e ali, e ainda amassada no lugar em que tinha socado a cabeça de um cara, no final de seu comando. As cadeiras eram as mesmas, tanto a atrás da mesa quanto a em frente a ela; itens utilitaristas de meados do século, que poderiam ser vendidos por muito dinheiro em alguma loja hipster de Nova York ou São Francisco. Os arquivos eram os mesmos. A decoração econômica era igual, um bojo branco de vidro com desenhos que o contornavam pendurado por três correntinhas.

As diferenças eram em sua maioria previsíveis, conduzidas pela marcha do tempo. Havia três telefones na mesa, onde no passado ficava um telefone de disco velho, pesado e preto. Dois computadores, um desktop e um laptop, ocupavam o lugar em que antes havia uma bandeja de entrada e saída de documentos e um monte de papel. O mapa na parede era novo e atualizado, e a luminária emitia uma luz verde e fraca, fruto de uma lâmpada moderna, fluorescente e econômica. Progresso, até mesmo no Departamento de Defesa.

Somente duas coisas na sala eram inesperadas e imprevisíveis.

Primeiro: a pessoa atrás da mesa não era major, mas tenente-coronel.

Segundo: não era mulher, mas homem.

3

O HOMEM ATRÁS DA MESA ESTAVA USANDO A MESMA farda de combate estilo pijaminha que todo mundo, mas lhe caía ainda pior. Como uma fantasia de dia das bruxas. Não porque estivesse particularmente fora de forma, mas porque parecia sério, pronto para trabalhar com questões administrativas e burocráticas. Como se sua arma preferida fosse uma lapiseira, não um M16. Usava óculos com armação de aço e o cabelo agrisalhado estava penteado como o de um menininho de colégio. As insígnias e os distintivos dele, no entanto, confirmavam que era tenente-coronel do Exército dos Estados Unidos e que seu nome era Morgan.

— Sinto muito, coronel. Eu estava procurando a major Turner — esclareceu Reacher.

— Sente-se, senhor Reacher — disse o homem chamado Morgan.

Voz de comando era algo raro, valioso e muito estimado pelas Forças Armadas. E o tal de Morgan tinha isso de sobra. Assim como o grisalho de seu cabelo e seus óculos, a voz também era metálica. Sem bobagem, sem bazófia, sem bullying. Fácil chegar à rápida conclusão de que qualquer homem sensato faria exatamente o que ele ordenasse, porque não haveria nenhuma alternativa prática.

Reacher sentou-se na cadeira de visitantes perto da janela. Ela tinha pernas tubulares flexíveis, por isso cedeu e balançou um pouco sob o peso dele. Lembrou-se da sensação. Sentara-se nela antes, por um motivo ou outro.

— Por favor, diga-me porque exatamente está aqui — disse Morgan.

Nesse momento Reacher achou que receberia a notícia de uma morte. Susan Turner estava morta. Afeganistão, provavelmente. Ou acidente de carro. E perguntou:

— Cadê a major Turner?

— Não está aqui — respondeu Morgan.

— Onde está, então?

— Nós chegaremos a isso. Mas primeiro preciso saber qual é o seu interesse.

— Em quê?

— Na major Turner.

— Não tenho interesse nenhum na major Turner.

— Mesmo assim disse lá no portão que queria falar com ela.

— Assunto pessoal.

— Como por exemplo?

— Conversei com ela pelo telefone. Ela me pareceu interessante. Decidi dar uma passada aqui e convidá-la pra jantar. O manual de campo não a proíbe de aceitar.

— Ou recusar, conforme o caso.

— É verdade.

— Sobre o que vocês conversaram no telefone? — perguntou Morgan.

— Trivialidades.

— O que exatamente?

— Foi uma conversa particular, coronel. E eu não sei quem é você.

— Sou o comandante da 110ª Unidade Especial.

— Não é a major Turner?

— Não mais.

— Achei que este fosse um serviço pra major. Não pra tenente-coronel.

— É um comando temporário. Sou um solucionador de problemas. Eles me mandam aos lugares para arrumar a bagunça.

— E isto aqui está bagunçado? É isso que você está falando?

Morgan ignorou a pergunta e disse:

— Você combinou explicitamente de se encontrar com a major Turner?

— Não explicitamente — respondeu Reacher.

— Ela requisitou a sua presença aqui?

— Não explicitamente — repetiu Reacher.

— Sim ou não?

— Nem um nem outro. Acho que foi só uma vaga intenção das duas partes. Se eu por acaso passasse por aqui algum dia. Esse tipo de coisa.

— Você está me dizendo que veio lá da Dakota do Sul com base em uma vaga intenção.

— Gostei da voz dela — comentou Reacher. — Você tem algum problema com isso?

— Você está desempregado, correto?

— Atualmente.

— Desde quando?

— Desde que saí do Exército.

— Isso é deplorável.

— Cadê a major Turner? — indagou Reacher.

— Esta conversa não é sobre a major Turner.

— Então é sobre o quê?

— Esta conversa é sobre você.

— Sobre mim?

— Nenhum vínculo com a major Turner. Mas ela puxou a sua ficha. Talvez estivesse curiosa em relação a você. Havia um alerta na sua ficha. Ele devia ter disparado quando ela a acessou. O que nos teria economizado algum tempo. Infelizmente, o alerta não funcionou e não disparou até ela o colocar de volta. Mas antes tarde do que nunca. Porque você está aqui.

— Do que é que você está falando?

— Você conhecia um homem chamado Juan Rodriguez?

— Não. Quem é?

— Houve uma época em que ele interessava à 110ª. Agora ele está morto. Você conhecia uma mulher chamada Candice Dayton?

— Não. Ela também está morta?
— A srta. Dayton está viva, felizmente. Ou não felizmente, como se vê. Tem certeza que não se lembra dela?
— Onde você está querendo chegar com tudo isso?
— Você está ferrado, Reacher.
— Por quê?
— Entregaram ao Secretário do Exército evidências médicas de que o sr. Rodriguez morreu devido a uma surra que levou dezesseis anos atrás. Como não existe prescrição nesses casos, ele foi tecnicamente vítima de homicídio.
— Você está dizendo que alguém da minha equipe fez isso? Dezesseis anos atrás?
— Não, não é isso que estou falando.
— Que bom. Então o que é que está deixando a srta. Dayton infeliz?
— Não é esse o assunto de que estou tratando. Outra pessoa vai conversar sobre isso com você.
— Eles vão ter que agilizar. Não vou ficar por aqui por muito tempo. Não se a major Turner não está aqui. Não me lembro de nenhuma outra atração por aqui.
— Você vai ficar por aqui, sim — contestou Morgan. — Você e eu vamos ter uma conversa longa e interessante.
— Sobre o quê?
— As evidências mostram que foi você que bateu no sr. Rodriguez. Dezesseis anos atrás.
— Que bobagem.
— Um advogado será designado para você. Tenho certeza de que ele vai confirmar se realmente é bobagem.
— Eu falei que é bobagem. Eu e você não vamos ter porcaria de conversa longa nenhuma. E nem com advogado. Sou civil, e você é um cuzão de pijaminha.
— Então você não vai oferecer cooperação voluntária?
— Você entendeu direitinho.
— Nesse caso, você está ciente do Título 10 do Código dos Estados Unidos?
— Partes dele, obviamente — disse Reacher.

— Então você sabe que uma parte dele em particular diz que, quando um homem com a sua patente sai do Exército, ele não se torna civil. Não na mesma hora e não inteiramente. Ele se torna um reservista. Ele não está em serviço, mas permanece sujeito a reconvocação.

— Mas durante quantos anos? — perguntou Reacher.

— Você tem habilitação de segurança.

— Eu me lembro bem disso.

— Você se lembra dos documentos que teve de assinar para consegui-la?

— Vagamente — disse Reacher. Ele se lembrava de um monte de gente em uma sala, todos pagando de adultos e sérios. Advogados, e tabeliões, e lacres, e selos, e canetas.

— Havia muitos detalhes em letras miúdas — comentou Morgan. — Naturalmente. Se você vai ter acesso a segredos do governo, ele vai querer ter algum controle sobre você. Antes, durante e depois.

— Quanto tempo depois?

— A maior parte daquela coisa permanece secreta por sessenta anos.

— Isso é ridículo.

— Não se preocupe — disse Morgan. — Não está escrito nas letras miúdas que você é reservista por sessenta anos.

— Que bom.

— É pior do que isso. Está escrito: indefinidamente. Mas a Suprema Corte já fodeu a gente com relação a isso. Ela estabeleceu que respeitassem as três restrições padrão comuns a todos os casos relativos ao Título 10.

— Que são?

— Para ser reconvocado, você tem que estar saudável, ter menos de cinquenta e cinco anos e permitir ser treinado.

Reacher ficou calado.

— Como está a sua saúde? — perguntou Morgan.

— Muito boa.

— Quantos anos você tem?

— Estou longe dos cinquenta e cinco.

— É capaz de ser treinado?

— Duvido.

— Eu também. Mas essa é uma determinação empírica que fazemos durante o serviço.

— Você está falando sério?

— Totalmente — respondeu Morgan. — Jack Reacher, a partir deste momento, na data de hoje, você está formalmente reconvocado para o serviço militar.

Reacher ficou calado.

— Você está no Exército de novo, major — afirmou Morgan. — E o seu rabo agora é meu.

4

Não houve nenhuma grande cerimônia. Nenhuma formalidade de convocação ou reconvocação. Apenas as palavras de Morgan, e então a sala escureceu um pouco, já que alguém no corredor assumiu um posto em frente à porta e bloqueou a luz que entrava pelo vidro canelado. Reacher o viu, todo fatiado verticalmente. Uma sentinela alta, de ombros largos, de pé na posição de à vontade, de costas para a porta.

— Sou obrigado a informá-lo que existe a possibilidade de você entrar com um recurso. Um advogado será designado para você.

— Será designado? — questionou Reacher.

— É uma simples questão de lógica. Você vai recorrer para tentar sair. O que implica que você já está dando início ao seu processo de condenação. O que significa que vai ficar com aquilo que o Exército definir para você. Mas acredito que seremos razoáveis.

— Não me lembro de nenhum Juan Rodriguez.

— Vão designar um advogado para lidar com isso aí também.

— O que supostamente aconteceu com o cara?

— Você me diz — comentou Morgan.
— Não tenho como fazer isso. Não me lembro do cara.
— Você deixou o sujeito com uma lesão cerebral. O que no final derrubou o sujeito.
— Quem era ele?
— Negação não vai funcionar pra sempre.
— Não estou negando nada. Estou te falando que não me lembro do cara.
— Esta é uma conversa que você pode ter com o seu advogado.
— E quem é Candice Dayton?
— Mesma coisa. Só que com um advogado diferente.
— Por que diferente?
— Tipo diferente de caso.
— Eu estou preso?
— Não — respondeu Morgan. — Ainda, não. Os promotores vão tomar essa decisão quando for a hora certa. Mas até lá você recebe ordens, desde dois minutos atrás. Por hora, você mantém a patente que tinha. Administrativamente, você está lotado nesta unidade e suas ordens são as seguintes: este local é o seu posto de serviço e você deve apresentar-se aqui toda manhã antes das oito. Está proibido de deixar a área. Definição da área a que me refiro: raio de oito quilômetros em relação a esta mesa. Será aquartelado em um local escolhido pelo exército.

Reacher ficou calado.

— Alguma pergunta, major?
— Vou ter que usar farda?
— Não neste estágio.
— Ufa.
— Isto não é brincadeira, Reacher. O potencial de prejuízo aqui é considerável. Para você, que isso fique claro. Na pior das hipóteses, prisão perpétua em Leavenworth, por homicídio. Mas o mais provável, dez anos por homicídio culposo, devido ao intervalo de dezesseis anos. A melhor das hipóteses também não é muito atraente, já que teríamos que dar uma analisada no crime original. Eu alegaria conduta inadequada, no mínimo, com uma nova dispensa, desta vez sem distinção honorífica. Mas o seu advogado vai te explicar tudo isso.

— Quando?

— O departamento responsável já foi notificado.

Não havia celas naquele prédio velho. Nenhuma instalação de segurança. Nunca houve. Só salas. Reacher foi deixado ali mesmo onde estava, na cadeira para visitantes, completamente ignorado. Ninguém olhava nem falava com ele. A sentinela continuava na posição de à vontade do outro lado da porta. Morgan começou a mexer no laptop e a digitar. Reacher vasculhou sua memória em busca de Juan Rodriguez. Dezesseis anos antes, ele estava completando doze meses no comando da 110ª. Estava no início. O nome Rodriguez parecia hispânico. Reacher tinha conhecido muitas pessoas hispânicas, tanto dentro quanto fora do das Forças Armadas. Ele se lembrava de ter dado umas porradas de vez em quando, dentro e fora do serviço, algumas vezes em hispânicos, mas nenhum deles se chamava Rodriguez. Se Rodriguez tivesse despertado interesse para a 110ª, ele teria se lembrado do nome com certeza. Principalmente no início de seu comando, quando todo e qualquer caso era significativo. A 110ª fora um empreendimento experimental. Todo movimento era observado. Todo resultado era avaliado. Todo tropeço passava por uma autópsia.

— Qual foi o suposto contexto? — perguntou Reacher.

Nenhuma resposta de Morgan. O sujeito simplesmente continuou a mexer no laptop e a digitar. Então Reacher vasculhou a memória em busca de uma mulher chamada Candice Dayton. Novamente, ele tinha conhecido muitas mulheres, tanto dentro quanto fora das Forças Armadas. Candice era um nome bem comum. Assim como Dayton, comparativamente. Mas os dois nomes juntos não significavam nada de especial para ele. Nem o diminutivo Candy. Candy Dayton? Candice Dayton? Nada. Não que ele se lembrasse de tudo. Ninguém se lembra de tudo.

— Candice Dayton estava ligada a Juan Rodriguez de alguma maneira? — perguntou ele.

Morgan levantou a cabeça, como se surpreso ao ver que tinha um visitante em sua sala. Como se tivesse esquecido. Não respondeu à pergunta. Apenas pegou um dos seus complexos telefones e pediu um carro. Ele falou para Reacher ir aguardar com a sargento lá embaixo.

A pouco menos de dois quilômetros dali, o homem que apenas três pessoas no mundo conheciam como Romeo pegou seu celular, ligou para o homem que somente duas pessoas no mundo conheciam como Juliet e disse: Ele foi convocado para o Exército. O coronel Morgan acabou de inserir a informação no computador.

— E o que acontece em seguida? — perguntou Juliet.
— Ainda é cedo demais pra saber.
— Ele vai fugir?
— Um homem são fugiria.
— Onde vão colocá-lo?
— No motel de sempre, imagino eu.

A sargento no andar de baixo não falou nada. Estava com a língua tão presa quanto antes. Reacher se apoiou na parede e ficou passando o tempo em silêncio. Dez minutos depois um soldado veio do frio lá de fora, bateu continência e pediu a Reacher para acompanhá-lo. Formal e educado. Inocente até que se prove o contrário, Reacher pensou, pelo menos aos olhos de algumas pessoas. No estacionamento, havia um desgastado sedan do Exército com o motor ligado. Um jovem tenente andava para lá e para cá ao lado, apreensivo e constrangido. Ele abriu a porta de trás e Reacher entrou. O tenente ficou no banco do passageiro e o soldado engajado assumiu a direção. Pouco menos de dois quilômetros depois, eles chegaram a um motel, um amontoado velho e decrépito em um lote escuro numa rua de três pistas de uma área tranquila àquela hora da noite. O tenente assinou um documento, o atendente do turno da noite deu a Reacher uma chave e o soldado raso levou o tenente embora de carro.

Foi quando o segundo carro chegou, com os caras de camisa de malha branca e calça esportiva.

5

AS CALÇAS ESPORTIVAS NÃO TINHAM BOLSO E TAMPOUco as camisas. E nenhum dos dois homens estava usando plaqueta de identificação. Nenhuma identidade sequer. O carro também estava limpo. Nada nele, com exceção do documento que costumeiramente fica no porta-luvas. Nenhuma arma, nenhum objeto pessoal, nenhuma carteira escondida, nenhum pedaço de papel nem recibo de posto de gasolina. A placa do carro era do padrão usado pelo governo. Não havia realmente nada de anormal no carro, com exceção dos dois amassados novos nas portas.

O cara à esquerda estava bloqueando a porta do lado do motorista. Reacher o arrastou por uns dois metros no asfalto. Ele não ofereceu resistência alguma. A vida não era um programa de televisão. Golpeie com força a lateral da cabeça de um cara e ele não levanta na mesma hora entusiasmado para continuar a briga. Ele fica caído por uma hora ou mais, passando mal, tonto e desorientado. Uma lição aprendida havia muito tempo: o cérebro humano é muito mais sensível ao deslocamento de um lado para o outro do que de frente para trás. Uma peculiaridade evolutiva, presumivelmente, como a maioria das coisas.

Reacher abriu a porta do motorista e entrou no carro. Ele estava desligado, mas a chave continuava na ignição. Reacher arredou o banco para trás e ligou o carro. Ficou sentado em silêncio durante um bom tempo, olhando fixamente pelo para-brisa. *Não conseguiram te achar antes. Não vão te achar agora. O exército não usa investigadores. Mesmo se usasse, eles não iam conseguir te achar. Não do jeito que você parece que você vive.*

Ele ajustou o retrovisor. Colocou o pé no freio e engatou a marcha. *Conduta inadequada, no mínimo, com uma nova dispensa, desta vez sem distinção honorífica.*

Tirou o pé do freio e acelerou.

Ele voltou direto para o prédio velho do quartel e estacionou a cinquenta metros dele na rua de três pistas. O carro estava quente, e ele o deixou ligado para que permanecesse assim. Observava pelo para-brisa, mas não via atividade alguma à frente. Ninguém indo nem vindo. Na sua época, a 110ª funcionava 24 horas por dia, sete dias por semana, e ele não via razão para a mudança. O pessoal de serviço escalado para a vigilância noturna continuaria no quartel enquanto fosse necessário, o oficial de serviço no período da noite estaria em seu posto, e os outros oficiais terminariam o expediente assim que tivessem finalizado seu trabalho, independentemente do horário que isso acontecesse. Normalmente. Mas não naquela noite em particular. Não durante um período conturbado ou uma crise e definitivamente não com um solucionador de problemas na caserna. Ninguém iria embora antes de Morgan. Política básica do Exército.

Morgan foi embora uma hora depois. Reacher o viu nitidamente. Um sedan básico passou pelo portão, virou na rua de três pistas e passou por onde Reacher estava estacionado. No escuro, Reacher viu Morgan de relance na direção, com seu uniforme de combate estilo pijaminha e seus óculos. Seu cabelo continuava impecavelmente penteado, e ele olhava para a frente, com as duas mãos no volante, como a tia-avó de alguém a caminho do mercado. Reacher olhou pelo retrovisor e viu as luzes traseiras desaparecerem morro acima.

Ele aguardou.

Como era de se esperar, durante os quinze minutos seguintes houve um êxodo regular. Mais cinco carros saíram: dois deles viraram à esquerda, três, à direita, quatro estavam ocupados somente pelo motorista, um tinha três pessoas. Os carros estavam cobertos pelo sereno da neblina da noite, e todos deixavam um rastro de fumaça branca e fria saída do escapamento.

Distanciaram-se, virando ora para a direita, ora para a esquerda. A fumaça que deixaram dissipou-se, e o mundo ficou silencioso novamente.

Reacher aguardou trinta minutos mais, por precaução. Porém nada mais aconteceu. A cinquenta metros dali, o prédio velho parecia sossegado e silencioso. O vigilante noturno estava em um mundo só dele. Reacher engatou a marcha, desceu lentamente o morro e virou na direção do portão. Uma nova sentinela estava de serviço na guarita. Um sujeito jovem, inexpressivo e estoico. Reacher parou, baixou o vidro elétrico e o garoto disse:

— Senhor?

Reacher deu seu nome e informou:

— Estou me apresentando para o serviço conforme as ordens que recebi.

— Senhor? — repetiu o jovem.

— Eu estou na sua lista?

O sujeito verificou.

— Está, sim, senhor — respondeu ele. — Major Reacher. Mas está marcado para amanhã de manhã.

— Recebi ordens para me apresentar antes das oito da manhã.

— Sim, senhor. Eu compreendo. Mas agora são onze horas, senhor. Da noite.

— O que é antes das oito da manhã. Conforme a ordem que recebi.

O sujeito ficou calado.

— É uma simples questão de cronologia — alegou Reacher. — Estou muito entusiasmado pra começar a trabalhar, por isso cheguei um pouco antes.

Nenhuma resposta.

— Você pode confirmar com o coronel Morgan, se quiser. Tenho certeza que já está no alojamento dele.

Nenhuma resposta.

— Ou você pode confirmar com o sargento de serviço.

— Sim, senhor — disse o garoto. — Vou fazer isso.

Ele fez a ligação, ficou escutando por um segundo, depois desligou o telefone e disse:

— Senhor, a sargento pediu para o senhor passar na recepção.

— Farei isso com certeza, soldado — disse Reacher.

Ele seguiu em frente e estacionou ao lado do carrinho vermelho de dois lugares, que continuava lá, exatamente onde estava antes. Ele saiu, trancou o carro e caminhou pelo frio até a porta. O lobby estava tranquilo e silencioso. A diferença entre a noite e o dia, literalmente. Mas a mesma sargento estava no balcão da recepção, terminando o trabalho dela antes de largar o serviço. Ela estava em um banco alto digitando em um teclado. Atualizando o arquivo do dia, provavelmente. Deixar registrado tudo o que acontece é algo de suma importância nas Forças Armadas. Ela parou e levantou o olhar.

— Você está inserindo esta visita no registro oficial? — indagou Reacher.

— Que visita? — perguntou ela. — E falei pro soldado lá do portão pra não registrar também.

Já não estava mais com a língua presa. Não com o intruso do Morgan fora da caserna. Ela tinha uma aparência jovem, mas infinitamente capaz, como os sargentos pelo mundo. A sutache sobre o seio direito dela informava que seu nome era Leach.

— Eu sei quem é o senhor — comentou ela.

— A gente já se encontrou?

— Não, mas o senhor é famoso por aqui. Foi o primeiro comandante desta unidade.

— Você sabe por que eu estou de volta?

— Sim, senhor. Comunicaram a nós.

— Qual foi a reação geral.

— Variada.

— Qual foi a sua reação pessoal?

— Tenho certeza que há uma explicação válida. E dezesseis anos é muito tempo. O que faz com que isso tenha se transformado em algo político, provavelmente. O que geralmente é bobagem. E mesmo que não seja, tenho certeza de que o cara mereceu aquilo. Ou coisa pior.

Reacher ficou calado.

— Eu pensei em avisar o senhor quando chegou aqui na primeira vez — disse Leach. — A melhor coisa para o senhor seria ter fugido. O que eu queria mesmo era ter feito o senhor dar meia volta e sair daqui. Mas tinha recebido ordens para não fazer isso. Sinto muito.

— Cadê a major Turner? — perguntou Reacher.

— Longa história — disse Leach.

— O que aconteceu?

— Foi enviada para o Afeganistão.

— Quando?

— Ao meio do dia de ontem.

— Por quê?

— A gente tem pessoal lá. Teve um problema.

— Que tipo de problema?

— Não sei.

— E?

— Ela não chegou lá.

— Tem certeza disso?

— Absoluta.

— Então onde é que ela está?

— Ninguém sabe.

— Quando o coronel Morgan chegou aqui?

— Horas depois de a major Turner ir embora.

— Quantas horas?

— Umas duas.

— Ele deu alguma justificativa para estar aqui?

— Deduzimos que foi pela major Turner ter sido destituída do comando.

— Nada específico?

— Nadinha.

— Ela estava fazendo merda?

Leach não respondeu.

— Pode ser franca, sargento.

— Não, senhor, ela não estava fazendo merda. Estava fazendo um trabalho muito bom.

— Então isso é tudo o que você tem pra me contar? Deduções e desaparecimentos?

— Por enquanto.

— Nenhum boato? — perguntou Reacher. Os sargentos eram parte de uma rede. Sempre foram, sempre serão. Como uma fábrica de boatos. Uma espécie de tabloide fardado.

— Escutei um negocinho por aí — disse Leach.

— Que foi...

— Não deve ser nada.

— Mas...

— Pode não ter ligação.

— Mas...

— Alguém me contou que a prisão militar do Fort Dyer tem um prisioneiro novo.

6

Fort Dyer era uma base militar muito próxima do Pentágono. Mas Leach disse a Reacher que oito anos depois de ele ter dado baixa, uma redução de custos a tinha mesclado à Helsington House, do Corpo de Fuzileiros Navais. O estabelecimento recentemente ampliado fora batizado com o nome tosco, embora lógico, de Joint Base Dyer-Helsington House. Na época de Reacher, tanto o Dyer quanto a Helsington House tinham muito prestígio e o mereciam. A maioria do pessoal lotado nesses locais era experiente e muito importante. Como resultado, a loja de artigos militares do Dyer tinha ficado mais parecida com uma Saks Fifth Avenue do que com um Walmart. Ele ouvira falar que a loja dos Fuzileiros Navais tinha ficado ainda melhor. Ou seja, a versão depois da fusão provavelmente não ficava por baixo no sistema hierárquico social. Portanto, suas celas com certeza acomodariam somente prisioneiros do alto escalão. Nada de bêbados metidos a valentões nem de ladrõezinhos de quinta lá. Um major da Polícia do Exército com problema seria um inquilino típico. Portanto, a fofoca de Leach devia ser verdade. A prisão militar da Dyer ficava localizada a noroeste do Pentágono. Na posição diagonal em relação ao cemitério. Menos de oito quilômetros do quartel da 110ª. Bem menos.

— O Exército e os Fuzileiros Navais no mesmo lugar? — estranhou Reacher. — Isso está dando certo?

— Os políticos fazem qualquer coisa pra salvar um trocadinho — comentou Leach.

— Você liga e avisa que vou dar uma ida lá?

— Você vai lá? Agora?

— Não tenho nada melhor pra fazer neste momento.

— Você tem carro?

— Temporariamente — respondeu Reacher.

A noite estava tranquila, escura, o clima era de bairro residencial afastado e a ida de carro até Dyer levou menos de dez minutos. Entrar na Joint Base levou muito mais tempo. A fusão acontecera menos de quatro anos após os ataques de 11 de setembro de 2001, e qualquer que tivesse sido a economia com a redução de custos, ela não tinha afetado a segurança. O portão principal ficava no lado sul do complexo e era impressionante. Havia pilares de concreto tipo dente de dragão espalhados por todo o local, afunilando o trânsito e o conduzindo para uma via estreita bloqueada por três guaritas de segurança. Reacher estava com roupas civis surradas e não tinha identidade militar. Nenhuma identidade, na verdade, com exceção de um gasto e amarrotado passaporte dos EUA que já estava vencido havia muito tempo. Mas estava em um carro do governo, o que dava uma primeira boa impressão. Além disso, as Forças Armadas tinham computadores, e o sistema indicava que ele estava na ativa desde meados daquela tarde. O Exército possuía sargentos, e Leach acionara sua rede de favores com uma enxurrada de ligações. A Dyer tinha um departamento de Investigação Criminal e, para a leve surpresa de Reacher, ainda havia sujeitos por ali que conheciam pessoas que conheciam pessoas que se lembravam do nome dele. O resultado disso tudo foi que apenas 45 minutos depois de ter parado à primeira barreira, ele estava cara a cara com o capitão da PE na sala que ficava na parte da frente da prisão militar.

O capitão era um cara moreno e sério de aproximadamente trinta anos, e a sutache na farda dele indicava que seu nome era Weiss. Ele parecia honesto, decente e razoavelmente amigável, então Reacher disse:

— É só um assunto pessoal, capitão. Não há nada de oficial. E eu ando meio tóxico ultimamente, então você devia proceder com extrema cautela. Devia deixar esta visita sem registro. Ou, mais do que isso, se recusar a falar comigo.

— Tóxico como? — perguntou Weiss.

— Parece que algo que fiz há dezesseis anos voltou pra encher o meu saco.

— O que o senhor fez?

— Não lembro. Não tenho dúvida de que alguém vai me lembrar muito em breve.

— A informação que consta no sistema é que o senhor acabou de ser reconvocado.

— Correto.

— Nunca ouvi falar disso antes.

— Nem eu.

— Não parece coisa boa. Como se alguém quisesse muito o senhor de volta à jurisdição.

Reacher concordou com um gesto de cabeça e comentou:

— Pensei a mesma coisa. Como se eu estivesse sendo extraditado da vida civil. Para arcar com as consequências. Mas foi um procedimento muito mais simples. Não ouve nenhum tipo de interrogatório.

— O senhor acha que eles estão levando isso a sério?

— É a impressão que tenho no momento.

— O que está precisando de mim?

— Estou procurando a major Susan Turner, da 110ª Unidade da PE.

— Por quê?

— Como eu disse, é pessoal.

— Tem ligação com o seu problema.

— Não. De jeito nenhum.

— Mas o senhor fez parte da 110ª, não fez?

— Muito antes de a major Turner imaginar ir pra lá.

— Então o senhor não está subvertendo um testemunho nem instruindo uma testemunha?

— Nada disso. Este assunto é totalmente diferente.

— O senhor é amigo dela?

— Eu queria que esse fosse o desenvolvimento futuro. Ou não, dependendo do que eu achar dela quando a conhecer.

— O senhor não a conhece?

— Ela está aqui?

— Em uma cela. Desde ontem à tarde.

— Qual é a acusação?

— Ela aceitou suborno.

— De quem?

— Não sei.

— Pra quê?

— Não sei.

— Suborno de quanto?

— Sou apenas o carcereiro — disse Weiss. — O senhor sabe, da missa não me contam a metade.

— Posso ir lá encontrar com ela?

— O horário de visita já acabou.

— Quantos hóspedes você tem hoje à noite?

— Só ela.

— Então você não está muito ocupado. E não registramos nada disto, certo? Então ninguém vai ficar sabendo.

Weiss abriu um fichário verde. Anotações, procedimentos, ordens vigentes, algumas delas impressas, outras escritas à mão.

— Parece que ela estava esperando você. A major pediu ao advogado dela que desse um recado. Ela mencionou o seu nome.

— Qual foi o pedido?

— Está mais para uma instrução, na verdade.

— E diz o quê?

— Ela não quer encontrar o senhor.

Reacher ficou calado.

Weiss baixou o olhar para o fichário e disse:

— Cito: Por meio de solicitação explícita da acusada, sob nenhuma circunstância o major Jack Reacher, do Exército dos EUA, oficial da reserva, ex-comandante da 110ª Unidade da PE, terá direito a visita.

7

SAIR DA JOINT BASE ERA APENAS LIGEIRAMENTE MAIS rápido do que entrar. Em cada uma das três guaritas de segurança, verificavam o documento de identidade e faziam uma revista no porta-malas, para conferir se Reacher era quem dizia ser e se não tinha roubado nada. Depois de passar pela revista na terceira guarita, ele enfiou-se pelo mesmo caminho do ônibus local. Contudo, parou pouco tempo depois e estacionou próximo à calçada. Por todos os lados havia elevados que levavam a rodovias. A I-395 seguia para o sudoeste. A George Washington Memorial Parkway levava para o noroeste, a I-66, para o oeste. Havia a I-395 que ia para o leste, se ele quisesse. Todas tranquilas e de fluxo rápido. Tinha todo um país à sua disposição. Havia a I-95, que percorria todo o litoral leste, e a Costa Oeste, a cinco dias de viagem, e o vasto, vazio e solitário interior.

Não conseguiram te achar antes. Não vão te achar agora.
Uma nova dispensa, desta vez sem distinção honorífica.

Ela não quer encontrar o senhor.
Reacher afastou-se da calçada e voltou para o motel.

Os dois caras de camisa de malha tinham ido embora. Evidentemente saíram cambaleando para algum lugar. Reacher largou o carro deles perto da calçada a duzentos metros de distância. Deixou a chave na ignição e as portas destrancadas. Ou ele seria roubado por alguns delinquentes ou os dois caras voltariam para pegá-lo. Para ele não fazia a menor diferença.

Ele caminhou o restante do percurso e entrou em seu quarto deplorável. Estava certo. O chuveiro era fraco e mirrado, as toalhas, finas, o sabonete, pequeno e o xampu, barato. O colchão parecia um saco recheado com plástico enrolado e a sensação era de que o lençol estava úmido por falta de uso. Mas ficou com sono mesmo assim. Ajustou o despertador na cabeça para às sete da manhã, inspirou, expirou, já era.

Romeo ligou para Juliet novamente e disse:
— Ele acabou de tentar fazer contato com a Turner lá no Dyer. E fracassou, é claro.
— O nosso pessoal não deve ter encontrado ele no motel — comentou Juliet.
— Nada com que se preocupar.
— Espero que não.
— Boa noite.
— Pra você também.

Reacher não chegou às sete horas. Foi acordado às seis por uma batida vigorosa na porta. Ela deixava transparecer uma vontade de resolver algo de maneira rápida e prática. Não era ameaçadora. *Toc, toc, toc.* Seis horas da manhã e já havia alguém animado. Ele saiu da cama, pegou a calça debaixo do colchão e a vestiu. O ar no quarto era de um frio cortante. Reacher conseguia enxergar a própria respiração. O aquecedor tinha ficado desligado a noite toda. Caminhou descalço sobre o carpete pegajoso e abriu a porta. Uma mão com luva pronta para bater de novo recuou rapidamente. A mão fazia parte de um braço, que fazia parte de um corpo, que estava com o uniforme formal do Exército chamado Class A, cheio de insígnias do Departamento Jurídico das Forças Armadas. Um advogado.

Na verdade, uma advogada.

De acordo com a plaqueta do lado direito da túnica, seu nome era Sullivan. Usava a farda como um terno executivo. Carregava uma maleta na mão que não estava usando para bater na porta. Não era muito baixa, mas seus olhos estavam alinhados com o peito sem camisa de Reacher, onde havia uma cicatriz de bala .38, o que pareceu preocupá-la.

— Pois não? — disse Reacher.

O carro da advogada estava atrás dela, um sedan nacional verde-escuro. O céu ainda negro.

— Major Reacher? — perguntou ela.

Estava com seus trinta e poucos anos, supôs Reacher, era major, tinha cabelo escuro curto e olhos que não eram nem calorosos nem frios.

— Como posso ajudá-la? — disse Reacher.

— Supõe-se que seja o contrário.

— Você foi designada para me representar?

— Tenho que pagar pelos meus pecados.

— No caso da apelação sobre a reconvocação, no do negócio com o Juan Rodriguez ou no do esquema da Candice Dayton?

— Esquece a apelação sobre a reconvocação. Você vai ter cinco minutos diante de uma comissão daqui a mais ou menos um mês, mas você não vai ganhar. Isso nunca acontece.

— Rodriguez ou Dayton, então?

— Rodriguez — respondeu Sullivan. — Precisamos começar a trabalhar nisso já.

Mas ela não se mexeu. O olhar de Sullivan foi baixando até a cintura dele, onde havia outra cicatriz, àquela altura, com mais de 25 anos de idade, uma estrela do mar grande e feia sobreposta por pontos grosseiros, atravessada por uma ferida à faca, que era muito mais recente, ainda assim, antiga.

— Eu sei — comentou ele. — Esteticamente, eu não valho nada. Mas pode entrar assim mesmo.

— Não, acho que vou esperar no carro. Conversamos tomando café.

— Onde?

— Tem uma lanchonete a umas duas quadras daqui.

— Você paga.
— Pra mim. Pra você, não.
— Duas quadras? Você podia ter trazido o café da manhã.
— Podia, mas não trouxe.
— Você vai ajudar demais. Me dá onze minutos,
— Onze?
— É o tempo que eu gasto pra ficar pronto de manhã.
— A maioria das pessoas diria dez.
— Então ou elas são mais rápidas do que eu ou são imprecisas.

Reacher fechou a porta enquanto ela ainda estava ali, caminhou pelo carpete até a cama e tirou a calça novamente. Ela estava com uma aparência boa. Tê-las deixado debaixo do colchão era a coisa mais próxima que conseguia de passar roupa. Foi para o banheiro e ligou o chuveiro. Escovou os dentes, entrou debaixo da ducha fraca e morna e usou o que tinha sobrado do sabonete e do xampu. Enxugou-se com toalhas úmidas, se vestiu e saiu do quarto. Onze minutos cravados. Era uma criatura metódica.

A major Sullivan tinha virado o carro. Era um Ford, o mesmo modelo prata em que tinha percorrido o Missouri muitos dias antes. Ele abriu a porta do passageiro e entrou. A major ajeitou-se no banco, engatou a marcha e saiu do estacionamento lenta e cuidadosamente. A saia de seu uniforme ficou na altura do joelho. Estava de meia-calça escura e sapato de amarrar.

— Qual é o seu nome?
— Suponho que você saiba ler — disse Sullivan.
— Estou falando do primeiro nome.
— Que importância tem isso? Você vai me chamar de major Sullivan — disse ela de um jeito nem amigável nem hostil. Tampouco inesperado. Um relacionamento pessoal não estava em pauta. Advogados do Exército eram diligentes, inteligentes e profissionais, mas não ficavam do lado de ninguém a não ser do Exército.

A lanchonete era mesmo a duas quadras de distância, mas eram duas quadras compridas. Viraram à esquerda, depois à direita e chegaram a um centro comercial detonado em outra rua de três pistas. O lugar tinha uma loja de ferragens, uma farmácia sem nome, uma loja de molduras, uma loja de armas e um dentista. O restaurante ficava isolado na ponta do centro comercial, no seu próprio lote. Era um estabelecimento com fachada de estuque branco e, pelo tipo de decoração interior, Reacher podia apostar que o dono era grego e que havia um milhão de itens no cardápio, o que faria do lugar um restaurante, na opinião dele, e não uma lanchonete. As lanchonetes eram simples, enxutas e só tinham o básico, tão implacáveis quanto fuzis de combate.

Eles escolheram uma mesa em uma fileira lateral, e a garçonete lhes serviu café antes de pedirem, o que fez com que a opinião de Reacher a respeito do local melhorasse um pouquinho. O cardápio era um negócio plastificado com um monte de páginas, quase tão grande quanto a mesa. Reacher viu panqueca com ovos na página dois e não procurou mais nada.

— Recomendo um acordo judicial. Eles vão pedir cinco anos, vamos oferecer um e fechar em dois. Você aguenta isso. Dois anos não vão te matar.

— Quem era Candice Dayton?

— Esse caso não é meu. Outra pessoa vai conversar com você sobre isso.

— E quem exatamente era Juan Rodriguez?

— Alguém em quem você bateu na cabeça e que morreu por causa dos ferimentos.

— Eu não me lembro dele.

— Essa não é a melhor coisa a se dizer em um caso como este. Dá a impressão de que você bateu na cabeça de tanta gente que não consegue distinguir uma pessoa da outra. Pode induzir a outras investigações. Alguém pode ficar tentado a levantar uma lista. E pelo que eu ouvi falar deve ser uma lista bem comprida. A 110ª era uma operação bem mequetrefe naquela época.

— E agora?

— Um pouco melhor, talvez. Mas longe de ser extraordinária.

— Essa é a sua opinião?

— Essa é a minha experiência.

— Você sabe alguma coisa sobre a situação da Susan Turner?

— Conheço o advogado dela.

— E?

— Ela aceitou suborno.

— Vocês têm certeza disso?
— Temos informações eletrônicas saindo pelo ladrão. Ela abriu uma conta em um banco nas Ilhas Cayman às dez da manhã antes de ontem, às onze horas cem mil dólares apareceram nela, ao meio-dia a major foi presa, mais ou menos em flagrante. É muito evidente pra mim. E típico da 110ª.
— Parece que você não gosta da minha antiga unidade de jeito nenhum. O que pode ser um problema. Porque tenho direito a uma defesa competente. Sexta Emenda e coisa e tal. Você acha que é pessoa certa para o trabalho?
— Eu sou o que estão te dando, então pode ir se acostumando.
— Preciso ver as provas existentes contra mim, pelo menos. Você não acha? Não tem alguma coisa na Sexta Emenda sobre isso também?
— Vocês não documentavam muita coisa dezesseis anos atrás.
— Documentávamos alguma coisa.
— Eu sei — disse Sullivan. — Eu vi o que existe. Entre outras coisas vocês faziam resumos diários. Eu tenho um que revela uma saída sua para ir se encontrar com o sr. Rodriguez. E tenho um documento da emergência de um hospital municipal mostrando que ele foi internado mais tarde no mesmo dia, com um ferimento na cabeça, entre outras coisas.
— É isso? Cadê a ligação? Ele pode ter caído da escada depois que eu fui embora. Pode ter sido atropelado por um caminhão.
— Os médicos da emergência acharam mesmo que ele tinha sido atropelado por um caminhão.
— Esse caso é inconsistente — disse Reacher. — Na verdade, não chega nem a ser um caso. Não me lembro de nada disso.
— No entanto você se lembra de uma escada em que o sr. Rodriguez pode ter caído depois de ser interrogado.
— Especulação — defendeu-se Reacher. — Hipótese. Figura de linguagem. O mesmo vale para o caminhão. Eles não têm nada.
— Eles têm um depoimento juramentado — disse Sullivan. — Feito pelo próprio sr. Rodriguez, um tempo depois. Ele cita você como o agressor.

8

SULLIVAN LEVANTOU SUA MALETA E A COLOCOU EM CIMA DO banco de vinil. Tirou dela um arquivo grosso e o colocou sobre a mesa.

— Boa leitura — disse ela.

O que não foi, é claro. Era um longo e sórdido registo de uma longa e sórdida investigação sobre um longo e sórdido crime. A causa-raiz era a Operação Escudo do Deserto, no segundo semestre dos anos 1990, que foi uma fase de preparação para a Operação Tempestade no Deserto, início da Guerra do Golfo, depois de Saddam Hussein, do Iraque, invadir o vizinho Kuwait. Meio milhão de homens e mulheres do mundo livre se reuniram durante seis longos meses, preparando-se para descer a porrada em Saddam, o que no final levou um total de cem horas. Depois, aquele meio milhão de homens e mulheres voltou para casa.

A retirada do material é que foi o problema. Os exércitos precisam de muita coisa. Seis meses para se preparar, seis meses para finalizar o processo. A preparação foi feita com muito mais cuidado e atenção do que a retirada, que foi executada de maneira fragmentada e desordenada.

Dezenas de países foram envolvidos. Para encurtar a história, muita coisa desapareceu. O que era constrangedor. Mas a contabilidade tinha que bater. Então algumas das coisas desaparecidas foram registradas como destruídas e outras como danificadas, algumas simplesmente dadas como perdidas, e a contabilidade foi fechada.

Até que alguns itens começaram a aparecer nas ruas das cidades americanas.

— Você ainda se lembra disso? — questionou Sullivan.

— Lembro — respondeu Reacher.

Ele se lembrava muito bem. A 110ª tinha sido criada para combater exatamente esse tipo de crime. Armas militares não vão parar nas ruas por acidente. Elas são furtadas, desviadas, roubadas e vendidas. Por pessoas desconhecidas, mas por pessoas de certas categorias distintas. Em empresas de logística, na maioria das vezes. Sujeitos que tinham que transportar dezenas de milhares de toneladas por semana com comprovantes de carga obscuros sempre conseguiam achar maneiras de desaparecer com uma tonelada ou duas aqui e ali, pela diversão e pelo lucro. Ou cem toneladas. A 110ª tinha sido encarregada de descobrir quem, como, onde e quando. A unidade era nova, tinha um nome a construir e pegou pesado. Reacher dedicou centenas de horas àquilo, e a equipe dele, muitas mais.

— Mesmo assim eu não me lembro de nenhum Juan Rodriguez — alegou ele.

— Pula pro final do arquivo — sugeriu Sullivan.

O que Reacher fez. Foi ali que descobriu que se lembrava muito bem de Juan Rodriguez.

A 110ª tinha recebido uma pista confiável sobre um gângster de South Central LA, conhecido nas ruas como Dog, abreviação de Big Dog, conforme alegavam, porque o cara era grande tanto no status quanto fisicamente. O DEA, departamento responsável pelo combate às drogas dos EUA, não se interessava por ele, porque não estava envolvido na guerra das drogas. Mas a pista informava que ele era neutro em todos os territórios e estava fazendo uma fortuna vendendo armas no mercado negro para os dois lados ao mesmo tempo. De acordo com a pista, ele era o cabeça e estava esquematizando para descarregar onze caixas de

SAWs. As SAWs não eram serrotes, com seu metal dentado bom para cortar madeira, como a sigla em inglês poderia sugerir. As SAWs eram as Armas Automáticas do Grupo de Combate, ou seja, metralhadoras apavorantes com potencial apavorante e recursos apavorantes.

Reacher tinha ido para Los Angeles e andado pelas ruas quentes e empoeiradas e feito as perguntas certas nos lugares certos. Naquele ambiente era evidente que ele pertencia ao Exército, então Reacher se passou por um soldado de infantaria insatisfeito e com coisas interessantes para vender. Granadas, lança-granadas, grande quantidade de munição capaz de perfurar colete à prova de balas, pistolas Beretta. As pessoas eram naturalmente cautelosas, mas no final o disfarce funcionou. Dois dias depois ele estava cara a cara com Dog, que era mesmo um sujeito grande, praticamente esparramado para os lados. O cara devia pesar uns 180 quilos.

A última página do arquivo era o depoimento juramentado, intitulado *Declaração Comprobatória de Juan Rodriguez, também conhecido como Big Dog, também conhecido como Dog*. O nome de Reacher estava espalhado por todo o documento, bem como uma longa lista de ferimentos, incluindo fratura no crânio, fratura de costelas, lesão nos tecidos e contusões. Estava assinado no final pelo próprio Rodriguez e por uma testemunha, um Advogado da Ventura Boulevard, no bairro Studio City, em Los Angeles, e registrado em cartório por outra pessoa.

— Lembra-se dele agora? — perguntou Sullivan.

— Ele mentiu neste depoimento — alegou Reacher. — Nunca encostei um dedo nele.

— Mesmo?

— Por que eu ia fazer isso? Não estava interessado *nele*. Queria o fornecedor dele, só isso. Queria o cara de quem ele estava comprando. Eu queria um nome.

— Você não estava preocupado com as SAWs nas ruas de Los Angeles?

— Isso era problema do Departamento de Polícia de Los Angeles, não meu.

— Você conseguiu o nome?

— Consegui.

— Como?

— Perguntei, ele respondeu.

— Simples assim?
— Mais ou menos.
— O que isso quer dizer?
— Eu era um bom interrogador. Fiz com que ele achasse que eu sabia mais do que realmente sabia. Ele não era muito esperto. Estou surpreso pelo fato de ele sequer ter um cérebro pra machucar.
— Então como é que você explica o relatório do hospital?
— Preciso fazer isso? Uma cara desses conhece todo tipo de pilantra. Talvez ele tenha sacaneado alguém no dia anterior. O sujeito não estava operando em um ambiente muito civilizado.
— Então esta é a sua defesa? Foi outro cara que fez aquilo?
— Se tivesse sido eu, ele não teria sequer ido parar no hospital. O cara era um barril de banha inútil.
— Eu não posso ir ao promotor e alegar que *outro cara fez aquilo*. Não posso argumentar que a prova disso é que você o teria matado, em vez de simplesmente ter deixado o sujeito todo quebrado e à beira da morte.
— Vai ter que fazer isso.
— Não vou, não. Preste atenção, Reacher. Você tem que levar isto a sério. Posso conseguir um acordo, mas você tem que encarar a situação de frente. Tem que fazer por merecer e demonstrar algum arrependimento.
— Não acredito nisso.
— Estou dando a você meu melhor conselho.
— Tenho como conseguir outro advogado?
— Não — disse Sullivan. — Não tem.

Tomaram o restante do café da manhã em silêncio. Reacher queria ir para outra mesa, mas não fez isso, pois achou que seria infantil. Eles dividiram a conta, pagaram e foram para o carro, onde Sullivan disse:
— Tenho que ir a outro lugar. Você pode ir andando daqui. Ou pegar um ônibus.
Ela entrou no carro e foi embora. Reacher ficou sozinho no estacionamento do restaurante. O ônibus passava pela rua de três pistas em frente a ele. Havia um ponto com banco trinta metros à esquerda. Duas pessoas esperavam ali. Dois homens. Mexicanos, ambos bem mais magros que Big Dog. Civis honestos, provavelmente indo trabalhar

como jardineiro, no cemitério ou como porteiro, em Alexandria ou na própria D.C.

Havia outro ponto cinquenta metros à direita. Outro banco. No lado da calçada em que estava, não no outro. No sentido norte, não no sul. Rumando para fora da cidade, não para dentro. Para McLean e para Reston, talvez. E depois para Leesburg, provavelmente, quem sabe até Winchester. Onde haveria mais ônibus, maiores, que pelejariam pelos Apalaches, pela Virgínia Ocidental adentro, e por Ohio e Indiana. E seguiria adiante. Distanciando-se cada vez mais.

Não conseguiram te achar antes. Não vão te achar agora.
Uma nova dispensa, desta vez sem distinção honorífica.
Ela não quer encontrar o senhor.

Reacher aguardou. O ar estava frio. O trânsito era constante. Carros e caminhões. Todas as marcas, todos os modelos, todas as cores. Bem longe, à esquerda, ele avistou um ônibus. Local, não de viagem. Um serviço municipal, com passagem subsidiada. Vinha roncando e bufando na direção dele, lentamente.

Não o pegou. O ônibus passou por ele e seguiu seu caminho, alheio.

Ele voltou caminhando para o quartel da 110ª. Pouco mais de três quilômetros no total, trinta minutos cravados. Passou por seu motel. O carro com as portas amassadas não estava mais perto da calçada. Tinha sido recuperado ou roubado.

Ele chegou ao prédio antigo de pedra faltando cinco minutos para às oito da manhã e se encontrou com outra pessoa do jurídico, que contou a ele quem Candice Dayton era e por que ela estava insatisfeita.

9

A sentinela que Reacher conhecera na tarde anterior estava de volta à guarita. Vigilante do dia. Ele mandou um cumprimento com um gesto de cabeça ao portão, e Reacher prosseguiu até o curto lance de escadas e a porta recentemente pintada. A Humvee ainda estava no estacionamento. Assim como o carrinho de dois lugares. O veículo com os amassados nas portas, não.

Era outro o sargento no balcão da recepção no lobby. O cara do turno da noite, provavelmente, encerrando suas atividades. Este era homem, branco e um pouco mais reservado em comparação à maneira como Leach se comportou no final. Não explicitamente hostil, mas quieto e repreensor, como uma versão mais branda dos caras de camisa de malha da noite anterior. *Você trouxe descrédito para a unidade.*

— O coronel Morgan ordenou que se apresentasse na 207 imediatamente.

— Imediatamente o quê? — questionou Reacher.

— Imediatamente, senhor — disse o sujeito.

— Obrigado, sargento — agradeceu Reacher.

A sala 207 era no andar de cima, quarta à esquerda, ao lado da sala que tinha sido dele mesmo. Ou ao lado da sala de Susan Turner ou, agora, da sala de Morgan. Nos velhos tempos, a 207 fora a sala de Karla Dixon, sua esmagadora de números. Sua especialista financeira. Ela tinha descoberto um monte de falcatruas da pesada. Noventa e nove vezes em cem, os crimes tinham relação com amor, ódio ou dinheiro, e, diferente do que dizia a Bíblia, o maior motivo de todos era o dinheiro. A magrinha Dixon tinha sido um tesouro, e Reacher tinha boas memórias da sala 207.

Ele subiu a escada, caminhou pelo corredor e passou por sua antiga sala. A placa de identificação ainda estava na parede: *Maj. S.R. Turner, Comandante*. Ele escutou a voz do capitão Weiss em sua cabeça: *Ela aceitou suborno*. Talvez houvesse uma explicação inocente. Talvez um tio distante tivesse morrido e deixado ações de uma mina de urânio. Talvez a tal mina fosse estrangeira, por isso o depósito no exterior. Australiano, quem sabe. Havia urânio na Austrália. E ouro e carvão mineral e minério de ferro. Ou em algum lugar da África. Ele queria que Karla Dixon estivesse ali. Ela poderia dar uma analisada nos documentos e descobrir a verdade num instante.

Reacher não bateu na porta da sala 207. Não tinha por quê. Além de Morgan, ele era provavelmente quem tinha a patente mais alta no prédio. E patente era patente, mesmo nas circunstâncias peculiares em que se encontrava. Então ele entrou direto.

A sala estava vazia. E não era mais um escritório. Tinha sido transformada num tipo de sala de reunião. A mesa ali não era individual, mas grande, redonda e rodeada por seis cadeiras. Havia uma coisa preta no formato de uma aranha no centro da mesa, provavelmente um telefone viva voz para discussões em grupo com pessoas em diferentes lugares. Havia um móvel encostado à parede, provavelmente para colocar café e sanduíches servidos em reuniões. A luminária era o mesmo bojo de vidro. Havia uma lâmpada econômica nela, já acesa, brilhando débil e fraca.

Reacher foi até a janela e olhou para fora. Não havia muito a ser visto. Nenhum carro no estacionamento daquele lado do prédio. Somente uma lixeira grande e uma pilha de mobília obsoleta, cadeiras e arquivos. O estofado das cadeiras parecia estar inchado devido à umidade, e os arquivos, enferrujados. Logo depois ficava o muro de pedra e, sobre ele, uma vista decente do leste estendia-se até o cemitério e o rio. O Monumento a Washington era visível bem ao longe, na mesma cor da neblina. Baixo no céu atrás dele, um sol pálido.

A porta foi aberta atrás de Reacher, que se virou, esperando Morgan. Mas não era Morgan. Era um total déjà vu. Um alinhado uniforme formal do tipo Class A, com insígnias do Departamento Jurídico das Forças Armadas espalhadas por toda a extensão. Uma advogada. Na plaqueta estava escrito Edmonds. Ela parecia um pouquinho com Sullivan. Possuía uma patente inferior: capitã. Carregava uma maleta mais barata.

— Major Reacher? — disse ela

— Bom dia, capitão — cumprimentou ele.

— Sou Tracy Edmonds. Estou trabalhando com o Comando de Recursos Humanos do Exército.

Reacher pensou: na época da linguagem simples, era Comando de Pessoal. Isso a princípio fez com que ele imaginasse que ela estava ali para tratar de documentação. Pagamentos, questões bancárias, essa coisa toda. Mas depois se deu conta de que não mandariam um advogado para esse tipo de coisa. Um escriturário poderia fazer esse serviço perfeitamente. Então ela provavelmente estava ali por causa da tal Candice Dayton. Mas ela era um oficial intermediário, e tinha dado seu primeiro nome sem que ele a pedisse, toda amigável e interessada, o que deveria significar que o negócio de Dayton não era tão sério quanto o do Big Dog.

— Você sabe alguma coisa sobre a situação de Susan Turner? — perguntou ele.

— Quem? — devolveu ela.

— Você acabou de passar pela sala dela.

— Só o que ouvi falar.

— Que foi...

— Ela aceitou suborno.

— Pra quê?

— Acho que isso é confidencial.

— Não pode ser. Ela está presa antes do julgamento. Portanto, deve haver causa provável nos registros. Ou abandonamos a jurisprudência civilizada no tempo em que fiquei fora?

— Disseram que ela levou um dia para repassar uma informação crucial. Ninguém entendia por quê. Agora entenderam.

— Que informação?

— Ela prendeu um capitão da infantaria de Fort Hood. Um caso de espionagem, supostamente. O capitão entregou o nome do contato civil estrangeiro. A major Turner ficou chocando a informação por 24 horas, e o contato usou esse tempo pra fugir.

— Quando foi isso exatamente?

— Há umas quatro semanas.

— Mas ela não tinha sido presa até antes de ontem.

— Foi quando o contato estrangeiro a pagou. O que era a prova que estavam esperando. Sem ela, o atraso poderia ser explicado por incompetência, não criminalidade.

— Recorreram da prisão pré-julgamento?

— Acho que não.

— Quem é o advogado?

— O coronel Moorcroft. Lá de Charlottesville.

— Lá da faculdade do Departamento Jurídico das Forças Armadas?

Edmonds fez que sim e completou:

— Ele é professor de Defesa Criminal.

— Ele está vindo de lá pra cá todo dia pra trabalhar?

— Não, acredito que esteja no VOQ de Dyer.

Que era o alojamento para oficiais visitantes no Fort Dyer. Ou, agora, Joint Base Dyer-Helsington House. Não era exatamente o Ritz, mas não ficava muito atrás, e sem dúvida era muito melhor que um motel fodido em uma rua de três pistas a dois quilômetros de Rock Creek.

Edmonds puxou uma cadeira para ele, uma para si, sentou-se à mesa de reunião e disse:

— Candice Dayton.

Reacher sentou-se e falou:

— Não sei quem é Candice Dayton. Ou foi.

— Negação não é uma maneira inteligente de encarar isto, receio eu, major. Nunca funciona.

— Não posso fingir conhecer uma pessoa que não conheço.

— Dá uma impressão ruim. Reforça um estereótipo negativo. As duas coisas acabam indo contra o senhor no final.

— Quem era ela?

Edmonds levantou a maleta, colocou-a sobre a mesa e abriu. Ela pegou uma pasta e falou:

— O senhor foi enviado à Coreia várias vezes, correto?

— Várias mesmo.

— Inclusive uma vez em que ficou um período curto com a 55ª PE.

— Se você está falando...

— Sim, estou falando. Está tudo documentado aqui. Foi bem no final da sua carreira. Quase a última coisa que fez. O senhor ficou no Camp Red Cloud. Entre Seul e a zona desmilitarizada.

— Sei onde é.

— Candice Dayton era uma cidadã americana e, nessa época, estava temporariamente morando em Seul.

— Uma civil?

— Isso. O senhor se lembra dela agora?

— Não.

— Tiveram um caso.

— Quem?

— O senhor e a srta. Dayton, é claro.

— Não me lembro dela.

— O senhor é casado?

— Não.

— Já foi?

— Não.

— Teve muitos relacionamentos sexuais na sua vida?

— Essa é uma pergunta muito pessoal.

— Sou sua advogada. Teve?

— Tantas quanto possível, geralmente. Gosto de mulheres. Acho que é um negócio biológico.

— Tantas que possa existir uma de quem não se lembra?

— Algumas eu tento esquecer.

— Essa categoria inclui a srta. Dayton?

— Não. Se eu estivesse tentando esquecê-la, ela seria alguém de quem eu me lembro. Certo? E não me lembro.

— Existem outras de quem não se lembra?

— Como posso afirmar?

— Está vendo? É a isso que estou me referindo quando falo de reforçar o estereótipo. Não vai te ajudar no tribunal.

— Que tribunal?

— Candice Dayton foi embora de Seul pouquíssimo tempo depois do senhor, e ela foi pra casa em Los Angeles, de onde ela era. Sentia-se satisfeita por estar de volta. Tinha um emprego e tudo correu bem durante anos. Ela teve uma filha pouco depois de voltar, que crescia e ia bem na escola. Foi promovida no trabalho e comprou uma casa maior. Só coisa boa. Mas aí a economia piorou e ela perdeu o emprego, depois perdeu a casa. Agora a srta. Dayton e a filha estão morando no carro, e ela está procurando assistência financeira em qualquer lugar onde possa conseguir.

— E?

— Ela ficou grávida na Coreia, major. A filha dela é sua.

10

EDMONDS FOLHEOU O ARQUIVO, PASSANDO O DEDO DELICADO folha por folha.
— A política do Exército é não tomar nenhuma medida proativa — explicou ela. — Nós não providenciamos equipes de busca. Simplesmente tomamos nota do nome do pai. Geralmente não acontece nada. Mas se o pai vem até nós, como o senhor fez, somos obrigados a agir. Então teremos que informar ao tribunal de Los Angeles suas situação e localização atual.

Ela encontrou a página que estava procurando. Separou-a das outras. Deslizou-a pela mesa.

— Obviamente, como sua advogada, recomendo que faça um teste de paternidade. Você vai ter que pagar por ele, mas seria muito imprudente seguir para a fase final do acordo sem um.

Reacher pegou a folha. Era uma cópia novinha do depoimento juramentado. Igualzinho ao do Big Dog. Assinaturas e advogados e lacres e selos, tudo feito em um escritório de advocacia em North Hollywood, aparentemente. O nome dele estava espalhado por todo o documento. Havia informações sobre o período em que servira na 55ª. Registros de datas, períodos e atividades sociais. Candice Dayton devia ter feito um diário bem abrangente. Constava ali também a data de nascimento do bebê. Exatamente nove meses depois da metade do período que passou em Red Cloud. O nome da bebê era Samantha. Sam era o apelido, presumivelmente. Ela agora tinha quatorze anos. Quase quinze.

Edmonds deslizou uma segunda folha pela mesa. Era a cópia novinha em folha de uma certidão de nascimento.

— Ela não colocou seu nome nela — disse a advogada. — Acho que no início estava feliz em conduzir sozinha a situação. Mas agora ela está passando dificuldade.

Reacher ficou calado.

— Não sei qual é a sua situação financeira atual, obviamente — continuou Edmonds. — Mas são pouco mais de três anos de pensão alimentícia. Mais faculdade, provavelmente. Imagino que o tribunal vai entrar em contato com você em aproximadamente um mês, e você vai poder resolver a questão com elas.

— Eu não me lembro dela — disse Reacher.

— Provavelmente não é bom ficar falando isso com muita frequência. Essas coisas têm uma natureza fundamentada basicamente no confronto, e o senhor tem que evitar mais ressentimento por parte da srta. Dayton, se puder. Pra falar a verdade, pode ser uma jogada inteligente tomar a iniciativa de entrar em contato com ela. O quanto antes. Para demonstrar boa vontade.

Edmonds recolheu o depoimento juramentado e a certidão de nascimento. Recolocou os documentos na pasta, cada um no seu devido lugar. Pôs o arquivo de volta na maleta e fechou-a.

— Como o senhor sabe, major, o Código Unificado da Justiça Militar ainda classifica adultério como delito criminal. Principalmente para aqueles com habilitação de segurança, porque o risco de exposição é geralmente visto como significativo. Especialmente quando um civil é envolvido. Mas acredito que, se o senhor for visto como alguém que está agindo razoavelmente com a srta. Dayton, eu posso conseguir que o promotor deixe esse aspecto pra lá. Principalmente se o senhor tomar a iniciativa de procurar a srta. Dayton e fazer uma oferta. Como eu disse. Talvez agora mesmo. Acho que isso seria bem recebido. Pelo promotor, quero dizer.

Reacher ficou calado.

— Foi há muito tempo, afinal de contas. E não houve qualquer dano aparente à segurança nacional. A não ser que o seu outro problema interfira. Estou me referindo ao caso com o sr. Rodriguez. Eles vão querer atingir o senhor com tudo o que conseguirem encontrar, e nesse caso não serei capaz de ajudá-lo.

Reacher ficou calado.

Edmonds levantou-se e disse:

— Manterei contato, major. Me procure caso precise de alguma coisa.

Ela saiu da sala e fechou a porta. Reacher ficou ouvindo os saltos dela no linóleo do corredor e pouco tempo depois parou de escutar qualquer outra coisa.

A paternidade era uma das experiências masculinas mais corriqueiras de toda a história humana. Mas para Reacher ela sempre pareceu improvável. Algo puramente teórico. Como ganhar o Prêmio Nobel, jogar a Série Mundial de beisebol ou ser capaz de cantar. Algo, em princípio, possível, mas que nunca aconteceria com ele. Um destino para outras pessoas, não para ele. Tinha conhecido pais, começando pelo próprio pai e pelos avós e os pais dos amigos de infância. Depois alguns de seus amigos tornaram-se pais quando se casaram e começaram a constituir família. Ser pai parecia ao mesmo tempo muito simples e infinitamente complexo. Aparentemente muito fácil, na realidade, simplesmente gigantesco demais para despertar preocupação. Então geralmente lidava-se com aquilo como algo cotidiano. Torcer pelo melhor, um passo de cada vez. A impressão dele era de que seu pai sempre estava no comando. Mas olhando para trás ficava claro que ele ia improvisando à medida que o tempo passava.

Samantha Dayton.

Sam.

Quatorze anos.

Reacher não tinha mais tempo para pensar nela. Não naquele momento. Porque a porta foi aberta e Morgan entrou, ainda com seu uniforme de combate, ainda com seus óculos, todo meticuloso e engomadinho.

— Você está dispensado hoje, major. Esteja de volta amanhã antes das oito — ordenou ele.

Tédio como punição. Nada para fazer o dia todo. Uma tática nada usual. Reacher não respondeu. Permaneceu sentado com o olhar perdido ao longe. Mau comportamento ou uma pequena insubordinação não fariam com que sua situação piorasse. Não naquele momento. Mas em troca Morgan também ficou parado ali, mudo como uma pedra, segurando a porta, até que por fim Reacher teve que se levantar, afastar-se da mesa e retirar-se da sala. Ele seguiu lentamente pelo corredor até escutar Morgan trancar-se de novo em seu escritório.

Então ele parou e se virou.

Caminhou até a outra ponta do corredor e verificou a sala à esquerda. A número 209. A sala de Calvin Franz nos primórdios da unidade. Um grande amigo, já morto. Reacher abriu a porta, enfiou a cabeça lá dentro e viu dois homens que não reconheceu. Praças, mas não os dois sujeitos da noite anterior. Não os dois de camisa de malha. Estavam em mesas juntas, uma de frente para a outra, trabalhando muito em seus computadores. Eles o olharam.

— Prossigam — disse Reacher.

Ele recuou e tentou a porta em frente. Sala 210, que já tinha sido ocupada por O'Donnell. Ele ainda estava vivo, pelo menos de acordo com o que Reacher sabia. Detetive particular em D.C., tinha ouvido falar. Não estava muito longe dali. Ele enfiou a cabeça na sala e viu uma mulher à mesa. Estava de uniforme de combate. Uma tenente. Ela levantou o olhar.

— Desculpe — disse ele.

A sala 208 tinha sido o escritório de Tony Swan. Outro grande amigo, também já morto. Reacher abriu a porta e conferiu. Ninguém ali, mas era um ambiente para uma pessoa, e essa pessoa era uma mulher. Havia um quepe feminino de oficial no peitoril da janela e um relógio de pulso aberto em cima da mesa.

Já tinha visto a 207. Aquela que fora domínio de Karla Dixon e agora não pertencia a ninguém. A sala de reunião. Dixon ainda estava viva, pelo menos de acordo com o que ele sabia. Em Nova York, na última vez que tinha ouvido falar dela. Era contadora forense, o que significava que era muito ocupada. A sala 206 tinha sido o escritório de Frances

Neagley. Exatamente em frente à que tinha sido dele, porque ela fizera a maior parte do trabalho de Reacher para ele. A melhor sargento que já tivera. Ainda viva e prosperando, pensou, em Chicago. Ele enfiou a cabeça e viu o tenente que o tinha largado no hotel na noite anterior. No primeiro carro, dirigido pelo soldado. O sujeito estava à mesa no telefone. Ele levantou o olhar. Reacher abanou a cabeça e retirou-se.

A sala 204 tinha sido o escritório de Stan Lowrey. Cara da pesada e bom investigador. Não demorou para ir embora, o único da unidade original que tinha sido esperto o suficiente para sair ileso. Tinha se mudado para Montana e virado criador de cabras e produtor de manteiga. Ninguém sabia por quê. Tinha sido o único homem negro em um raio de mil quilômetros e não possuía experiência alguma com atividade rural. Mas as pessoas diziam que fora feliz. Depois acabou atropelado por um caminhão. Sua sala estava ocupada por um capitão com uniforme formal Class A. Um sujeito baixo que estava indo depor. Nenhuma outra razão para estar com aqueles trapos chiquezinhos.

— Desculpe — disse Reacher, retirando-se mais uma vez.

A sala 203 tinha sido o depósito de evidências e ainda era, a 201 tinha sido arquivo e ainda era, a 202 tinha sido a sala do responsável administrativo da companhia e ainda era. O sujeito estava lá, um sargento, relativamente velho e grisalho, provavelmente lutando anualmente contra a dispensa involuntária. Reacher cumprimentou-o com um aceno de cabeça, retirou-se e desceu a escada.

O sujeito com cara de poucos amigos do turno da noite já tinha ido embora, e Leach o substituíra no balcão da recepção. Um corredor atrás dela levava às salas do primeiro andar, da 101 à 110. Reacher verificou todas elas. As 109 e 110 tinham sido os escritórios de Jorge Sanchez e Manuel Orozco e estavam ocupadas por sujeitos similares de uma geração mais nova. As salas de 101 a 108 continham pessoas que não despertavam interesse particular nele, com exceção da 103, que era a sala do oficial de serviço. Havia um capitão ali. Era um cara bonito, na casa dos vinte e tantos anos de idade. A mesa dele tinha o dobro do tamanho normal, era toda coberta com telefones, papeis de rascunho, formulários para envio de mensagens e um bloco de notas amarelo desmazelado, com suas muitas páginas usadas dobradas frouxamente para trás como um imenso cabelo bufante dos anos 1950. A página virada para cima estava coberta de rabiscos pretos nervosos. Caixas sombreadas, mecanismos e labirintos espirais à prova de fuga. Era nítido que o sujeito passava muito tempo ao telefone, boa parte desse tempo aguardando, quase sempre entediado. Quando ele falou, Reacher reconheceu imediatamente o sotaque do sul. Tinha conversado com aquele sujeito, da Dakota do Sul, mais de uma vez. Ele havia passado suas ligações para Susan Turner.

— Você tem mais pessoal trabalhando por aqui? — perguntou Reacher.

O cara negou com um gesto de cabeça e disse:

— É só isto. É só o que o senhor está vendo. Temos gente espalhada pelos Estados Unidos inteiro e no exterior, mas neste distrito militar não temos mais ninguém.

— Quantos no Afeganistão?

— Dois.

— Fazendo o quê?

— Não posso dar detalhes ao senhor.

— Serviço arriscado?

— Existe serviço de outro tipo no Afeganistão?

Algo na voz dele.

— Você está bem? — perguntou Reacher.

— Eles não fizeram o contato pelo rádio que estava programado para ontem.

— Isso é incomum?

— Nunca tinha acontecido.

— Você sabe qual é a missão deles?

— Não posso contar para o senhor.

— Não estou pedindo pra você me contar. Estou perguntando se você sabe. Em outras palavras, o quanto ela é secreta?

O cara ficou em silêncio um tempinho e disse:

— Não, eu não sei qual é a missão. Só sei que eles estão pra lá de onde o vento faz a curva e só o que a gente está conseguindo é silêncio.

— Obrigado, capitão — agradeceu Reacher.

Ele voltou para o balcão da recepção e pediu a Leach que lhe providenciasse um carro.

Ela hesitou, e Reacher falou:

— Fui dispensado por hoje. O coronel Morgan não falou que eu tinha que ficar sentado no canto de castigo. Um descuido, possivelmente, mas tenho o direito de interpretar as ordens da melhor maneira possível.

— Aonde o senhor quer ir? — perguntou Leach.

— Fort Dyer — respondeu Reacher. — Quero falar com o coronel Moorcroft.

— O advogado da major Turner?

— E o Dyer com certeza fica a menos de oito quilômetros daqui. Você não vai auxiliar nem ser cúmplice de nenhum crime sério.

Leach pensou um pouquinho, depois abriu uma gaveta e pegou uma chave detonada.

— É um Chevy sedan azul antigo — informou ela. — Preciso dele de volta aqui antes do final do dia. Não posso deixar o senhor ficar com ele à noite.

— De quem é o carro esporte vermelho lá fora?

— É o automóvel da major Turner — respondeu Leach.

— Você conhece os caras que estão no Afeganistão?

Ela fez que sim e disse:

— São amigos meus.

— São bons?

— São os melhores.

11

Avia três sedans da Chevrolet no estacionamento do quartel; dois eram antigos, mas só um era azul. Estava sujo e caindo aos pedaços. Devia ter por volta de um milhão de quilômetros no velocímetro. Mas pegou direitinho e se manteve ligado sem problema. O que era necessário, pois o trânsito durante o dia era lento. Muitos semáforos, muitas retenções, muitas pistas congestionadas. Mas entrar no Dyer foi mais rápido do que na primeira vez. Os soldados do portão principal eram relativamente receptivos. Reacher imaginou que Leach mais uma vez devia ter ligado avisando. O que significava que ela estava se tornando uma pequena aliada. O que deixou Reacher satisfeito. Um sargento ao seu lado fazia o mundo girar suave e facilmente. Já um sargento contra você pode transformar sua vida num inferno.

Ele estacionou o carro, entrou e as coisas ficaram lentas novamente. Uma mulher na recepção ligou para vários locais, mas não conseguiu localizar Moorcroft. Nem no alojamento para oficiais visitantes nem nos escritórios de advocacia nem na prisão militar nem nas celas. Sobrou, portanto, apenas um lugar onde procurar. Reacher seguiu em frente e foi para um local mais ao fundo do complexo, até ver a placa com uma seta: *Cassino dos Oficiais*. Estava tarde, mas tomar café da manhã tarde era um hábito de militares com patentes altas que fazem serviços administrativos. Principalmente quando esse tipo de militar também era um intelectualoide acadêmico apenas de passagem por um quartel.

O refeitório do Cassino dos Oficiais mostrou-se um lugar agradável, ameno, amplo e extenso, recentemente redecorado, provavelmente pelo mesmo sujeito que fazia os restaurantes de cadeias de hotéis com preços medianos. Havia muita madeira clara e tecido esverdeado. Muitas divisórias e, portanto, muitas pequenas áreas separadas. Havia carpete no chão. As venezianas nas janelas estavam abertas até mais ou menos a metade. Reacher lembrou-se de uma piada que seu amigo Manuel Orozco gostava de contar: *Como você fecha uma veneziana? Vai pra Veneza e mete o carro na frente dela*. Depois: *Você tem um grupo de pessoas de várias nacionalidades no alto dos Alpes, sabe como descobrir quem é o suíço? Rola um rocambole suíço lá do alto, aí é só ver quem sai desembestado atrás dele*. Logo em seguida David O'Donnell começava a falar que o rocambole suíço na verdade não era de lá. Provavelmente britânico. O'Donnell era o tipo de pedante que fazia Reacher parecer normal.

Reacher seguiu em frente. A maioria das mesas estava vazia, mas Moorcroft ocupava uma delas. Era um homem baixo, rechonchudo, de meia-idade, com expressão cordial, que vestia um uniforme formal Class A, com seu nome grande e nítido na aba do bolso direito da camisa. Estava comendo torrada a uma grande mesa de quatro lugares, isolada.

De frente para ele à mesa estava a major Sullivan, advogada de Reacher responsável pelo caso do Big Dog. Sullivan não estava comendo. Já tinha tomado café, com Reacher, no estabelecimento grego. Ela segurava uma xícara de café, nada mais, e falava, escutava, de uma maneira que parecia bem respeitosa, do jeito que majores conversam com coronéis, e alunos, com professores. Reacher aproximou-se da pequena área, puxou uma cadeira e sentou-se à mesa entre eles.

— Se importam se eu me juntar a vocês?

— Quem é você? — perguntou Moorcroft.

— Este é o major Reacher — informou Sullivan. — Meu cliente. De quem eu estava falando pro senhor.

Nada na voz dela.

Moorcroft olhou para Reacher e disse:

— Se você tem assuntos a discutir, tenho certeza que a major Sullivan ficará satisfeita em agendar um horário num momento mais apropriado.

— É com você que eu quero conversar — esclareceu Reacher.

— Comigo? Sobre o quê?

— Susan Turner.

— Que interesse isso tem pra você?

— Por que não recorreram da prisão pré-julgamento?

— Você deve apresentar um interesse legítimo antes que possamos deliberar especificidades.

— Todo cidadão tem um interesse legítimo na aplicação devida do processo legal contra qualquer outro cidadão.

— Você acha que a minha abordagem tem sido incorreta até agora?

— Terei mais condições de chegar a essa decisão depois que você responder à minha pergunta.

— A major Turner está enfrentando uma acusação séria.

— Mas a prisão pré-julgamento não deve ser punitiva. Não pode ser mais rigorosa do que o necessário para garantir a presença do acusado no tribunal. É o que diz o regulamento.

— Você é advogado? Seu nome não me traz nada à memória.

— Eu era da Polícia do Exército. Na verdade, eu *sou* da PE, suponho. De novo. Por isso sei muita coisa sobre leis.

— Sério? Do mesmo jeito que um encanador entende da ciência por trás da mecânica dos fluídos e da termodinâmica?

— Não fique se gabando, coronel. Não é nenhum bicho de sete cabeças.

— Então, por favor, esclareça-me tudo.

— A situação da major Turner não requer prisão. Ela é um oficial de carreira do Exército dos Estados Unidos. Não vai fugir.

— É uma garantia pessoal que você está me dando?

— Quase. Ela é a comandante da 110ª PE. Como eu fui. Eu não fugiria. Ela também não.

— Temos elementos de traição aqui.

— Aqui, talvez, mas não no mundo real. Ninguém está pensando em traição. Ou não a teriam trazido aqui para Dyer. Ela estaria no Caribe a esta altura.

— Entretanto, não se trata de uma multa por excesso de velocidade.
— Ela não vai fugir.
— De novo: você está me dando uma garantia pessoal?
— É uma avaliação ponderada.
— Você sequer a conhece?
— Na verdade, não.
— Então vá cuidar da sua vida, major.
— Por que ela instruiu você a me proibir de visitá-la?
— Ela não fez isso, tecnicamente. Essa instrução foi passada à frente pelo advogado de serviço. Em algum momento no final da tarde. Portanto, a restrição já estava em vigor antes de eu assumir o caso, o que aconteceu na manhã seguinte. Ou seja, ontem.
— Quero que peça a ela para reconsiderar.

Moorcroft não respondeu. Sullivan inclinou-se para a frente, olhou para Reacher e disse:

— A capitã Edmonds me disse que se encontrou com você. Que conversaram sobre Candice Dayton. Ela disse que te aconselhou a tomar medidas proativas. Já fez isso?

— Vou chegar lá — respondeu Reacher.

— Devia ser a sua prioridade número um. Os mínimos detalhes fazem diferença num negócio como esse.

— Vou chegar lá — repetiu Reacher.

— É da sua filha que nós estamos falando. Ela está morando num carro. Isso é mais importante do que uma preocupação teórica com os direitos humanos da major Turner.

— A menina tem quase 15 anos e está em Los Angeles. Sem dúvida ela já dormiu num carro antes. E, se ela é mesmo minha filha, consegue aguentar um ou dois dias a mais.

— Eu acho que o que a major Sullivan e a capitã Edmonds estão tentando salientar é que você pode não ter um ou dois dias a mais. Dependendo do que os promotores decidirem fazer com relação à questão do Rodriguez — disse Moorcroft. — Aposto que eles estão esfregando as mãos com entusiasmo. Porque é uma tempestade perfeita. A prova é evidente, e a questão é desastrosa para o RP.

— A prova evidente não passa de uma asneira evidente.

Moorcroft sorriu, demonstrando experiência e indulgência.

— Você não é o primeiro acusado a falar isso, você sabe.

— O cara está morto. Mas supostamente eu teria o direito de confrontar as testemunhas de acusação. Como pode uma coisa dessas ser legal?

— É uma anomalia lastimável. O depoimento juramentado fala do além-túmulo. É o que é. Não é possível fazer um novo interrogatório.

Reacher olhou para Sullivan. Ela era a advogada dele, afinal de contas.

— O coronel tem razão. Eu te falei: posso conseguir um acordo pra você. Você devia aceitar — instruiu Sullivan antes de ir embora. Ela esvaziou a xícara, levantou, despediu-se e saiu. Reacher a observou afastar-se e depois virou novamente para Moorcroft.

— Você vai entrar com recurso contra a prisão da major Turner?

— Vou — respondeu Moorcroft. — Na realidade, vou sim. Vou solicitar a liberação ao distrito militar de D.C., e acredito que meu pedido será bem-sucedido. Ela vai andar por aí em breve.

— Quando pretende iniciar o processo?

— Vou preparar a documentação assim que você me deixar terminar de tomar meu café da manhã.

— Quando terá a decisão?

— Lá pela metade do dia, creio eu.

— Bom.

— Bom ou ruim, ainda não é da sua conta, major.

Moorcroft caçou migalhas de pão em seu prato por um minuto ou mais. Em seguida, levantou-se e disse:

— Bom dia, major — e saiu do lugar caminhando lentamente. Ele balançava um pouco ao andar. Muito mais acadêmico do que militar. Mas não era um mau sujeito. Reacher sentiu que o coração dele estava no lugar certo.

Samantha Dayton.

Sam.

Quatorze anos.

Vou chegar lá.

Reacher atravessou todo o complexo no sentido norte e parou na prisão militar, onde o capitão responsável era outro. Não mais Weiss, aquele da noite anterior. O cara do turno do dia era um homem negro e encurvado de uns dois metros e dez, magro como um lápis, que estava encolhido em uma cadeira muito pequena para ele. Reacher pediu para visitar Susan Turner, o cara consultou o fichário verde e recusou o pedido.

Quem não arrisca não petisca.

Reacher caminhou para onde o Chevy antigo estava estacionado, voltou para o quartel da 110ª e o deixou onde o tinha encontrado. Entrou e devolveu a chave para Leach. Ela estava agitada novamente. Nervosa, estressada e tensa. Nada terrível, mas visível.

— O quê? — perguntou Reacher.

— O coronel Morgan não está aqui — respondeu Leach.

— Você está falando como se isso fosse uma coisa ruim.

— Nós precisamos dele.

— Não consigo imaginar por quê.

— Ele é o comandante.

— Não, a major Turner é a comandante.

— E ela também não está aqui.

— O que aconteceu?

— É a segunda vez que os nossos militares lá no Afeganistão não fazem contato pelo rádio. Faz 48 horas que não recebemos notícias deles. Por isso a gente tem que fazer alguma coisa. Mas o Morgan não está aqui.

Reacher fez um gesto positivo de cabeça e comentou:

— Ele provavelmente está comprando um daqueles espetos de mexer carvão em lareira. Pra enfiar no rabo. Deve ser um procedimento moroso.

Ele seguiu em frente, entrou no corredor do andar térreo e na segunda sala à esquerda. A 103. A sala do oficial de dia. O sujeito estava lá, atrás de sua mesa grande, bonito, sulista e preocupado. Seus rabiscos estavam mais desolados do que nunca.

— O Morgan não te falou onde estava indo? — perguntou Reacher.

— Ao Pentágono — respondeu o cara. — Para uma reunião.

— Foi só isso que ele falou?

— Nenhum detalhe.

— Você ligou?

— É claro que liguei. Mas o lugar é grande. Não conseguem encontrar o coronel em lugar nenhum.

— Ele tem telefone celular?

— Desligado.
— Há quanto tempo ele saiu?
— Quase uma hora.
— O que você quer que ele faça?
— Autorize a solicitação de um grupo de busca, é claro. Todo minuto agora é importante. E nós temos um monte de gente lá. A Primeira Divisão de Infantaria. As Forças Especiais. E helicópteros, e drones, e satélites, e todo tipo de vigilância aérea.
— Mas você não sabe nem onde os homens de vocês podem estar nem o que devem estar fazendo.

O oficial de dia concordou com um gesto de cabeça, apontou o polegar para o teto, para a sala do andar de cima, e disse:
— A missão está no computador da major Turner. Que agora é do coronel Morgan. Que é protegido por senha.
— Os contatos pelo rádio vão pra Bagram?

O sujeito concordou novamente com um gesto de cabeça.
— A maioria são informações de rotina. Bagram envia pra gente a transcrição. Mas se há alguma coisa urgente, aí eles nos informam diretamente, aqui mesmo nesta sala. Em uma linha de telefone segura.
— Que tipo de transmissão eles fizeram da última vez? De rotina ou de urgência?
— Rotina.
— Certo — disse Reacher. — Ligue para Bagram e consiga uma estimativa da localização deles na última vez que fizeram contato.
— Mas Bagram vai saber a localização deles?
— Geralmente os caras que trabalham no rádio têm como saber. Pelo som e pela qualidade do sinal. E por intuição às vezes. É o trabalho deles. Peça pra te darem a melhor estimativa com margens de aproximação de dez quilômetros.

O cara pegou um telefone, e Reacher voltou para o balcão da recepção no lobby onde Leach ficava.
— Se pendura no telefone pelos próximos dez minutos e aborda todo mundo que você conhece no Pentágono. Pressão total pra encontrar o Morgan.

Leach pegou o telefone.
Reacher aguardou.

★

Dez minutos depois, Leach não tinha conseguido nada. Algo não muito surpreendente. O Pentágono tinha mais de 27 quilômetros de corredores e aproximadamente 370 mil metros quadrados de salas, tudo ocupado por mais de trinta mil pessoas em um dia de trabalho qualquer. Tentar encontrar um indivíduo ao acaso era como tentar achar uma agulha no palheiro mais secreto do mundo. Reacher voltou à sala 103, e o oficial de dia informou:

— A sala do rádio em Bagram acredita que o nosso pessoal estava a mais ou menos 360 quilômetros de distância. Talvez 370.

— Já é um começo — disse Reacher.

— Na verdade, não. Não sabemos em que direção.

— Se está em dúvida, dê um tiro no escuro. Esse é o princípio que sempre coloco em operação.

— O Afeganistão é um país grande.

— Eu sei que é — disse Reacher. — E hostil, pelo que ouvi. Mas em que parte ele é pior?

— Nas montanhas. Na fronteira com o Paquistão. Nas áreas tribais pashtuns. No nordeste, basicamente. Ninguém acharia aquilo lá divertido.

— Que é o tipo de lugar pra onde a 110ª é enviada. Então bate um fio pro comandante da base e pede a ele para ordenar uma busca aérea, começando a 365 quilômetros a nordeste de Bagram.

— Essa pode ser a direção completamente errada.

— Como eu falei, é um tiro no escuro. Você tem uma ideia melhor?

— Seja como for, eles não vão fazer isso. Não se eu pedir. Um negócio desse demanda no mínimo um major.

— Então use o nome do Morgan.

— Não posso fazer isso.

Reacher ficou escutando. Tudo silencioso. Ninguém estava se aproximando. O oficial de dia estava esperando, a mão fechada com força, no meio do caminho entre seu colo e o telefone.

Você está no exército de novo, major.
Você mantém a patente que tinha.
Você está lotado nesta unidade.

— Use o meu nome — disse Reacher.

12

OOFICIAL DE SERVIÇO FEZ A LIGAÇÃO, E ENTÃO A MÁQUINA militar assumiu o comando, distante, invisível e laboriosa, no outro lado do mundo, a nove fusos horários e aproximadamente treze mil quilômetros de distância: planejamento, instruções, preparação, armamento, abastecimento. O antigo prédio de pedra em Rock Creek ficou silencioso.

— Quantas pessoas mais você tem no campo? — perguntou Reacher.

— Globalmente? Quatorze — respondeu o oficial de dia.

— Por perto?

— Neste momento, Fort Hood, Texas. Arrumando a bagunça depois do episódio com a major Turner por lá.

— Quantos em situação perigosa?

— Esse número nunca é exato, não é mesmo? Oito ou dez, talvez.

— O Morgan já se ausentou sem permissão antes?

— Este é só o terceiro dia dele.

— Como era a major Turner no comando?

— Ainda era bem nova aqui. Tinha chegado há poucas semanas.

— Primeira impressão?

— Excelente.
— Esse esquema do Afeganistão é coisa dela ou a major herdou?
— É dela — respondeu o oficial de dia. — Foi a segunda coisa que ela fez quando chegou aqui, depois do Fort Hood.

Reacher nunca tinha ido a Bagram nem a lugar algum no Afeganistão, mas sabia qual era o funcionamento. Algumas coisas não mudam. Ninguém gosta de ficar sentado sem fazer nada e ninguém gosta de deixar seus companheiros em perigo. Principalmente nas áreas tribais, que eram brutais e primitivas de maneira drástica. Portanto, a missão de busca seria empreendida muito prontamente. Mas envolveria um perigo significativo. Seria necessário apoio aéreo para combate com poder de fogo esmagador. Muitas peças precisam se encaixar. Sendo assim, o planejamento da missão demandaria algum tempo. No mínimo duas horas, Reacher calculou, para deixar tudo esquematizado. Depois seriam duas horas de voo. A resolução não seria rápida.

Reacher passou parte do tempo de espera caminhando. Voltou para o motel em que estava hospedado, passou por ele, depois virou à esquerda, à direita nas quadras compridas até o centro comercial detonado, e passou pelo restaurante grego, que ignorou, pois não estava com fome. Ignorou a loja de molduras, pois não tinha quadros que precisassem desse tipo de serviço, ignorou a loja de armas, pois não queria comprar uma, e ignorou o dentista, pois seus dentes estavam bons. Parou na loja de ferragens e comprou roupas geralmente usadas em trabalho pesado: uma calça de brim caqui, uma camisa de brim azul e um casaco marrom com uma camada isolante milagrosa. Depois deu uma passada na farmácia sem nome e comprou meias e cuecas de um dólar, além de duas camisetas de malha brancas, que decidiu usar uma sobre a outra debaixo da camisa, porque a malha era fina, e o clima não mostrava sinais de que iria esquentar. Pegou também um pacote com três aparelhos de barbear descartáveis, os menores disponíveis, dois pacotes de chicletes e um pente de plástico.

Levou suas compras de volta para o motel, a duas compridas quadras dali, e entrou no quarto. Fora arrumado em sua ausência. A cama tinha sido feita, e os escassos itens de banheiro, repostos. Toalhas limpas e secas, porém também finas, um sabonete novo embalado, também pequeno, e outra garrafinha minúscula contendo um xampu que mais parecia detergente. Ele se despiu no frio e abarrotou as lixeiras com suas roupas velhas — metade no banheiro, metade no quarto, porque as lixeiras eram pequenas —, depois barbeou-se muito cuidadosamente e tomou o segundo banho do dia.

Ele ligou o aquecedor debaixo da janela no quarto e se secou com uma toalha de mão em frente à rouca corrente de ar e assim deixar a toalha grande para uma ocasião futura. Vestiu as roupas novas, calçou as botas velhas e penteou o cabelo. Conferiu o resultado no espelho do banheiro e ficou satisfeito com o que viu. Pelo menos estava limpo e arrumado; melhor que isso, impossível.

Ela vai estar andando por aí em breve.

Reacher voltou caminhando para o quartel da 110ª. As quatro camadas no tronco, mais a camada isolante milagrosa, deram conta do serviço. Mantiveram-no aquecido. Os portões do quartel estavam abertos. O cara do turno do dia estava na guarita da sentinela. O carro de Morgan tinha voltado ao estacionamento. O sedan básico. Reacher o tinha visto na noite anterior, com o próprio Morgan ao volante, todo arrumadinho e pomposo. Reacher virou, foi na direção dele e colocou a palma da mão no capô. Estava morno, quase quente. Morgan tinha acabado de voltar.

O que explicava o estado de espírito de Leach. Ela estava em silêncio e aprumada ao balcão da recepção no lobby. Atrás dela, o oficial de dia estava inerte no corredor do andar térreo, com o rosto pálido, parado ali sem fazer nada. Reacher não esperou que lhe contassem o que estava acontecendo. Virou e subiu a escada de pedra. Terceira sala à esquerda. Bateu e entrou. Morgan estava à mesa, com os lábios contorcidos e furioso, quase tremendo de raiva.

— Que bom que apareceu, coronel — disse Reacher.

— O que você acabou de fazer vai custar mais de trinta milhões de dólares ao Pentágono — esbravejou Morgan.

— Dinheiro bem gasto.

— Isto aqui vai dar corte marcial.

— Provavelmente — disse Reacher. — Mas pra você, não pra mim. Não sei onde serviu antes, coronel, mas não existe mais espaço pra amadorismo. Não aqui. Não nesta unidade. Você sabia que tinha dois homens em perigo e se ausentou durante duas horas. Não informou onde estava indo, e seu telefone estava desligado. Isso é totalmente inaceitável.

— Aqueles homens não estavam em perigo. Estavam bisbilhotando e fazendo uma investigação trivial.

— Deixaram de fazer contato pelo rádio duas vezes consecutivas.

— Provavelmente estavam coçando o saco, igual ao resto desta porcaria de unidade.

— No Afeganistão? Fazendo o quê? Mandando ver em bares e boates? Dando uma conferida nos puteiros? Passando o dia na praia? Cai na real, seu idiota. Rádio silencioso no Afeganistão é sinônimo de más notícias.

— A decisão era minha.

— Você não ia reconhecer uma decisão nem se ela corresse pra cima de você e mordesse o seu rabo.

— Não fale assim comigo.

— Senão o quê?

Morgan ficou calado.

— Você cancelou a busca? — perguntou Reacher.

Morgan não respondeu.

— E você não me falou que estamos procurando no lugar errado. Então eu estava certo. Aqueles caras estão perdidos na fronteira das áreas tribais. Você devia ter feito isso 24 horas atrás. Eles estão em perigo de verdade.

— Você não tem o direito de interferir.

— Eu voltei pro Exército, estou lotado nesta unidade e tenho a patente de major. Portanto, não estava interferindo. Estava fazendo o meu trabalho e estava trabalhando da maneira correta. Como sempre costumei fazer. Você devia prestar atenção e aprender alguma coisa, coronel. Você tem umas doze pessoas no campo, expostas e vulneráveis, e não devia estar pensando em mais nada durante dia e noite. Devia deixar um número de contato preciso o tempo todo, manter seu telefone ligado e estar sempre pronto para atender, independentemente de o que estiver fazendo.

— Já terminou? — perguntou Morgan.

— Eu estou apenas começando.

— Você compreende que está sob meu comando?

Reacher fez que sim e disse:

— A vida é cheia de anomalias.

— Então escuta aqui, major. As suas ordens mudaram. De agora em diante você ficará confinado no seu aquartelamento. Vá direto para o seu motel e fique lá até receber notícias minhas de novo. Não saia do seu quarto por nenhuma razão. Não tente se comunicar com ninguém desta unidade.

Reacher ficou calado.

— Está dispensado, major — disse Morgan.

O oficial de dia ainda estava no corredor do andar térreo. Leach ainda estava atrás do balcão da recepção. Reacher desceu a escada e deu de ombros para os dois. Um pouco para se desculpar, um pouco para se lamentar, um pouco para representar o gesto militar universal: *mesma merda de sempre*. Ele seguiu na direção da porta, desceu a escada de pedra e sentiu o frio ar do meio-dia. O céu estava limpando. O azul brilhava lá em cima.

Reacher caminhou o restante da subida e virou na rua de três pistas. Um ônibus passou por ele. Estava indo embora, não chegando. Afastava-se progressivamente. Reacher continuou caminhando, percorreu uma leve descida, uma leve subida. Avistou o motel à frente, a uns cem metros.

Parou.

O carro com as portas amassadas estava no estacionamento.

13

O CARRO ERA FACILMENTE RECONHECÍVEL, MESMO À distância. Marca, modelo, formato, cor, a pequena deformação na lataria do lado do motorista. Estava sozinho no estacionamento, em frente ao local onde Reacher acreditava ficar o seu quarto. Ele deu três passos à frente, diagonalmente em relação à beirada da calçada, para melhorar seu ângulo e viu quatro homens saindo pela porta de seu quarto.

Dois deles eram facilmente identificáveis assim como o carro. Eram os caras da noite anterior. Cem por cento de certeza. Formato, tamanho, cor. Os outros eram novos. Nada especial em relação ao primeiro. Alto, jovem, burro. Tão ruim quanto seus dois parceiros.

O quarto homem era diferente.

Tinha uma aparência mais velha do que a dos outros e era um pouco maior, portanto, aproximadamente do mesmo tamanho de Reacher. Um metro e noventa e três, cento e dez quilos. Tudo músculo. Coxas enormes, cintura fina, peito enorme, parecido com uma ampulheta ou com um desenho animado. Além disso, dois grandes ombros nodosos e braços abertos devido ao volume do peitoral e dos tríceps. Como um ginasta masculino campeão mundial, só que com o dobro da carcaça.

Mas realmente extraordinária era a cabeça dele. Raspada, parecia que tinha sido feita com duas placas de aço soldadas uma à outra. Olhos pequenos e sobrancelhas grossas, maçãs do rosto pontudas e orelhas bem pequenas, cartilaginosas e com um formato similar ao de um macarrão. Tinha as costas eretas e vigorosas. Eslavo, de certa maneira. Como um garoto-propaganda em um anúncio antigo de recrutamento para o Exército Vermelho. Ele estaria segurando um estandarte com uma das mãos, imponente e orgulhoso, com os olhos, de maneira nebulosa, fixos em um futuro de ouro.

Os quatro homens saíram e fecharam a porta. Reacher seguiu caminhando, noventa metros de distância, oitenta. Um velocista olímpico conseguiria percorrer o espaço em aproximadamente oito segundos, mas Reacher não era nenhum velocista, nem olímpico nem de outro tipo qualquer. Os quatro homens aproximaram-se do carro. Reacher continuou andando. Os quatro homens abriram as portas do carro e abaixaram-se para entrar, dois atrás, dois na frente. Reacher continuou andando. Setenta metros. Sessenta. O carro moveu-se pelo estacionamento e parou com a frente para a rua de três pistas, esperando uma brecha no trânsito, aguardando para virar. Reacher queria que ele virasse em sua direção. *Vira pra esquerda*, ele pensou. *Por favor.*

Mas o carro virou para a direita e juntou-se ao fluxo do trânsito, afastou-se, desapareceu.

Um minuto depois, Reacher estava à porta, destrancando-a novamente, abrindo-a e entrando. Não havia nada bagunçado. Nada quebrado, revirado nem destruído. Portanto, não tinham feito uma busca detalhada. Somente uma bisbilhotada superficial em busca de uma primeira impressão.

E qual era ela?

Havia uma banheira molhada, uma toalha molhada, algumas roupas velhas enfiadas nas lixeiras e alguns artigos de limpeza pessoal largados na pia. Como se tivesse acabado de se levantar e ir embora. O que tinham dito para ele fazer, afinal. *É melhor então você sair fora desta porra desta cidade agora. Toda noite que a gente te encontrar aqui, vamos te meter umas bicudas.*

Talvez tivessem pensado que ele dera atenção às ameaças deles. Ou talvez não.

Ele saiu da sala de novo e caminhou até a recepção do motel. O recepcionista era um cara esquisito de uns 40 anos, que tinha a pele ruim e os ossos salientes, trepado em um banco alto atrás do balcão.

— Você deixou quatro caras entrarem no meu quarto? — perguntou Reacher.

O recepcionista deu uma chupada nos dentes e fez que sim com um gesto de cabeça.

— Exército? — indagou Reacher.

Ele novamente confirmou com a cabeça.

— Você viu as identidades?

— Não precisei. Eles tinham o jeitão.

— Você faz muitos negócios com o Exército?

— Bastante.

— A ponto de nunca fazer perguntas?

— É isso aí, patrão. Sempre pego leve e sou um doce com o Exército. Porque a gente tem que comer. Eles fizeram alguma coisa errada?

— Nada — respondeu Reacher. — Você escutou algum nome?

— Só o seu.

Reacher ficou calado.

— Posso fazer mais alguma coisa pelo senhor? — perguntou ele.

— Uma toalha limpa ia cair bem — respondeu Reacher. — E mais sabonete. Mais xampu. E você podia esvaziar as minhas lixeiras.

— Como quiser — disse o cara. — Sempre pego leve e sou um doce com o Exército.

Reacher voltou para o quarto. Não havia cadeira. O que não era nenhuma violação às Convenções de Genebra, mas o confinamento no aquartelamento seria maçante para um homem grande e agitado. Além disso, era só um motel, sem serviço de quarto. Sem restaurante, sem um boteco pé-sujo do outro lado da rua. E sem telefone, portanto, sem comida delivery. Então Reacher trancou o quarto novamente e foi para aquele lugar grego a duas quadras de distância. Tecnicamente, uma grave violação da ordem que recebera, mas que se danasse — trivialidades não fariam muita diferença, nem para melhor nem para pior.

Ele não viu nada durante a caminhada com exceção de um ônibus municipal saindo da cidade e um caminhão do lixo fazendo a coleta. No restaurante, a recepcionista o colocou em uma mesa no lado contrário àquele em que tinha tomado café, e uma outra garçonete o atendeu. Pediu café, um cheeseburger, uma fatia de torta e gostou de tudo. Não viu nada no caminho de volta, a não ser outro ônibus saindo da cidade e outro caminhão do lixo. Estava de volta a seu quarto menos uma hora depois de ter saído. O cara esquisito tinha providenciado a toalha, o sabonete e o xampu. As lixeiras estavam vazias. Não tinha como aquele quarto ficar melhor. Ele deitou na cama, cruzou as pernas, colocou as mãos atrás da cabeça e pensou em dar uma cochilada.

Mas não o fez. Mais ou menos um minuto depois de ter encostado a cabeça no travesseiro, três subtenentes da 75ª PE apareceram para prendê-lo.

14

LES CHEGARAM DE CARRO, ACELERANDO BASTANTE. Reacher o escutou na rua, o escutou entrar abruptamente no estacionamento, o escutou fazer a curva de maneira agressiva e parar derrapando do lado de fora. Escutou três portas serem abertas, uma sequência irregular de três sons separados, todos contidos no mesmo segundo, e escutou três pares de botas tocarem o chão, o que significava três caras, não quatro — ou seja, não eram os sujeitos do carro de portas amassadas. Em seguida, uma pausa, e um deles afastou-se a passos velozes, o que Reacher imaginou ser alguém dando a volta correndo para cobrir a parte de trás, o que era perda de tempo, porque o banheiro não tinha janela, mas eles não sabiam disso, e antes prevenir do que remediar. O que indicou a Reacher que estava lidando com uma equipe competente.

Ele descruzou as pernas, tirou as mãos de trás da cabeça e sentou na cama. Girou o corpo e colocou os pés no chão. Nesse exato momento, começaram a esmurrar a porta. Nada parecido com o *toc, toc, toc* educado da major Sullivan às seis da manhã. Era um furioso *boom, boom, boom*, de caras fortes treinados para gerar uma primeira impressão paralisante. Não era o seu método favorito. Sempre sentiu-se constrangido fazendo muito barulho.

Os caras lá fora pararam de esmurrar pouco depois; tempo suficiente para gritarem algo algumas vezes. *Abra a porta, abra a porta,* supôs Reacher. Depois começaram a esmurrar novamente. Reacher levantou-se e caminhou até a porta. Ele espancou-a do outro lado, com a mesma força e fazendo o mesmo barulho. A comoção parou do lado de fora. Reacher sorriu. Ninguém esperava que uma porta respondesse.

Ele abriu e viu dois sujeitos de uniforme de combate do Exército. Um deles estava com uma pistola, e o outro, com uma escopeta. O que era um negócio sério pra cacete em se tratando de uma tarde numa área residencial tranquila da Virgínia. Atrás deles, o carro, ligado, estava com as três portas abertas.

— Pois não? — perguntou Reacher.

O cara do lado das dobradiças da porta estava no comando. O local mais seguro para o militar mais antigo.

— Senhor, deve vir com a gente.

— Quem disse?

— Eu disse.

— Unidade?

— 75ª PE.

— Sob ordens de quem?

— O senhor vai descobrir.

O nome na sutache da farda do sujeito era Espin. Ele era mais ou menos do tamanho de um boxeador peso-mosca, tinha cabelo escuro, o nariz achatado e era forte e musculoso. Parecia um cara gente boa. No geral, Reacher gostava de subtenentes. Não tanto quanto de sargentos, porém mais do que da maioria dos oficiais.

— Isto é uma prisão? — perguntou ele.

— O senhor quer que seja? — devolveu Espin. — Se quiser, continue falando.

— Decida-se, soldado. É uma coisa ou outra.

— Prefiro cooperação voluntária.

— Vai sonhando.

— Então, sim, você está preso.

— Qual é o seu nome?

— Espin.
— Primeiro nome?
— Por quê?
— Quero me lembrar dele enquanto viver.
— Isso é uma ameaça?
— Qual é o seu nome?
— Pete — respondeu o sujeito.
— Tá certo — disse Reacher. — Pete Espin. Pra onde a gente vai?
— Fort Dyer — respondeu Pete Espin.
— Por quê?
— Alguém quer falar com o senhor.

O terceiro cara voltou de trás do prédio. Subordinado a Espin, mas apenas tecnicamente. Todos os três pareciam veteranos. Tinham visto de tudo, feito de tudo.

— Vamos revistar o senhor antes — informou Espin.
— Fiquem à vontade — autorizou Reacher.

Ele suspendeu os braços. Não tinha nada a esconder. Não tinha nada nos bolsos, a não ser seu passaporte, seu cartão de débito, sua escova de dente, um pouco de dinheiro, alguns chicletes e a chave do motel. O que foi rapidamente confirmado. Logo em seguida, o cara com a escopeta o levou para o carro. Para o banco de trás do lado do carona. O local mais seguro para levar um bandido em um veículo de quatro lugares sem tela de segurança. Menor a chance de ele intrometer-se com o motorista. O cara que tinha ido conferir se havia janela no banheiro se sentou no banco do motorista. Espin entrou ao lado de Reacher. O cara da escopeta fechou a porta do major e depois ocupou o banco do carona. Tudo certo, preciso, sossegado e profissional. Uma boa equipe.

Era muito tarde para o almoço e muito cedo para o horário do rush, então as ruas estavam vazias e a viagem foi rápida. Passaram por um caminho diferente do que Reacher fizera, por um emaranhado de ruas, e chegaram à entrada norte do Dyer, que parecia bem menos usada do que o portão principal no sul. Porém não era menos segura. Entrar levava o mesmo tempo. Pilares de concreto tipo dente de dragão, barreiras e revista, revista, revista, três vezes. Em seguida, deram a volta e chegaram à porta de trás da prisão militar. Tiraram Reacher do carro, passaram-no pela porta e o conduziram a um sujeito lá dentro. Não exatamente um agente penitenciário. Era mais um secretário ou administrador. Estava desarmado, como a maioria dos funcionários de uma prisão, e tinha chaves no cinto. Estava em uma salinha quadrada, com portas de isolamento à esquerda e à direita.

Fizeram Reacher entrar por uma porta à esquerda e prosseguir até uma sala de interrogatório. Sem janela. Apenas quatro paredes vazias e uma mesa parafusada no chão, com duas cadeiras de um lado e uma do outro. A sala não tinha sido projetada por um decorador. Isso era óbvio. Não havia madeiras claras nem carpete. Somente uma tinta branca desgastada sobre blocos de concreto, um chão de cimento rachado e uma lâmpada fluorescente em uma gaiolinha de arame no teto.

Um sujeito do Dyer que Reacher nunca tinha visto entrou com um saco de plástico transparente e tirou todas as coisas dos bolsos dele. Reacher sentou-se no lado individual da mesa. Concluiu que aquele era o lugar que designariam para ele. Espin sentou-se no lado oposto. Todos os outros saíram. Espin não falou nada. Nenhuma pergunta, nenhuma brincadeirinha, nenhuma bobagem para passar o tempo.

— Quem quer falar comigo?
— Ele está a caminho — respondeu Espin.
— Ele?
— Algum nome polonês.
— Quem é ele?
— Você vai ver.

E foi o que Reacher fez mais ou menos vinte minutos depois. A porta foi aberta, e um homem de terno entrou. Estava no início da meia-idade, o cabelo escuro apresentava alguns fios brancos, o rosto pálido e empapuçado expunha certa fadiga, e o corpo compacto e firme indicava o tempo dedicado à academia. O terno preto não era barato, mas gasto e brilhante em alguns lugares, e no alto do bolso do paletó havia um crachá pendurado. Era da Polícia Metropolitana, do departamento de polícia de D.C.

Um civil.

O sujeito sentou ao lado de Espin e apresentou-se:
— Sou o detetive Podolski.
— Bom saber — comentou Reacher.

— Preciso de algumas respostas.
— Pra que tipo de perguntas?
— Acho que você sabe.
— Não sei, não.
— Perguntas sobre uma agressão.
— Há quanto tempo desta vez? Vinte anos? Cem? Alguma coisa que aconteceu na Guerra Civil?
— Conte-me o que fez pela manhã.
— Que manhã?
— Esta manhã. Hoje.
— Levantei, falei com uma advogada, depois falei com outra advogada, depois falei com um advogado. De cabo a rabo, a minha manhã foi basicamente com advogados.
— Quais os nomes deles?
— Sullivan, Edmonds e Moorcroft.
— Moorcroft seria o coronel Moorcroft, da sua faculdade do Departamento Jurídico das Forças Armadas em Charlottesville, mas que está temporariamente trabalhando fora da base dele?
— Minha faculdade do Departamento Jurídico das Forças Armadas, não — retrucou Reacher. — Mas sim, é esse cara mesmo.
— E onde foi que você conversou com ele?
— Aqui mesmo nesta base. No restaurante do Cassino dos Oficiais.
— E quando você conversou com ele?
— De manhã. Já falei.
— A que horas, mais especificamente?
— Uma conversa particular entre dois oficiais do Exército numa base militar diz respeito à sua jurisdição, detetive?
— Esta, sim — afirmou Podolski. — Acredite em mim. Quando foi que você falou com ele?
— Na hora em que ele estava tomando café — informou Reacher.
— Que foi depois de mim. Eu diria que a conversa começou às 9h23.
— Isso sim é ser específico.
— Você me pediu pra ser específico.
— Sobre o que foi a conversa com o coronel Moorcroft?
— Uma questão legal — respondeu Reacher.
— Secreta?

— Não, foi sobre um terceiro.

— E esse terceiro seria a major Susan Turner, da 110ª PE, atualmente sob investigação pelo Exército por acusações de corrupção?

— Correto.

— E a major Sullivan testemunhou essa conversa, certo?

— Sim, ela estava lá.

— Ela disse que você queria que o coronel Moorcroft fizesse uma coisa, certo?

— Certo.

— Você queria que ele recorresse da prisão pré-julgamento da major Turner?

— Queria.

— Mas ele não ia fazer isso, certo? Na realidade, ele mandou você ir cuidar da sua vida.

— Num determinado momento, falou, sim.

— Na verdade, vocês discutiram. Uma discussão acalorada.

— Nós não discutimos. Debatemos uma questão técnica. Não nos exaltamos.

— Mas o ponto principal é que você queria que o coronel Moorcroft fizesse algo para você, e ele se recusou. Esse é um resumo justo?

— Do que é que se trata isto aqui? — indagou Reacher.

— Se trata de o coronel Moorcroft ter sido espancado até quase morrer, no final da manhã de hoje, na região sudeste de D.C. Nas minhas ruas.

15

PODOLSKI PEGOU UM BLOCO DE NOTAS E UMA CANETA E OS colocou impecavelmente sobre a mesa.

— Você vai precisar de um advogado.

— Eu não estava na região sudeste de D.C. hoje. Não estive em nenhuma outra parte. Eu sequer atravessei o rio.

— Você quer um advogado?

— Eu já tenho um advogado. Dois, na verdade. Eles não são lá muito úteis pra mim. Pra ser sincero, um deles em particular não está me fazendo bem nenhum.

— Está se referindo a major Sullivan?

— Ela foi embora antes de a conversa acabar. Moorcroft ia preparar a documentação. Ele concordou logo depois que a Sullivan foi embora.

— Isso é conveniente.

— E também é verdade. Moorcroft está falando outra coisa?

— Moorcroft não está falando nada. Ele está em coma.

Reacher ficou calado.

— Você estava de carro, não estava? — perguntou Podolski. — Num sedan azul da Chevrolet que pegou no quartel da 110ª.

— E daí?

— Você pode ter pegado o Moorcroft e atravessado o rio de carro com ele.

— Até podia, suponho eu, mas não fiz isso.

— Foi um ataque brutal.

— Se você está dizendo.

— Estou, sim. Deve ter espalhado sangue pra todo lado.

— Ataques brutais e sangue pra todo lado andam sempre de mãos dadas — concordou Reacher.

— Me conta das suas roupas.

— Que roupas? — As roupas que você está usando.

Reacher olhou pra baixo.

— São novas. Acabei de comprar.

— Onde?

— Em um centro comercial a duas quadras do hotel.

— Por que você as comprou?

Ela vai estar andando por aí em breve.

— Estava na hora — respondeu Reacher.

— As suas roupas velhas estavam sujas?

— Acho que estavam.

— Deixou cair alguma coisa nelas?

— Tipo o quê?

— Sangue, por exemplo.

— Não, não tinha sangue nenhum nelas.

— Onde elas estão agora?

Reacher ficou calado.

— Nós conversamos com o recepcionista do seu motel — disse Podolski. — Ele disse que você fez questão que ele esvaziasse as suas lixeiras.

— Eu não fiz questão.

— Mesmo assim, ele esvaziou o seu lixo. Como você pediu pra ele. Logo antes do caminhão do lixo passar. Então agora a sua roupa velha já era.

— Coincidência.

— Isso é conveniente — repetiu Podolski. — Não é?

Reacher não respondeu.

— O recepcionista deu uma conferida nas roupas. Ele é desse tipo de cara. Elas eram muito grandes pra ele, é claro, mas podiam ter algum valor. Mas não tiveram. Sujas demais, foi o que ele disse. E muito manchadas. Inclusive com o que parecia sangue pra ele.

— Não do Moorcroft — disse Reacher.

— De quem, então?

— Eu estava usando aquelas roupas há muito tempo. Minha vida é dura.

— Você briga muito.

— O mínimo possível. Mas de vez em quando me corto fazendo a barba.

— Você tomou banho também, não tomou?

— Quando?

— Quando jogou as roupas fora. O recepcionista do motel disse que você pediu toalhas limpas.

— É, tomei banho, sim.

— Você normalmente toma dois banhos por dia?

— Às vezes.

— Algum motivo particular pra isso hoje?

Ela vai estar andando por aí em breve.

— Nenhum motivo particular — respondeu Reacher.

— Pra enxaguar o sangue, talvez?

— Eu não estava sangrando.

— Se analisarmos o ralo, o que vamos encontrar?

— Água suja — respondeu Reacher.

— Tem certeza disso?

— O quarto inteiro está sujo.

— Você está enfrentando uma acusação de homicídio agora, certo? De dezesseis anos atrás? Juan Rodriguez? Um cara que você espancou?

— Acusação falsa.

— Já ouvi isso antes. Que foi o que o coronel Moorcroft também falou, não foi? A major Sullivan me contou que você mencionou esse assunto pra ele. Mas ele não foi solidário. Isso te deixou muito nervoso?

— Me deixou um pouco frustrado.

— É, deve ser cansativo ser tão incompreendido assim.

— Qual é o estado do Moorcroft?
— Está se sentindo culpado?
— Estou preocupado com ele e com a cliente dele.
— Ouvi dizer que você nunca se encontrou com essa mulher.
— Isso faz alguma diferença?
— Os médicos disseram que Moorcroft deve acordar em algum momento. Ninguém sabe dizer quando nem qual vai ser o estado dele quando isso acontecer. Se acontecer.
— Eu estava no quartel da 110ª durante parte da manhã.

Podolski movimentou a cabeça, demonstrando que já tinha conhecimento dessa informação, e completou:

— Durante uns vinte minutos no total. Nós averiguamos. O que ficou fazendo durante o resto da manhã?
— Fiquei caminhando.
— Onde?
— Por aí.
— Alguém te viu caminhando?
— Acho que não.
— Isso é conveniente — disse Podolski pela terceira vez.
— Você está falando com o cara errado, detetive. Na última vez em que vi Moorcroft, ele estava saindo do Cassino dos Oficiais bem aqui feliz da vida. Quem quer que o tenha agredido está perambulando por aí, rindo de você, enquanto está aqui perdendo tempo comigo.
— Em outras palavras, outro camarada fez aquilo.
— Obviamente.
— Já ouvi isso antes — repetiu Podolski.
— Alguma vez estava errado?
— Não interessa. O que interessa é se estou errado agora. E não acho que eu esteja. Tenho um sujeito com histórico de violência, que foi visto discutindo com a vítima antes do horário do crime, que jogou fora um conjunto inteiro de roupa logo depois do crime, que tomou o segundo banho do dia, que teve acesso a um veículo e cuja movimentação não foi inteiramente esclarecida. Você foi policial, correto? O que você faria?
— Eu encontraria o cara certo? Tenho certeza de que vi isso escrito em algum lugar.

— Suponhamos que o cara certo esteja dizendo que ele é o cara errado.
— Acontece o tempo todo. Você tem que fazer o seu julgamento.
— Estou fazendo.
— Que pena — comentou Reacher.
— Me mostre suas mãos.

Reacher colocou as mãos sobre a mesa, abertas, com as palmas para baixo. Eram grandes e bronzeadas, macilentas e rugosas. Os nós dos dedos estavam levemente rosados e inchados. Da noite anterior. Os dois caras de camisa de malha. O gancho de esquerda e o direto no queixo. Impactos fortes. Não os maiores impactos de todos os tempos, porém firmes. Podolski ficou observando por um bom tempo.

— Inconclusivo — disse ele. — Talvez você tenha usado uma arma. Um instrumento qualquer sem ponta. Os médicos vão me falar.

— Tá, e agora?

— Essa decisão é do promotor público. Enquanto isso você vem comigo. Quero você sob custódia lá no centro.

A sala ficou em silêncio, e então Espin falou pela primeira vez.

— Não. Inaceitável. Ele fica aqui. O nosso homicídio ganha da sua agressão.

— Hoje de manhã ganha de dezesseis anos atrás.

— A posse representa noventa por cento da lei. Nós estamos com ele. Não vocês. Imagine a trabalheira com a documentação.

Podolski não respondeu.

— Você pode vir aqui conversar com ele sempre que quiser.

— Ele vai permanecer sob custódia? — perguntou Podolski.

— Mais trancafiado que cu de peixe.

— Fechado — concordou Podolski. Ele levantou, pegou a caneta e o caderno e saiu da sala.

Depois disso, partiram direto para a rotina de prisão pré-julgamento. Revistaram Reacher novamente, tiraram os cadarços de suas botas e meio que o empurraram meio que o conduziram ao longo de um corredor estreito e inexpressivo. Passaram por duas salas de interrogatório em frente uma da outra e fizeram duas curvas até chegarem ao bloco das celas. Que era muito mais civilizado do que alguns que Reacher tinha visto. Era muito mais parecido com o quarto de uma rede de hotéis em um lugar longínquo do que com uma prisão. Era um emaranhado de subcorredores e pequenos lobbies, e a cela era como o quarto de um motel. Fortificado, claro, com trancas, fechaduras, uma porta de aço que abria para fora, paredes de concreto, uma janelinha gradeada de trinta centímetros de altura perto do teto, peças de metal no banheiro. A cama era um beliche estreito estilo alojamento, mas espaçoso e confortável ao mesmo tempo. No geral, melhor do que aquele lugar lá na rua de três pistas. Com toda certeza. Havia até uma cadeira ao lado da cama. A Joint Base Dyer-Helsington House em toda sua glória e opulência. Prisioneiros com patentes altas eram mais bem tratados que oficiais subalternos livres.

Reacher sentou na cadeira.

Espin ficou esperando à porta.

Espere o melhor, planeje-se para o pior.

— Preciso falar com o capitão de serviço assim que possível — disse Reacher.

— Ele vem aqui de qualquer maneira. Vai passar as regras pra você.

— Eu conheço as regras. Já fui capitão de serviço. Mesmo assim, preciso vê-lo o mais rápido possível.

— Vou dar o recado.

Espin saiu.

Bateu a porta, girou a tramela, e as travas dispararam na direção da tranca.

Vinte minutos depois, os sons se repetiram ao contrário. Alguém puxou as travas, girou a tramela para o outro lado e abriu a porta. O capitão varapau abaixou a cabeça para passar pela porta e entrou.

— Nós vamos ter problema com o senhor? — perguntou ele.

— Não vejo motivo para isso, desde que todos vocês se comportem de maneira apropriada.

O sujeito sorriu e perguntou:

— O que posso fazer pelo senhor?

— Pode ligar pra uma pessoa. Sargento Leach, na 110ª. Conte-a que estou aqui. Ela deve ter um recado pra mim. Se tiver, você vem aqui e me dá.

— Quer que eu alimente o seu cachorro e pegue a sua roupa na lavanderia também?

— Não tenho cachorro nem uso a lavanderia. Mas você pode ligar para a major Sullivan, no Departamento Jurídico das Forças Armadas, se possível. Ela é a minha advogada. Diga que quero me encontrar com ela, aqui, perto do final do expediente de hoje. Diga que preciso de uma reunião entre advogado e cliente. Diga que é extremamente importante.

— Só isso?

— Não. Depois você liga para a capitão Edmonds, no Comando de Recursos Humanos. Ela é a minha outra advogada. Diga que quero falar com ela logo depois da major Sullivan. Diga que tenho assuntos urgentes pra discutir.

— Algo mais?

— Quantos fregueses você tem hoje?

— Só você e mais um.

— Que deve ser a major Turner, certo?

— Certo.

— Ela está aqui perto?

— Este é o único bloco de celas que temos.

— Ela tem que saber que o advogado dela está fora de ação. Ela precisa de outro. Você precisa se encontrar com ela e se certificar de que ela consiga um.

— Isso é uma coisa esquisita pro senhor falar.

— Não tenho nada a ver com o que aconteceu com Moorcroft. Você vai ficar sabendo disso muito em breve. O único jeito de não fazer papel de palhaço é não colocar a maquiagem na cara.

— Outra coisa esquisita pro senhor falar. Quem morreu e promoveu o senhor a presidente da União Americana pelas Liberdades Civis?

— Eu jurei defender a Constituição. E você também. A major Turner tem direito a representação competente o tempo todo. Essa é a teoria. E um intervalo não vai pegar bem quando entrarem com a apelação. Então fala pra major que ela precisa de um advogado novo. O mais rápido possível. Hoje à tarde seria ótimo. Certifique-se de que ela compreenda isso muito bem.

— Algo mais?

— Por enquanto é só isso — disse Reacher. — Obrigado, capitão.

— De nada — disse ele antes de se virar, se abaixar para passar pela porta e sair até o corredor. Bateu a porta, girou a tramela, e as travas dispararam na direção da tranca.

Reacher permaneceu onde estava, na cadeira.

Quinze minutos depois os sons da porta voltaram. As travas, as tramelas, as dobradiças. Desta vez o capitão de serviço ficou no corredor do lado de fora. Menos tensão no pescoço.

— Mensagem da sargento Leach lá do seu quartel. Os dois caras do Afeganistão foram encontrados mortos. Numa trilha de cabras em Hindu Kush. Tiro na cabeça. Nove milímetros, provavelmente. Uns três dias atrás, pela aparência.

Reacher ficou um tempo em silêncio e disse:

— Obrigado, capitão.

Espere o melhor, planeje-se para o pior.

E acontecera o pior.

16

REACHER PERMANECEU NA CADEIRA, REFLETINDO, JOGANDO para cima uma moeda imaginária. Primeira vez: cara ou coroa? Meio a meio, obviamente. Porque a moeda era imaginária. Uma moeda de verdade jogada por um humano de verdade tenderia para algo em torno de 51-49 em favor do lado que estivesse para cima na saída. Ninguém sabia explicar exatamente por que, mas o fenômeno era facilmente observado em experimentos. Algo relacionado a múltiplos eixos de rotação, oscilação, aerodinâmica e a diferença geral entre teoria e prática.

Mas a moeda de Reacher era imaginária. Então, segunda vez: cara ou coroa? Exatamente meio a meio de novo. Depois a terceira e quarta vezes. Cada jogada era um evento totalmente individual, com probabilidades idênticas, estatisticamente independentes de qualquer coisa que tivesse acontecido antes. Sempre meio a meio, todas as vezes, sem exceção. Mas isso não significava que as chances de dar cara quatro vezes seguidas eram de meio a meio. Longe disso. As chances de dar cara quatro vezes seguidas eram de aproximadamente noventa e quatro contra seis. Muito pior do que meio a meio. Simples matemática.

E Reacher precisava de quatro caras seguidas. Primeiro: Susan Turner conseguiria um advogado novo naquela mesma tarde? Resposta: sim ou não. Meio a meio. Como no cara ou coroa. Depois: o advogado novo seria um homem branco? Resposta: também sim ou não. Meio a meio. Em seguida: primeiro a major Sullivan e na sequência a capitão Edmonds estariam ali ao mesmo tempo em que o advogado novo de Susan Turner? Presumindo que ela tivesse um advogado. Resposta: sim ou não. Meio a meio. Finalmente: os três advogados entrariam pelo mesmo portão? Resposta: também sim ou não. Meio a meio.

Quatro perguntas para as quais as respostas seriam sim ou não, cada uma delas um evento totalmente individual. Cada um deles submetido individualmente à probabilidade de meio a meio. Mas a improbabilidade de se obter quatro respostas corretas em sequência era de seis em cem.

Espere o melhor. Foi o que Reacher fez. Até certo ponto justificável, ele achava. Estatísticas eram frias e indiferentes. O que o mundo real necessariamente não era. O Exército era uma instituição imperfeita. Mesmo quando envolvia funções que não tinham relação com o combate, caso do Departamento Jurídico das Forças Armadas, ele não era perfeitamente neutro em relação a gênero, por exemplo. Havia uma quantidade maior de homens no grupo dos militares com patentes mais altas. E um militar de patente alta era visto como necessário à defesa de um major da PE acusado de corrupção. Portanto, o gênero do advogado novo de Susan Turner não era exatamente uma proposição meio a meio. Provavelmente setenta-trinta na direção desejada. Moorcroft era homem, afinal de contas. E branco. Pessoas negras eram bem representadas no Exército, mas não em proporção muito grande em relação à população como um todo, que era de aproximadamente um a cada oito. Mais ou menos oitenta e sete por treze.

E Reacher podia manter pelo menos uma de suas próprias advogadas no prédio por quanto tempo quisesse. A única coisa que tinha que fazer era mantê-los falando. Um comentário espúrio atrás do outro. Uma grande mostra de ansiedade. Ele conseguiria mantê-los ali para sempre, até ficarem entediadas e impacientes o bastante para abandonarem a postura jurídica e as boas maneiras. Portanto as chances de sua advogada e o de Turner estarem ali juntos eram melhores do que meio a meio também. Setenta-trinta de novo, provavelmente. Talvez até mais.

Além disso, os visitantes regulares do Dyer deviam saber que o portão norte era mais próximo da prisão militar, portanto tenderiam a usá-lo. Talvez. O que dava à questão do portão uma probabilidade maior do que meio a meio também. Se o advogado novo de Turner fosse um visitante regular. O que ele podia não ser. Intelectualoides estrelinhas de sala de aula não costumavam sair muito. Calculemos 55-45. Uma vantagem marginal. Nada esmagadora.

No geral, então, a chance de o plano funcionar era um pouco maior do que seis em cem.

Mas não muito maior.

Se Turner conseguisse um advogado novo, para começar.

Espere o melhor.

Reacher aguardava. Relaxado, paciente, inerte. Fazia contagem regressiva mentalmente. Três horas da tarde. Três e meia. Quatro horas. A cadeira estava confortável. O cômodo, aquecido. Não se escutava praticamente nada dali. Pouquíssimo barulho do lado de fora chegava lá dentro. Uma acústica abafada. Não que o lugar fosse remotamente parecido com uma cadeia comum. Era um local civilizado, para pessoas civilizadas.

Tudo isso, Reacher desejava, ajudaria.

Finalmente às quatro e meia da tarde abriram a tramela de maneira ruidosa, giraram a tranca e escancararem a porta. O capitão varapau informou:

— A major Sullivan está aqui para falar com o senhor.

Hora do show.

17

O SUJEITO ALTO FICOU PARADO E DEIXOU REACHER passar em frente a ele. O corredor fazia uma curva fechada para a esquerda, depois para a direita. Reacher ia juntando as peças da geografia a partir do pouco que estava vendo. Concluiu que a sala principal ficava dali a três corredores. Um pouco afastada ainda. Antes passariam pela salinha quadrada, com as portas de isolamento e o soldado, e a porta de saída na parte de trás. Antes disso, passariam pelas salas de interrogatório que ocupavam ambos os lados de um pequeno trecho de corredor. Os lugares desgastados para policiais e suspeitos ficavam à direita, e à esquerda, os espaços levemente grandiosos que vira a caminho das celas. Havia dois deles. Seu destino, presumiu Reacher. De qualidade superior, para reuniões entre advogados e clientes. Tinham janelas nas portas, retângulos verticais estreitos feitos de vidro aramado, localizadas não no centro, mas acima da maçaneta.

Ele passou andando em frente à primeira porta, olhando pela janela e fingindo não estar fazendo isso. Viu Sullivan lá dentro sentada no lado esquerdo da mesa, em seu impecável uniforme formal Class A, as mãos cruzadas sobre sua maleta fechada, e continuou a andar, até a segunda porta, onde parou e olhou pela janela descaradamente.

A segunda sala estava vazia.

Nenhum cliente, nenhum advogado, nem homem, nem outro qualquer.

Nem cara nem coroa.

Ainda, não.

Atrás de Reacher, o cara altão falou:

— Segura aí, major. O senhor fica nesta aqui atrás.

Reacher se virou e voltou. A porta não estava trancada. O altão apenas girou a maçaneta e a abriu. Reacher escutou o barulho que ela fez. Um clique metálico firme da maçaneta, o roçar cursivo preciso das dobradiças, um assovio devido ao ar preso nas vedações de silicone. Não alto, porém característico. Reacher entrou. Sullivan levantou o olhar. O cara disse:

— Interfone quando terminar, doutora.

Reacher sentou no lado oposto ao de Sullivan, o altão fechou a porta e foi embora. A porta não foi trancada porque não havia maçaneta por dento. Uma simples chapa plana em que faltava algo, inesperado, como um rosto sem nariz. Havia um botão de interfone ao lado da ombreira da porta. *Interfona quando terminar.* A sala era simples e agradável. Não tinha janela, mas era mais limpa e fresca que a sala do policial. A lâmpada era mais forte.

Sullivan manteve a maleta fechada e as mãos entrelaçadas sobre ela.

— Não vou representar você no caso da agressão ao Moorcroft. Pra falar a verdade, não quero você como cliente de jeito nenhum.

Reacher não respondeu. Ele estava prestando atenção naquilo que conseguia ouvir do corredor. O que não era muito, mas talvez fosse o suficiente.

— Major — chamou Sullivan.

— Eu sou o que estão te dando, então pode se acostumar — disse Reacher.

— O coronel Moorcroft é meu amigo.

— Foi seu professor?

— Um deles.

— Então você sabe como esses caras são. Na cabeça deles, nunca estão fora da sala de aula. Socráticos, ou seja, lá qual é o nome que dão pra isso. Ele estava me sacaneando, só de zoeira. Estava discutindo por diversão, porque é isso que eles fazem. Depois que você foi embora, ele falou que ia providenciar a documentação assim que terminasse a torrada dele. Era a intenção dele o tempo todo. Mas respostas diretas não fazem o estilo do Moorcroft.

— Não acredito em você. Nenhuma documentação foi providenciada hoje de manhã.

— Na última vez que vi o coronel, ele estava saindo do cassino dos oficiais. Uns dois minutos depois de você.

— Então você está negando isto também?

— Pensa bem, doutora. Meu objetivo é tirar a major Turner da cela dela. Como agredir o Moorcroft ia me ajudar? Isso ia me atrasar no mínimo um dia, se não dois ou três.

— Por que você se preocupa tanto com a major Turner?

— Eu gostei da voz dela no telefone.

— Talvez você estivesse com muita raiva do Moorcroft.

— Parecia que eu estava muito nervoso?

— Um pouco.

— Você está errada, major. Eu não aparentava estar nervoso. Porque não estava nervoso. Estava sentado lá bem calmo. Ele não foi o primeiro sujeito que adora uma sala de aula que encontrei na vida. Eu fiz faculdade, apesar de tudo.

— Eu me senti pouco à vontade.

— O que foi que você falou pro Podolski?

— Só isto. Que houve uma discussão e que me senti pouco à vontade.

— Você falou pra ele que foi acalorada?

— Você o confrontou. Vocês discutiram.

— O que eu deveria ter feito? Levantar e bater continência? Ele não é exatamente o Chefe de Justiça da Suprema Corte.

— As evidências contra você parecem ser consideráveis. As roupas, em particular. Isso é clássico.

Reacher não respondeu. Estava escutando novamente. Tinha ouvido passos no corredor. Duas pessoas. Ambos homens. Vozes baixas. Frases curtas, sem controvérsias. Uma troca de informações sucinta e cotidiana. Os passos seguiram em frente. Não houve som algum na porta. Nenhum clique, nenhum roçar, nenhum assovio.

— Major — chamou Sullivan.
— Você tem uma carteira na sua maleta? — perguntou Reacher.
— O quê?
— Você me ouviu.
— Por que eu teria?
— Porque você não está usando bolsa e, não se incomode com o meu comentário, o seu uniforme está bem justo no corpo e não há nenhum volume nos seus bolsos.
Sullivan manteve as mãos sobre a maleta e disse:
— Tenho uma carteira na maleta, sim.
— Quanto dinheiro tem nela?
— Não sei. Uns trinta dólares, talvez.
— De quanto foi o último saque que fez no caixa automático?
— Duzentos.
— Tem um telefone celular aí também?
— Tenho.
— Então há tanta evidência contra você quanto contra mim. É óbvio que você ligou para um cúmplice e ofereceu a ele 170 pratas pra dar um pau no seu antigo professor. Talvez por que as suas notas não foram perfeitas muitos anos atrás. Talvez você ainda esteja furiosa por causa disso.
— Isso é ridículo.
— É isso que estou falando.
Sullivan não respondeu.
— Como foram as suas notas? — perguntou Reacher.
— Não foram perfeitas — respondeu Sullivan.
Reacher escutou novamente. Silêncio no corredor.
— O detetive Podolski vai solicitar uma busca no aterro sanitário. Ele vai achar as suas roupas. Não vai ser difícil. Último a chegar, primeiro a sair. Elas vão resistir a um teste de DNA?
— Fácil — respondeu Reacher. — Não fui eu.
Então: mais passos no corredor. Suaves, tranquilos, duas pessoas. Alguém sendo acompanhado, talvez. Uma pessoa conduzindo a outra. Uma parada breve, uma explicação, uma frase casual, em tom e ritmo baixos. Talvez: *Esta aqui, coronel. A outra está sendo usada.* E: sons de porta. O clique metálico firme da maçaneta, o roçar macio das dobradiças, a sucção do silicone.

A chegada de um advogado. O de Turner, com certeza. Porque ela era a única outra freguesa no lugar. E a advogada de Reacher ainda estava ali. Sua primeira advogada, ainda. Até então, tudo bem.

Cara e cara.

Dois acertos.

— Me conta do depoimento juramentado do Rodriguez — pediu Reacher.

— O depoimento juramentado de um fato é um documento que costumamos chamar de *affidavit*.

— Eu sei disso — falou Reacher. — Como eu falei pro seu velho amigo Moorcroft, esse negócio não é nenhum bicho de sete cabeças. *Affidavit* é latim para *ele fez uma declaração sob juramento*. Mas ele realmente fala do além-túmulo num sentido prático? No mundo real?

Pela primeira vez Sullivan tirou as mãos de cima da maleta. Ela as balançou de um lado para o outro. De maneira ambígua. Fez todo tipo de gestos acadêmicos. *Talvez, talvez não.*

— Na jurisprudência americana é muito incomum confiar apenas no depoimento juramentado, especialmente se a pessoa que fez a declaração sob juramento não está disponível para que seja feito um novo interrogatório. Mas ele pode ser permitido, se os interesses da justiça assim determinarem. Ou os interesses das relações públicas, se você quiser ser cínico. E a acusação vai argumentar que o depoimento juramentado do Rodriguez não está exatamente sozinho. Eles têm os resumos diários dos arquivos da 110ª que mostram a sua visita, têm o relatório da emergência do hospital gerado logo em seguida e que apresenta os resultados dessa visita. Alegarão que essas três coisas juntas apresentam uma narrativa completa e coerente.

— Você tem argumento contra isso?

— É claro — respondeu Sullivan. — Mas o nosso argumento parece muito fraco, dinamicamente falando. O que eles vão falar faz muito mais sentido, do ponto de vista cotidiano. Isto aconteceu, depois isto aconteceu, depois isto aconteceu. Vamos precisar retirar o *isto* do meio e substituí-lo por algo que parece bem improvável à primeira vista. Por exemplo, você foi embora e outra pessoa apareceu por acaso no mesmo lugar, na mesma hora e moeu o cara na porrada.

Reacher não respondeu. Estava escutando novamente.

— O nosso problema é a possibilidade de uma tentativa de defesa fracassada irritar o tribunal a ponto de piorarem a sentença que você receberia com um acordo judicial. O que é um risco sério. Meu conselho é agir com cautela e ficar com o acordo. Dois anos é melhor do que cinco ou dez.

Reacher não respondeu. Continuava escutando. Primeiro, nada. Só silêncio. Em seguida: mais passos no corredor. Duas pessoas. Uma seguindo a outra.

— Major — chamou Sullivan.

Então: sons de porta. A mesma porta. O mesmo clique metálico da maçaneta, o mesmo roçar macio das dobradiças, a mesma sucção do silicone. Depois um momento de silêncio, e todos os sons de novo, na sequência contrária, quando a porta se fechou. Em seguida: passos indo embora, de uma pessoa apenas.

Ou seja, Turner estava na sala ao lado com seu advogado, e o corredor estava vazio.

Hora do show.

— Estou com um problema sério na minha cela, doutora — disse Reacher. — Você tem que ir lá comigo dar uma olhada.

18

— QUE TIPO DE PROBLEMA VOCÊ TEM COM A sua cela? — perguntou Sullivan, demonstrando certo cansaço, mas não impaciência. Não estava descartando totalmente o problema. Advogados de defesa lidam com todo tipo de bobagem. Os suspeitos estavam sempre procurando uma vantagem ou uma nova abordagem para a inevitável apelação. A mínima ofensa ou injustiça tinha que ser investigada e avaliada. Reacher sabia disso. Ele sabia como aquele jogo funcionava.

— Não quero colocar ideias na sua cabeça. Não quero interferir na sua opinião franca. Preciso que veja aquilo com os próprios olhos.

— Agora?

— Por que não?

— OK — concordou Sullivan com um tom um pouco cansado.

Ela levantou. Caminhou até a porta. Apertou o interfone.

Deixou a maleta na mesa.

Reacher levantou e ficou aguardando atrás dela.

Um minuto.

Dois.

Então a janela de vidro estreita na porta escureceu, ela foi aberta, e o capitão de serviço falou:

— Terminou, doutora?

— Não, ele está com um problema na cela — respondeu Sullivan.

O altão olhou para Reacher com uma expressão de perplexidade, parte resignado, parte surpreso, como se dissesse: *Sério? Você? A velha merda de sempre?*

— Tá, como quiser. Vamos lá dar uma olhada.

Como se fosse obrigado. Ele sabia como aquele jogo funcionava.

Reacher foi na frente. Sullivan depois. O altão atrás. Caminharam em fila, passaram pelas curvas, esquerda e direita, até a porta da cela, que estava destrancada e desaferrolhada, porque o major não estava lá dentro. Reacher a empurrou e segurou para os outros. O altão sorriu, segurou-a no lugar de Reacher e gesticulou: *depois de você*. Ele era burro, mas não um lesado cerebral.

Reacher entrou primeiro. Depois Sullivan, Em seguida o altão. Reacher parou e apontou.

— Logo ali. Na rachadura.

— Que rachadura? — perguntou Sullivan.

— No chão. Perto da parede. Debaixo da janela.

Sullivan deu um passo à frente. O altão ficou parado ao lado da cama.

— Não estou vendo rachadura nenhuma — disse Sullivan.

— Tem alguma coisa nela. Está serpenteando.

Sullivan ficou paralisada. O altão se inclinou. Natureza humana. Reacher se inclinou na direção contrária, um movimento sutil, de maneira que o peso do altão estivesse se movimentando em um sentido e o dele, no outro. Reacher deu um empurrão no altão abaixo do ombro, na parte de cima do braço, com força, como um nadador dando impulso na ponta de uma piscina, e o cara desabou na cama, como se estivesse caindo de uma perna de pau. Sullivan virou depressa, Reacher saiu para o corredor, fechou a porta e a trancou.

Em seguida saiu correndo, desajeitado com suas botas sem cadarço, passou pela sala em que estava a maleta de Sullivan e seguiu na direção da sala seguinte. Parou bem distante da porta e olhou pela janela retangular estreita.

Viu Susan Turner pela primeira vez.
Valeu a pena a espera, pensou ele.
Valeu a pena demais.

Ela estava sentada no lado direito da mesa, de uniforme de combate do Exército, mas sem nenhuma das insígnias de velcro, de coturno de combate bege sem cadarço. Era de três a cinco centímetros mais alta do que a média. Ainda assim pequena. Era esbelta, com cabelo preto preso, pele bronzeada e olhos castanhos profundos. Seu rosto aparentava principalmente fadiga, mas também havia vitalidade nele, inteligência e uma malícia imparcial e irônica.

Espetacular, na opinião de Reacher.

A espera valeu a pena demais, pensou novamente.

O advogado dela estava do lado esquerdo da mesa, um coronel de uniforme formal Class A. Grisalho e de rosto enrugado. Meia-idade e tamanho mediano.

Homem.

Homem branco.

Cara.

Terceiro acerto.

Reacher seguiu em frente e foi até a porta de isolamento entre ele e o lobby na parte de trás. Não havia maçaneta do lado de dentro. Somente um interfone, como nas salas de interrogatório. Ele deu chutes no ar para tirar as botas e depois apertou o botão, insistentemente, uma vez atrás da outra. Menos de cinco segundos depois, a porta foi aberta. O soldado ficou parado ali com a maçaneta na mão. As chaves estavam em uma argola retangular de metal, como um pequeno equipamento de alpinismo, presas numa fivela do cinto dele.

Reacher disse, sem fôlego.

— Seu capitão está tendo uma convulsão. Ou um ataque do coração. Está se debatendo. Você tem que dar uma olhada nele. Agora, soldado.

Voz de comando. Muito valorizada pelos militares. O sujeito hesitou menos de um segundo e depois entrou no corredor. A porta começou a fechar. Reacher enfiou ali o pé esquerdo de sua bota e se virou para segui-lo. Ele correu sem bota e silencioso atrás do cara, o ultrapassou, abriu com um puxão a porta da primeira cela a que chegaram. Destrancada, pois estava vazia.

Mas não por muito tempo.

— Aqui dentro — disse ele.

O soldado que ficava no lobby entrou de lado, com pressa e determinação. Reacher agarrou as chaves e as arrancou da calça dele com a fivela do cinto e tudo mais. O cara estatelou no chão depois de tomar um empurrão, e em seguida Reacher fechou a porta e disparou a tramela para dentro da tranca.

Inspirou, expirou.

Agora vinha a parte difícil.

19

REACHER CAMINHOU SILENCIOSAMENTE SEM BOTA ATÉ A sala onde, sobre a mesa, estava a maleta de Sullivan. Abriu a porta até o fim, entrou correndo, agarrou a maleta, virou, voltou rápido e pegou a porta antes de ela bater. Ajoelhou no corredor e abriu a maleta. Ignorou todos as pastas, toda a documentação e escarafunchou até encontrar a chave do carro, que colocou no bolso. Depois achou a carteira. Tirou dela a identidade militar. O primeiro nome de Sullivan era Helen. Colocou a identidade no bolso da camisa. Colocou o dinheiro nos outros bolsos da calça. Encontrou uma caneta, rasgou um pedacinho triangular de papel de um formulário xerocado e escreveu. *Querida Helen, tô te devendo $30,* e assinou *Jack Reacher.* Colocou o papel no compartimento para dinheiro e fechou a carteira e a maleta.

Levantou com ela na mão.

Inspirou, expirou.

Hora do show.

Ele se movimentou, pouco menos de quatro metros, até a próxima sala, e deu uma espiada pela janela estreita. Susan Turner estava falando, pacientemente, encadeando argumentos, usando as mãos, separando uma alegação da outra. O advogado dela estava escutando. Cabeça inclinada, tomando nota em um bloco amarelo. Sua maleta estava aberta sobre a mesa, de lado. Estava mais vazia que a de Sullivan, mas os bolsos do sujeito estavam mais cheios. O uniforme dele não era sob medida. Estava folgado e grande demais. Na placa de identificação na aba do bolso da camisa, estava escrito Temple.

Reacher movimentou-se novamente, percorrendo todo o caminho até a porta de isolamento entre ele o lobby. Trocou o pé esquerdo de sua bota pela chave do carro de Sullivan, de maneira que a porta permanecesse desencostada e calçou a bota novamente, frouxa e sem cadarço. Em seguida, voltou à sala de interrogatório de Turner e parou em frente à porta.

Inspirou, expirou.

Abriu a porta de maneira rápida e natural e entrou na sala. Virou-se, abaixou e colocou a maleta de Sullivan contra a ombreira da porta para impedir que ela voltasse a fechar. Virou-se novamente e viu Turner e o advogado, ambos olhando para ele. Não havia muita coisa no rosto do advogado, mas, no de Turner, a expressão era do alvorecer do reconhecimento.

— Coronel, preciso ver sua identidade — informou ele.

— Quem é você?

— Agência de Inteligência de Defesa. Somente rotina, senhor.

Voz de comando. Muito valorizada pelos militares. O sujeito protelou um segundo e depois enfiou a mão em um bolso interno e pescou a identidade. Reacher aproximou-se, pegou-a e olhou atentamente. *John James Temple.* Ele suspendeu as sobrancelhas, como se surpreso, olhou-a de novo e em seguida enfiou a identidade no bolso da camisa, bem ao lado da de Sullivan.

— Sinto muito, coronel, mas vou precisar de um minuto do seu tempo.

Ele voltou à porta e a segurou aberta. *Depois do senhor.* O sujeito demonstrou indecisão por um momento e em seguida levantou-se da mesa lentamente. Reacher olhou para trás e disse para Turner:

— Você aguarda aqui, senhorita. Voltamos já.

O advogado ficou parado por um tempinho e saiu praticamente arrastando os pés à frente de Reacher, que orientou:

— À direita, senhor, por favor — e o seguiu, também arrastando os pés, literalmente, por causa das botas soltas. Um ponto fraco. Os advogados não eram necessariamente aqueles que mais observavam as pessoas fisicamente, mas eram inteligentes e geralmente raciocinavam de maneira lógica. Essa fase do plano era um empreendimento de baixa velocidade. Não havia urgência. Nem pressa, nem pânico. Praticamente câmera lenta. Aquele sujeito tinha tempo para pensar.

Tempo que, evidentemente, ele usava.

A uns seis metros antes da primeira cela vaga, o sujeito parou de repente virou e olhou para baixo. Direto para as botas de Reacher, que o girou, o fez ficar com o rosto para a frente novamente e o agarrou com um tipo de imobilização para prender oficial do alto escalão que qualquer PE aprende no início de carreira, sobre a qual não havia nada no manual de campo e que não era ensinada de outra maneira a não ser na prática. Reacher agarrou o cotovelo direito do sujeito por trás com a mão esquerda e simultaneamente o apertou com força, puxando para baixo e empurrando para a frente. Como sempre o sujeito ficava brigando contra a força sendo feita para baixo com tanta vontade que se esquecia completamente de resistir ao avanço. Ele seguiu cambaleando para a frente, de lado, retorcido e encurvado, arfando um pouco, não muito por dor, mas pela dignidade ultrajada. O que deixou Reacher satisfeito. Não queria machucar o sujeito. Aquilo não era culpa dele.

Reacher manobrou o cara até uma cela vazia, que supôs ter sido de Turner, pela aparência, empurrou-o para dentro, fechou a porta e a trancou.

Ficou parado no corredor, por um tempinho apenas, inspirou, expirou.

Missão em andamento.

Ele voltou arrastando os pés para a segunda sala de interrogatório e entrou. Susan Turner estava de pé entre a mesa e a porta. Ele estendeu a mão e disse:

— Sou Jack Reacher.

— Eu sei disso — respondeu ela. — Vi sua foto. No seu arquivo. E reconheci sua voz. Do telefone.

E ele reconheceu a dela. Do telefone. Cordial, levemente rouca, um pouquinho ofegante, um pouquinho insinuante. Tão bonita quanto ele se lembrava. Talvez até mais, ao vivo e em pessoa.

— É um grande prazer te conhecer — disse ele.

Ela estendeu a mão. Seu toque era quente, nem forte, nem fraco.

— É um grande prazer para mim também. Mas o que exatamente você está fazendo?

— Você sabe o que estou fazendo. E por quê. Pelo menos, eu espero que saiba. Por que, se não sabe, não vale a pena fazer isso por você.

— Não queria que você fosse envolvido.

— Por isso negou a minha visita?

— Imaginei que você pudesse aparecer. Só uma possibilidade. Se aparecesse, queria que desse meia-volta e saísse deste inferno, imediatamente. Para o seu próprio bem.

— Não funcionou.

— Quais são as nossas chances de sair daqui?

— Tivemos sorte até agora.

Ele enfiou a mão no bolso da camisa e pescou a identidade de Sullivan. Comparou a foto com o rosto de Turner. Mesmo gênero. Aproximadamente mesma cor de cabelo. Mas era só isso. Ele entregou-lhe a identidade.

— Quem é ela? — perguntou Turner.

— Minha advogada. Uma das minhas advogadas. Encontrei com ela hoje de manhã.

— Cadê ela?

— Está numa cela. Provavelmente esmurrando a porta. Precisamos ir.

— E você vai pegar a identidade do meu advogado?

Reacher deu um tapinha no bolso e revelou:

— Está bem aqui comigo.

— Mas você não parece nem um pouquinho com ele.

— É por isso que você vai dirigir.

— Já está escuro?

— Chegando lá.

— Então vamos nessa — disse ela.

Eles foram ao corredor e caminharam até a porta de isolamento. Continuava aberta três centímetros, apoiada na chave do carro de Sullivan. Reacher puxou a porta, Turner catou a chave, eles saíram para a salinha quadrada e a porta fechou sozinha atrás deles. A porta da saída estava trancada com um pequeno e excelente mecanismo, sem dúvida caro e altamente seguro. Reacher pegou as chaves do soldado e começou a testá-las, uma depois da outra. Eram oito no total. Não era a primeira. Nem a segunda. Nem a terceira. Nem a quarta.

Mas a quinta chave serviu. A fechadura destrancou. Reacher girou a maçaneta e abriu a porta. Vindo de fora, um ar gelado entrou. A luz da tarde estava dissipando-se.

— Que carro a gente está procurando?
— Sedan verde-escuro.
— Molezinha, hein? — ironizou ela. — Em uma base militar.

Cordial, rouca, ofegante, insinuante.

Pisaram juntos do lado de fora. Reacher fechou a porta e a trancou. Calculou que aquilo lhes poderia dar um minuto extra. À esquerda diante deles havia um pequeno estacionamento, a mais ou menos trinta metros de distância, do outro lado de uma ampla superfície asfaltada. Dezessete carros ali. A maioria particular. Somente dois sedans básicos, nenhum dos dois verde. Depois do estacionamento uma rua fazia uma curva para a esquerda. À direita a mesma rua se transformava em uma esquina e estendia-se até ficar fora de vista.

— Algum palpite? — questionou Turner.
— Se está na dúvida, vire à esquerda — disse Reacher. — Esse é sempre o meu princípio operacional.

Viraram à esquerda e encontraram outro estacionamento escondido depois do canto do prédio. Era pequeno, apenas uma faixa de asfalto detonada com vagas em diagonal. Seis carros nela, todos eles estacionados de frente. Todos sedans verde-escuros idênticos.

— Melhorou — disse Turner.

Ela posicionou-se equidistante dos seis para-choques traseiros e apertou o botão na chave.

Não aconteceu nada.

Ela tentou de novo. Nada.

— Talvez a bateria tenha acabado.
— Do carro? — questionou Reacher.
— Da chave — disse ela.
— Então como a Sullivan chegou aqui?
— Ela enfiou a chave na porta. Como a gente costumava fazer antigamente. Vamos ter que experimentar em um por um.

— A gente não pode fazer isso. Vai dar a impressão de que somos ladrões de carro.

— Nós somos ladrões de carro.

— Talvez nenhum desses seja o carro certo — argumentou Reacher.

— Não vi a placa. Estava escuro hoje de manhã.

— Não podemos ficar perambulando nesta base muito tempo.

— Quem sabe a gente não devia ter virado pra direita?

Eles voltaram, o mais rápido e discretamente que conseguiam com as botas sem cadarços. Passaram pela porta de trás da prisão militar novamente e deram a volta no canto. A sensação de andar era boa. Liberdade e ar fresco. Reacher sempre achou que a melhor parte de se sair da cadeia eram os trinta primeiros metros. E gostava de ter Turner ao seu lado. Ela estava nervosa como um gato, mas segurava a onda. Parecia confiante. Eram apenas duas pessoas caminhando, como um bom farsante: *aja como se você devesse realmente estar ali.*

Havia outro estacionamento detonado virando a esquina à direita, seis vagas diagonais, simétricas às que tinham visto à esquerda. Havia três carros nele. Apenas um deles era sedan. Era verde-escuro. Turner apertou o botão na chave.

Não aconteceu nada.

Ela se aproximou e tentou abrir a porta com a chave.

Não funcionou.

— Por onde entra um advogado que está visitando a prisão militar? Pela entrada da frente, certo? Tem algum estacionamento lá na frente?

— Não podemos ficar só perambulando por aqui. Somos alvos fáceis.

Eles caminharam até a esquina na frente do prédio e pararam de uma vez, na sombra. Reacher teve a sensação de que havia um espaço aberto à frente, provavelmente com luzes, provavelmente com trânsito.

— No três — disse Turner. — Um, dois, três.

Fizeram a curva.

Aja como se você devesse realmente estar ali. Andavam rápido, como pessoas ocupadas indo a algum lugar. Havia um espaço do estacionamento reservado para o corpo de bombeiros ao longo da parte da frente do prédio, depois uma calçada servia como divisória, e, rente a ela, estendia-se uma fileira de carros estacionados, havia apenas uma vaga e depois dela encontrava-se um sedan verde-escuro.

— É ele — disse Reacher. — Estou meio que reconhecendo o carro.

Turner partiu na direção dele, apertou o botão na chave, a luz dentro do carro acendeu, as setas piscaram uma vez e as portas destrancaram. Diante deles à esquerda, a uns cem metros de distância, um carro aproximava-se, a uma velocidade cautelosa, como se fazendo ronda, com os faróis acesos contra a penumbra. Reacher e Turner se separaram, Reacher indo para a direita, Turner, para a esquerda, andaram pelas laterais do carro verde, Reacher para a porta do passageiro, Turner, para a do motorista. Abriram-nas e entraram juntos, sem dar bandeira, sem hesitação. O outro carro se aproximava cada vez mais. Fecharam as portas, slam, slam, como funcionários sobrecarregados pelo trabalho que tinham poucos minutos entre compromissos importantíssimos. Turner enfiou a chave na ignição e ligou o carro.

O veículo que se aproximava virou no estacionamento e seguiu na direção deles pela esquerda, o farol iluminando-os.

— Vai — disse Reacher. — Vai agora.

Turner não foi. Ela engatou a ré e pisou no acelerador, mas o carro não saiu do lugar. Ele apenas deu uma levantada, porque o freio de mão estava puxado.

— Puta merda — xingou Turner antes de abaixar a alavanca, mas era tarde demais. O carro que se aproximava estava bem atrás deles. Ele parou ali, bloqueando-os, então o motorista virou o volante com convicção e andou para frente novamente, com o objetivo de estacionar na vaga ao lado deles.

A motorista era a capitão Tracy Edmonds. Advogada de Reacher. Do Comando de Recursos Humanos. Candice Dayton. Seu segundo compromisso da tarde.

Reacher afundou na mesma hora em seu banco e meteu a mão no rosto, como alguém com dor de cabeça.

— O que foi? — perguntou Turner.

— Essa aí é a minha outra advogada. Capitão Edmonds. Agendei uma reunião atrás da outra.

— Por quê?

— Queria garantir que estaria fora da minha cela quando o seu advogado chegasse.

— Não deixa essa mulher te ver.

— Esse é o menor dos nossos problemas. A merda vai acertar o ventilador mais ou menos um minuto depois que ela entrar, você não acha?

— Você devia ter chegado à conclusão de que um advogado ia ser o suficiente.

— Você teria?

— Provavelmente, não.

Ao lado deles, Edmonds manobrou para a frente e para trás algumas vezes até ficar bem encaixada na vaga. Ela apagou o farol e Turner acendeu o dela, saiu de ré e virou o volante rapidamente. Edmonds abriu a porta e saiu do carro. Reacher trocou a mão que estava no rosto. Turner engatou a marcha ruidosamente, acertou a direção e arrancou, devagar. Edmonds aguardou pacientemente até ela terminar a manobra. Turner acenou em agradecimento e acelerou.

— Portão sul — disse Reacher. — Você não acha? Por mim todo esse pessoal vai ter entrado pelo norte.

— Concordo — disse Turner.

Ela pegou o caminho para o sul, veloz, mas não suicida, atravessou todo o complexo, passou por prédios grandes e pequenos, fez curvas aqui e ali, reduziu a velocidade uma vez ou outra, aguardou onde havia placa de pare, olhou para um lado e para o outro e acelerou novamente, até que finalmente a última parte da base ficou para trás, eles entraram na via de saída e chegaram à primeira guarita.

A primeira de três.

20

A PRIMEIRA BARREIRA FOI FÁCIL. *AJA COMO SE VOCÊ devesse realmente estar ali.* Turner pegou com Reacher a identidade que ele surrupiara e a segurou juntamente com a dela, como se fossem um par de cartas de baralho, freou até ficar na velocidade de um caminhar, apertou o botão para baixar o vidro e abriu o porta-malas depois de parar, tudo com muita naturalidade, uma sequência fluida, como se fizesse aquilo todos os dias da sua vida.

A sentinela na cabine reagiu à performance perfeitamente, como Reacher supunha que Turner queria que ele reagisse. Ficou menos de um segundo olhando para as identidades em leque, menos de um segundo olhando dentro do porta-malas aberto e menos de um segundo fechando-o.

Turner cutucou o acelerador e seguiu em frente.

E soltou o ar.

— A Edmonds já deve estar lá dentro — comentou Reacher.

— Alguma ideia brilhante?

— Qualquer sinal de problema, mete o pé no acelerador. Sai passando por cima das barreiras. Estourar um pedaço de metal listrado não vai piorar a muito a nossa situação.

— A gente pode atropelar uma sentinela.

— Ela vai pular pra sair da frente. Sentinelas são humanos como todo mundo.

— Vamos amassar um carro do Exército.

— Já amassei um carro do Exército. Ontem à noite. Com a cabeça de dois caras.

— Parece que você tem uma tara em amassar propriedade do Exército com a cabeça dos outros — comentou ela. Cordial, rouca, ofegante, insinuante. — Tipo a mesa na minha sala.

Ele concordou com um gesto de cabeça. Tinha contado a história a ela por telefone. Da Dakota do Sul. Uma investigação antiga com um resultado um tanto frustrante. Uma história curta alongada. Só para fazer com que ela continuasse falando. Só pra continuar escutando a voz dela.

— Quem eram os dois caras de ontem à noite? — perguntou ela.

— Complicado — respondeu ele. — Te conto mais tarde.

— Espero que esteja em condições de fazer isso.

Seguiram na direção da segunda barreira, onde fugir arregaçando tudo acabou se mostrando uma opção indisponível. Era pouco depois das cinco da tarde. Hora do rush. Estilo militar. Havia uma modesta fila de veículos aguardando para sair e outra aguardando para entrar. Dois carros já estavam aguardando na pista da saída e três, na de entrada. Havia dois sujeitos de serviço na cabine. Um lançava-se para a esquerda e a direita, deixava um veículo entrar, depois outro veículo sair, ia para a frente e para trás, numa rotação precisa.

O outro sujeito estava dentro da cabine.

Ao telefone. Escutando atentamente.

Turner foi reduzindo até parar. Terceiro carro da fila, em uma pista que se estreitava, com a guarita à frente do lado esquerdo e uma fileira contínua de pilares de concreto tipo dente de dragão à direita — pirâmides truncadas de ponta chata com aproximadamente um metro de altura, todas sem dúvida construídas sobre uma armadura de vergalhões profundamente chumbada no asfalto.

O segundo sujeito ainda estava ao telefone.

Na outra pista, a cancela levantou e um carro entrou. O primeiro sujeito atravessou, conferiu as identidades, olhou o porta-malas, apertou um botão, a cancela da saída levantou e um carro saiu.

— Talvez a hora do rush seja nossa amiga. É tudo feito meio na correria — comentou Reacher.

— Depende do que está sendo dito naquele telefonema.

Reacher fez uma imagem mental de Edmonds em sua cabeça, entrando pela porta principal da prisão militar, caminhando até a sala na parte da frente e percebendo que o capitão de serviço estava ausente. Algum soldado ficaria movimentando a cabeça sem muito que dizer. O quanto Edmonds seria paciente? O quanto o soldado seria paciente? A patente entraria em cena. Edmonds também era capitão. Igual ao militar de serviço. Oficiais com a mesma patente. Ela ia pegar leve com o cara, não iria subir nas tamancas na mesma hora, como fariam um major ou um coronel. E certamente o soldado demoraria para intervir.

Dentro da guarita, o segundo sujeito continuava ao telefone. Do lado de fora dela, o primeiro cara continuava a lançar-se de um lado a outro. Um segundo carro entrou, um segundo carro saiu. Turner avançou um pouco mais e parou, agora a primeira da fila para sair, mas também completamente enclausurada, à esquerda e à direita, com dois carros atrás de si e a cancela de metal listrada em frente. Ela inspirou e abriu o porta-malas, segurou as identidades em forma de leque e apertou o botão para abaixar o vidro.

O segundo cara desligou o telefone. Colocou-o no gancho e olhou diretamente para a fila de saída. Examinou-a, da frente para trás, de trás para a frente, de cabo a rabo, começando por Turner e terminando em Turner. Ele saiu da cabine, aproximou-se da janela e disse:

— Desculpa a demora.

Olhou para as identidades em leque, foi lá trás, conferiu o porta-malas, fechou-o, apertou o botão ao lado da cabine, a cancela levantou e Turner seguiu em frente.

E expirou.

— Mais uma — comentou Reacher. — Tudo que é bom vem em três.

— Você acredita mesmo nisso?

— Não, na verdade, não. As chances de três proposições do tipo sim ou não darem certo é de vinte em cem.

À frente, a terceira guarita parecia ser uma reprodução exata da segunda. A mesma fila com os mesmos três carros, uma fila igual no lado da entrada, dois sujeitos de serviço, um deles do lado de fora, indo para a frente e para trás, o outro lá dentro ao telefone.

Escutando atentamente.

— Esses telefonemas devem ser importantes, né? — disse Turner.

— Afinal, esses caras têm coisas mais importantes pra fazer agora. Um monte de oficiais com patentes altas está se atrasando aqui. E alguns deles devem ser fuzileiros navais. Eles não gostam desse tipo de coisa.

— E nós gostamos?

— Não detestamos do mesmo jeito que os fuzileiros navais. Não ficamos o tempo todo de plantão pra salvar o mundo.

— Meu pai era fuzileiro naval.

— Ele salvou o mundo?

— Não era um oficial com patente tão alta assim.

— Gostaria de saber quem é que está ao telefone.

Reacher começou a se lembrar da época em que era capitão. Quanto tempo ele teria esperado por outro capitão para que pudesse terminar o seu trabalho? Não muito, provavelmente. Mas talvez Edmonds fosse uma pessoa mais legal. Mais paciente. Talvez ela não conhecesse bem o ambiente de uma prisão militar. Embora fosse advogada. Ela devia ter visto um monte de prisões militares. A não ser que fosse daquelas pessoas que só trabalham em escritório. Uma advogada que só lida com papelada. O que ela podia ser. Já que, afinal, era lotada no Comando de Recursos Humanos. Isso tinha que significar algo. Quanto do trabalho do Comando de Recursos Humanos era feito em celas?

— Esta base é das grandes — comentou ele. — Aquelas ligações não necessariamente estão vindo da prisão militar.

— O que mais pode ser tão importante?

— Talvez tenham que abrir o caminho para um general. Ou talvez estejam pedindo pizza. Ou falando com as namoradas que não vão demorar pra chegar em casa.

— Vamos torcer para ser isso — disse Turner. — Qualquer uma dessas opções. Ou todas elas.

Na pista oposta, a cancela levantou e um carro entrou. O sujeito do lado de fora atravessou para a pista de saída, conferiu a identidade, conferiu o porta-malas, levantou a cancela e o carro saiu. Turner avançou uma posição. O sujeito de dentro continuava ao telefone.

Ainda escutava com muita atenção.

— Eles nem precisam de telefonema — disse Turner. — Não estou usando minhas insígnias. Eles as confiscaram. Minha aparência é exatamente a de um prisioneiro em fuga.

— Ou uma fodona das Forças Especiais. Disfarçada e anônima. Olha pelo lado bom. Só não deixa esses caras verem sua bota.

Outro carro entrou, outro carro saiu. Turner avançou e assumiu o primeiro lugar da fila. Abriu o porta-malas, fez o leque com as identidades e apertou o botão para abaixar a janela. O sujeito lá dentro continuava ao telefone. O de fora estava ocupado na outra pista. À frente, depois da última cancela, não havia mais pilares de concreto tipo dente de dragão: a pista para sair alargava-se e se transformava em uma rua normal da Virgínia.

Havia uma viatura da polícia do Condado de Arlington estacionada ali.

— Ainda quer que eu saia atropelando tudo? — questionou Turner.

— Só se tivermos que fazer isso — respondeu Reacher.

O sujeito do lado de dentro terminou o telefonema e o pôs no gancho. Ele saiu, inclinou-se à janela e olhou as identidades na mão de Turner. Não foi só uma olhadinha. Seus olhos saltavam das fotos para os rostos. Reacher virou o rosto e ficou olhando para a frente pelo para-brisa. Ele permaneceu encurvado no banco e tentou aparentar meia-idade e tamanho mediano. O sujeito à janela foi até o porta-malas. Mais do que uma olhadinha. Depois ele colocou a mão na tampa, abaixou-a e fechou com delicadeza.

Em seguida, afastou-se na direção da lateral da cabine.

E apertou o botão de saída.

A cancela levantou, Turner cutucou o acelerador e o carro começou a andar, passando por baixo da cancela, pelo último dos dentes de dragão, e saindo até a impecável rua de bairro residencial da Virgínia, larga, próspera, com três pistas. Seguiu em frente, passou pela viatura de Arlington e continuou se afastando.

Reacher pensou: *A capitão Tracy Edmonds deve ser uma mulher paciente pra cacete.*

21

Susan Turner parecia conhecer aquelas ruas. Ela virou à esquerda, à direita, ultrapassou a ponta norte do cemitério, depois virou novamente e, durante parte do caminho, acompanhou a lateral direita dele.

— Imagino que a gente esteja indo pra Union Station. Pra abandonar o carro e fazer com que pensem que pegamos o trem.

— Serve pra mim — concordou Reacher.

— Como você quer ir pra lá?

— Qual é o caminho mais idiota?

— A esta hora do dia? — perguntou ela. — As ruas mais congestionadas, eu acho. A Constitution Avenue, com certeza. Seria lento e nós ficaríamos visíveis durante o percurso todo.

— Então é exatamente isso que a gente vai fazer. Eles vão achar que nós faremos alguma coisa diferente disso.

Turner se posicionou e entrou na fila para atravessar o rio. O trânsito estava ruim. Era hora do rush no mundo civil também. Frentes agarradas nas traseiras, como um estacionamento em movimento. Ela tamborilava com os dedos o volante e olhava pelo retrovisor, pulando de uma faixa para a outra na tentativa de conseguir uma pequenina vantagem.

— Relaxa — falou Reacher. — A hora do rush é com certeza nossa amiga agora. Não existe a menor chance de nos perseguirem.

— A menos que usem helicóptero.

— Coisa que não vão fazer. Não aqui. Eles ficariam preocupados com a possibilidade de bater e matar um parlamentar. O que não faria bem nenhum pro orçamento deles.

Entraram na ponte, devagar, seguiram em frente sobre a água e deixaram o condado de Arlington para trás.

— Por falar em orçamento — disse Turner —, não tenho dinheiro nenhum. Pegaram todas as minhas coisas e colocaram num saco plástico.

— Fizeram a mesma coisa comigo. Mas peguei trinta pratas emprestado com a minha advogada.

— Por que ela ia te emprestar dinheiro?

— Ela não sabe que emprestou. Ainda não. Mas não vai demorar pra descobrir. Deixei um bilhete avisando que estou devendo essa grana pra ela.

— A gente vai precisar de mais do que trinta pratas. Preciso de roupa normal, pra começar.

— E eu preciso de cadarço pra bota — falou Reacher. — A gente tem que achar um caixa-automático.

— A gente não tem cartão.

— Existe mais de um tipo de caixa automático.

Eles saíram da ponte, devagar, parando e andando, e chegaram ao Distrito de Colúmbia. Território da Polícia Metropolitana. Imediatamente Reacher viu duas viaturas deles logo à frente. Estavam estacionadas de frente uma para a outra na calçada atrás do Lincoln Memorial. Os carros estavam ligados e, juntos, deviam somar mais de dez antenas de rádio. Cada carro tinha um policial bem-aquecido e confortável. Uma medida de segurança padrão, Reacher esperava. Turner mudou de pista e passou por eles em uma fila de carros com frentes e traseiras grudadas umas nas outras, mas invisíveis aos policiais. Não esboçaram reação alguma.

Seguiram em frente, atravessando a escuridão que se acumulava, devagar, parando e andando, anônimos em meio a um bando glacial de cinquenta mil veículos que empapuçavam os mesmos poucos quilômetros de ruas.

Eles foram para o norte pela 23ª Street, a mesma quadra pela qual Reacher tinha caminhado no dia anterior. Em seguida pegaram a Constitution Avenue à direita, que se estendia à frente deles, aparentemente sem fim, reta e comprida, um infindável rio de lanternas traseiras vermelhas.

— Me conta dos dois caras de ontem à noite — pediu Turner.

— Eu vim de ônibus e fui direto pra Rock Creek. Ia te convidar pra jantar. Mas você não estava lá, obviamente. O sujeito que te substituiu me contou sobre uma acusação de agressão contra mim. Um gângster que tínhamos vigiado dezesseis anos atrás. Não fiquei impressionado, aí ele sacou uma lei qualquer lá do Título 10 e me reconvocou.

— O quê? Você voltou pro Exército?

— Desde ontem à tarde.

— Impressionante.

— Não estou achando nada impressionante. Não até agora.

— Quem está me substituindo?

— Um coronel chamado Morgan. Pela aparência, um desses sujeitos administrativos. Ele me aquartelou em um motel a noroeste do quartel, e uns cinco minutos depois de eu fazer o check-in dois caras apareceram lá de carro. Praças, com certeza, vinte e tantos anos, cheios de gracinha pra cima de mim, falando que eu tinha levado descrédito pra unidade, que eu tinha que ir embora da cidade pra poupá-los do constrangimento de envolvê-la com a corte marcial e que iam me meter umas bicudas se eu não fizesse isso. Aí eu porrei a cabeça deles na lateral do carro.

— Quem eram essas porras dessas caras?

— Não eram da 110ª. Isso era nítido. O interior do carro deles estava quente. Tinham vindo de muito mais longe, não percorrido só o um quilômetro e pouco desde Rock Creek. Além disso, as habilidades de combate deles eram muito abaixo do padrão. Não eram pessoal seu. Tenho certeza disso, porque fiz uma espécie de contagem de funcionários não oficial lá no prédio. Perambulei por todo o lugar e verifiquei todas as salas. Aqueles caras não estavam lá.

— Então quem eram eles?

— Eram duas peças pequenas de um quebra-cabeça grandão.

— Qual é a imagem na capa?

— Não sei, mas vi os caras de novo hoje. Só que de longe. Eles estavam no motel, com reforços. Mais dois caras, um total de quatro.

Acho que estavam conferindo se eu tinha ido embora ou então queriam acelerar a minha decisão.

— Se eles não eram da 110ª, por que iriam querer você longe daqui?

— Exatamente — disse Reacher. — Eles nem me conheciam ainda. Geralmente demora um pouquinho mais até as pessoas quererem que eu desapareça.

Eles continuaram a rastejar em frente, passando pelo Monumento aos Veteranos do Vietnam. Havia outro carro da polícia metropolitana. Ligado, eriçado com seu monte de antenas.

— Acho que a esta altura a merda já caiu no ventilador.

— A não ser que a capitão Edmonds tenha pegado no sono enquanto esperava — comentou Turner.

Eles passaram em frente à viatura estacionada, próximo o bastante para que Reacher visse o policial dentro dela. Era um homem negro, alto, magro como uma lâmina. Ele podia ser irmão do capitão de serviço lá do Dyer. O que seria um azar.

— Qual foi a acusação de agressão de dezesseis anos atrás? — perguntou Turner.

— Um gângster de LA vendendo material bélico no mercado negro depois do fim da Tempestade no Deserto. Um idiota gordão que se autointitulava Dog. Eu me lembro de ter conversado com ele. Difícil de esquecer, na verdade. Ele era mais ou menos do tamanho de uma casa. Parece que ele acabou de morrer. E deixou um depoimento juramentado com meu nome espalhado nele todo. Mas eu não bati nele. Nem um tapinha. Nem se eu quisesse, pra falar a verdade. Pra conseguir acertar alguma coisa sólida, meu murro teria que afundar pelo menos até o cotovelo.

— Então qual é a história?

— O meu palpite é de que algum freguês insatisfeito apareceu lá com um monte de companheiros e um rack de tacos de beisebol. Algum tempo depois o gordo começou a pensar em como ia conseguir ser recompensado. Você sabe, tirar proveito sem fazer nada na nossa sociedade litigiosa. Então ele procurou um advogado picareta que não viu motivo pra ir atrás dos caras dos tacos de beisebol. Mas o gordo deve ter mencionado a visita do cara do Exército, o advogado chegou à conclusão de que o Tio Sam tinha muito dinheiro, aí eles inventaram um pedido de indenização safado. Ao longo dos anos centenas de milhares de pessoas devem ter feito a mesma coisa. Nossos arquivos devem estar abarrotados desse tipo de coisa. E com razão o nosso pessoal olha pra eles, ri, os enfia numa gaveta e os ignora pra sempre. Só que trouxeram esse de volta à luz do dia.

— Porque...

— É outra peça do quebra-cabeça. Morgan me contou que a minha pasta tinha um alerta. Disse que esse alerta não funcionou quando você o pegou, mas disparou quando você o colocou de volta. Não acredito nisso. Nossos burocratas são melhores do que isso. Acho que não tinha alerta nenhum. Acho que está rolando uma porrada de manobras de última hora. Alguém ficou muito apavorado.

— Com relação a você?

Reacher negou com um gesto de cabeça e disse:

— Não, com relação a você, inicialmente. Você e o Afeganistão.

E parou de falar, porque o carro ficou cheio de luzes azuis e vermelhas. Pelo retrovisor. Um carro de polícia, atrás deles, forçando a passagem. A sirene estava ligada, circulando por todas as variações digitais que possuía, de maneira rápida e insistente. O berro, o cacarejo maníaco, o choro melancólico em dois tons. Reacher se virou no banco. A viatura estava a uns vinte carros de distância. À frente dela, o trânsito estava se enfiando na calçada, se dispersando, tentando inventar uma faixa extra na pista congestionada.

Turner também olhou para trás. Ela diz:

— Relaxa. É o carro da Polícia Metropolitana. O próprio Exército é quem vai caçar a gente. Não usamos a polícia pra nada. O FBI, talvez, mas não esses palhaços.

— A polícia metropolitana me quer por causa do Moorcroft — confessou Reacher. — O seu advogado. Um detetive chamado Podolski acha que fui eu que fiz aquilo.

— Por que ele acharia isso?

— Fui o último cara a falar com ele, joguei minhas roupas velhas fora e eu estava sozinho e desaparecido no horário do ocorrido.

— Por que você jogou suas roupas fora?

— É geralmente mais barato do que mandar lavar.

— Sobre o que você conversou com o Moorcroft?

— Eu queria que ele te tirasse da cadeia.

A polícia já estava a dez carros de distância, forçando bem rápido o caminho pelo congestionamento.

— Tira a sua jaqueta — disse Reacher

— Geralmente gosto de tomar um drinque e ir ao cinema antes de tirar a roupa — respondeu Turner.

— Não quero que ele veja seu uniforme. Se ele estiver me procurando, vai estar atrás de você também.

— Ele tem a placa do nosso carro, com certeza.

— Pode ser que ele não veja a placa. Os carros estão grudados um no outro aqui.

Os veículos da frente estavam arredando para a sarjeta. Turner os seguiu, virando o volante com a mão esquerda, usando a direita para tirar a jaqueta, abrindo o colarinho à força, abaixando o zíper. Inclinou-se para a frente e balançou o lado esquerdo das costas para tirar da blusa, depois o direito. Tirou um braço de cada vez. Reacher puxou a jaqueta de trás dela e a jogou no assoalho do banco de trás. Ela estava usando uma camisa de manga curta de malha por baixo da jaqueta verde-oliva. Provavelmente tamanho PP, pensou Reacher. Ela a vestia muito bem, com exceção de ser um pouco curta — mal chegava à cintura da calça. Reacher viu um pedacinho da pele macia, firme e bronzeada.

Ele olhou para trás novamente. O policial estava a dois carros de distância. Continuava se aproximando, continuava com as luzes vermelhas e azuis brilhando, continuava berrando e carcarejando e lamuriando.

— Você teria aceitado sair pra jantar comigo se estivesse no escritório ontem? — perguntou Reacher. — Ou hoje à noite, se o Moorcroft tivesse te tirado da cadeia?

Com os olhos no retrovisor, ela disse:

— Você precisa saber disso agora?

Encontravam-se a alguns metros da 17th Street. Acima, à direita, o Monumento a Washington estava iluminado na escuridão.

O carro de polícia emparelhou com eles.

E ficou ali.

22

A VIATURA FICOU ALI PORQUE O CARRO DA FRENTE NÃO abriu caminho completamente; na faixa ao lado havia uma caminhonete grande, com a lataria exageradamente abaulada, sobre rodas traseiras duplas. O policial não tinha espaço para passar. Era um homem branco de pescoço grosso. Reacher o viu dar uma olhada rápida e completamente sem curiosidade para Turner e depois desviar o olhar para os controles no painel, onde evidentemente ficava localizado o controle das sirenes, porque bem nessa hora o som transformou-se em um cacarejo explosivo contínuo, maníaco, sem fim e numa altura incrível.

Mas era evidente que havia outra coisa ali embaixo entre os bancos, evidentemente muito mais interessante do que o controle de sirenes. Porque a cabeça do sujeito ficou abaixada. Ele estava encarando alguma coisa com concentração. A tela de um laptop, Reacher pensou. Ou algum outro tipo de dispositivo de comunicação moderno. Ele já tinha visto esse tipo de coisa antes. Entrava em carros de polícia de tempos em tempos. Alguns deles tinham telas cinza finas em suportes articulados, cheias de informações, boletins e avisos transmitidos em tempo real.

— Temos um problema — comentou ele.
— De que tipo? — questionou Turner.
— Acho que esse cara está a caminho da Union Station também. Ou da rodoviária. Pra procurar a gente. Acho que ele tem informações e fotos. É fácil conseguir fotos, certo? Com o Exército. Acho que elas estão bem na frente dele neste minuto. Viu como ele está se esforçando muito para não olhar pra gente?

Turner deu uma olhada para a esquerda. O policial continuava olhando para baixo. O braço direito dele estava se movimentando. Talvez tateando em busca de seu rádio. Mais à frente o trânsito moveu um pouco. O carro em frente saiu do caminho. A caminhonete com a lataria imensa arredou quinze centímetros. O policial tinha espaço para passar.

Porém ele não levantou o olhar. E a viatura não se moveu.

A sirene seguiu berrando. O cara começou a falar. Impossível decifrar o que ele dizia. Depois parou e ficou escutando. Estavam lhe fazendo uma pergunta. Provavelmente algum protocolo de rádio artificial que significa: *Você tem certeza?* Porque bem nesse momento o cara virou a cabeça e a abaixou um pouco para conseguir ter uma boa visão da janela do passageiro. Olhou para Turner por um segundo e depois mudou para Reacher.

Os lábios dele se moveram.

Uma única sílaba, curta, inaudível, mas definitivamente um som palatal gradativamente se transformando em um fricativo alveolar mudo. Portanto, muito provavelmente: *Sim.*

Em seguida ele soltou o cinto de segurança e moveu a mão direita na direção do quadril.

— Abandonar o barco — ordenou Reacher.

Ele abriu a porta com força e meio que rolou, meio que caiu na calçada. Turner foi atrás, atabalhoada, afastando-se do policial, por cima do console, por cima do banco dele. O carro desceu para a frente e aninhou-se lentamente contra o veículo da frente, como em um beijo. Turner saiu, toda estabanada e desajeitada com sua bota desamarrada. Reacher a levantou depressa pela mão; eles atravessaram apressados a calçada e foram para o Memorial. Árvores nuas e a escuridão os cercavam. Atrás deles, não havia o que escutar, com exceção do cacarejo explosivo da sirene. Deram a volta até a ponta mais próxima do espelho d'água do Lincoln Memorial. Turner estava de camisa de malha, nada mais, e fazia frio. Reacher tirou a jaqueta e passou para ela.

— Veste isso — disse ele. — A gente vai se separar. É mais seguro assim. Me encontra em quinze minutos no Monumento aos Veteranos. Se eu não chegar, continua fugindo.

— Mesma coisa caso eu não apareça — falou ela antes de sair por um caminho, e ele, por outro.

Reacher era inconfundível em qualquer contexto por causa de sua altura, então a primeira coisa que procurou foi um banco. Esforçava-se para andar devagar e naturalmente, com as mãos nos bolsos, como se não tivesse nem aí para nada, pois um homem correndo atraía o olho cem vezes mais rápido do que um sujeito caminhando. Outra antiga herança evolutiva. Predador e presa, movimento e imobilidade. E também não olhava para trás. Não dava olhadas furtivas. Mantinha o rosto virado para a frente e caminhava na direção do que via. A escuridão completa baixava rapidamente, mas o Memorial ainda estava movimentado. Não era como no verão, mas havia muitos turistas de inverno encerrando o dia, e, no Muro lá na frente, havia a habitual aglomeração de pessoas, alguns ali por luto, alguns para demonstrar um respeito mais geral e outros, as matracas esquisitas que o lugar parecia sempre atrair. Ele não via Turner em lugar algum. A sirene tinha parado e sido substituída por buzinas. Presumivelmente o policial já estava fora do carro nesse momento, e presumivelmente o veículo dele e o de Sullivan, parados na rua, congestionava o fluxo do trânsito.

Reacher viu um banco no escuro a pouco menos de vinte metros, desocupado, posicionado paralelamente ao Espelho D'água, e seguiu andando na direção dele, lenta e relaxadamente. Parou como se tomando uma decisão, sentou, inclinou-se para a frente e apoiou os cotovelos nos joelhos. Olhou para baixo, como um homem contemplativo com ideias na cabeça. Uma olhada longa e cuidadosa o denunciaria, mas, à primeira vista, nada na postura dele diria *homem alto* ou *fugitivo*. O único sinal notável era a ausência de jaqueta. Não se podia dizer que o clima estava bom para se usar camisa de manga curta.

A pouco menos de trinta metros atrás dele, as buzinas continuavam.

Esperou, com a cabeça baixa, quieto e em silêncio.

Então, a trinta metros de distância, viu o policial de pescoço gordo trombando nas pessoas a pé, com uma lanterna na mão, mas sem arma. O sujeito movimentava-se bruscamente para a esquerda e a direita, nervoso e procurando com afinco, presumivelmente por ter queimado o filme com o chefe pelo fato de tê-los deixado escapar depois de ter ficado tão perto. Reacher escutou duas novas sirenes, ambas bem distantes, uma ao sul, provavelmente lá no final da C Street, e outra ao norte, na 15ª Street, provavelmente, ou na 14ª, talvez na altura da Casa Branca ou do Aquarium.

Reacher aguardou.

O policial de pescoço gordo seguia para o Monumento aos Veteranos e estava a meio caminho de lá, mas parou e fez um giro completo. Reacher sentiu o olhar dele passar bem em cima de si. Um cara sentado sem se mover olhando para a água não despertava interesse algum quando havia várias probabilidades melhores ao redor, como o aglomerado de umas trinta ou quarenta pessoas caminhando na direção da base do Monumento, que ou era a turma de uma excursão ou um monte de estranhos todos coincidentemente deslocando-se de maneira lenta na mesma direção e ao mesmo tempo. Talvez uma mistura dessas duas coisas. Alvos em movimento. Evolução. O policial disparou atrás deles. Uma jogada com possibilidades nada ruins, Reacher pensou. Qualquer um presumiria movimento. Ficar sentado sem se mover era difícil.

As sirenes distantes se aproximaram, mas não muito. Algum tipo de centro de gravidade parecia puxá-las para o leste. O que novamente era uma jogada com possibilidades nada ruins. Presumivelmente, o Departamento de Polícia Metropolitana conhecia seu próprio território. No leste havia os museus e as galerias, portanto, as aglomerações de pessoas; então vinha o Capitólio, e então ficavam os melhores pontos de fuga para o norte e sul, por estrada e ferrovia.

Reacher aguardou, sem se mexer um centímetro sequer, sem olhar para os lados, apenas para a água à frente. Então, quando o cronômetro em sua cabeça marcou exatos dez minutos, ele levantou tranquilamente e fez os gestos mais não fugitivos em que conseguia pensar. Bocejou, apertou a parte debaixo das costas com a palma das mãos, espreguiçou e bocejou novamente. Partiu na direção oeste com passos de quem está passeando, como se tivesse todo o tempo do mundo e, com ao Espelho D'água à esquerda, passou por uma curva em meio às árvores nuas que o fez chegar ao Monumento aos Veteranos quatro minutos depois. Reacher ficou de pé na ponta do aglomerado de pessoas, um mero peregrino entre muitos outros, e procurou por Susan Turner.

Não a viu em lugar algum.

23

EACHER CAMINHOU EM FRENTE AO MONUMENTO AOS Veteranos do Vietnã, acompanhando a ondulação e o ângulo raso dos painéis, de 1959 até 1975, e depois voltou ao nível mais baixo, de 1975 até 1959, passando por mais de 58 mil nomes duas vezes sem enxergar Susan Turner. *Se eu não chegar, continue fugindo*, ele dissera, e ela respondera, *Mesma coisa, caso eu não apareça.* Já tinha se passado muito tempo além dos quinze minutos combinados. Mas Reacher permaneceu ali. Tornou a fazer o percurso, começando pelas solitárias mortes iniciais nos painéis de vinte centímetros de altura, passou pelo pico das baixas, com mais de três metros, em 1968 e 1969, e seguiu em frente até as solitárias mortes finais, nos últimos painéis de vinte centímetros novamente, olhando para todas as pessoas que via diretamente ou refletidas na pedra preta, mas nenhuma delas era Turner. Saiu no final da guerra e, à frente dele na calçada, estava a habitual montoeira de vendedores de lembrancinhas e memorabilia: alguns eram veteranos e outros fingiam ser, todos aos gritos tentando angariar suas vendas de velhas insígnias de unidades e divisões, isqueiros Zippo gravados e mil outras coisas que não tinham valor algum, a não ser sentimental. Como sempre, os turistas chegavam, escolhiam, pagavam e iam embora, e, como sempre, um quadro estático pitoresco e desafeiçoado de tipos ficava de bobeira por ali mais ou menos permanentemente.

Reacher sorriu.

Porque um dos tipos desafeiçoados era uma garota magra com uma cortina de cabelo preto solto, com um casaco enorme para o tamanho dela, na altura do joelho, enrolado duas vezes no corpo, calça camuflada e a língua das botas penduradas para fora. As mangas do casaco estavam dobradas até os pulsos, e as mãos, no bolso. De pé, curvada, com a cabeça abaixada, atordoada, ela balançava de um lado para o outro devagarzinho, em outro mundo, como um chapado.

Susan Turner, fazendo sua encenação, encaixando-se e escondendo-se totalmente à vista.

Reacher aproximou-se dela e disse:

— Você é muito boa.

— Tive que ser — comentou ela. — Um policial passou bem aqui do lado. Tão perto quanto você está agora. Era o cara que a gente viu mais cedo na viatura que estava parada lá atrás.

— Onde é que ele está?

— Seguiu para o leste. Está dando a volta. Ele passou por mim. Por você também, imagino eu.

— Eu não o vi.

— Ele passou pelo outro lado do Espelho D'água. Você não levantou a cabeça hora nenhuma.

— Você estava me vigiando?

— Estava. E você também é muito bom.

— Por que estava me vigiando?

— Para o caso de você precisar de ajuda.

— Se eles estão fazendo um pente fino no leste, é melhor a gente ir para o oeste.

— Andando?

— Não, de táxi — disse Reacher. — Os táxis nesta cidade são a coisa mais invisível que existe.

Todo local turístico significativo ao longo do Memorial tinha um ponto com dois ou três táxis aguardando. O Monumento aos Veteranos não era exceção. Atrás da última banca de lembrancinhas, havia carros amassados e sujos com placas de táxi no teto. Reacher e Turner entraram no primeiro da fila.

— Cemitério Arlington — informou Reacher. — Portão principal.

Ele leu o aviso impresso na porta. A corrida custaria três pratas pela bandeirada, mais dois dólares e dezesseis centavos por milha a partir de então. Mais gorjeta. Desembolsariam mais ou menos sete pratas, no total. O que os deixaria com aproximadamente vinte e três dólares. Melhor do que nada, mas estava longe de ser a quantia de que precisariam.

Ficaram encolhidos nos bancos desconjuntados, e o táxi sacolejava como se suas rodas fossem quadradas. Mas ele fez a corrida sem problema. Deu a volta por trás do Lincoln Memorial, passou por cima da água na Memorial Bridge e voltou para o condado de Arlington. Chegou ao ponto de ônibus em frente ao portão do cemitério. Bem onde Reacher tinha começado, quase exatamente 24 horas antes.

O que era um tipo de progresso bem estranho.

O ponto de ônibus em frente ao portão do cemitério tinha um pequeno grupo de pessoas aguardando, todos homens hispânicos morenos, todos trabalhadores, todos cansados, todos pacientes e resignados. Reacher e Turner assumiram posições entre eles. Turner se misturou muito bem. Reacher, não. A diferença de altura entre ele e todos os outros era de mais de uma cabeça, além de ele ser duas vezes mais largo. E muito mais pálido. Parecia um farol em um rochedo escuro. Sendo assim, a espera foi tensa. E longa. Mas nenhum carro de polícia passou, e o ônibus finalmente chegou. Reacher pagou as passagens, Turner sentou à janela, ele, ao lado dela ao corredor, ficando o mais encurvado que conseguia. O ônibus arrancou, devagar e ponderado, pelo mesmo caminho que Reacher fizera no dia anterior, passando pelo ponto em que tinha descido ao final da subida de três pistas e seguindo adiante pelo aclive íngreme na direção do quartel-general da 110ª.

— Eles vão ligar pro FBI — comentou Turner. — Porque vão achar que estamos indo pra outro estado. A única questão é quem vai ligar primeiro. Aposto minha grana na Polícia Metropolitana. O Exército vai esperar até de manhã, muito provavelmente.

— Não vamos ter problemas — disse Reacher. — O FBI não vai fazer bloqueios nas estradas. Não aqui na Costa Leste. Na verdade, eles provavelmente não vão arredar a bunda deles do lugar. Vão só colocar nossas identidades e nossos cartões de banco nas listas de vigilância que mantêm, o que, de qualquer maneira, não tem problema, porque não temos nem identidade nem cartão de banco.

— Eles podem pedir às delegacias daqui pra vigiar as rodoviárias.

— A gente fica de olho aberto.

— Mesmo assim eu preciso de roupa — falou Turner. — Calça e jaqueta, pelo menos.

— A gente tem dezenove dólares. Você pode comprar um ou outro.

— Calça, então. E vou trocar a jaqueta que você me deu pela sua camisa.

— A minha camisa vai ficar parecendo uma tenda de circo em você.

— Já vi mulheres usando camisa de homem. Tipo um xale, todo chique e largão.

— Você vai sentir frio.

— Nasci em Montana. Não sinto frio nunca.

O ônibus acelerou subida acima e passou pelo quartel-general da 110ª. Pelo prédio antigo de pedra. Os portões estavam abertos. A sentinela em sua guarita. O cara do turno do dia. O carro de Morgan continuava no estacionamento. A porta pintada estava fechada. As luzes, acesas em todas as janelas. Turner fez um giro completo no banco para manter o lugar à vista pelo máximo que conseguisse. Até o último momento possível. Depois ela deixou pra lá, virou para a frente de novo e comentou:

— Espero voltar pra lá.

— Vai voltar — afirmou Reacher.

— Trabalhei tanto pra chegar lá. É um ótimo comando. Mas você já sabe disso.

— Todo o resto odeia a gente.

— Só se a gente faz o nosso trabalho direito.

O ônibus fez a curva no alto da subida, na pista de três faixas seguinte que levava para o motel de Reacher. Havia chuva no ar. Só um pouco, mas o suficiente para que o motorista do ônibus ligasse o limpador.

— Me explica de novo como é que tudo isso é culpa minha — pediu Turner. — Minha e do Afeganistão.

A rua ficou plana, e o ônibus pegou velocidade. Ele sacolejou até o motel de Reacher. O estacionamento estava vazio. Nenhum carro com as portas amassadas.

— Essa é a única explicação lógica — respondeu ele. — Você pôs uma raposa no galinheiro de alguém, e esse alguém quis te derrubar. O que é muito fácil de fazer. Porque, do jeito que aconteceu, ninguém na unidade sabia do que se tratava. O seu capitão de serviço não sabia. Nem a sargento Leach. Ninguém mais. Então você era a única. Eles armaram pra você o esquema da conta no banco das Ilhas Cayman e te prenderam, o que cortou as suas linhas de comunicação. Que permaneceram cortadas quando eles bateram no Moorcroft, seu advogado, assim que ele deu o menor sinal de que ia tentar tirar você da cadeia. Problema resolvido, ponto final. Você estava isolada. Não podia falar com ninguém. Então estava tudo correndo às mil maravilhas. Com exceção dos registros que mostravam que você tinha passado horas no telefone com um cara lá na Dakota do Sul. E a fofoca que se espalhou pelo quartel era de que o cara já tinha sido comandante da 110ª. O seu capitão de serviço sabia disso com certeza, porque eu contei pra ele na primeira vez que liguei. Talvez muitas pessoas soubessem. Com certeza fui muito reconhecido pelo nome quando apareci lá ontem. E podem ter presumido que eu e você tínhamos compartilhado alguns interesses em comum. A gente podia ter ficado conversando sobre a missão que você tinha elencado como prioridade. Ou podia ter ficado só falando merda, ou talvez você estivesse até mesmo querendo saber qual era a minha perspectiva.

— Mas em momento algum eu falei do Afeganistão com você.

— Só que eles não sabiam disso. O arquivo do telefonema só mostra a duração, não o conteúdo. Eles não tinham a gravação. Então teoricamente eu era uma ponta solta. Talvez eu soubesse o que você sabia. O que não era tanto um problema, porque eu provavelmente não apareceria. Sei que eles levantaram a minha ficha. Alegaram saber como eu vivo. Mas, só por garantia, fizeram alguns planos. Por exemplo, eles tinham o negócio do Big Dog pronto pra ser usado.

— Não vejo de que forma isso poderia ajudá-los. Você teria voltado para o sistema e teria muito tempo pra falar.

— Era para eu ter fugido — esclareceu Reacher. — Era para eu ter desaparecido e nunca mais chegar perto do Exército de novo, pelo resto da minha vida. Esse era o plano. Esse era o objetivo. Eles chegaram até mesmo a aparecer lá no hotel para ter certeza de que eu tinha entendido. E o negócio do Big Dog era ótimo pra isso. O cara está morto, e eles têm um depoimento juramentado. Não existe forma de lutar contra ele. Fugir teria sido inteiramente racional. A sargento Leach queria encontrar uma maneira de me avisar, para que eu pudesse dar no pé.

— Por que você não fugiu?

— Eu queria te convidar pra jantar.

— Não, sério.

— Não é meu estilo. Eu descobri isso quando tinha uns cinco anos de idade. Ou uma pessoa foge ou ela luta. É uma escolha binária, e eu sou um lutador. Além disso, eles tinham uma carta a mais na manga.

— Que era...

— Outra coisa planejada pra me fazer fugir, o que também não adiantou.

— Que era...

Samantha Dayton.

Sam.

Quatorze anos.

Vou chegar lá.

— Te conto depois — disse Reacher. — É uma história complicada.

O ônibus seguia firme em frente, em marcha lenta, o motor berrando e bebendo diesel. Passou pelo centro comercial que Reacher conhecia, com a loja de ferragens, a farmácia, a loja de molduras, a loja de armas, o dentista e o restaurante grego, depois foi para o território que Reacher ainda não tinha visto. Avançava e se afastava.

— Veja pelo lado bom — disse ele. — O seu problema não é nenhum bicho de sete cabeças. O coelho que você está caçando no Afeganistão é que está por trás dessa merda toda. A gente precisa trabalhar usando um caminho inverso ao dele. Temos que descobrir quem são os amigos dele e temos que descobrir quem fez o quê, e quando, e como, e por que e depois é só a gente descer o cacete.

— Tem um problema nisso — retrucou Turner.

Reacher concordou com um gesto de cabeça e falou:

— Eu sei disso. Não vai ser fácil. Não daqui do lado de fora. É como se estivéssemos de mãos atadas. Mas vamos dar o nosso melhor.

— Infelizmente, não é desse problema que estou falando.

— De qual é, então?

— Alguém acha que eu sei de alguma coisa que eu não sei. Esse é o problema.

— Do que é que você não sabe?

— Não sei que coelho é esse — respondeu Turner. — Nem o que diabos ele está fazendo, nem onde, nem por quê. Nem como. Na verdade, eu não sei de nada que está acontecendo no Afeganistão.

— Mas você mandou dois caras pra lá.

— Muito antes. Por uma razão completamente diferente. Em Kandahar. Rotina pura. Totalmente sem conexão. Mas pelo caminho eles ficaram sabendo, de um informante de Pashtun, que um oficial americano tinha sido visto indo na direção norte pra encontrar um líder tribal. A identidade do americano era desconhecida, mas a sensação que tiveram foi de que não era boa coisa. A gente está em batendo em retirada. É pra gente estar indo pro sul, não pro norte, na direção de Bagram e Kabul, antes de dar o fora de lá. Não é pra gente ir lá pro alto do país fazer reuniões secretas com os aturbantados. Então eu mandei meu pessoal investigar o boato. Só isso.

— Quando?

— Um dia antes de eu ser presa. Ou seja, não vou ter um nome até que eles façam contato comigo. O que eles não vão conseguir fazer, não até eu voltar pra lá.

Reacher ficou calado.

— O quê? — indagou Turner.

— É pior do que isso.

— Como é que pode ser pior?

— Eles nunca vão conseguir fazer contato com você — disse Reacher.

— Porque estão mortos.

24

REACHER CONTOU A TURNER SOBRE OS CONTATOS PELO rádio que deixaram de acontecer, a agitação no prédio antigo de pedra, a semiautorizada busca aérea fora de Bagram e os dois cadáveres na trilha de cabras. Turner ficou imóvel e em silêncio. Depois disse:

— Eles eram homens bons. Natty Weeks e Duncan Edwards. Weeks era safo e tinha muita experiência, e Edwards era bem promissor. Eu não devia ter deixado os dois irem; o Hindu Kush é perigoso demais pra dois homens sozinhos.

— Não foram os membros das tribos que mataram os dois — afirmou Reacher. — Eles foram baleados na cabeça com munição de nove milímetros. Armas do Exército dos EUA, presumo. Berettas M9, provavelmente. Os membros das tribos teriam cortado a cabeça deles. Ou usado AK-47s. Um buraco completamente diferente.

— Então eles devem ter chegado perto do americano errado.

— Sem nem saber — completou Reacher. — Você não acha? Uma pistola apontada pra cabeça é um negócio que exige uma proximidade exagerada. O que eles não teriam permitido, com certeza, se tivessem a menor suspeita.

— Muito engenhosos — disse Turner. — Eles me imobilizaram, nas duas pontas. Aqui e lá. Antes de eu ter qualquer coisa. Neste momento, eu não tenho nada. Nenhuma coisinha. Então estou totalmente ferrada. Eu já era, Reacher. Não vejo jeito de sair disso agora.

Reacher ficou calado.

Desceram do ônibus em Berryville, Virgínia, que era uma cidade perto do destino final deles. Melhor assim, pensaram. Um motorista se lembraria de um casal de passageiros atípicos que ficou no ônibus até o ponto final. Especialmente se pusessem anúncios no rádio e na TV, ou se houvesse policiais fazendo perguntas, ou se colocassem fotos deles como inimigos públicos no correio.

Tinha parado de chover, mas o ar ainda estava úmido e frio. O centro de Berryville era bem agradável, mas eles regressaram a pé pelo caminho por onde o ônibus tinha chegado, atravessaram uma linha de trem, passaram em frente a uma pizzaria, uma loja de ferragens que tinham visto pela janela. A loja estava prestes a fechar, o que não era ideal, porque os vendedores tendiam a se lembrar do primeiro e último clientes do dia. Mas chegaram à conclusão de que ficar mais tempo de calça de uniforme militar era pior. Então entraram, e Turner achou uma calça de brim parecida com a de Reacher. O menor número que a loja tinha ficaria largo na cintura e comprido na perna. Não ficaria perfeita. Mas Turner achou que a discrepância seria uma coisa boa. Uma qualidade, não um defeito, foi o que ela comentou. Porque as pernas da calça encobririam as botas do Exército, o que até certo ponto serviria para escondê-las e faria com que eles ficassem menos óbvios.

Eles compraram a calça e três pares de cadarço, um para a bota de Reacher, outro para a de Turner, e um para ela enrolar e fazer um cinto. Fizeram as compras da maneira menos memorável que podiam. Nem com muita, nem com pouca educação, sem pressa, sem fazer hora, sem falar muita coisa. Turner não foi ao banheiro. Ela queria trocar de roupa, mas imaginaram que o último cliente do dia entrar de calça de uniforme de combate do Exército e sair com uma calça que acabou de comprar acabaria ficando na memória do atendente.

No entanto, a loja tinha um estacionamento grande de um dos lados, que estava vazio e escuro, então Turner trocou de calça nas sombras e jogou a roupa problemática do Exército em um container de lixo atrás do prédio. Depois saiu. Eles trocaram a jaqueta pela camisa, sentaram-se juntos na calçada e amarraram as botas.

Estavam prontos, e restavam quatro dólares no bolso de Reacher.

Quatro dólares eram o salário de uma semana em alguns países do mundo, mas não dava pra comprar quase porcaria nenhuma em Berryville, Virgínia. Não dava para transporte interestadual, não dava para uma noite em um motel e não dava para uma refeição apropriada para duas pessoas em nenhum restaurante ou lanchonete conhecido pelo homem.

— Você me disse que existe mais de um tipo de caixa automático — disse Turner.

— Existe — confirmou Reacher. — Oitenta quilômetros pra frente ou oitenta quilômetros pra trás. Mas não aqui.

— Estou com fome.

— Eu também.

— Não tem por que ficar guardando quatro dólares.

— Concordo — disse Reacher. — Vamos dar uma pirada, então.

Caminharam de volta na direção da linha do trem com a confiança renovada em suas botas com cadarços novos e foram até a pizzaria que tinham visto. Não era um lugar gourmet, o que era bom. Cada um deles comprou uma fatia, para levar, pepperoni para Reacher, queijo para Turner, e uma lata de refrigerante para dividirem. Comeram e beberam sentados ao lado um do outro em um trilho no cruzamento do trem.

— Você perdeu soldados quando era comandante?

— Quatro — respondeu Reacher. — Um deles era mulher.

— Você se sentiu mal?

— Não saí por aí dando piruetas de felicidade. Mas isso faz parte do jogo. Todos nós sabemos no que é que estamos nos metendo quando nos alistamos.

— Queria que eu mesma tivesse ido.

— Você já esteve nas Ilhas Cayman? — perguntou Reacher.

— Não.

— Já teve conta no exterior?

— Está brincando? Por que eu teria? Sou oficial do Exército. Ganho menos do que alguns professores de ensino médio.
— Por que você demorou um dia pra passar o nome do contato do cara lá do Fort Hood?
— O que é isso, interrogatório?
— Só estou pensando — respondeu Reacher. — Só isso.
— Você sabe por quê. Eu mesma queria prender o cara. Pra ter certeza de que aquilo seria feito corretamente. Decidi que ia esperar 24 horas. Mas não consegui encontrá-lo. Então falei pro FBI. Eles deviam se achar sortudos. Eu podia ter esperado uma semana.
— Eu teria esperado uma semana — disse Reacher. — Ou um mês.
Eles terminaram as fatias de pizza e esvaziaram a lata de refrigerante que dividiam. Reacher passou as costas da mão na boca e depois as limpou na calça.
— O que a gente vai fazer agora? — perguntou Turner.
— Vamos caminhar pela cidade e pegar uma carona pro oeste.
— Hoje à noite?
— Melhor do que dormir debaixo de um arbusto.
— Quanto vamos viajar?
— Até a outra ponta — disse Reacher. — A gente vai pra Los Angeles.
— Por quê?
Samantha Dayton.
Sam.
Quatorze anos.
— Te conto depois — disse Reacher. — É uma história complicada.

Eles atravessaram o centro caminhando, por uma rua chamada East Main, que se transformou em uma rua chamada West Main, depois de uma encruzilhada central. Todas as vitrines das lojas estavam escuras. As venezianas de todas as portas, fechadas. Berryville era sem dúvida uma cidade americana agradável, prosaica e modesta, mas com certeza não era uma cidade de muita importância. Com certeza absoluta. Estava toda fechada e repousando, embora ainda estivessem no meio da noite.
Seguiram caminhando. Turner estava bonita com a camisa, ainda que, se quisesse, conseguiria colocar a irmã e ela juntas ali dentro. Mas

ela tinha dobrado as mangas, movimentado e balançado os ombros, como as mulheres fazem, de forma que a camisa assentou e ficou com um caimento coerente. De alguma maneira, a enormidade da roupa enfatizava o quanto Turner era esbelta. O cabelo ainda estava solto. Ela se movia com uma energia flexível e elástica, e uma desconfiada e provocadora expressão nunca abandonava seus olhos, mas não havia medo neles. Nenhuma tensão. Apenas uma espécie de apetite. Pelo quê, Reacher não tinha certeza.

A espera valeu a pena demais, pensou ele.

Continuaram caminhando.

No extremo oeste da cidade, eles chegaram a um motel.

No estacionamento estava o carro com a porta amassada.

25

O MOTEL ERA UM LUGAR LIMPO, ARRUMADO E COMBInava inteiramente com o que tinham visto no restante da cidade. Parte era de tijolo vermelho, parte pintado de branco, e havia uma bandeira e uma águia acima da porta da recepção. Tinha uma máquina de Coca-Cola, uma máquina de gelo e aproximadamente vinte quartos em duas fileiras, ambas da rua para trás e de frente uma para a outra, além de um pátio amplo.

O carro com as portas amassadas estava estacionado na diagonal em frente à recepção, cuidadosa e temporariamente, como se alguém tivesse entrado apenas para fazer algumas perguntas rápidas.

— Você tem certeza? — perguntou Turner em voz baixa.

— Sem dúvida — respondeu Reacher. — É o carro deles.

— Como isso é possível?

— Quem quer que esteja orientando esses caras está mesmo por dentro das coisas e é muito esperto. É assim que isso é possível. Não há outra explicação. Ele soube que nós fugimos, soube que pegamos trinta pratas, soube do policial que encontrou a gente na Constitution

Avenue. Aí ele sentou pra pensar. Aonde você pode ir com trinta pratas? Só existem quatro possibilidades Ou você se entoca na cidade e dorme no parque, ou vai pra Union Station ou para o terminal rodoviário grande atrás dela e escapa pra Baltimore, Filadélfia ou Richmond, ou então você vai para o outro lado, o oeste, no pequeno ônibus municipal. E o cabeça por trás disso tudo chegou à conclusão de que o pequeno ônibus municipal era a melhor opção. Porque a passagem é mais barata e porque a Union Station e o terminal rodoviário grande são facilmente vigiadas pelos policiais, assim como os terminais rodoviários no outro extremo, em Baltimore, na Filadélfia e em Richmond, e porque dormir no parque na verdade só faz você ser preso amanhã, em vez de hoje. Além de tudo isso, o mais importante é que eles alegam saber como eu vivo, e eu não passo muito tempo na Costa Leste. Sempre tive a tendência de ir mais para a Oeste.

— Mas você concordou em ir pra Union Station.

— Eu estava tentando ser democrático. Tentando não impor a minha maneira de agir.

— Mas como eles sabiam que a gente ia descer em Berryville?

— Não sabiam. Aposto que eles já conferiram todos lugares de Leesburg pra frente. Todos os motéis à vista. Hamilton, Purcellville, Berryville, Winchester. Se não acharem a gente aqui, é pra lá que eles vão depois.

— Eles vão achar a gente aqui?

— Eu sinceramente espero que sim — disse Reacher.

A recepção tinha janelas pequenas, para efeito decorativo, como uma antiga casa colonial, e atrás delas havia cortinas finas. Impossível descobrir quem estava lá dentro. Turner caminhou até uma janela, pôs o rosto perto do vidro e olhou para a frente, para a esquerda, para a direita, para cima e para baixo. Sussurrou:

— Não tem ninguém ali. Só o recepcionista, eu acho. Ou talvez seja o dono. Sentado, nos fundos.

Reacher conferiu as portas do carro. Estavam trancadas. Assim como o porta-malas. Colocou a mão no capô, acima da grade da frente. O metal estava quente. O carro não tinha parado ali havia muito tempo. Ele foi para a esquerda, para a entrada do pátio. Ninguém ali.

Ninguém indo de um quarto ao outro, ninguém conferindo as portas nem olhando pelas janelas.

Ele deu um passo atrás e disse:

— Então vamos falar com esse cara.

Turner empurrou a porta da recepção, e Reacher entrou na frente. A sala era muito mais bacana do que os lugares com que ele estava acostumado. Muito mais bacana do que o lugar a pouco menos de dois quilômetros de Rock Creek, por exemplo. O vinil do chão era de qualidade, o cômodo era revestido com papel de parede e havia todo tipo de recomendações de autoridades turísticas emoldurado por ali.

O balcão da recepção era uma mesa de verdade, algo que Thomas Jefferson podia ter usado para escrever uma carta. Atrás dela, uma cadeira de couro vermelha acomodava um sujeito. O cara tinha uns sessenta anos e era alto, grisalho e imponente. A impressão que passava era de que devia estar administrando uma grande corporação, não um pequeno motel.

— Estamos procurando nossos amigos — disse Turner. — Aquele carro ali fora é deles.

— Os quatro cavalheiros? — perguntou o sujeito, com uma pequenina e cética hesitação antes da palavra *cavalheiros*.

— Isso — respondeu Turner.

— Infelizmente, vocês se desencontraram. Eles estavam procurando vocês dez minutos atrás. Pelo menos eu acho que eram vocês quem estavam procurando. Um homem e uma mulher, eles disseram. Perguntaram se vocês já tinham feito check-in.

— E o que você falou pra eles? — interrogou Reacher.

— Ora, naturalmente eu disse que vocês ainda não tinham chegado.

— OK.

— Vocês querem fazer o check-in agora? — disse o sujeito com um tom que sugeria que não ficaria de coração partido se não quisessem.

— Precisamos encontrar nossos amigos primeiro — disse Reacher. — Precisamos ter uma conversa. Pra onde eles foram?

— Perguntaram se vocês podiam ter ido comer alguma coisa. Eu os mandei para o Berryville Grill. É o único restaurante aberto a esta hora da noite.

— A pizzaria não conta?

— Não é exatamente um restaurante, não é?
— Onde fica esse Berryville Grill?
— A duas quadras pra trás daqui. Uma caminhada tranquila.
— Obrigada — agradeceu Turner.

Havia duas maneiras de caminhar as duas quadras atrás do motel. Pelas ruas transversais à esquerda ou à direita. Fazer a cobertura das duas envolveria se separarem, o que geraria o risco de um potencial confronto de um contra quatro. Reacher estava satisfeito com essa possibilidade, mas não tinha certeza sobre Turner. Ela tinha literalmente a metade do tamanho dele e estava desarmada. Não tinha nem arma nem faca.

— A gente devia esperar aqui — sugeriu ele. — Deixar que venham até nós.

Mas eles não vieram. Reacher e Turner ficaram em pé nas sombras durante cinco longos minutos, e nada aconteceu. Turner se movimentou um pouquinho para deixar a luz bater na lateral do carro.

— Aqueles amassados são muito bacanas — sussurrou ela.

— Quanto tempo demora pra dar uma conferida numa porcaria de um restaurante?

— Talvez tenham mandado os caras pra outro lugar. Uma lanchonete, talvez. Ou algumas lanchonetes. Que não contem como restaurante para o sujeito do motel.

— Não estou escutando lanchonete nenhuma.

— Como você escuta uma lanchonete?

— Baderna, copos, garrafas, exaustores. É um som característico.

— Pode ser longe demais pra conseguir escutar.

— Nesse caso eles teriam voltado pra buscar o carro.

— Eles têm que estar em algum lugar por perto.

— Talvez estejam comendo no tal Berryville Grill — disse Reacher. — Talvez tenham arranjado uma mesa. Decisão de última hora. A gente estava com fome; eles podiam estar também.

— Eu ainda estou com fome.

— Pode ser mais fácil pegar esses caras dentro de um restaurante. Lugar lotado, um pouco de inibição por parte deles. Além das facas nas mesas. Depois a gente podia comer o que eles pediram. Já devem ter feito o pedido a esta altura. Um filé cairia muito bem.

— O garçom chamaria a polícia.

Reacher deu uma conferida na transversal à direita. Nada. Deu uma conferida na transversal à esquerda. Vazia. Voltou para o local em que Turner estava aguardando.

— Eles estão comendo — disse ela. — Têm que estar. O que mais podem estar fazendo? Já dava pra ter procurado a gente por toda Berryville a esta altura. Duas vezes. Então eles estão em um restaurante. Podem demorar mais uma hora. E nós não podemos ficar aqui muito mais tempo. Estamos rondando uma propriedade privada. Tenho certeza que Berryville tem leis. E uma delegacia de polícia. O cara do motel pode ligar daqui a dois minutos.

— OK — concordou Reacher. — Vamos lá dar uma olhada.

— Esquerda ou direita?

— Esquerda — respondeu Reacher.

Eles ficaram cautelosos na esquina. Mas a rua da esquerda ainda estava vazia. Era mais um beco que uma rua. Tinha a cerca de madeira do motel de um lado e a parede lateral de tijolos de uma mercearia do outro. Cem metros depois, ela era cruzada por uma rua mais larga paralela à West Main. A segunda quadra era menor e mais variada, com alguns prédios isolados, alguns lotes vagos estreitos, e lá adiante se elevavam as costas das construções que ficavam na próxima rua paralela, inclusive uma à direita, que tinha uma chaminé de cozinha feita de metal e de onde estava saindo bastante fumaça. Com certeza o Berryville Grill, lucrando para valer naquele meio de noite.

— Porta da frente ou de trás? — perguntou Turner.

— Janela da frente — respondeu Reacher. — Reconhecimento é tudo.

Eles viraram à direita na transversal e assumiram cautela novamente. Primeiro se depararam com a fachada escura de uma loja que devia ser uma floricultura. Depois havia um restaurante, o segundo da fila. Era um lugar grande, porém mais fundo do que largo, separado em dois lados idênticos por uma porta central. As janelas iam até o chão. Talvez fossem abertas no verão. Talvez eles colocassem mesas na calçada.

Reacher manteve-se perto da parede e se moveu na direção da ponta mais próxima da primeira janela. Daquele ângulo ele conseguia ver aproximadamente um terço do espaço interior. Que era considerável.

E bem mobiliado. As mesas eram pequenas e ficavam perto umas das outras. Era um restaurante estilo família. Nada chique. Parecia que todos os garçons ali eram mulheres, mais ou menos em idade colegial. As mesas eram simples e de madeira. Aproximadamente metade delas estava ocupada, por grupos de duas e três pessoas e por famílias. Pessoas idosas e seus filhos adultos, alguns se divertindo, alguns um pouco tensos e silenciosos.

No entanto, nenhuma das mesas estava ocupada por quatro homens. Não na parte do restaurante que Reacher conseguia ver. Ele recuou. Ela pulou por ele e atravessou rapidamente a frente do restaurante, olhando para o lado contrário. Parou depois da última janela. Ele vigiou a porta. Nenhuma reação. Ninguém saiu. Turner abraçou a parede, voltou colada a ela e olhou lá dentro pela ponta da última janela. Reacher calculou que de lá ela conseguia ver um terço simétrico ao que ele tinha visto, mas do outro lado do estabelecimento. O que faria com que o centro do restaurante não fosse examinado.

Turner abanou a cabeça. Ele começou a andar, ela começou a andar, e ambos se encontraram na porta. Ele a puxou e ela entrou primeiro. A parte do restaurante diante deles tinha muitas mesas, mas nenhuma estava ocupada por quatro homens. Não havia *maître d' lectern*. Nem um local para um recepcionista. Somente o chão vazio atrás da porta. Uma jovem mulher aproximou-se, apressada. Uma menina, na verdade. Uns dezessete anos. A recepcionista designada. Ela estava de calça preta e camisa polo de manga curta com a logo do Berryville Grill bordada na frente. Tinha uma marca de nascença roxeada no antebraço. Disse:

— Mesa para dois?

— Nós estamos procurando algumas pessoas — respondeu Turner. — Eles devem ter passado aqui procurando por nós.

A menina ficou em silêncio. Ela tirou os olhos de Turner e os virou para Reacher, compreendendo de súbito: *um homem e uma mulher*.

— Eles estiveram aqui? — perguntou Reacher, compreendendo de súbito. — Quatro homens, três altos e outro mais alto ainda?

A menina fez que sim e esfregou o antebraço subconscientemente. Ou por nervosismo. Reacher baixou o olhar.

Não era uma marca de nascença. Estava mudando de forma. E mudando de cor.

Era um hematoma.

— Eles fizeram isso? — perguntou ele.

A menina fez que sim.

— O grandão — disse ela.

— O de cabeça raspada e orelhas pequenas?

— Esse — respondeu a menina. — Ele apertou o meu braço.

— Por quê?

— Ele queria saber em que outro lugar vocês podiam estar. E eu não soube dizer.

Era uma marca grande. De uma mão grande. Tinha mais de quinze centímetros de uma ponta à outra.

— Ele me assustou de verdade — reclamou ela. — Os olhos dele eram cruéis.

— Quando eles estiveram aqui? — perguntou Reacher.

— Há uns dez minutos.

— Pra onde eles foram?

— Não sei. Eu não soube dizer a eles onde podiam procurar.

— Não tem nenhuma lanchonete por aqui?

— Foi exatamente isso que ele perguntou. Mas não tem.

A menina estava prestes a chorar.

— Eles não vão voltar — afirmou Reacher.

Foi a única coisa em que conseguiu pensar para falar.

Deixaram a menina de pé ali, esfregando o braço, e passaram pela rua transversal que não tinham usado antes. Era uma via similar, estreita, sem iluminação, esburacada no início e melhor na segunda quadra, que tinha a cerca do motel à direita. Eles viraram na esquina cautelosamente e examinaram a frente antes de seguirem adiante.

O estacionamento do motel estava vazio.

O carro com as portas amassadas tinha ido embora.

26

Duzentos e setenta metros à frente, Reacher e Turner chegaram ao limite da cidade de Berryville, e a West Main se transformou na antiga State Route 7.

— Se aqueles caras conseguiram descobrir pra onde fomos, temos que presumir que o Exército também consegue. Até o FBI — comentou Turner.

O que transformava pegar carona em um pesadelo. Estava um breu. Uma noite de inverno no meio do nada. Uma estrada comprida e reta. Dava para ver os faróis se aproximando a um quilômetro e meio de distância, mas era impossível saber o que havia atrás deles. Quem estava ao volante. Civil ou não? Amigo ou inimigo?

Perigoso demais para arriscar.

Então eles se comprometeram com uma estratégia baseada em aproveitar algumas, perder outras, que Reacher pressupôs que geraria um resultado mais ou menos igual em termos de desvantagens e vantagens. Eles refizeram seus passos; Turner aguardou no acostamento, aproximadamente cinquenta metros à frente da última quadra iluminada da cidade, e Reacher seguiu até um lugar em que podia se encostar no canto de um prédio, meio dentro, meio fora de um beco transversal, onde havia alguma luz no asfalto. Uma má ideia, levando em conta que qualquer carro além deles virando para o oeste era uma oportunidade perdida em termos de carona potencial, mas uma boa ideia, levando em conta que Reacher podia fazer uma avaliação rápida dos motoristas que atravessavam a cidade logo que apareciam. Concordaram que era preferível pecar pelo excesso de cautela, mas, se sentisse que era uma boa, daria um passo à frente e sinalizaria para Turner, que subiria na calçada e esticaria o polegar para o veículo.

O que, no geral, ele pensou no início, talvez fosse uma relação mais de proveito do que de perda. Porque, por acaso, o sistema improvisado deles imitaria uma tramoia muito antiga para se conseguir carona. Uma mulher bonita estica o polegar, o motorista para, cheio de entusiasmo, e aí o namorado grande e feio aparece do nada e entra também.

No entanto, trinta minutos depois, Reacher estava vendo aquilo como uma relação mais de perda do que de proveito. Não havia muito tráfego, e ele não estava tendo tempo algum para qualquer julgamento. Via os faróis se aproximando, esperava, aí o carro passava como um relâmpago, numa fração de segundo, e o cérebro dele processava, *sedan, nacional, ano, especificação*, e, muito antes de chegar a uma conclusão, o carro já tinha passado de Turner havia muito tempo e estava acelerando para longe. Então ele trocou para uma abordagem do tipo pré-seleção. Decidiu rejeitar todos os sedans e todas as SUVs com menos de cinco anos e aprovar todas as caminhonetes e todas as SUVs mais antigas. Nunca tinha ouvido falar de o Exército fazer buscas com caminhonetes e supôs que todos os veículos de estrada do Exército eram trocados antes de completarem cinco anos. O mesmo para o FBI, com certeza. O risco remanescente era de agentes se divertindo no dia de folga com seus carros particulares. Mas tinham que assumir algum risco ou ficariam ali a noite inteira, o que acabaria sendo a mesma coisa que dormir no parque. Seriam presos na primeira luz do dia seguinte, em vez de na última luz daquele dia.

Ele aguardou. Durante um minuto, não viu nada, depois avistou faróis, vindo do oeste, não muito rápido, a uma velocidade razoável e segura para transitar na cidade. Ele saiu do seu canto. Aguardou. Viu o formato do veículo que passou.

Um sedan.

Rejeite.

Voltou a encostar-se no canto do prédio.

Aguardou novamente. Cinco minutos. Depois sete. Depois oito. Depois: mais faróis. Inclinou-se para fora. Viu uma caminhonete.

Deu um passo na calçada na sequência, levantou rapidamente o punho esquerdo e a cinquenta metros de distância Turner pulou na calçada e esticou o polegar. Precisão total. Como uma belíssima jogada de beisebol, rápida, ágil e decisiva no ar frio da noite. Os feixes de luz dos faróis correram sobre o contorno imóvel de Turner, dando a impressão de que ela estava ali o tempo todo

A caminhonete não parou.

Merda, Reacher pensou.

O próximo candidato viável foi uma Ford Bronco antiga que também não parou. Nem uma F-150 de meia-idade e uma Dodge Ram nova. A rua ficou silenciosa novamente. O relógio na cabeça de Reacher marcava por volta de dez e meia da noite. O ar ficava mais frio. Ele estava com as duas camisas e a jaqueta com a camada milagrosa. Começou a ficar preocupado com Turner. Ela estava só de camisa de malha com outra por cima. E a camisa de malha parecia fina de tanto ter sido lavada. *Nasci em Montana*, dissera ela. *Não sinto frio nunca*. Desejou que ela tivesse falado a verdade.

Durante cinco minutos nada mais apareceu vindo do leste. Em seguida, mais faróis, grandes e baixos, que acompanhavam as subidas e descidas num movimento emborrachado e bem amortecido. Um sedan, provavelmente. Ele inclinou-se para fora apenas um pouquinho, já se sentindo pessimista.

Voltou para o canto, apressado. Era um sedan, rápido e polido. Um Ford Crown Victoria, de cor escura brilhante, com janelas escuras e antenas na tampa do porta-malas. Policiais metropolitanos, possivelmente, ou o FBI, ou os federais, ou policiais do Estado da Virgínia. Ou não. Talvez outra agência totalmente diferente, em uma missão sem vínculo algum com eles. Reacher inclinou-se para fora novamente e viu o carro passar. Não perceberam Turner nas sombras e seguiram afastando-se em velocidade.

Ele aguardou. Um minuto mais. Depois dois. Nada além de escuridão.

Em seguida, mais faróis, bem longe, talvez ainda na East Main, antes da encruzilhada do centro, aproximando-se num ritmo constante, com certeza na West Main, cada vez mais perto. Eram amarelos e fracos. De um modelo antigo e débil. Nada modernos. Não eram de halogênio. Reacher inclinou-se para fora do canto em que estava. As luzes continuavam a se aproximar, lenta e constantemente. Passaram brilhando.

Uma caminhonete.

A mesma belíssima jogada de beisebol entre os dois. O punho dele, o polegar dela.

A caminhonete diminuiu a velocidade na hora.

Parou.

Turner desceu da calçada, inclinou-se na janela do passageiro, começou a falar, e Reacher deu uma corridinha nos cinquenta metros até ela.

Desta vez, Juliet ligou para Romeo, o que era incomum. Na maioria das vezes, era Romeo quem sabia das últimas novidades. Mas o trabalho deles era dividido, então às vezes Juliet era quem tinha informações novas.

— Nenhum sinal deles até lá em Winchester — informou.

— Eles têm certeza? — perguntou Romeo.

— Procuraram com muita atenção.

— OK, mas os mantenha na área. Aquela linha de ônibus é a nossa melhor opção.

— Pode deixar.

Reacher chegou um pouquinho sem fôlego. Viu que a caminhonete era uma Chevrolet antiga, básica, fabricada e comprada para ser usada no trabalho, não para ostentar. O motorista parecia ser um malandro velho de uns setenta anos, pele e osso, cabelo branco ralo. Turner o apresentou:

— Este cavalheiro está indo pro condado de Mineral, na Virgínia Ocidental. Perto de um lugar chamado Keyser, não muito longe da fronteira com Maryland.

O que não significava nada para Reacher, com exceção de que a Virgínia Ocidental lhe soava um pouco melhor do que só Virgínia. Ele se inclinou na janela ao lado de Turner e disse:

— Senhor, nós adoraríamos a carona.

— Então pula pra dentro e vamos embora.

O banco era inteiro, mas a cabine, estreita. Turner entrou primeiro e, se Reacher ficasse bem pressionado contra a porta, ela conseguia ficar espremida entre ele e o velhote. Mas o banco era macio, e a cabine estava quente. Além disso, a caminhonete funcionava bem. Parecia que conseguiria rodar estrada adiante para sempre.

— Então, pra onde vocês têm ido ultimamente, meus camaradas? — perguntou o velhote.

— A gente está procurando trabalho — respondeu Reacher, pensando no jovem casal em Ohio, na Silverado cabine dupla, com o cachorro que soltava pelo. — Então qualquer lugar serve.

— E que tipo de trabalho vocês estão procurando?

A partir daí começou uma típica conversa de carona, com cada uma das partes fiando narrações baseadas em meias-verdades e experiências infladas. Reacher já tinha saído do Exército havia muito e, quando tinha que trabalhar, pegava qualquer serviço que conseguia. Tinha sido porteiro em boates, cavado piscinas, empilhado madeira, demolido construções, colhido maçãs, carregado caminhões e dava a impressão de que aquele tipo de coisa tinha sido o trabalho dele a vida inteira. Turner falou em servir mesas e trabalhar em escritórios, vender utensílios de cozinha de porta em porta, tudo aquilo Reacher supunha ser baseado nas experiências dela nas noites e nos fins de semana da época do ensino médio e da faculdade. O velhote falou sobre lavouras de tabaco nas Carolinas, de cavalos no Kentucky e sobre puxar carvão na Virgínia em caminhões de dezoito rodas.

Eles passaram por Winchester, atravessando a I-81 duas vezes, depois seguiram na direção da fronteira estadual, entraram na região dos Apalaches e percorreram os últimos contrafortes ao norte da Shenandoah Mountain por uma estrada que subia e se contorcia na direção de George Peak. O motor se esforçava e os faróis fracos e amarelos sacudiam de um lado para o outro nas curvas fechadas. À meia-noite, eles estavam na Virgínia Ocidental, ainda subindo pela região selvagem, passando por caminhos arborizados na direção dos montes Allegheny ao longe.

Reacher enxergou um incêndio, bem longe à esquerda, em uma encosta arborizada um pouco ao sul da estrada. Um brilho amarelo e laranja, contra o céu negro, como uma fogueira ou um farol de alerta. Passaram por uma cidade adormecida chamada Capon Bridge, e o incêndio ficou mais próximo. A um quilômetro e meio ou mais de distância, porém, de repente ficou ainda mais próximo, porque a estrada fez uma curva na direção dele.

— Senhor, você poderia nos deixar aqui, se não se importar.
— Aqui? — perguntou o velhote.
— É um bom lugar.
— Pra quê?
— Acho que vai ao encontro das nossas necessidades.
— Vocês têm certeza?
— Nós o agradecemos muito.

O velhote rosnou alguma coisa, incerto, sem entender nada, mas tirou o pé do acelerador, e a caminhonete diminuiu a velocidade. Turner também não estava entendendo. Olhava para Reacher como se ele estivesse maluco. A caminhonete parou em uma parte qualquer do asfalto na montanha, floresta à esquerda, floresta à direita, nada adiante, nada atrás. Reacher abriu a porta, saiu aprumando o corpo, e Turner desceu atrás. Ficaram parados no breu, no silêncio mortal e no gelado ar da noite. Turner questionou:

— Você quer me contar por que a gente acabou de sair de uma caminhonete quente no meio do nada?

Reacher apontou para a esquerda, para o incêndio.

— Está vendo aquilo lá? — perguntou ele. — Aquilo é um caixa automático.

27

ELES COMEÇARAM A CAMINHAR ACOMPANHANDO A CURVA da estrada, que seguia na direção oeste, um pouquinho ao sul, e aproximavam-se cada vez mais do incêndio, até chegarem ao nível dele, aproximadamente cem metros para dentro das florestas montanhosas. Dez metros depois, no acostamento esquerdo, a entrada de uma trilha de pedras. Uma estradinha vagabunda para carro, que subia montanha acima entre as árvores. Turner amarrou bem a camisa de Reacher ao redor de si e disse:

— É só mato pegando fogo.

— Época errada — contestou Reacher. — Lugar errado. Esse mato não costuma pegar fogo aqui.

— Então o que é isso?

— Onde a gente está?

— Virgínia Ocidental.

— Correto. A quilômetros de qualquer lugar, numa região afastada e no meio do mato. Era por aquele incêndio que a gente estava esperando. Mas faça o máximo de silêncio que conseguir. Pode ter alguém aqui.

— Bombeiros, provavelmente.

— Isso aí é o que não vai ter — retrucou Reacher. — Eu garanto.

Eles começaram a subir a trilha de pedras, que estavam soltas e faziam barulho quando pisavam. Difícil progredir. Melhor de carro do que a pé. Em ambos os lados, as árvores se aglomeravam; algumas eram pinheiros, outras, decíduas e nuas. A trilha serpenteava para a direita, depois para a esquerda novamente, sempre subindo. Possuía uma última curva extensa lá no alto, e o fogo os aguardava logo a seguir. Já conseguiam sentir o calor e escutar o vago rugido misturado com estalos e explosões barulhentos.

— Muito silêncio agora — orientou Reacher.

Percorreram a última curva e encontraram uma clareira aberta na floresta. Bem em frente havia uma estrutura velha, caindo aos pedaços e parecida com um celeiro; à esquerda, uma cabana também caindo aos pedaços. Os dois lugares eram feitos de tábuas esturricadas e apodrecidas por um século de exposição ao clima. À direita, longe deles, estava o incêndio, queimando furiosamente dentro, ao redor e acima de uma estrutura grande, baixa, retangular e com rodas. Chamas amarelas, azuis e laranja ardiam para cima e para fora, e as árvores queimavam e esturricavam lentamente ali perto. Uma fumaça preta e grossa fervia, rodopiava, redemoinhava e então pegava uma corrente de ar ascendente e subia chicoteando a escuridão acima.

— O que é isso? — perguntou Turner com um sussurro.

— Igual àquela piada antiga — sussurrou de volta Reacher. — Qual é a semelhança entre um laboratório de metanfetamina e o divórcio de um caipira?

— Não sei.

— Alguém vai perder um trailer.

— Isso aí é um laboratório de metanfetamina?

— Foi — respondeu Reacher.

— Por isso não tem bombeiro — concluiu Turner. — Operação ilegal. Eles não podiam ligar pra pedir ajuda.

— Os bombeiros não iriam vir de qualquer maneira — apontou Reacher. — Se atendessem a todos os laboratórios de metanfetamina que pegam fogo, não teriam tempo pra mais nada. Laboratórios de metanfetamina são acidentes esperando para acontecer.

— Cadê as pessoas?

— Provavelmente uma pessoa só. Em algum lugar por aqui.

Eles entraram na clareira e seguiram na direção da cabana, para longe do fogo, e ficaram perto das árvores. A fumaça vagueava, e luz e sombra dançavam em todos os lugares ao redor deles, pagãs e elementares. O fogo continuava a rugir a cinquenta metros de distância, inabalável. A cabana era uma ocupação simples de um andar, com um banheiro externo na parte de trás. Ambos desocupados. Ninguém ali. O celeiro era grande o suficiente para dois veículos, e havia dois carros lá dentro: uma caminhonete Dodge vermelha grande com pneus enormes e uma lataria abaulada exageradíssima e cheia de partes cromadas, novinha, e um conversível esporte vermelho, um Chevrolet Corvette, encerado e reluzindo, com canos de descarga tão grandes quanto os punhos de Reacher. Também novinho, ou quase.

— Esse caipira está se dando bem — comentou Reacher.

— Não — contestou Turner. — Não tão bem.

Ela apontou para o fogo.

O esqueleto do trailer ainda estava visível, retorcendo e dançado nas chamas, rodeado de destroços flamejantes esparramados e caídos, mas a forma retangular básica estava alterada por uma protuberância achatada no chão em frente a ele, como uma língua pendurada em uma boca, algo baixo, arredondado e pegando muito fogo, com chamas de cores e intensidades diferentes. O tipo de chamas que você vê se deixar uma costela de carneiro na churrasqueira por muito tempo, só que cem vezes maior.

— Acho que ele tentou salvar o trailer — comentou Reacher. — O que é uma burrice. É sempre melhor deixar queimar.

— O que é que a gente vai fazer? — perguntou Turner.

— Vamos fazer um saque — respondeu Reacher. — No caixa automático. Era um laboratório de tamanho decente, e ele tinha dois carros legais; o meu palpite, então, é de que o nosso limite de crédito vai ser uma beleza.

— Vamos pegar o dinheiro de um homem morto?

— Ele não precisa mais dele.

— Isso é crime.

— Já era crime antes. O cara era traficante. E se a gente não pegar, os policiais pegam. Quando chegarem aqui amanhã. Ou no dia seguinte.

— Onde é que está?

— Essa é a parte divertida — disse Reacher. — Encontrar a grana.
— Você já fez isso antes, né?
— Geralmente enquanto eles ainda estão vivos. Eu estava pensando em dar uma caminhada atrás da Union Station. Pensa nisso como se fosse Imposto de Renda. Somos funcionários do governo, afinal de contas.
— Isso é horrível.
— Você quer dormir numa cama hoje? Quer comer amanhã?
— Jesus — foi o que disse Turner.

Mas procurou com tanto afinco quanto Reacher. Começaram pela cabana. O ar estava rançoso. Não havia nada escondido na cozinha. Nenhuma parede falsa nos armários. Nenhuma lata de feijão falsa, nada enterrado nos potes de farinha, nenhum vão atrás das tábuas da parede. Não havia nada na sala. Nenhum alçapão no chão, nenhum livro com miolo oco, nada nas almofadas do sofá, nada na chaminé. Também não havia nada no quarto. Nenhum corte no colchão, nenhuma gaveta trancada na mesinha de cabeceira. Nada em cima do guarda-roupa e nenhuma caixa debaixo da cama.

— Onde agora? — perguntou Turner.
— Eu devia ter pensado nisso antes — respondeu Reacher.
— Onde esse cara se sentia realmente com privacidade?
— Esse lugar todo tem muita privacidade. Está a milhões de quilômetros de qualquer lugar.
— Mas onde mais do que em todos os outros?
Ela sacou. Demonstrou com um gesto de cabaça. Disse:
— No banheiro externo.

Estava no teto do banheiro externo. Havia uma tábua bem em cima da privada, que Reacher desencaixou e passou para Turner. Depois ele enfiou a mão no vão, ficou tateando e encontrou uma bacia de plástico. Puxou-a para fora. Era o tipo de coisa que via em lojas de utensílios domésticos. Nela, havia aproximadamente quatro mil dólares em maços de notas de vinte e chaves sobressalentes do Dodge e do Corvette, uma escritura da propriedade e uma certidão de nascimento de uma criança chamada William Robert Claughton, nascido no estado da Virgínia Ocidental 47 anos antes.

— Billy Bob — disse Turner. — Descanse em paz.

Reacher balançou as chaves na mão e perguntou:

— A caminhonete ou o carro esportivo?

— A gente vai roubar os carros dele também?

— Eles já são roubados — disse Reacher. — Não tem nenhum documento na caixa. Provavelmente de algum viciado que rouba carro pra pagar dívida. A alternativa é caminhar.

Turner ficou em silêncio por mais um segundo, como se aquilo fosse demais para ela, mas depois abanou a cabeça, deu de ombros e disse:

— O carro esportivo, é lógico.

Pegaram o dinheiro, a chave do Corvette e colocaram o restante das coisas de volta no teto do banheiro externo. Caminharam até o celeiro e jogaram o dinheiro no porta-mala do Corvette. Na beirada da clareira, o fogo continuava forte. Reacher arremessou a chave do carro para Turner e entrou pelo lado do passageiro. Ela ligou o carro, achou o interruptor do farol e apertou bem firme o cinto de segurança.

Um minuto depois, estavam de volta à estrada, no sentido oeste, na calada da noite, velozes, quentes, confortáveis e ricos.

28

TURNER LEVOU DOIS QUILÔMETROS PARA SE ACOSTUMAR, então acelerou e encontrou um ritmo perfeito para fazer as curvas. O carro era grande, baixo, forte e brutal. Ele jogava os feixes superbrancos dos faróis lá na frente e deixava para trás um rastro rouco, alto e comprido de motor V8.

— A gente tem que pegar um desvio rápido — disse ela. — Não podemos ficar nesta estrada por muito tempo. Um dos carros que passou por Berryville era do FBI, eu acho. Você viu?

— O Crown Vic? — disse Reacher.

— Isso. A gente precisa sair de qualquer extensão lógica da rota daquele ônibus. Especialmente porque aquele velhote da caminhonete pode contar pra eles exatamente onde foi que nos deixou. Ele não vai se esquecer daquela parada tão cedo.

— Ele não vai falar com a polícia. Ele puxa carvão na Virgínia Ocidental.

— Mas pode falar com os caras do carro amassado. Eles podem meter medo nele. Ou podem oferecer dinheiro.

— Está bem, vai pro sul — disse Reacher. — O sul é sempre bom no inverno.

Ela acelerou, e os canos de descarga roncaram mais alto. Era um carro excelente, pensou Reacher. Talvez o melhor do mundo para estradas americanas. O que era lógico, porque era um carro americano. Ele sorriu de repente e disse:

— Vamos colocar o aquecedor no máximo e baixar a capota.

— Você está gostando mesmo disto, não está? — perguntou Turner.

— E por que não gostar? É tipo a letra de um rock comercial. Um carro veloz, dinheiro no bolso, companhia, pra variar.

Turner apertou o aquecedor até ele ficar no vermelho, diminuiu a velocidade e parou na lateral da pista. Descobriram quais eram os mecanismos que abriam a capota, que dobrou sozinha e entrou em uma abertura atrás deles. O ar da noite inundou o carro, frio e revigorante. Eles abaixaram um pouco, se ajeitaram em seus bancos e arrancaram novamente. Todas as sensações de dirigir vieram em dobro. A velocidade, as luzes, o barulho. Reacher sorriu e comentou:

— Isto é que é vida.

— Estou me acostumando com ela — falou Turner. — Mas eu gostaria de ter uma escolha.

— Pode ser que tenha.

— Como? Não temos nada com que trabalhar.

— Nada é exagero — disse Reacher. — Temos uma aparente anomalia e uma informação processual precisa.

— Tipo o quê?

— Weeks e Edwards foram assassinados no Afeganistão, mas você não foi assassinada aqui, nem eu e nem o Moorcroft. E ele podia ter sido morto. Alguns tiros de dentro de um carro no sudeste de D.C. teriam sido tão plausíveis quanto uma surra. E eu podia ter sido assassinado; quem, afinal, iria notar? Você também. Um acidente em treinamento ou um descuido ao carregar a arma. Mas eles preferiram não seguir esse caminho. Portanto, há uma espécie de timidez na ponta de D.C. O que é sugestivo, quando você a combina com o outro negócio.

— Que é...

— Você saberia abrir uma conta nas Ilhas Cayman?

— Eu conseguiria descobrir.

— Exatamente. Você faria uma busca no computador, algumas ligações, qualquer coisa que precisasse, e conseguiria. Mas quanto tempo isso levaria?

— Uma semana, talvez.

— Mas esses caras fizeram isso em menos de um dia. Em uma hora, provavelmente. A sua conta foi aberta às dez da manhã. O que implica a um relacionamento já existente. Eles disseram o que queriam ao banco, que fez tudo na mesma hora, imediatamente, sem fazer perguntas. O que faz com que eles sejam clientes premium, com muito dinheiro, mas nós já sabemos disso, porque eles estavam preparados pra queimar cem mil pratas só pra te detonar. O que é uma quantia grande de dinheiro, mas eles não se preocuparam. Foram em frente e jogaram a grana na sua conta, e não existe garantia de que algum dia irão recuperá-la. Ela deve ficar confiscada como prova. E mesmo que não fique, não sei como vão poder virar depois e falar, ah, digamos, aquelas cem mil pratas eram nossas o tempo todo e as queremos de volta.

— Quem são eles, então? — perguntou Turner

— São pessoas muito corretas, que administram um esquema que dá muito dinheiro e que conseguem dar ordens para que cometam qualquer tipo de violência a treze mil quilômetros de distância, no Afeganistão, mas que querem as coisas limpinhas e bem organizadas na porta de casa. São chegados de banqueiros internacionais, são capazes de conseguir que as coisas sejam feitas em uma hora e não em uma semana, capazes de procurar e manipular arquivos antigos em qualquer agência das forças armadas que quiscrem, com uma equipe de combate muito eficiente vigiando as costas deles. São oficiais do Estado-Maior com patentes altas, tenho quase certeza.

Turner virou à esquerda logo depois de uma cidade chamada Romney, em uma pequena estrada que os levava para o sul, mas os mantinha nas montanhas. Mais seguro por este caminho, pensaram. Não queriam chegar perto da I-79. Muito patrulhada, mesmo à noite. Muitos policiais tentando impulsionar as receitas municipais com multas por excesso de velocidade. O único ponto negativo da pequena estrada era a completa ausência de infraestrutura civilizada. Nenhum posto de gasolina, nenhuma lanchonete. Nenhum restaurante. Nenhum motel. E eles estavam com fome, com sede e cansados. Além disso, o carro tinha um motor gigante, e em nenhum lugar ele mostrava quantos quilômetros conseguia fazer por litro. Uma placa solitária em uma curva prometia algum tipo de cidadezinha trinta quilômetros à frente. Aproximadamente meia hora, na velocidade de estradas pequenas.

— Eu mataria alguém por um banho e uma janta.

— Provavelmente vai ter que fazer isso mesmo — comentou Reacher.

— Não vai ser uma cidade do tipo daquelas que nunca dorme. Está mais pra uma cidade em que um cavalo pode ficar dormindo em uma encruzilhada sem nunca acordar.

Eles não conseguiram descobrir. Não chegaram lá. Porque um minuto depois se depararam com outro tipo de problema de estradas pequenas.

29

TURNER FEZ UMA CURVA, E ENTÃO TEVE QUE FREAR BRUScamente, porque havia um sinalizador de estrada vermelho cravado no asfalto logo à frente. Em seguida, outro, e então feixes de faróis apontando para direções esquisitas — um par verticalmente para o alto, na direção do céu noturno, e outro na horizontal, fazendo ângulos retos em relação ao fluxo do trânsito.

Turner passou com dificuldade, virando para a direta e para a esquerda entre os dois sinalizadores cravados no chão, depois arredou o carro para o lado e parou, com o escapamento estourando e roncando lá atrás. Os faróis na vertical eram de uma caminhonete que tinha saído da estrada de ré e caído em uma vala. Ela estava mais ou menos na vertical, apoiada na porta traseira. A parte de baixo estava totalmente visível, com seus mecanismos e sua sujeira.

As luzes horizontais eram de outra caminhonete, uma cabine dupla robusta, que tinha virado e dado ré até ficar atravessada na estrada num ângulo reto. Ela tinha uma corrente curta e pesada presa ao seu engate para reboque. A corrente estava bem esticada para cima, pois a outra ponta tinha sido enrolada numa parte da suspensão dianteira da caminhonete na vertical. Reacher supôs que a ideia era puxar a caminhonete na vertical, para colocá-la sobre as rodas novamente, como se estivessem derrubando uma árvore, e depois arrastá-la para fora da vala. Mas a geometria seria difícil. A corrente tinha que ser curta, porque a estrada era estreita. Mas justamente por ter que ser curta, a frente da camionete que seria abaixada bateria na caminhonete robusta, a não ser que esta continuasse a se movimentar perfeitamente, para que conseguisse se afastar alguns centímetros. Tudo isso sem cair na vala do lado oposto. Seria um intrincado balé automotivo.

Havia três homens na cena. Um deles estava sentado no acostamento, com os cotovelos nos joelhos e a cabeça abaixada. Era o motorista da caminhonete na vertical, supôs Reacher, abalado pelo acidente e talvez bêbado, drogado ou os dois. Os outros homens foram ali para resgatá--lo. Um estava na cabine da caminhonete robusta, olhando para trás, com o cotovelo na porta, e o outro, andando de um lado para o outro, preparando-se para dar as coordenadas.

Uma história que se repetia todo dia, Reacher concluiu. Ou toda noite. Cervejas demais, carreiras demais ou os dois demais; em seguida, uma estrada escura e sinuosa, uma curva feita rápido demais, um pisão em pânico no freio, rodas traseiras travadas debaixo de uma carroceria vazia, talvez algum gelo por causa da temperatura de inverno, uma derrapada e a vala. Aí o esquisito sai do veículo, dá uma escorregada longa pela lateral na vertical, faz a ligação pelo celular e espera os amigos com a caminhonete à disposição.

Nada demais do ponto de vista de qualquer pessoa. Praticamente rotina. Eles pareciam saber o que estavam fazendo, apesar das dificuldades geométricas. Talvez já tivessem feito aquilo antes, possivelmente muitas vezes. Reacher e Turner se atrasariam cinco minutos. Talvez dez. Só isso.

Mas não era só isso.

O cara chapado no acostamento aos poucos se deu conta das luzes novas, levantou a cabeça e ficou olhando estrada abaixo com os olhos apertados, mas desviou o olhar de novo.

Depois voltou a observar. Ele levantou com dificuldade e deu um passo.

— Aquele lá é o carro do Billy Boy — afirmou ele.

Ele deu um passo, outro, olhou para eles — para Turner primeiro, depois para Reacher — bateu o pé, balançou o braço direito como se estivesse espantando imensas nuvens de insetos e rosnou:

— O que vocês estão fazendo nele?

O que saiu na verdade foi, *O que cê tã fazen nel?*, talvez por lhe faltar um dente, ou por causa da birita, ou por estar desnorteado de tão chapado, ou por causa de tudo aquilo junto. Reacher não tinha certeza. Então o cara que estava pronto para dar as coordenadas também ficou interessado, o sujeito ao volante da cabine dupla saiu e todos os três caras entraram em formação num pequeno semicírculo maltrapilho aproximadamente dez metros à frente do para-choque do Corvette.

Eram todos magrelos e acabados. Usavam camisa de botão xadrez sem manga por cima de blusa de moletom desbotado, calça jeans e bota. Todos estavam de gorro de lã na cabeça. O chapado tinha por volta de um metro e setenta, o das coordenadas, um e setenta e cinco, e o motorista da caminhonete robusta, um e oitenta. Pequeno, médio e grande, em um catálogo de roupa caipira comprada na promoção do supermercado.

— Passa por cima deles — disse Reacher.

Turner não fez isso.

— É o carro do Billy Bob — falou o cara da cabine dupla.

— Eu já falei isso — rosnou o chapado.

Eu j valei izo.

Bem alto.

Talvez a audição dele estivesse danificada por causa da batida.

— Por que vocês estão no carro do Billy Bob? — perguntou o cara da cabine dupla.

— Este carro é meu   respondeu Reacher.

— Né, não. Eu conheço a placa.

Reacher soltou o cinto de segurança.

Turner soltou o dela.

— Por que você está preocupado com quem está no carro do Billy Bob?

— Porque o Billy Bob é nosso primo — respondeu o cara.

— É mesmo?

167

— Pode ter certeza. Os Claughton estão no condado de Hampshire há trezentos anos.

— Você tem terno preto?

— Por quê?

— Porque você vai a um funeral. Billy Bob não precisa mais de carro. O laboratório dele pegou fogo hoje de noite. Ele não saiu de lá a tempo. Nós estávamos passando por lá. Não tinha nada que a gente pudesse fazer.

Os três caras ficaram em silêncio por um momento. Recuaram arrastando os pés, em seguida recuaram um pouco mais e cuspiram na estrada.

— Não tinha nada que você pudesse fazer a não ser roubar o carro dele? — disse o cara da caminhonete robusta.

— Encare isto como uma reapropriação.

— Antes até de o defunto esfriar?

— Não dava pra esperar tanto. Era um incêndio dos infernos. Vai demorar um ou dois dias pra esfriar.

— Qual é o seu nome, cuzão?

— Reacher. Os Reacher estão no condado de Hampshire há cinco minutos.

— Cê tá bancando o engraçadinho com a gente?

— Não estou bancando nada. Parece que você é que está encarando a coisa desse jeito.

— Quem garante que não foram vocês que incendiaram a parada?

— Não fomos. O velho Billy Bob tinha um negócio perigoso. Viva pela espada, morra pela espada. Mesma coisa com o carro. Adquirido de forma ilícita, de forma ilícita vai perder.

— Vocês não podem ficar com ele. Nós é que temos que ficar com ele.

Reacher abriu a porta. Cravou os pés no chão e levantou-se rápido, erguendo em um segundo a bunda, que estava a dez centímetros do asfalto, e mostrando seu um metro e noventa e cinco. Deu a volta pela porta aberta, andou para a frente e parou bem no lugar onde o semicírculo estava centralizado.

— A gente não vai discutir sobre direitos de herança — ameaçou Reacher.

— E o dinheiro dele? — questionou o cara da caminhonete robusta.

— A posse representa noventa por cento da lei — disse Reacher, como Espin na sala de interrogatório no Dyer.

— Vocês pegaram o dinheiro dele também.

— Tudo que a gente conseguiu achar.

Na mesma hora, o chapado pulou para a frente e fez um arco violento com o braço direito. Reacher recuou e deixou o punho passar assobiando ao seu lado, inofensivo, e em seguida também movimentou o braço direito, para a frente e para trás, como se também estivesse espantando os insetos invisíveis. O chapado ficou olhando para a mímica e Reacher o esbofeteou ao lado da cabeça com a palma da mão esquerda bem abaixo da borda do gorro, como um policial das antigas faria com o trombadinha da vizinhança; só um tapa, mais nada, mesmo assim o cara caiu como se a cabeça dele tivesse explodido com um tiro de um fuzil. Ele permaneceu deitado imóvel na estrada.

— É isso que você faz? Escolhe o menorzinho pra azucrinar primeiro? — perguntou o cara da caminhonete robusta.

— Eu não estava azucrinando o cara — disse Reacher. — Ele é que estava me azucrinando. Você vai cometer o mesmo erro?

— Pode não ser um erro.

— Vai ser, sim — ameaçou Reacher. Então olhou para a caminhonete na vertical atrás do cara. — Puta merda, aquele treco vai cair.

O cara não se virou. Não olhou. Seus olhos permaneceram fixos nos de Reacher.

— Boa tentativa. Só que eu não nasci ontem — disse ele.

— Eu não estou brincando, seu idiota.

E não estava mesmo. Talvez a caminhonete robusta estivesse em ponto morto. Talvez tivesse andado uns quinze centímetros quando o cara a desligou antes de sair. De qualquer forma, a corrente estava mais tensionada. Esticada. Zunindo. E a caminhonete vertical estava oscilando bem no ponto de equilíbrio, a uns três centímetros de cair para a frente como uma árvore. Um ventinho seria o suficiente para terminar o serviço.

Então um ventinho soprou e terminou o serviço.

Todos os galhos ao redor suspiraram e se moveram gentilmente, de uma vez só; a tampa traseira da caminhonete na vertical raspou nas pequenas pedras agarradas debaixo dela, a corrente ficou folgada, e a caminhonete começou a tombar para a frente, quase imperceptivelmente, um grau de cada vez, até chegar a um ponto sem volta, quando começou a cair cada vez mais rápido, e foi uma marretada destruidora na caçamba da caminhonete robusta, o peso do bloco do motor dando um golpe poderoso no assoalho ondulado, quebrando o eixo sob ele, as rodas da caminhonete robusta arreganhando na parte de baixo e envergando para dentro na parte de cima, como joelhos valgos ou patas de cachorrinho. As rodas da caminhonete menor envergaram no sentido contrário, agarradas na barra de direção quebrada. A corrente chacoalhou no chão, a suspensão resistente se acomodou, e a caminhonete menor ficou parada, inclinada, parcialmente sobre a caminhonete maior, ambas esgotadas, inertes e imóveis.

— Parece que elas estavam fazendo sexo — comentou Reacher. — Não parece?

Ninguém respondeu. O cara pequeno ainda estava no chão, e os outros dois olhavam para um problema inteiramente novo. Nenhum dos veículos iria a lugar algum tão cedo, não sem um guindaste grande e um reboque. Reacher entrou no Corvette. Os destroços estavam bloqueando a estrada, de vala a vala, então Turner não tinha escolha. Ela deu ré, passou entre os dois sinalizadores acesos e foi embora pelo caminho por onde tinha vindo.

30

— AQUELES CARAS VÃO PEGAR O TELEFONE ASSIM que ouvirem falar da gente — comentou Turner. — Vão nos denunciar imediatamente. Para o agente de liberdade condicional deles. Eles vão querer fazer todo tipo de acordo. Vão usar a gente como moeda de troca pra se livrarem da cadeia nas próximas dez delinquências que cometerem

Reacher concordou com um gesto de cabeça. A estrada não podia ficar bloqueada para sempre. Mais cedo ou mais tarde outro veículo que passasse por lá pediria ajuda. Ou os próprios primos Claughton o fariam, depois de terem esgotado todas as alternativas. Então os policiais apareceriam, e as inevitáveis perguntas deles levariam a respostas escusatórias e acordos e tratos e promessas e permutas.

— Tenta a próxima estrada pro sul — disse Reacher. — Não há mais nada que a gente possa fazer.

— Ainda está se divertindo?

— Melhor, impossível.

Fizeram a curva e entraram em uma estrada tranquila de duas pistas que tinham dispensado vinte minutos antes. Estava deserta. Árvores à esquerda, árvores à direita, nada à frente, nada atrás. Atravessaram um rio por uma ponte. Era o rio Potomac, estreito e desinteressante naquele trecho, seguindo para o norte, descendo a colina desde sua distante nascente, antes de fazer uma curva fechada para o leste. Então se alargava, transformando-se na corrente preguiçosa por que era conhecido na desembocadura. Não havia trânsito na estrada. Nada seguia no mesmo caminho que eles, nada no outro sentido. Nenhuma luz e nenhum som além dos deles.

— Se isto fosse um filme, bem agora o cowboy coçaria a bochecha e diria que está quieto demais — comentou Reacher.

— Não tem graça — reclamou Turner. — Eles podem ter bloqueado esta estrada. Pode ter polícia estadual depois da próxima curva.

Mas não havia. Não depois da próxima curva nem da seguinte. E eles continuavam a chegar a curvas. Uma atrás da outra, como pontos de interrogação separados.

— Como eles sabem de que jeito você vive? — perguntou Turner.

— Quem?

— Os oficiais do Estado-Maior com patentes altas.

— Essa é uma excelente pergunta.

— Eles sabem de que jeito você vive?

Não conseguiram te achar antes. Não vão te achar agora. O Exército não usa investigadores. Mesmo se usasse, eles não iam conseguir te achar.

— Parece que sabem que eu não comprei um rancho com casarão de dois andares em algum lugar afastado do centro de uma cidade. Parece que sabem que eu não sou treinador de time de beisebol infantil e que não planto minhas próprias verduras. Parece que sabem que eu não investi em outra carreira.

— Mas como é que eles sabem disso?

— Não tenho ideia.

— Eu li a sua ficha. Tinha muita coisa boa nela.

— Muita coisa ruim também.

— Mas talvez o ruim seja bom. No sentido de ser interessante para alguém. Em termos de personalidade. Eles estavam te monitorando desde que tinha seis anos de idade. Você possui características únicas.

— Únicas, não.

— Raras, então. Em termos de resposta agressiva ao perigo.

Reacher concordou com um gesto de cabeça. Aos seis anos ele tinha ido ao cinema, em uma base dos Fuzileiros Navais em algum lugar no Pacífico. Uma matinê para crianças. Um filmeco comercial de ficção científica. De repente um monstro pulou para fora de uma lagoa viscosa cheia de lodo. A jovem audiência estava sendo filmada em segredo, com uma câmera para pouca luz. Um experimento do Departamento de Operações Psicológicas do Exército. A maioria das crianças recuou aterrorizada quando o monstro apareceu. Reacher, não. Ele pulou na direção da tela, pronto para brigar, com seu canivete já aberto. Disseram que o tempo de reação dele foi de 45 milésimos de segundo.

Seis anos de idade.

Tomaram-lhe o canivete.

Fizeram-no se sentir um psicopata.

— E você mandou bem em West Point — comentou Turner. — E os seus anos de serviço foram impressionantes.

— Se você fizer vista grossa. Pessoalmente, eu me lembro de muito atrito e gritaria. Os superiores me enrabavam bastante.

— Mas talvez o ruim seja bom. A partir de alguma perspectiva. Suponha que haja um departamento em algum lugar, no Pentágono, talvez. Suponha que o único trabalho de alguém seja rastrear certo tipo de pessoa, que possa ser útil no futuro, em certo tipo de circunstância. Como um plano de contingência de longo prazo para uma nova unidade supersecreta. Cuja existência também é possível negar. Como uma lista de pessoal adequado. Quando a merda parar no ventilador, pra quem você vai ligar?

— Agora parece que é você quem tem visto muito filme.

— Nada que acontece nos filmes deixa de acontecer na vida real. Isso eu aprendi. Não dá pra inventar essas paradas.

— Especulação — comentou Reacher.

— É impossível que exista um banco de dados em algum lugar, com cem ou duzentos, ou mil nomes de pessoas que os militares queiram vigiar só por garantia?

— Acho que isso não é impossível.

— Seria um banco de dados muito secreto. Por razões óbvias. O que significa que, se esses caras o viram e, portanto, tiveram acesso a como você vive, não são apenas oficiais do Estado-Maior com patentes altas. São oficiais do Estado-Maior com patentes muito altas. Você mesmo disse isso. Eles têm acesso a arquivos em qualquer agência do serviço que quiserem.

— Especulação — contestou Reacher.

— Mas lógica.

— Talvez.

— Oficiais do Estado-Maior com patentes muito altas — repetiu Turner.

Reacher mexeu a cabeça para cima e para baixo. Como se estivesse jogando uma moeda para o alto. Meio a meio. Ou era verdade ou não era.

A primeira intersecção a que chegaram era a Route 220, que ficou sutilmente mais larga do que a estrada em que estavam, mais plana, mais bem pavimentada, mais reta e no geral mais importante em todos os aspectos. Em comparação, parecia uma artéria principal. Não exatamente uma rodovia, porém, devido à sensibilidade intensificada deles, tinha um aspecto inteiramente diferente.

— Não — disse Turner.

— Concordo — falou Reacher.

Haveria gasolina e café, provavelmente, e lanchonetes e motéis, mas poderia haver polícia também, ou estadual ou local. Ou federal. Porque era o tipo de estrada que era bem visível no mapa. Reacher imaginou uma reunião feita às pressas em algum lugar, com dedos impacientes cutucando um papel e vozes impacientes dizendo *barreira aqui, aqui e aqui.*

— A gente entra na próxima — disse ele.

O que deu a eles mais sete tensos minutos. A estrada permaneceu vazia. Árvores à esquerda, árvores à direita, nada à frente, nada atrás. Nenhuma luz, nenhum som. Nada aconteceu. A interseção seguinte era melhor. Em um mapa, a estrada seria somente um traço cinza insignificante ou, mais provável, nem sequer estaria presente. Era uma estrada de montanha, muito parecida com a que já tinham usado, estreita, com o asfalto cheio de cocurutos, repleta de curvas fechadas para lá e para cá, com acostamentos esburacados e valas rasas para escoamento da água da chuva. Ficaram satisfeitos ao pegá-la, e a escuridão os engoliu. Turner manteve seu ritmo lento na estrada, com velocidade apropriada e movimentos eficientes. Reacher relaxou e ficou observando-a. Ela estava encostada no banco, os braços esticados, os dedos no volante, sensível às menores mensagens vindas da estrada. O cabelo estava preso atrás das orelhas, e dava para ver músculos magros em suas coxas quando ela pisava primeiro em um pedal, depois no outro.

— Quanta grana o Big Dog fez?

— Muita — respondeu Reacher. — Mas não o suficiente para botar cem mil em um esquema de defesa, se é nisso que você está pensando.

— Mas ele estava bem na extremidade da cadeia. Não era chefão lá do alto. Não era um atacadista gigantesco. Ele devia ver só uma pequena parte do lucro. E isso foi dezesseis anos atrás. As coisas mudaram.

— Você acha que isso é sobre material bélico roubado?

— Pode ser. A retirada da Operação Tempestade no Deserto na época, a retirada do Afeganistão agora. Circunstâncias similares. Oportunidades similares. Mas paradas diferentes. O que o Big Dog estava vendendo?

— Onze SAWs, Armas Automáticas de Esquadrão, quando ouvimos falar nele.

— Nas ruas de Los Angeles? Isso é ruim.

— Isso é problema do Departamento de Polícia de Los Angeles, não meu. Tudo o que eu queria era um nome.

— Dá pra vender SAWs pro Talibã.

— Mas por quanto?

— Drones, então. Ou mísseis terra-ar. Itens extremamente valiosos. Ou MOABs. Eles existiam na sua época?

— Do jeito que você fala parece que a gente usava arco e flecha.

— Então não existiam.

— Não, mas eu sei o que são. Armas de destruição em massa não--nucleares. A mãe de todas as bombas.

— Dispositivos termobáricos mais poderosos do que qualquer coisa com exceção da bomba atômica. Tem muito comprador no Oriente Médio pra coisas desse tipo. Não há dúvida quanto a isso. E aqueles compradores têm muito dinheiro. Não há dúvida quanto a isso também.

— Eles têm nove metros de comprimento. Meio difícil de passar despercebido no bolso do casaco de alguém.

— Coisas mais estranhas já aconteceram.

Depois ela ficou calada durante dois quilômetros inteiros.

— O quê? — questionou Reacher.

— Suponha que isto seja política de governo. Podemos estar armando uma facção contra a outra. Nós fazemos isso o tempo todo.

Reacher ficou calado.

— Você não enxerga desse jeito? — perguntou Turner.

— Não consigo enxergar esse negócio funcionando assim. O governo pode fazer o que quiser. Por que armaria pra você com cem mil? Por que você simplesmente não desaparece? E eu? E Moorcroft? Por que a gente não está em Guantánamo agora? Ou morto? E por que que os caras que foram ao motel na primeira noite eram uns bostas? Eles não se pareciam em nada com uma equipe de extermínio do governo. Eu mal suei. E, pra começar, por que chegaria àquele ponto? Eles podiam ter te afastado de outro jeito. Podiam ter ordenado a você que retirasse o Weeks e o Edwards. Podiam ter dado a você uma ordem para abortar a missão.

— Não sem automaticamente aumentar a minha suspeita. Isso teria colocado um holofote enorme na coisa toda. É um risco que eles não queriam assumir.

— Então eles teriam encontrado um jeito melhor. Teriam dado ordem para que o país inteiro fizesse um recuo estratégico até a Zona Verde. Por alguma razão política fictícia. Pra respeitar a soberania dos afegãos ou algo desse tipo. Seria um tsunami de bobagem. Os seus soldados seriam envolvidos nisso juntamente com todo mundo, e você não teria pensado duas vezes a respeito. Seria só mais um acontecimento qualquer. Mesma merda de sempre.

— Então você não está convencido.

— Isso tudo está parecendo amador demais pra mim — disse Reacher. — Pessoas corretas, tensas, levemente tímidas, de alguma maneira, movendo-se em solo desconhecido agora e, portanto, forçados a depender de uma força de certa maneira medíocre como cobertura. O que nos dá um probleminha e uma grande oportunidade. O probleminha é o fato de aqueles quatro caras saberem que têm que chegar a nós primeiro, antes da Polícia do Exército, das outras polícias e do FBI, porque nós estamos fodidos e mal pagos agora, tecnicamente, com a fuga e tudo mais, então a suposição é de que nós vamos falar qualquer coisa pra melhorar a nossa situação. E mesmo que ninguém acredite em nós, a coisa toda vai circular por aí como uma possibilidade e um boato, e esses caras não aguentam mais nenhuma investigação, mesmo que ela seja meia-boca e feita só pra seguir o protocolo. Então esse é o probleminha. Aqueles quatro caras vão ficar no nosso encalço sem dó. Com toda certeza.

— E qual é a grande oportunidade?

— Os mesmos quatro caras — respondeu Reacher. — Os chefes vão ficar perdidos sem eles. Vão ficar de perna quebrada. Vão ficar desamparados e isolados. Vão ficar na nossa mão.

— Então esse é o plano? — perguntou Turner. — Vamos deixar os quatro caras acharem a gente, vamos prendê-los, e depois a gente segue em frente a partir disso?

— Com exceção de que não vamos prendê-los — esclareceu Reacher.
— Vamos fazer com eles o que eles iam fazer com a gente.

— Que é...

— Vamos derrubar esses caras. Aí a gente fica de orelha em pé pra ouvir os uivos desesperados que o chefes deles vão dar. Depois a gente vai explicar a eles com muito esmero porque é uma péssima ideia mexer com a 110ª.

31

ELES CRUZARAM A LINHA PARA O CONDADO DE GRAND, E a solitária estrada de montanha se estendia imutável, quilômetro a quilômetro. O velocímetro oscilava entre oitenta e cem, subindo e descendo, porém o marcador de combustível se movimentava em um sentido apenas, e rápido. Então uma placa na estrada sinalizou o aeroporto do condado de Grant trinta quilômetros à frente e uma cidade chamada Petersburg.

— Um lugar com um aeroporto tem que ter um posto de gasolina, né? E um hotel. E um lugar com um aeroporto e um posto de gasolina e um hotel tem que ter um restaurante.

— E uma delegacia de polícia — completou Reacher.

— Espere o melhor.

— É o que eu sempre faço.

Eles chegaram à cidade antes de chegarem ao aeroporto. A maior parte dela estava dormindo. Mas um sono não muito profundo. Saíram da colina e mergulharam à esquerda em uma estrada estadual que se transformou na North Main Street cem metros depois, numa área urbana com quadras que se estendiam à esquerda e à direita. No centro da cidade havia uma encruzilhada com a Route 220, a estrada que tinham evitado mais cedo. Depois da encruzilhada, a North Main Street se transformava na South Main Street. O aeroporto ficava do lado esquerdo, não muito longe dali. Não havia trânsito, mas algumas janelas mostravam luzes acesas.

Turner seguiu no sentido sul, atravessou o rio Potomac novamente e virou à direita, na direção do aeroporto, que era um lugar pequeno, apenas para aviões de pequeno porte, e estava todo fechado e escuro. Ela deu meia-volta de uma calçada à outra e atravessou o rio de novo na direção da encruzilhada do centro da cidade.

— Pega à direita na 220. Aposto que é lá que está a boa — sugeriu Reacher.

À direita na encruzilhada com a 220 ficava a Virginia Avenue, e, nos primeiros duzentos metros, eles viram frustrados tudo o que queriam, mas foi como nadar, nadar e morrer na praia. Havia uma sanduicheria e uma pizzaria, ambas fechadas, um posto da Chevron desativado e duas franquias de fast-food, também fechadas. Havia um hotelzinho muito velho, cercado com tapumes, caindo aos pedaços, com o estacionamento sufocado por ervas daninhas.

— Nenhuma boa ainda — comentou Turner.

— Livre mercado — disse Reacher. — Alguém fez aquele Chevron falir. E o hotel. A gente só tem que descobrir quem.

Eles continuaram acelerando, mais uma quadra, depois outra, atravessaram o limite do município, depois se deram bem, em uma cidadezinha mais barata a que chegaram. Primeiro viram um café rústico, aberto a noite toda, à esquerda da rua, atrás de um amplo estacionamento de cascalho com três caminhonetes. Um hotel, cem metros depois, no lado direito da estrada, um lugar moderno de dois andares na ponta de um lote. E depois ao longe brilhava a placa vermelha de um posto da Exxon.

Tudo ótimo. Com exceção de que no meio do caminho entre o café e o motel havia uma guarita da polícia estadual. Era uma construção pálida, comprida e baixa, feita com tijolo marrom esmaltado, com antenas chicote e parabólicas. Duas viaturas estavam estacionadas em frente a ela, e as luzes atrás de duas das janelas, acesas. Um sargento e seu subordinado, concluiu Reacher, cumprindo o turno da noite aquecidos e confortáveis.

— Eles já estão sabendo deste carro? — perguntou Turner.

Reacher olhou para o motel.

— Ou vão ficar sabendo depois que acordarmos de manhã?

— A gente tem que colocar gasolina pelo menos.

— OK, vamos fazer isso. Vamos dar uma sacada no lugar.

Turner diminuiu a velocidade na estrada o mais discretamente que conseguia em um conversível vermelhão com seiscentos cavalos e entrou no Exxon, que tinha duas ilhas com um total de quatro bombas e uma cabine de pagamento feita de tábuas brancas enrugadas. Parecia uma casa bem pequena. Só que ela também tinha antenas no telhado.

Turner estacionou ao lado de uma bomba, e Reacher leu as instruções, que diziam que sem cartão de crédito para inserir, ele teria que fazer o pré-pagamento em dinheiro.

— Quantos litros? — perguntou Reacher.

— Não sei qual é o tamanho do tanque — respondeu Turner.

— Bem grande, imagino eu.

— Uns sessenta, então.

O que custaria 59 dólares e 85 centavos, de acordo com o preço do litro. Reacher tirou três notas de vinte de um dos maços de Billy Boy e foi até a cabine. Lá dentro encontrava-se uma mulher de aproximadamente quarenta anos, atrás de um vidro à prova de balas. Havia uma meia-lua na altura do balcão, por onde passar o dinheiro. Dela saíam as doces melodias nasais de um rádio AM sintonizado em uma estação country, e a falação e barulheira de um receptor de rádio sintonizado na faixa de emergência da polícia.

Reacher enfiou o dinheiro, e a mulher sinalizou algo que ele supôs ser a permissão para que abastecesse o equivalente a sessenta dólares e nem uma gota mais. Uma música country acabou, outra começou, separadas apenas por uma explosão abafada de ruído estático do receptor de rádio. Reacher deu uma olhada nele, tentou fazer uma expressão de alguém cansado de viajar e perguntou:

— Alguma coisa acontecendo hoje à noite?

— Tudo tranquilo até agora — respondeu a mulher.

Reacher olhou para o rádio AM do outro lado.

— Música country não é o suficiente pra você?

— O meu irmão tem um reboque. E o esquema desse negócio é ser o primeiro a chegar ao lugar. Ele me dá dez dólares por cada acidente que consigo pra ele.

— Então nada de acidentes hoje à noite?

— Nenhum.

— Nada pra dar uma entusiasmada?

— Carro bacana esse que vocês estão nele — comentou a mulher.

— Por que você acha isso?

— Porque eu sempre quis um Corvette.

— Você ouviu alguma coisa sobre a gente no receptor de rádio?

— Por estarem correndo muito?

— Difícil não acelerar.

— Então vocês tiveram sorte. Conseguiram se safar.

— Que continue assim por muito tempo — comentou Reacher, com um pequeno sorriso que esperava ser recebido como cúmplice, e saiu na direção do carro. Turner já estava colocando a gasolina. Ela tinha enfiado a bomba na abertura do tanque e estava um pouco afastada, com a parte de trás de uma das coxas encostada na lateral do carro, o outro pé em cima da ponta da ilha em que ficavam as bombas. Estava com as mãos para trás e as costas arqueadas como se aliviando uma dor. O rosto virado para o céu noturno. Reacher imaginou o formato dela, um *S* magro debaixo da camisa.

Valeu a pena demais.

— A atendente está usando um receptor de rádio — disse ele. — Estamos limpos até agora.

— Você perguntou? Agora ela vai lembrar da gente.

— Ela ia lembrar de qualquer jeito. Sempre quis um Corvette.

— A gente devia trocar de carro com ela. Podemos aceitar qualquer coisa que ela tiver.

— Aí ela vai lembrar da gente pra sempre.

— Talvez aqueles caipiras não façam denúncia. Talvez as caminhonetes deles também sejam roubadas. Talvez eles tenham simplesmente desaparecido na mata.

— É possível — concordou Reacher. — Não vejo por que demorariam tanto.

— A gente pode estacionar bem atrás do hotel. Bem fora de vista. Acho que a gente devia arriscar. Precisamos muito comer e dormir.

A bomba destravou, pouco antes de completar 45 litros. Ou o tanque era menor do que tinham imaginado, ou o medidor de gasolina era pessimista.

— Agora ela sabe que o carro não é nosso — disse Turner. — Não sabemos quanto ele consome.

— Ela vai dar o troco pra gente?

— Talvez a gente devesse deixar pra lá.

— São doze pratas. Estamos na Virgínia Ocidental. Ia dar bandeira demais.

— Fala pra ela que estamos pegando a 220 no sentido sul. Que a gente tem um longo caminho pela frente antes do dia clarear. Aí, quando ela ouvir falar de nós pelo receptor de rádio, vai fazer a denúncia errada.

Reacher pegou doze dólares e cinquenta e dois centavos de troco e fez um comentário sobre tentar chegar à I-64 antes do amanhecer. A rádio AM murmurava suas canções, e o receptor de rádio da polícia estava em silêncio. A mulher olhou para fora da janela e deu um sorriso meio triste, como se fosse passar muito tempo sem ver um Corvette de novo.

Turner pegou Reacher à porta da cabine de pagamentos, eles voltaram na direção da cidade e pararam novamente trezentos metros depois, no motel.

— Check-in primeiro, depois café — disse Turner.

— Claro — respondeu Reacher.

Ela ficou em silêncio durante um bom momento e olhou para ele:

— Quantos quartos a gente vai pegar?

Ele devolveu a ela um bom momento de silêncio e disse:

— Vamos comer primeiro. Depois a gente faz o check-in.

— Por quê?

— Preciso te contar uma coisa.

— O quê?

Samantha Dayton.

Sam.

Quatorze anos.

— Depois que a gente fizer o pedido — disse ele. — É uma longa história.

32

O CAFÉ ERA UM PÉ-SUJO RURAL TÃO PERFEITO QUANTO qualquer coisa que Reacher já tinha visto. Um cara negro de camiseta branca estava ao lado de uma chapa ensebada de banha de porco com um metro e vinte de profundidade e dois e quarenta de largura. O lugar tinha mesas surradas de pinho e cadeiras que não combinavam. Cheiro de gordura velha e café fresco preenchiam o ar. Dois homens brancos idosos de boné ocupavam duas mesas, um deles sentado longe do lado direito da porta, o outro, longe do lado esquerdo. Talvez não se dessem bem. Talvez fossem vítimas de uma rixa familiar de trezentos anos de idade.

Turner escolheu uma mesa no meio do lugar, e eles puxaram as cadeiras, que se movimentaram ruidosamente sobre a madeira do assoalho. Assentaram. Não tinha cardápio. Nenhum quadro-negro com os pratos do dia escritos à mão. Não era esse tipo de lugar. Os pedidos eram puramente telepáticos entre o cozinheiro e seus fregueses regulares. Para clientes novos, seria uma questão de fazer o pedido em voz alta, simples assim. O cozinheiro confirmaria o pedido levantando o queixo e virando um pouco a cabeça, de maneira que sua orelha direita ficasse de frente para a área para os fregueses.

— Omelete — pediu Turner. — Cogumelo, cebolinha e queijo cheddar.

Nenhuma reação do cozinheiro.

Nenhuma mesmo.

Turner repetiu, um pouco mais alto.

Nenhuma reação ainda. Nenhum movimento. Imobilidade total, queixo levantado, o olhar para o lado contrário e um altivo e implacável silêncio, como um vendedor veterano ofendido por uma contraoferta.

Turner olhou para Reacher e sussurrou:

— Qual é a deste lugar?

— Você é detetive — respondeu Reacher. — Está vendo algum sinal de omeleteira lá?

— Não, acho que não. Só estou vendo uma chapa.

— Então talvez o único jeito de arrancar algum entusiasmo desse cara seja pedindo alguma coisa que possa ser feita na chapa.

Turner ficou em silêncio um tempinho.

Depois pediu:

— Dois ovos fritos, um pãozinho e uma porção de bacon.

— Está certo, dona — respondeu o cozinheiro.

— Mesma coisa pra mim — pediu Reacher. — E café.

— Sim, senhor.

Imediatamente o cara se virou e começou a trabalhar com uma fatia nova de banha e uma espátula, arrastando-a sobre a superfície de metal, untando-a um metro para fora, um metro para o fundo e dois metros de um lado para o outro. O que fazia dele um chapeiro de coração. Na experiência de Reacher, aquele tipo de sujeito era ou chapeiro ou proprietário, nunca as duas coisas. O primeiro instinto de um chapeiro era preparar o metal, trabalhando nele até que estivesse vítreo num nível molecular, tão escorregadio que faria Teflon parecer lixa. Ao passo que o primeiro instinto do dono teria sido servir o café. Porque a primeira caneca de café sela o acordo. O compromisso do freguês só existe a partir do momento em que ele tenha consumido alguma coisa. Ele ainda pode se levantar e ir embora, caso não esteja satisfeito com a espera ou lembre-se de um compromisso urgente. Mas não se ele já tiver começado a tomar sua primeira xícara de café. Porque assim ele teria que desembolsar algum dinheiro, e quem realmente sabe quanto custa um café numa lanchonete americana? Cinquenta centavos? Um dólar? Dois?

— OK, já fizemos o pedido — disse Turner. — Então, o que é que você tem pra me contar?

— Vamos esperar o café — disse Reacher. — Não quero ser interrompido.

— Então eu tenho algumas coisinhas — falou ela. — Quero saber um pouco mais sobre esse tal de Morgan, por exemplo. Quero saber quem foi que meteu a mão na minha unidade.

— Minha unidade também — contestou Reacher. — Sempre imaginei que eu fosse o pior comandante do mundo, mas acho que não sou, não. Os seus soldados no Afeganistão deixaram de fazer dois contatos pelo rádio consecutivos, e ele não fez nada a respeito.

— A gente sabe de onde ele é?

— Não faço ideia.

— Ele é um dos bandidos?

— Difícil dizer. Obviamente a unidade precisava de um comandante temporário. Por si só, isso não é prova de culpa.

— E como te reconvocar para o serviço pode encaixar na estratégia deles? Certamente iam querer se livrar de você, não que ficasse por perto.

— Acho que tudo que fizeram foi para me fazer fugir. O que eu podia ter feito. Podia me tornar um militar permanentemente ausente sem permissão. Eles enfatizaram muito que ninguém ia vir atrás de mim. Nada de investigadores. Me deram um golpe duplo. O depoimento juramentado do Big Dog, uma acusação de que eu não tinha como me safar e um mandado para ficar por perto e enfrentá-la. Acho que a maioria dos caras no meu lugar teriam dado no pé a essa altura. Na minha opinião, essa era a expectativa deles; a estratégia que tinham preparado. Só que não funcionou.

— Porque quando um monstro sai do pântano, você tem que enfrentá-lo.

— Ou pode ter sido uma ordem do Departamento Jurídico das Forças Armadas, simples assim. Podia existir uma nota de canto no arquivo dizendo que se eu não cooperasse, teria que ser preso, eles teriam que dar um jeito em mim. Por causa de algum tipo de sensibilidade política no gabinete do secretário. Certamente não foi uma decisão do Morgan. Um coronel não decide merdas desse tipo. Tem que ter vindo de um nível mais alto.

— Uma ordem de oficiais do Estado-Maior com patente muito alta.

— Concordo, mas quais deles exatamente?

Turner não respondeu a essa pergunta. O chapeiro serviu café, finalmente. Duas canecas grandes de cerâmica, uma pequena cesta de plástico cheia de potinhos de creme e saquinhos de açúcar e duas colheres feitas com um aço tão fino que pareciam não ter peso. Reacher pegou uma caneca, cheirou o vapor e bebericou. A borda grossa da caneca estava fria, mas o café era adequado. Quente e não muito fraco.

Colocou a caneca de volta na mesa, entrelaçou as mãos ao redor dela, como se a estivesse protegendo, olhou bem nos olhos de Turner e disse:

— Então.

— Mais uma coisa — interrompeu ela. — E vai ser difícil de falar. Sinto muito.

— O que foi?

— Eu não devia ter perguntado se seria um quarto ou dois.

— Não tem problema.

— Pra mim tem. Não sei se já estou preparada pra um quarto só. Sinto que estou em dívida com você. Pelo que você fez por mim hoje. Não acho que esse seja um bom estado de espírito para ficar nesta situação agora. Estou me referindo à situação de ficarmos em um quarto só.

— Você não me deve nada. Minhas motivações foram totalmente egoístas. Eu queria te levar pra jantar. O que estou fazendo agora, eu acho. De certa maneira. Talvez não como o planejado. Mas e daí? Eu consegui o que queria. Todo o resto é efeito colateral. Ou seja, você não me deve porra nenhuma.

— Estou insegura — comentou ela.

— Você acabou de ser presa e de fugir da cadeia. Agora está tentando se salvar de todo jeito, roubando carro e dinheiro.

— Não, é por sua causa.

— Por quê?

— Você me deixa pouco à vontade.

— Sinto muito.

— Não é culpa sua — justificou ela. — É só o seu jeito.
— E que jeito é esse?
— Não quero ferir os seus sentimentos.
— Nem se quisesse — retrucou Reacher. — Sou policial do Exército. E homem. Não tenho sentimentos.
— Era isso que eu estava querendo dizer.
— Eu estava brincando.
— Não estava, não. Não inteiramente.

Turner ficou em silêncio por um longo momento. Depois concluiu:

— Você é como algo feroz.

Reacher não disse nada em resposta àquilo. *Feroz,* do adjetivo latino *ferus,* selvagem, via *bestia fera,* animal selvagem. Geralmente significa ter escapado à domesticação e ter sido devolvido ao estado natural.

— É como se você tivesse sido lixado até o ponto em que não existisse nada além de sim ou não, de você e eles, de preto e branco, de viver ou morrer. E isso me faz questionar: o que faz isso com uma pessoa?

— A vida — respondeu Reacher. — A minha, pelo menos.

— Você é como um predador. Frio, brutal. Como em relação a esta coisa toda. Você já tem tudo planejado. Os quatro caras no carro e os chefes deles. Você está nadando na direção deles neste exato momento, e vai ter sangue na água. O seu ou o deles, mas vai ter sangue.

— Neste exato momento, eu espero estar nadando pra longe deles. E eu nem sei quem são eles nem onde estão.

— Mas vai saber. Você está pensando nisso o tempo todo. Consigo te ver fazendo isso. Você está se preparando para a caça; tentando sentir o rastro.

— Que mais eu posso fazer? Comprar passagens de ônibus pra gente ir pra Leavenworth?

— Essa é a única alternativa?

— O que você acha?

Ela deu um gole de café, lenta e contemplativa. E disse:

— Concordo com você. E é bem aí que está o problema. É isso o que está me deixando pouco à vontade. Eu sou igual a você. Só que não ainda. E essa é a questão. Olhar pra você é como olhar para o meu futuro. Você é o que eu vou ser um dia. Quando também estiver completamente lixada.

— Então eu sou parecido demais com você? A maioria das mulheres me rejeitam porque eu sou diferente demais.

— Você me dá medo. Ou a probabilidade de me transformar em você me dá medo. Não tenho certeza de se estou pronta pra isso. Não tenho certeza de se algum dia vou estar.

— Não tem que acontecer. Isto aqui é uma pedra no meio do caminho. Você ainda vai ter uma carreira.

— Se a gente vencer.

— A gente vai vencer.

— Então, na melhor das hipóteses, eu saí do caminho pra poder continuar nele. Na pior, estou fora dele pra sempre.

— Não, na pior das hipóteses você morre ou vai em cana. Na pior das hipóteses, os bandidos vencem.

— É sempre ganhar ou perder com você, não é?

— Existe uma terceira opção?

— Você fica muito puto com a derrota?

— Lógico.

— Isso é meio que um tipo de arrogância paralisante. As pessoas normais não ficam putas se forem derrotadas.

— Talvez devessem — disse Reacher. — Mas você não é igual a mim de verdade. Você não está se vendo quando olha pra mim. É por isso que eu fiz tudo isto. Você é uma versão melhor. Foi essa a sensação que eu tive pelo telefone. Você está fazendo as coisas do jeito que têm que ser feitas.

— Que coisas?

— Tudo. O trabalho. A vida. Sendo uma pessoa.

— Não me sinto assim. Não agora. E não pense em mim como a sua versão melhorada. Se não posso olhar pra você e ver o que vou ser, você não pode olhar pra mim e ver o que podia ter sido.

O chapeiro voltou, desta vez com os pratos cheios de ovos, bacon e pãezinhos, tudo com uma cara muito boa e muito bem preparado. Os ovos estavam com as beiradas lisas e crocantes. Era óbvio que o cara se importava muito com a chapa dele. Depois que foi embora de novo, Turner disse:

— Isso tudo presumindo que você tenha uma preferência definida, isto é, uma coisa ou outra, com relação ao número de quartos.
— Resposta honesta? — disse Reacher.
— É claro.
— Eu tenho uma preferência definida.
— Por...
— Tenho que te contar aquele negócio antes.
— Que é...
— A outra questão planejada pra me fazer fugir.
— Que é...
— Um reconhecimento de paternidade — completou Reacher. — Aparentemente eu tenho uma filha em Los Angeles. De uma mulher de quem não consigo me lembrar.

33

REACHER FALOU E TURNER COMEU. ELE CONTOU AS COISAS que tinham lhe contado. Red Cloud, entre Seul e a zona desmilitarizada, Candice Dayton e seu diário, a casa dela em LA e a situação de miséria em que se encontrava, a filha, o carro e a ida dela a um advogado.

— Qual é o nome da criança? — perguntou Turner.

— Samantha — respondeu Reacher. — Tem apelido de Sam, presumivelmente.

— Quantos anos ela tem?

— Quatorze. Quase quinze.

— Como você se sente?

— Mal. Se ela é minha filha, eu devia ter estado presente.

— Você não se lembra mesmo da mãe dela?

— Não, não lembro mesmo.

— Isso é normal pra você?

— O quanto feroz eu sou? É isso que quer saber?

— Creio que sim.

— Não acho que eu esqueça pessoas. Espero que não. Especialmente mulheres com quem dormi. Mas, se esqueci, eu não tinha consciência disso. Você não tem como saber que esqueceu.

— É por isso que a gente está indo pra Los Angeles?

— Eu tenho que descobrir — respondeu Reacher.

— Mas é suicídio. Vai estar todo mundo esperando você lá. É o único lugar a que eles têm certeza de que você vai.

— Eu tenho que descobrir— repetiu Reacher.

Turner ficou calda.

— Enfim, essa é a história — falou Reacher. — É por isso que eu tinha que te contar. Para fins informativos. Caso isso influencie em algo. Na questão dos quartos, por exemplo.

Turner não respondeu.

Eles terminaram e receberam a conta, cujo total foi representado por uma soma circulada embaixo de três linhas rabiscadas. Quanto custava uma xícara de café em uma lanchonete americana? Ninguém sabia, porque ninguém jamais tinha descoberto. Talvez fosse de graça. Talvez tivesse que ser, porque o total era modesto. Reacher tinha treze dólares e trinta e dois centavos no bolso, que eram os oitenta centavos sobreviventes de Sullivan mais o troco que tinha pegado na cabine de pagamento do posto de gasolina. Largou tudo em cima da mesa, deixando, portanto, uma bela gorjeta. Um cara que trabalhava em uma chapa quente a noite toda não merecia menos que aquilo.

O carro estava onde o tinham deixado, intocado; não havia holofotes nem equipes da SWAT ao redor dele. Distante dos dois à esquerda, a guarita da polícia estadual parecia tranquila. As viaturas em frente a ela não tinham se movido. As luzes quentes ainda transpareciam pelas janelas.

— Ficar ou ir embora? — perguntou Turner.

— Ficar — respondeu Reacher. — Este lugar é igual a qualquer outro. Por mais estranho que isso possa parecer, com os policiais logo ali. Não vai ficar melhor do que isto. Não até acabar.

— Não até a gente vencer, você quer dizer.

— Mesma coisa.

Eles se sentaram nos bancos baixos do Corvette, Turner o ligou e voltaram para o motel. Ela parou em frente à recepção e disse:

— Espero aqui. Você vai lá.

— OK — concordou ele.

Reacher deu uma mãozada em várias notas de vinte de um dos maços do Billy Boy.

— Dois quartos — definiu ela.

O recepcionista do turno da noite estava dormindo na cadeira, mas não foi necessário muito para acordá-lo. O som da porta fez metade do trabalho, e uma educada batida de Reacher no balcão com os nós dos dedos fez o restante. O cara era jovem. Talvez fosse um negócio familiar. Talvez fosse um filho ou sobrinho do dono.

— Tem dois quartos? — perguntou Reacher.

O cara fez a maior encenação checando o computador, como muitos sujeitos fazem, o que Reacher achava idiota. Eles não eram os cabeças de corporações hoteleiras globais gigantescas. Trabalhavam em motéis com um número de quartos que dava pra contar nos dedos das mãos e dos pés. Se tivessem perdido a conta, era só olhar para trás, só se virarem e conferir as chaves penduradas nos ganchos atrás deles.

O cara levantou os olhos do computador e disse:

— Temos, sim, senhor.

— Quanto?

— Trinta dólares por noite por quarto. Com voucher incluído, pra café da manhã do outro lado da rua.

— Combinado — disse Reacher, trocando três notas de vinte de Billy Boy por duas chaves do jovem. Quartos onze e doze. Adjacentes. Uma gentileza por parte do jovem. Mais fácil para a faxineira de manhã. Distância menor para ela empurrar o carrinho pesado.

— Obrigado — agradeceu Reacher.

Ele saiu, aproximou-se do carro e Turner deu a volta até a parte de trás do complexo, onde encontrou um espaço com um gramado esburacado pelo inverno atrás do último prédio. Ela estacionou em cima dele, levantaram a capota, trancaram o carro e deixaram-no ali, onde não era possível enxergá-lo da rua. Voltaram caminhando juntos e acharam seus quartos, que ficavam no segundo andar, cujo acesso era por uma escada externa de concreto. Reacher deu a Turner a chave do onze e ficou com a do doze.

— Que horas amanhã? — perguntou ela.

— Meio-dia — respondeu ele. — E eu dirijo um pouco, se você quiser.
— A gente se vê. Durma bem.
— Você também.

Ele esperou até que ela estivesse segura lá dentro antes de abrir a porta. O quarto era uma caixa de concreto com teto de chapisco e papel de parede vinílico, melhor que o lugar a pouco menos de dois quilômetros de Rock Creek, mas só um pouquinho. O aquecedor era menos barulhento, no entanto estava longe de ser silencioso. O carpete era mais limpo, porém nem tanto. Assim como a roupa de cama. O chuveiro parecia razoável, e as toalhas eram finas, mas não transparentes. O sabonete e o xampu eram adornados com o nome de uma marca que soava como de uma firma de advogados antiga de Boston. A mobília era de madeira clara, e a televisão, de tela plana e marca desconhecida, mais ou menos do tamanho de uma maleta. Não havia telefone. Nem frigobar, nem garrafa de água de graça, nem chocolate no travesseiro.

Ele ligou a televisão, colocou na CNN e olhou para a legenda que se movimentava na parte de baixo da tela até ela completar todo o ciclo. Não havia menção alguma a dois foragidos de instalações do Exército na Virgínia. Ele foi para o banheiro, ligou o chuveiro e ficou debaixo dele, à toa, muito tempo depois de o sabonete que tinha usado ter sido enxaguado. Fragmentos da conversa à mesa riscada voltavam a ele, sem parar. *Você é como algo feroz*, ela tinha dito. *Você é como um predador. Frio, brutal.*

Contudo, no final, a fala que agarrou na cabeça foi uma dita antes. Turner tinha perguntado sobre Morgan, e ele tinha respondido: *Os seus soldados no Afeganistão deixaram de fazer dois contatos pelo rádio consecutivos, e ele não fez nada a respeito.* Reacher ficou repetindo essa frase sem parar, ecoando as palavras na cabeça, movendo os lábios, pronunciando-as em voz alta, desmembrando-as, cuspindo cada frase debaixo da água, examinando cada uma das orações detalhadamente.

Os seus homens no Afeganistão.
Deixaram de fazer dois contatos pelo rádio consecutivos.
E ele não fez nada a respeito.

Reacher desligou a água, saiu da banheira e pegou uma toalha. Em seguida, ainda molhado, vestiu a calça novamente e uma de suas camisas de malha, depois saiu pelo corredor do andar superior. Atravessou descalço o frio ar da noite e foi até o quarto onze.

Bateu na porta.

34

Reacher aguardou no frio, porque Turner não atendeu de imediato. Mas sabia que ela estava acordada. Dava para ver a luz acesa através do olho mágico na porta. Depois ficou escuro durante um breve período, quando ela colocou o olho nele para verificar quem estava ali. Deixou-o esperando um pouco mais. Estava enfiando alguma roupa, supôs ele. Certamente também tinha tomado banho.

Então a porta foi aberta, e ela ficou parada ali, com uma mão na maçaneta e a outra no umbral, bloqueando-lhe a passagem consciente ou inconscientemente. O cabelo molhado estava liso; ela o tinha penteado para trás com os dedos para tirá-lo do olho. Estava usando a camisa de malha do Exército e a calça de brim que tinha comprado. Pés descalços.

— Eu teria ligado, mas não tem telefone no meu quarto — justificou Reacher.

— Nem no meu — comentou ela. — E aí?

— Um negócio que eu te falei sobre o Morgan. Acabei de me dar conta do que é que significa.

— O que foi que você me falou?

— Falei que os seus soldados no Afeganistão deixaram de fazer dois contatos pelo rádio consecutivos, e ele não fez nada a respeito.

— Eu estava pensando nisso também. Acho que é prova de que ele é um dos caras. Não fez nada porque sabia que não tinha nada a fazer. Sabia que estavam mortos. Que não tinha por que organizar uma busca.

— Posso entrar? — pediu Reacher. — Está frio aqui fora.

Nenhuma resposta.

— Ou a gente pode usar o meu quarto — sugeriu ele. — Se você preferir.

— Não, entra — liberou Turner, antes de tirar a mão do umbral e arredar para o lado. Ele entrou e ela fechou a porta. O quarto era igual ao dele. A camisa de Reacher estava no encosto de uma cadeira. As botas de Turner, debaixo dela, bem arrumadas lado a lado.

— Acho que agora posso comprar um sapato novo — comentou ela.

— Um guarda-roupa completo, se você quiser — disse ele.

— Você concorda? — perguntou ela. — Que ele é um dos caras?

— Pode ser somente uma prova de que ele é preguiçoso e incompetente.

— Nenhum comandante pode ser tão burro.

— Há quanto tempo você está no Exército?

Ela deu um sorriso curto.

— Tá, um monte de comandantes pode ser burro assim.

— Não acho que a parte importante seja o fato de ele não ter feito nada a respeito daquilo.

Ela se sentou na cama. Deixou-o de pé perto da janela. A calça de Turner estava larga, e a camisa, apertada. Não estava usando nada por baixo. Isso era nítido. Dava para Reacher ver costelas e magras curvas. Pelo telefonema da Dakota do Sul, ele a tinha imaginado loura, de olhos azuis, talvez do norte da Califórnia, e tudo isso se mostrou totalmente errado. Ela tinha cabelo escuro, olhos escuros e era de Montana. Mas ele estava certo sobre outras coisas. *Um metro e sessenta e oito, um metro e setenta*, tinha sido o palpite dele em voz alta, *mas magra. Sua voz está toda na garganta.* Ela tinha dado uma gargalhada e perguntado: *Você está dizendo que eu não tenho peito?* Ele também deu uma gargalhada e disse *38*, no máximo. Ela disse: *Cacete.*

Mas a realidade era melhor do que as suposições por telefone. Ao vivo e em pessoa ela era completamente diferente.

Valeu a pena demais.

— Qual foi a parte importante do que o Morgan falou? — perguntou ela.

— Os dois contatos pelo rádio que deixaram de fazer.

— Porque...

— Os seus soldados fizeram contato no dia em que você foi presa e não fizeram nos dois dias seguintes.

— Assim como eu, porque estava na cadeia. Você sabe disso. Foi um plano coordenado. Eles nos imobilizaram, nas duas pontas, lá e aqui, simultaneamente.

— Mas não foi simultâneo — corrigiu Reacher. — Essa é a minha questão. O horário no Afeganistão é nove horas adiantado em relação a Rock Creek. Isso é praticamente o período inteiro em que um dia de inverno fica claro. E ninguém anda numa trilha de cabras no Hindu Kush depois que escurece. Isso seria uma péssima ideia por uma série de razões, inclusive cair acidentalmente e quebrar uma perna. Ou seja, os seus soldados estavam lá tomando tiro na cabeça à luz do dia. Com certeza absoluta. Não há dúvida quanto a isso. E lá a luz do dia acaba por volta das seis horas.

— Certo.

— Seis da tarde no Afeganistão são nove da manhã aqui.

— Certo.

— Mas a minha advogada disse que você abriu a conta nas Ilhas Cayman às dez horas da manhã, os cem mil caíram às onze horas, e você foi presa ao meio-dia.

— Eu me lembro dessa última parte.

— O que significa que os seus homens estavam mortos pelo menos uma hora antes de eles começarem a mexer com você. Muitas horas, o que é bem mais provável. Mínimo de uma, máximo de oito ou nove.

— Tá, não foi tão simultâneo assim. Não foram as duas coisas de uma vez, mas uma depois da outra. Isso faz alguma diferença?

— Eu acho que faz — disse Reacher. — Mas primeiro a gente tem que voltar atrás um dia. Você mandou o Weeks e o Edwards para as montanhas, e a reação foi instantânea. A coisa toda estava terminada ao meio-dia do dia seguinte. Como eles teriam reagido tão rápido?

— Sorte?

— Suponha que seja outra coisa.

— Você acha que eles têm um informante na 110ª?

— Duvido. Não com o tipo de pessoal que a gente tem lá.

— Então como?

— Acho que sua comunicação foi invadida.

— Um grampo nos telefones de Rock Creek? Não acho que isso seja possível. Nós temos sistemas de segurança lá.

— Rock Creek, não — disse Reacher. — Não faz sentido grampear as pontas da rede. São muitas. Melhor concentrar no centro da teia. Onde a aranha mora. Acho que eles estão monitorando tudo o que entra e sai de Bagram. Oficiais do Estado-Maior com patentes muito altas e acesso a qualquer coisa que quiserem. O que, naquele momento, era tudo. Que era exatamente o que conseguiram. Eles peneiraram todas as conversas e chegaram ao boato inicial, às suas ordens, às reações dos seus homens e a toda informação que entrou e saiu de lá.

— É possível — disse Turner.

— O que faz diferença.

— Mas só como detalhe de fundo.

— Não, mais do que isso — contestou Reacher. — Eles já tinham paralisado Weeks e Edwards, entre uma e nove horas antes, então por que ainda continuariam a ir atrás de você?

— Você sabe por quê. Eles achavam que eu sabia de algo que na verdade não sabia.

— Mas eles não precisavam imaginar coisa nenhuma. Nem supor, nem se preparar para o pior. Não se estivessem monitorando tudo o que entra *e sai* de Bagram. Não precisavam fazer nenhuma especulação. Sabiam o que o Weeks e o Edwards tinham te contado. Com certeza sabiam. Eles tinham tudo documentado. Sabiam o que você sabia, Susan.

— Mas eu não sabia de nada. Porque o Weeks e o Edwards não me contaram nada.

— Se isso é verdade, então por que eles seguiram em frente e foram atrás de você? Por que fariam isso? Por que continuariam com um esquema muito complexo e muito caro sem nenhuma razão para isso? Por que arriscariam aqueles cem mil?

— O que é que você está querendo dizer?

— Estou falando que o Weeks e o Edwards te contaram alguma coisa, *sim*. Estou falando que você sabe de alguma coisa, *sim*. Talvez não parecesse grande coisa na hora e talvez você não se lembre do que é agora, mas o Weeks e o Edwards te deram alguma informação preciosa, e, como resultado, alguém ficou soltando fogo pelas ventas.

35

TURNER COLOCOU OS PÉS DESCALÇOS EM CIMA DA CAMA, recostou-se no travesseiro e disse:
— Eu não sou senil, Reacher. Lembro o que foi que eles me contaram. Nós estamos pagando um pachtun que tem informações privilegiadas, e eles se encontraram com o cara, que contou que tinha visto um oficial americano indo no sentido norte para se encontrar com um ancião tribal. Mas, àquela altura, com certeza não sabiam a identidade do oficial americano e nem o propósito da reunião.

— Teve uma descrição? — indagou Reacher.
— Nenhuma além de americano.
— Homem ou mulher?
— Tem que ser homem. Os pachtuns anciãos não se encontram com mulheres.
— Negro ou branco?
— Não disse.
— Exército? Fuzileiro naval? Força Aérea?
— Todos nós temos a mesma aparência pra eles.

— Patente? Idade?

— Nenhum detalhe mesmo. Um oficial americano. É só isso que sabemos.

— Tem que ter mais alguma coisa.

— Eu sei o que eu sei, Reacher. E sei o que não sei.

— Tem certeza?

— O que é que você quer dizer com isso? Está parecendo você e aquela mulher na Coreia. Ninguém tem consciência de que esqueceu alguma coisa. Só que eu não estou esquecendo. Eu lembro o que eles disseram.

— Quanta informação foi trocada entre vocês?

— Aconteceu o que eu acabei de te contar sobre o boato, e depois eu dei a minha ordem, que foi para correrem atrás daquilo. E foi só isso. Uma mensagem pra cá, outra mensagem pra lá.

— E o que me diz do último contato pelo rádio que fizeram? Você chegou a ver?

— Foi a última coisa que vi antes de me pegarem. Foi rotina pura. Nenhum progresso. Nada aqui também, guerreiros, sigam em frente. Esse tipo de coisa.

— Então estava na mensagem original. A história do boato. Você vai ter que tentar se lembrar dela, palavra por palavra.

— Um oficial americano desconhecido foi visto seguindo para o norte para se encontrar com um ancião tribal. Por uma razão não identificada. Foi isso, palavra por palavra. Eu ainda lembro.

— Que parte dela vale cem mil dólares? E o seu futuro, e o meu e o do Moorcroft? E um hematoma no braço de uma menina, em Berryville, na Virgínia?

— Não sei — respondeu Turner.

Ficaram em silêncio depois disso. Não falaram mais. Não discutiram. Turner deitou na cama e ficou olhando para o teto. Reacher apoiou-se no peitoril da janela, repassando o resumo dela na cabeça, dezessete palavras. Uma frase perfeita, com um sujeito e um objeto e um verbo e um ritmo satisfatório, além de uma cadência agradável. *Um oficial americano desconhecido foi visto seguindo para o norte para se encontrar com um ancião tribal.* Ele a repassou sem parar. E depois quebrou-a num terceto.

Um oficial americano desconhecido.

Foi visto seguindo para o norte.
Para se encontrar com um ancião tribal.
Trinta e sete sílabas. Não era um haicai. Talvez um pouco menos que dois haicais.
Significado?
Em dúvida, ele sentiu uma pequenina inconsistência entre o início da frase e o final dela, como um grão de areia em um mecanismo que, se não fosse isso, funcionaria perfeitamente.
Um americano desconhecido.
Um ancião tribal.
Significado?
Ele não sabia.
— Eu vou nessa. A gente retoma isso amanhã. Você pode ter um clique durante a noite. Isso pode acontecer. Tem alguma coisa a ver com a maneira como o cérebro reage ao sono. Processamento de memória, portal para a subconsciência ou alguma coisa assim. Li um artigo sobre isso uma vez numa revista que achei num ônibus.
— Não — disse ela. — Não faça isso.
— Isso o quê?
— Não vai embora — respondeu ela. — Fica aqui.
Reacher ficou em silêncio durante um tempinho depois perguntou:
— Sério?
— Você quer?
— Está perguntando se macaco quer banana?
— Então tira a camisa.
— Sério?
— Tira logo, Reacher.
Foi o que fez. Ele puxou o algodão fino e frouxo por cima dos ombros, da cabeça, e depois o jogou no chão
— Obrigada — disse ela.
Ele ficou esperando, como sempre fazia, para que ela contasse as cicatrizes.
— Eu estava errada — comentou Turner. — Você não é só feroz. Você é um verdadeiro animal.
— Somos todos animais — retrucou ele. — É isso que faz as coisas ficarem interessantes.

— Você malha muito?

— Não malho — respondeu ele. — É genético.

E era mesmo. A puberdade lhe dera muitas coisas espontâneas, inclusive altura, peso e um físico mesomorfo extremado, um abdômen que parecia uma rua pavimentada com paralelepípedos, um tórax parecido com um colete de futebol americano, bíceps como bolas de basquete e gorduras subcutâneas parecidas com lenços de papel. Ele nunca se preocupara com nada daquilo. Nada de dieta. Nada de puxar ferro. Nada de academia. Se não está estragado, não conserte, essa sua atitude.

— Agora a calça — disse ela.

— Não estou usando nada por baixo.

— Nem eu. — Ela sorriu.

Ele a desabotoou. Abaixou o zíper. Tirou a calça de brim de cima dos quadris. Moveu-se com velocidade. Um passo na direção da cama.

— Sua vez agora — disse Reacher.

Ela sentou-se.

Sorriu.

Tirou a camisa.

Ela era tudo aquilo que imaginava; era tudo aquilo que sempre quis.

Acordaram muito tarde na manhã seguinte, aquecidos, sonolentos, profundamente satisfeitos. Só despertaram por causa do barulho de motores de automóveis no estacionamento abaixo da janela. Bocejaram, espreguiçaram e se beijaram longa, lenta e gentilmente.

— A gente desperdiçou o dinheiro do Billy Bob — comentou Turner. — Com esse negócio de dois quartos. A culpa foi toda minha. Desculpa.

— O que fez você mudar de ideia? — perguntou Reacher.

— Luxúria, imagino. A prisão faz a gente pensar.

— Sério.

— Foi a sua camisa. Nunca vi um negócio tão fino. Ou ela foi muito barata ou muito cara.

— Sério.

— Estava na minha lista do que fazer antes de morrer desde que a gente conversou pelo telefone. Gostei da sua voz. E vi sua foto.

— Não acredito em você.

— Você mencionou a menina de Berryville. Foi isso que me fez mudar de ideia. O episódio do braço. Aquilo te ofendeu. E você não fez mais nada além de ficar desvendando o meu problema. Está ignorando o seu próprio problema com o Big Dog. Que é tão sério quanto o meu. Mesmo assim você ainda se preocupa com os outros. O que significa que você não pode ser feroz de verdade. Pra mim, se importar com os outros vem em primeiro lugar. E você sabe o que é certo e o que é errado. Tudo isso me diz que você é bom. E tudo isso me diz que o meu futuro vai ser bom também. Não vai ser tão ruim.

— Você não vai ser general de duas estrelas, se é que quer ser.

— Só duas estrelas?

— Mais do que isso é como se candidatar à eleição. Não tem graça nenhuma.

Ela não respondeu. Ainda havia barulho de motor no estacionamento. A impressão era de que vários veículos estavam dando voltas e mais voltas, fazendo um grande círculo. Uns três ou quatro, um depois do outro. Subiam por um lado do prédio e desciam pelo outro. Um loop interminável.

— Que horas são? — perguntou Turner.

— Nove para o meio-dia.

— Como é que você sabe?

— Eu sempre sei que horas são.

— O check-out é até que horas?

Escutaram passos no corredor do lado de fora, alguém enfiou um envelope por baixo da porta, e então os passos seguiram na direção contrária e foram ficando mais baixos até desaparecerem.

— O check-out é meio-dia, eu acho — comentou Reacher. — Acho que esse envelope é a nossa via da nota fiscal paga.

— Isso é muito formal.

— Eles têm computador.

O barulho de motor continuava lá fora. Reacher supôs que a parte reptiliana de seu cérebro já tinha vasculhado aquilo em busca de perigo. Eram veículos do Exército? Carros de polícia? FBI? Aparentemente, o cérebro reptiliano não fez comentário algum. De maneira correta, neste caso, porque evidentemente eram veículos civis do lado de fora. Todos motores a gasolina, inclusive um V-8 desregulado com cano de descarga furado e um quatro cilindros fraco daqueles financiados em promoções, além de suspensões estouradas e lataria chacoalhando. De jeito nenhum eram militares ou paramilitares.

Ficaram mais velozes e barulhentos.

— O que é isso? — perguntou Turner.

— Dá uma olhada — pediu Reacher.

Ela caminhou magra e nua pelo chão até a janela. Puxou um pedacinho da cortina para espreitar. Olhou para fora e aguardou para ver todo o show.

— Quatro caminhonetes — informou ela. — De vários anos, tamanhos e estados de conservação, todas elas com duas pessoas. Estão circulando o prédio sem parar.

— Por quê?

— Não tenho ideia.

— Em que cidade a gente está?

— Petersburg, Virgínia Ocidental.

— Então talvez seja alguma tradição folclórica da Virgínia do Ocidental. Os ritos da primavera ou algo assim. Tipo a corrida de touros. Só que aqui eles fazem isso de caminhonete, em Petersburg.

— Mas parece meio hostil. Tipo naqueles filmes que você mencionou, quando falam que está quieto demais. As partes em que os índios cavalgam em círculo ao redor da carroça com a roda detonada, acelerando cada vez mais.

Reacher tirou os olhos dela e observou a porta.

— Espera — alertou ele.

Saiu da cama e pegou o envelope. A aba dele não estava colada. Dentro havia um pedaço de papel. Nada sinistro. Como esperado. Era uma nota fiscal dobrada três vezes e que mostrava a conta paga. O que estava correto. Quarto onze, trinta pratas, menos trinta pratas, pagamento adiantado em dinheiro.

Mas.

Na parte de baixo da nota fiscal estava impresso um cordial obrigado por se hospedar conosco, logo embaixo, a impressão do nome do dono do motel em forma de assinatura e, mais embaixo ainda, uma informação totalmente desnecessária.

— Merda — xingou Reacher.

— O quê?
Aproximaram-se ao pé da cama, e Reacher mostrou a ela.
Apreciamos muito você ter se hospedado conosco!
John Claughton, proprietário
Os Claughton estão no condado de Grant há trezentos anos!

36

— ACHO QUE ELES ESTÃO LEVANDO A HISTÓRIA do Corvette muito a sério — comentou Reacher. — Devem ter ligado pra todo mundo que conhecem ontem de noite. Um conselho de guerra. Um chamado para a ação. Os Claughton do condado de Hampshire, os Claughton do condado de Grant e os Claughton de outros condados também, tenho certeza. Provavelmente uns doze condados. Provavelmente vastas áreas de todo o Estado. E, se a Bela Adormecida na recepção ontem à noite era filho ou sobrinho do dono, ele também deve ser primo do pessoal. E agora ele é um homem feito. Porque ele caguetou a gente.

— Aquele Corvette dá mais problema do que traz benefício. Foi uma escolha ruim.

— Mas foi divertido enquanto durou.

— Tem alguma ideia brilhante?

— A gente vai ter que usar a razão com eles.

— Você está falando sério?

— Espalhe o amor e a compreensão — disse Reacher. — Use a força, se necessário.

— Quem falou isso?

— Leon Trotsky, eu acho.

— Ele foi esfaqueado até a morte com um picador de gelo. No México.

— Isso não invalida a posição geral dele. Nem a ideia em si mesma.

— Como era a posição geral dele?

— Sólida. Ele também disse que, se você não puder se aproximar de um oponente com a razão, vai ter que aproximar a cabeça dele da calçada. Era um homem de instintos aguçados. Na vida privada, claro. Apesar de ter sido esfaqueado até a morte com um picador de gelo.

— O que vamos fazer?

— A gente podia começar vestindo roupas, provavelmente. Só que quase toda a minha roupa está no outro quarto.

— Culpa minha — disse ela. — Desculpa.

— Não precisa fazer uma tempestade em copo d'águia. A gente vai sobreviver. Você se veste e nós dois vamos até o apartamento do lado, aí eu me visto. É seguro. A gente só vai ficar lá fora alguns segundos. Mas toma banho antes. Sem pressa. Eles vão esperar. Não vão entrar aqui. Não vão estragar a porta do Primo Cuzão. Tenho certeza de que isso faz parte do código da família Claughton.

O tempo do banho de Turner era exatamente o mesmo que o de Reacher; ela terminava onze minutos depois do primeiro toque na torneira até sair pela porta. O que, nesse caso, envolvia um longo intervalo, gasto tentando calcular o tempo de que precisariam para chegar ao outro quarto sem serem vistos por uma das caminhonetes que circulavam. Chegaram à conclusão de que com quatro veículos andando a cinquenta quilômetros por hora, não ser visto era uma opção indisponível. Então eles meteram as caras e, por três dos seis metros, eles estavam ganhando o jogo, até que uma caminhonete deu a volta e Reacher ouviu uma precipitação debaixo do capô, quando o motorista reagiu instintivamente à repentina aparição de sua presa e pisou no acelerador. Perseguindo-a, Reacher supôs. Para derrubá-la. Um mecanismo evolutivo, como tantas outras coisas. Ele destrancou a porta e os dois se jogaram lá dentro.

— Agora eles têm certeza de que estamos aqui — comentou ele. — Não que já não soubessem. Aposto que o Cyber Boy está dando a eles informações detalhadas sobre nós.

O quarto de Reacher estava como ele o tinha deixado. A bota debaixo da janela, as meias do lado dela, a cueca e a segunda camisa na cadeira e a jaqueta em um gancho.

— Vou tomar um banho também. Se continuarem a andar de carro em círculos desse jeito, vão ficar tontos antes da gente sair.

Reacher ficou pronto em onze minutos. Sentou-se na cama, amarrou a bota, depois vestiu a jaqueta e fechou o zíper.

— Eu gostaria de fazer isso sozinho, se você não se importa — pediu Reacher.

— E o que me diz dos policiais do outro lado da rua? — questionou Turner. — Se vierem aqui, estamos perdidos.

— Aposto que os policiais deixam os Claughton fazerem o que querem. Porque aposto que a maioria dos policiais também são Claughton. De qualquer maneira, vou fazer tudo fora da vista deles. É isso o que geralmente acontece.

— Eu vou com você.

— Já fez isso antes?

— Já — respondeu ela. — Não muitas.

— Não são todos eles que vão brigar. Além de qualquer outra coisa, vai haver um problema de congestionamento. A gente pode diminuir o entusiasmo deles derrubando alguns com força. O segredo é não gastar muito tempo com um indivíduo só. O ideal é o mínimo. Ou seja, uma porrada e depois parte pro próximo. Cotovelo é melhor que mão, mas o melhor de todos é a bicuda.

— Certo.

— Mas vou conversar com eles primeiro. Afinal, eles até que têm do que reclamar.

Abriram a porta, saíram para o corredor e foram envolvidos pela brilhante luz do meio-dia. Como Reacher esperava, viram todas as caminhonetes paradas bem perto umas das outras, com a frente virada para a beirada da escada de concreto, como rêmoras. Oito caras estavam encostados nas portas, nos para-choques e carrocerias, pacientes, como se tivessem todo o tempo do mundo, o que tinham mesmo, pois não existia outra maneira de descer daquele corredor do segundo andar a não ser pela escada de concreto. Reacher reconheceu os três caras da noite anterior na estada da montanha, o pequeno, o médio e o grande, os dois últimos com uma aparência como a de antes, e o baixinho aparentemente melhor, como se estivesse praticamente recuperado do que quer que o tivesse chapado e o levado a se acidentar. Os outros cinco eram sujeitos similares, todos uns pés-rapados, o menor deles, um magrelo forte de pele grossa, o maior, um tanto inchado, de cerveja e comida, provavelmente. Com certeza nenhum armado. Dava para Reacher ver todas as dezesseis mãos, e todas estavam vazias. Nenhuma arma, nenhuma faca, nenhuma chave inglesa, nenhuma corrente.

Amadores.

Reacher pôs as mãos no corrimão do corredor e ficou olhando para a cena abaixo, serenamente, como um ditador em um filme antigo, pronto para se dirigir à multidão.

— Temos que arranjar um jeito de mandar vocês de volta para casa antes que se machuquem. Querem trabalhar nisso comigo?

Certa vez, ele tinha escutado por acaso um sujeito de terno ficar perguntando sem parar: *Querem trabalhar nisso comigo?* Supôs que fosse uma técnica ensinada em seminários caros conduzidos em salões de hotéis fora de moda. Presumivelmente porque demandava uma resposta positiva. Afinal, as pessoas civilizadas sentiam necessidade de *trabalhar* umas *com* as outras, se essa opção fosse oferecida. Ninguém jamais respondeu: *Não, não quero, não.*

Mas foi isso o que fez o cara da caminhonete robusta.

Ele respondeu:

— Ninguém está aqui pra trabalhar com moleque. A gente está aqui pra chutar esse seu rabo e pegar de volta o nosso carro e o nosso dinheiro.

— Tá — disse Reacher. — Nós podemos seguir esse caminho aí, se vocês preferem. Mas não tem motivo pra todos vocês irem parar no hospital. Já ouviram falar do Gallup?

— De quem?

— É um instituto de pesquisa. Tipo em época de eleição. Eles falam que tal cara vai ter 51 por cento dos votos e que o outro vai ficar com 49.

— Já ouvi falar.

— Você sabe como eles fazem aquilo? Eles não ligam pra todo mundo. Não ligam pra todo mundo nos Estados Unidos. Isso ia demorar demais. Então eles fazem por amostragem. Ligam pra uma meia dúzia de gente e ampliam a escala.

— E?

— É isso o que a gente deve fazer. Pegar uma amostragem. Um de nós contra um de vocês. A gente deixa o resultado valer para o que teria acontecido se todos nós entrássemos na parada juntos. Do jeito que o instituto Gallup faz.

Nenhuma resposta.

Reacher prosseguiu:

— Se o cara que escolherem ganhar, vocês trocam a sua pior caminhonete pelo Corvette. E ficam com metade do dinheiro do Billy Boy.

Nenhuma resposta.

Reacher prosseguiu:

— Mas, se a gente ganhar, trocamos o Corvette pela sua melhor caminhonete. E a gente fica com o dinheiro do Billy Bob todo.

Nenhuma resposta.

Reacher prosseguiu:

— Isso é o melhor que eu posso fazer, gente. Estamos nos Estados Unidos. Precisamos de um carro e de dinheiro. Tenho certeza de que vocês entendem isso.

Nenhuma resposta.

Reacher prosseguiu:

— Minha amiga está prontinha pra encarar o esquema. Vocês têm preferência? Preferem brigar com mulher?

O cara da caminhonete robusta falou:

— Não, isso não tá certo.

— Então você está comigo. Só que eu vou melhorar o trato. Vocês podem aumentar o tamanho da sua amostragem. Eu contra dois de vocês. Querem trabalhar nisso comigo?

Nenhuma resposta.

— E vou brigar com as duas mãos nas costas.

— O quê?

— Isso mesmo que você ouviu.

— As duas mãos nas costas?
— Se aceitarem os termos que acabei de expor. E são termos excelentes, gente. De um jeito ou de outro, vocês ficam com o Corvette. Estou sendo razoável.
— Dois da gente, e as suas mãos nas costas?
— Eu colocaria um saco na cabeça se você tivesse um aí.
— Tá bom. A gente aceita essa merda.
— Maravilha — disse Reacher. — Quem aí tem plano de saúde? Porque essa seria uma boa maneira de escolher os dois que vão participar.

Então, de repente, Turner sussurrou ao lado dele:
— Acabei de lembrar o que eu tinha esquecido. Ontem à noite. O negócio na mensagem quando eles entraram em contato.
— Tem a ver com o cara da tribo? — sussurrou Reacher em seguida. *Um americano desconhecido. Um ancião tribal. O grão de areia.* Eles haviam informado que o americano era desconhecido, mas o ancião tribal, não. — Eles te contaram o nome dele
— Não exatamente o nome. São nomes muito difíceis de lembrar. Em vez deles, nós usamos números de referência. Atribuídos a eles assim que se tornam conhecidos das autoridades americanas. E o número do cara estava no relato dos meus soldados. O que significa que ele já estava no sistema. Ele é conhecido de alguém.
— Qual era o número?
— Não lembro. A.M. alguma coisa.
— O que A.M. significa?
— Afegão masculino.
— É um início, eu acho.

Lá de baixo o cara da caminhonete robusta gritou:
— Beleza, estamos prontos.

Reacher olhou com atenção na direção deles. A pequena turma tinha se separado, seis e dois. O menor grupo era composto pelo próprio cara da caminhonete robusta e pelo inchado, o empapuçado de McDonald's e Miller High Life.
— Você consegue mesmo fazer isso? — perguntou Turner.
— Só tem um jeito de descobrir — respondeu Reacher antes de começar a descer a escada.

37

OS SEIS ESPECTADORES RECUARAM, REACHER E OS dois escolhidos movimentaram-se juntos até um local aberto, formaram um compacto e pequeno triângulo de três homens com passos sincronizados, dois andando de costas, um de frente, todos eles atentos, vigilantes e desconfiados. Além das caminhonetes estacionadas havia um espaço de terra batida, mais ou menos da largura de uma rua de cidade. À direita ficavam as costas do complexo, onde estava o Corvette, atrás do último prédio, e à esquerda o lote era aberto para a Route 220, mas a entrada era estreita e não havia nada para ver, com exceção do asfalto e de um pequeno grupo de árvores do outro lado. A guarita da polícia estadual ficava afastada na direção oeste. Ninguém da terra batida conseguia vê-la, portanto, os policiais também não conseguiam ver ninguém na terra batida.

Bem seguro.

Tudo pronto.

Normalmente, contra dois oponentes imbecis, Reacher teria trapaceado desde o início. Mãos nas costas? Teria plantado dois cotovelos em dois maxilares assim que descesse o último degrau. Mas não com seis substitutos ali do lado. Teria sido ineficiente. Todos eles se amontoariam em Reacher, impulsionados por uma peculiar fúria devido ao descumprimento do trato, com um ímpeto além de suas capacidades naturais. Então Reacher deixou o triângulo se ajustar, girar e se firmar até que todos estivessem prontos, então enfiou as mãos nos bolsos de trás, com as palmas viradas para a bunda.

— Cooperem — disse ele.

Então os dois caras assumiram o que Reacher supôs ser a posição de combate deles, depois os viu mudar radicalmente. Diga a um cara que você vai brigar com as mãos nas costas que ele só escuta isso e nada mais. Ele pensa, *esse cara vai brigar com as mãos nas costas!* Aí ele visualiza os primeiros segundos da briga na cabeça, e a imagem é tão estranha que se apodera da atenção dele. *Sem as mãos! Um torso desprotegido! Igualzinho ao saco de areia da academia!*

Caras nessa situação não veem nada a não ser o tronco, o tronco, o tronco, a cabeça e o rosto, alvos de oportunidade irresistíveis, estragos que estão apenas aguardando para serem feitos, porradas irrevidáveis implorando para serem dadas, e eles arreganham a posição de combate, os punhos são levantados, os queixos vão pra frente, e os olhos ficam apertados e selvagens de alegria ao mirarem a barriga, ou as costelas, ou o nariz, ou onde quer que eles planejam soltar seu primeiro e jubiloso murro. Não veem mais nada.

Como os pés.

Reacher deu um passo à frente e meteu um chute firme com o pé direito, tão substancial quanto uma bicuda numa bola que atravessa todo um campo de futebol americano, e o cara desabou com tanta velocidade e força que era como se alguém tivesse apostado um milhão que ele conseguia cavar um buraco na terra com a cara. O barulho foi de um saco batendo no chão, o sujeito se encolheu todo, e sua gordura de baleia assentou e ficou totalmente imóvel.

Reacher deu um passo atrás.

— Escolha ruim — comentou ele. — É óbvio que era melhor ter deixado aquele cara no banco. Agora somos só nós dois.

O cara da caminhonete robusta também deu um passo atrás. Reacher observava o rosto dele. Via todas as suposições anteriores dele sendo revistas às pressas. Inevitavelmente. *É, pés*, ele estava pensando. *Esqueci deles*. O que fez com que o centro de gravidade dele ficasse baixo demais.

Agora só queria saber de pés, pés, pés. Nada além de pés. As mãos do cara abaixaram quase até a pélvis, ele colocou uma coxa na frente da outra e encurvou tanto os ombros que ficou parecendo uma criancinha com cólica no estômago.

— Você pode ir embora agora e a gente termina por aqui. Dá uma caminhonete pra gente, pega o Corvette e depois vai embora — ofereceu Reacher.

— Não — recusou o cara da caminhonete robusta.

— Vou fazer a proposta de novo — falou Reacher. — Mas não vai ter uma terceira.

— Não — disse o cara.

— Então cai pra dentro, meu amigo. Me mostra o que você tem a manha. Você tem a manha, não tem? Ou você só sabe mesmo é ficar dirigindo em círculos?

Reacher sabia o que estava por vir. Obviamente o cara era destro. Então seria como o arremesso de uma bola com a mão direita, de baixo pra cima, mas sem chegar a levantar demais o punho, como um jogador de beisebol que faz um arremesso com o braço movimentando-se lateralmente ao corpo, como uma luva de boxe presa a uma porta que bate quando voce está em frente a ela. Seria assim. Quando desse o murro. O cara ainda estava arrastando os pés para lá e para cá, continuava a tentar encontrar uma plataforma de lançamento.

Ele encontrou uma e lançou. Como uma luva na porta. O que você faz? A maioria das pessoas se abaixa. Mas não o menino de seis anos de idade que assistia ao filme de ficção científica. Ele vai ficar de lado, avançar com força, com os joelhos flexionados, e trombar na porta com o ombro, mais ou menos no meio dela, um pouco mais pro lado da dobradiça, talvez nem tanto, um firme e agressivo empurrão onde há menos impulso, bem dentro do arco da luva.

E foi o que Reacher fez com o cara da caminhonete robusta. Ele virou, arrancou, bateu forte no cara com o ombro, bem no meio do peito. O punho do sujeito açoitou toda a extensão das costas de Reacher e bateu nele do lado oposto, molengo, como se o cara estivesse tentando apalpar o seio de uma garota no cinema. Depois disso o cara saiu cambaleando para trás e recuperou o equilíbrio contrabalançando as mãos afastadas do corpo, o que o deixou imóvel e exposto, como uma estrela do mar, o que aparentemente ele percebeu na hora, pois olhou para baixo horrorizado com os movimentos dos pés de Reacher.

Notícia de última hora, parceiro.

Não são os pés.

É a cabeça.

Ele movimentou os pés como um boxeador para dar impulso, em seguida chicoteou o torço para a frente, abaixou a cabeça, deu uma testada que esmagou a ponte do nariz do sujeito, depois fez o movimento contrário, serviço terminado. Com um solavanco, Reacher ficou de pé, e o cara da caminhonete robusta, que estava balançando sustentado por joelhos bambos, deu meio passo, depois mais meio e desmoronou na vertical, fraco e impotente, como uma senhora vitoriana desmaiando em uma armação de vestido.

Reacher olhou para Turner lá em cima no corredor e perguntou:

— Que caminhonete você acha que é melhor?

38

O CÓDIGO DE HONRA DOS CLAUGHTON ERA UMA COISA maravilhosa. Isso era óbvio. Nenhum dos seis espectadores interferiu de maneira alguma. Ou era isso, ou estavam preocupados com o que Reacher poderia fazer com eles, agora que estava com as mãos fora do bolso.
No final, Turner gostou mais da caminhonete do cara gordo. Era uma V-8, mas não aquela com o cano de descarga furado. Tinha o segundo tanque de gasolina mais cheio. Tinha pneus bons. Parecia confortável. Ela o dirigiu até o Corvette escondido, parou ao lado dele, eles transferiram o dinheiro do Billy Bob do porta-luvas do Corvette para o porta-luvas da caminhonete, onde havia dois receptáculos mais ou menos do mesmo tamanho, em seguida voltaram a passar perto da turma cabisbaixa deixando um rastro ruidoso, e Turner arremessou pela janela a chave do Corvette. Turner acelerou e virou à esquerda na 220, passou pelos policiais estaduais, pelo café com a chapa e avançou até a encruzilhada no centro da cidade.

Meia hora depois, Petersburg tinha ficado trinta quilômetros pra trás. Estavam seguindo na direção oeste por uma estrada pequena que beirava uma reserva florestal. O veículo era um Toyota, não novo, mas que funcionava bem. Silencioso como uma biblioteca e com sistemas de navegação por satélite. Era tão pesado que não sentiam os baques na estrada. Tinha bancos de couro bem estofados e muito espaço interno. Turner ficava pequenininha dentro dela. Mas feliz. Ela tinha algo em que trabalhar. Tinha todo um enredo pela frente.

— Entendo porque aqueles caras estavam preocupados; um número A.M. muda tudo — comentou Turner. — O cara é conhecido nosso por alguma razão. Ou pelas atividades dele, ou pelas opiniões. E uma coisa ou outra vai nos levar a algum lugar.

— Como a gente acessa o banco de dados? — perguntou Reacher.

— Mudança de plano. A gente vai pra Pittsburgh.

— O banco de dados fica em Pittsburgh?

— Não, mas Pittsburgh tem um aeroporto grande.

— Estive em Pittsburgh há pouco tempo.

— No aeroporto?

— Na estrada.

— A variedade é o tempero da vida — disse ela.

Chegar a Pittsburgh significava cortar o noroeste através do estado e pegar a I-79 em algum lugar entre Clarksburg e Morgantown. Depois era disparar praticamente em linha reta no sentido norte. Bem seguro, pensou Reacher. A Toyota era tão grande quanto uma casa e pesava três toneladas, mas era bem camuflável. Qual era o melhor lugar para esconder um grão de areia? Uma praia. E se a Toyota era um grão de areia, as estradas da Virgínia Ocidental eram uma praia. Praticamente todo veículo à vista era uma caminhonete grande. E o oeste da Pensilvânia não seria diferente. Um visitante do espaço compreenderia que a viabilidade dos Estados Unidos dependia inteiramente da habilidade coletiva dos cidadãos de carregar tábuas com segurança e em grandes quantidades.

O início tardio do dia acabou se mostrando algo bom. Ou uma qualidade, não um defeito, como Turner teria colocado. Isso significava que estariam passando pela rodovia no escuro. Melhor do que percorrê-la de dia. Por um lado, as rodovias tinham policiamento muito mais pesado, por outro, os policiais não conseguiam ver o que eles também não viam, e não havia nada menos visível do que um par de faróis andando dentro da velocidade permitida em uma rodovia interestadual à noite.

— Como vamos conseguir o número A.M. exato? — perguntou Reacher.

— Vamos respirar fundo e arriscar tudo. Vamos pedir a alguém pra se emaranhar em uma conspiração criminosa, pra se tornar cúmplice nosso.

— Quem?

— A sargento Leach, espero. Ela é bem íntegra e tem um bom coração.

— Concordo — disse Reacher. — Gosto dela.

— Nós temos registros e transcrições na sala do arquivo. Ela só tem que ir lá dar uma olhada neles.

— E depois?

— Depois fica mais difícil. A gente vai ter um número de referência, mas nenhum nome nem biografia. E um sargento não tem acesso a esse banco de dados. Sou a única em Rock Creek que tem. O Morgan, agora, suponho eu, mas não temos como pedir pra ele fazer isso.

— Deixa essa parte comigo — ofereceu Reacher.

— Você não tem acesso.

— Mas conheço uma pessoa que tem.

— Quem?

— O promotor de justiça militar.

— Você o conhece?

— Não pessoalmente, mas sei o lugar dele no processo. Está me forçando a aceitar uma acusação mentirosa. Tenho o direito de fazer de tudo pra me defender. Posso pedir praticamente tudo o que quiser. A major Sullivan pode providenciar isso pra mim.

— Não; nesse caso, o meu advogado é que devia fazer isso. É muito mais relevante pra minha acusação mentirosa do que pra sua.

— Perigoso demais pro cara. Quase mataram o Moorcroft de porrada por tentar tirar você da cadeia. Eles nunca vão deixar o seu advogado chegar perto dessa informação.

— Então é perigoso pra Sullivan também.

— Não acho que eles vão estar vigiando a Sullivan. Vão descobrir depois com certeza, mas aí já vai ser tarde. Não faz sentido fechar a porta do estábulo depois que o cavalo fugiu.

— Ela faria isso por você?
— Vai ter que fazer. Ela tem uma obrigação legal.

Eles seguiram em frente, em silêncio e confortáveis, permaneceram na Virgínia Ocidental, pegaram a descida irregular onde o finalzinho de Maryland se projeta ao sul e seguiram para uma cidadezinha chamada Grafton. Dali, o equipamento da Toyota mostrou uma estrada no sentido noroeste que dava na I-79 logo ao sul de Fairmont.

— Você ficou preocupado? — perguntou Turner.
— Com quê?
— Com aqueles oito caras.
— Não muito.
— Então acho que aquele estudo de quando você tinha seis anos acertou na mosca.
— Conclusão correta — disse Reacher. — Raciocínio errado.
— Como assim?
— Eles acharam que o meu cérebro era invertido. Ficaram empolgadaços com o meu DNA. Talvez estivessem pensando em criar uma nova raça de guerreiros. Você sabe como era o Pentágono naquela época. Mas eu era novo demais pra me interessar por aquilo. E, de qualquer maneira, eles estavam errados. Quando o negócio é medo, meu DNA é igual ao de qualquer outra pessoa. Eu me treinei, só isso. Pra transformar medo em agressão, automaticamente.
— Aos seis anos de idade?
— Não, aos quatro e cinco. Eu te contei no telefone. Cheguei à conclusão de que era uma opção. Ou eu me acovardava, ou partia pra cima.
— Nunca tinha visto alguém brigar sem as mãos.
— Nem eles. Esse era o X da questão.

Eles pararam para abastecer e comer alguma coisa em um lugar chamado Macomber e depois continuaram rodando, sempre na direção oeste. Passaram por Grafton, depois pegaram a bifurcação à esquerda, passaram por um lugarejo chamado McGee, por fim chegaram ao viaduto que levava à I-79, e a Toyota os informou que estavam a mais ou menos uma hora do Aeroporto Internacional de Pittsburgh, o que significava que chegariam lá aproximadamente às oito da noite. O céu já estava escuro. A noite tinha caído segura, envolvente e dissimulada.

— Por que você gosta de viver assim? — perguntou Turner.

— Porque o meu cérebro é invertido. Foi isso o que eles não perceberam, tantos anos atrás. Olharam para a parte errada em mim. Não gosto do que as pessoas normais gostam. Uma casinha com cerca, chaminé e gramado? As pessoas adoram esse tipo de coisa. Trabalham a vida toda só pra pagarem por isso. Fazem financiamentos de trinta anos. Bom pra elas. Se estão felizes, eu estou feliz. Mas eu ia preferir me enforcar.

— Por quê?

— Tenho uma teoria particular. Que envolve DNA. Chato demais pra te contar.

— Não, me conta.

— Outra hora.

— Reacher, a gente dormiu junto. Não rolou nem um barzinho ou cineminha. O mínimo que você pode fazer por mim é me contar as suas teorias particulares.

— Você vai me contar uma das suas?

— Talvez. Mas você primeiro.

— Tá. Pensa nos Estados Unidos, muito tempo atrás. O século XIX, mais precisamente, começando a acabar. A migração para o oeste. Os riscos que aquelas pessoas assumiam. Como se fossem obrigadas.

— Elas eram — interveio Turner. — Pela economia. Precisavam de terra, fazendas e empregos.

— Mas era mais do que isso — retoma Reacher. — Pra algumas delas, pelo menos. Algumas nunca pararam. Cem anos antes disso, pensa nos britânicos. Eles foram pro mundo todo. Saíam em viagens marítimas que duravam cinco anos.

— Economia de novo. Queriam mercados e matéria-prima.

— Mas alguns deles não conseguiam parar. E num passado ainda bem mais distante, eram os vikings. E os polinésios, a mesma coisa. Acho que está no DNA, literalmente. Acho que milhões de anos atrás nós todos vivíamos em pequenos bandos. Pequenos grupos de pessoas. Então havia o perigo de endogamia. Aí um gene evoluía onde toda geração e todo pequeno bando tinha pelo menos uma pessoa que precisava vagar. Então os genes se misturavam um pouco. Mais saudável em todos os aspectos.

— E você é essa pessoa?

— Acho que 99 por cento de nós cresce pra gostar de fogueirinha de acampamento, e um cresce pra odiá-la. Noventa e nove por cento de nós cresce pra ter medo do uivo do lobo, e um cresce para cobiçá-lo. E eu sou esse cara.

— Que tem a obrigação de espalhar seu DNA mundo afora. Puramente pelo bem da espécie.

— Essa é a parte divertida.

— Esse aí provavelmente não é um argumento pra você usar na sua audiência de paternidade.

Eles saíram da Virgínia Ocidental, entraram na Pensilvânia, e oito quilômetros depois da fronteira viram um outdoor de um shopping. Ele estava aceso, e os dois chegaram à conclusão de que o shopping ainda devia estar aberto. Conseguiram chegar lá e encontraram um lugar sem graça ancorado por uma loja de departamentos local. Turner foi para a seção feminina com um maço de grana. Reacher foi atrás, mas ela falou para ele ir ver a seção masculina.

— Não estou precisando de nada — disse ele.

— Eu acho que está, sim — discordou Turner.

— Tipo o quê?

— Uma camisa — respondeu ela. — E uma blusa de gola V, por exemplo. Pelo menos.

— Se você comprar alguma coisa, pode me devolver minha camisa velha.

— Ela vai pro lixo. Você precisa de uma coisa melhor.

— Por quê?

— Quero que você fique arrumado.

Ele foi passar os olhos nas coisas sozinho. Camisa de flanela azul com botão branco. Quinze dólares. E uma blusa de gola V, de algodão, azul mais escuro. Quinze dólares também. Trocou-se na cabine, jogou fora suas camisas iguais e olhou no espelho. A calça estava boa. O casaco também. A camisa e a blusa novas debaixo dele estavam bem assentadas. Arrumado? Não tinha certeza. Mais arrumado do que antes, talvez, mas era o máximo que estava disposto a fazer.

Vinte minutos depois, Turner voltou diferente dos pés à cabeça. Bota preta nova com zíper, calça jeans nova, blusa de gola redonda e uma jaqueta esportiva de algodão. Nada nas mãos. Nenhuma sacola de compras. Tinha jogado as coisas velhas no lixo e não comprara mais nada pra trocar depois. Turner viu que ele estava reparando e perguntou:

— Surpreso?

— Um pouco.

— Achei que a gente precisava ficar mais ágil agora.

— E sempre.

Foram para as lojas menores na parte externa e acharam uma farmácia. Compraram escova de dente dobrável e um tubo pequeno de pasta de dente. Depois voltaram para a caminhonete.

O Aeroporto Internacional de Pittsburgh era bem afastado da cidade e a rodovia interestadual os levou direto para ele. Era um lugar grande e espaçoso, com opções de hotel. Turner escolheu um e parou no estacionamento dele. Dividiram o que restava do dinheiro do Billy Boy de nove maneiras diferentes e encheram todos os bolsos que tinham. Em seguira trancaram o carro e foram para o lobby. O fato de não possuírem bagagem não era problema. Não em um hotel de aeroporto. Os hotéis de aeroporto ficavam cheios de pessoas sem bagagem. Parte do prazer de se viajar atualmente. Café da manhã em nova York, jantar em Paris, bagagem em Istanbul. E assim por diante.

— Seu nome, senhora — disse o recepcionista.

— Helen Sullivan — respondeu Turner.

— E o senhor?

— John Temple — respondeu Reacher.

— Documento com foto, por favor?

Reacher deslizou pelo balcão as duas identidades de que tinham se apoderado. O recepcionista olhou para elas tempo suficiente para concluir que, sim, eram identidade com foto e, sim, tinham nelas os nomes Sullivan e Temple. Não fez tentativa alguma de conferir as fotos com os hóspedes. De acordo com a experiência de Reacher, poucas pessoas naquele trabalho faziam isso. Provavelmente não era parte de sua responsabilidade ou de seus talentos.

— Posso passar o cartão de crédito? — perguntou o cara.

— Vamos pagar em dinheiro — informou Reacher.

O que também não era problema em hotéis de aeroporto. Cartões de crédito e traveler checks também são perdidos, porque o pessoal que manuseia a bagagem é ruim na mesma proporção em que são excelentes os batedores de carteira. Reacher pegou as notas para pagar o quarto e mais cem para despesas extras, como solicitado, e o sujeito ficou satisfeito em aceitar. Em troca ele entregou-lhes dois cartões-chave e explicou o caminho até os elevadores.

O quarto era bom, ainda que não radicalmente diferente em princípio da cela na prisão militar no Dyer. Além do básico, ele tinha um frigobar, garrafas de água de graça, roupões, chinelos, chocolates nos travesseiros.

E um telefone, que Turner pegou e usou.

39

REACHER ESCUTOU O RONRONAR DO TELEFONE CHAMANDO. Turner estava com ele preso entre o ombro e o pescoço; falou sem emitir som:
— Telefone celular da Leach.
Em seguida, os olhos dela mudaram de foco quando alguém atendeu.
— Sargento, aqui é a major Susan Turner. Meu conselho oficial como sua comandante é que você desligue imediatamente e informe ao coronel Morgan que recebeu esta ligação. Você vai fazer isso?
Reacher não ouviu a resposta de Leach, mas obviamente foi não, porque a conversa continuou. Turner prosseguiu:
— Obrigada, sargento. Preciso que você faça algumas coisas pra mim. Primeiro, preciso do número A.M. da mensagem original de Weeks e Edwards. A transcrição deve estar na sala do arquivo. O coronel Morgan ainda está no quartel?
Reacher não escutou a resposta, mas obviamente foi sim, porque Turner falou:

— Certo, não arrisque agora. Vou ligar de volta de hora em hora.

Depois ela ficou na linha, pronta para pedir a segunda coisa que queria que Leach fizesse para ela, só que Reacher não escutou o que era, porque nesse momento alguém bateu na porta. Ele atravessou o quarto, abriu-a e deparou-se com um sujeito de terno. Ele estava com um walkie talkie na mão e o bóton de uma empresa na lapela. Um gerente ou coisa assim, pensou Reacher.

— Desculpe-me, senhor, mas houve um equívoco — disse o sujeito.

— Que tipo de equívoco? — questionou Reacher.

— O depósito para despesas extras deveria ter sido de cinquenta dólares, não cem. Quando o pagamento é em dinheiro. Pelo telefone e o frigobar. Caso queira serviço de quarto, peço que pague diretamente a quem vier servi-los.

— Tudo bem — disse Reacher.

O cara enfiou a mão no bolso e pegou cinquenta dólares, duas notas de vinte e uma de dez, todas abertas em leque, como se Reacher tivesse ganhado um prêmio em um programa de televisão, e disse:

— Uma vez mais, desculpe-me pela cobrança indevida.

Reacher pegou o dinheiro e conferiu. Cinquenta pratas. E falou:

— Sem problemas.

E o cara foi embora. Reacher fechou a porta. Turner desligou o telefone e perguntou:

— Quem era?

— Acho que o cara da recepção não recebeu um memorando. A gente devia ter pagado cinquenta, não cem, porque o serviço de quarto é todo pago em dinheiro.

— Tanto faz.

— Como está a sargento Leach?

— Ela é uma mulher corajosa.

— Você sabe o número dela de cor? De uma sargento que acabou de conhecer em um comando novo?

— Sei o número de todos eles de cor.

— Você é uma boa comandante.

— Obrigada.

— Qual foi a segunda coisa que você pediu a ela pra fazer?
— Você vai ver — respondeu Turner. — Assim espero.

Romeo ligou, mas Juliet demorou para atender. Romeo esfregou a palma no braço de couro da cadeira em que estava sentado. A palma estava seca, e o couro, macio e lustroso, assim devido aos cinquenta anos acomodando cotovelos.
Até que em seu ouvido Juliet disse:
— Sim.
— Os nomes Sullivan e Temple acabaram de aparecer em um hotel em Pittsburgh, na Pensilvânia — informou Romeo. — Por sorte, o sistema de registro dele está interligado à Segurança Interna. Já que é num aeroporto.
— São eles? Você acha?
— Vamos receber uma descrição em breve. O hotel está mandando um homem lá pra dar uma olhada. Mas eu acho que tem que ser. Afinal, quais são as probabilidades? Os dois nomes juntos? Até onde nós sabemos, aquelas são as únicas identidades que eles têm.
— Mas por que num aeroporto em Pittsburgh?
— Não interessa por quê. Onde está o nosso pessoal?
— A caminho de Los Angeles.
— Faça com que retornem o mais rápido possível.

O quarto estava quente, então Reacher tirou seu casaco milagroso e Turner, sua jaqueta nova. Ela perguntou:
— Quer pedir alguma coisa pro serviço de quarto?
— Claro.
— Antes ou depois?
— Antes ou depois de quê?
— Antes ou depois de transarmos de novo.
Reacher sorriu. De acordo com sua experiência, a segunda vez era sempre melhor. Ainda novo, mas nem tanto. Ainda desconhecido, mas nem tanto. Sempre melhor do que a primeira vez e, no caso de Turner, a primeira vez tinha sido espetacular.
— Depois — respondeu ele.
— Então tira a roupa — falou ela.

— Você primeiro desta vez.
— Por quê?
— Porque a variedade é o tempero da vida.

Ela sorriu. Tirou a blusa nova. Não estava usando nada por baixo. Sem sutiã. Não precisava nem fingia precisar. Ele gostava dela por isso. Gostava dela por causa de tudo, basicamente. Não que tivesse algum tipo de problema com mulheres de topless em seu quarto. Mas ela era especial. Mental e fisicamente. Fisicamente era impecável. Magra e forte, mas parecendo macia e pequenininha. Uma curva fluía para a outra, interminável, ininterrupta, com um contorno único, parecido com uma fita de Möbius, desde a fenda nas costas, até o ombro, até a cintura, até os quadris, até as costas, onde começava tudo de novo. A pele era da cor de mel. O sorriso era pernicioso, e a gargalhada, contagiante.

Romeo digitou e desta vez Juliet atendeu imediatamente.
— São eles — confirmou Romeo. — Um homem alto, forte, de cabelo claro e uma mulher mais jovem de cabelo escuro, bem mais baixa. Foi o que o gerente do hotel viu.
— Alguma indicação de quanto tempo pretendem ficar?
— Pagaram em dinheiro por uma noite.
— Eles marcaram horário para serem acordados?
— Não. Eles não têm como pegar um avião. Não com dinheiro e não com aquelas identidades. Reacher não se parece nada com o Temple. Até mesmo o pessoal do Departamento de Segurança no Transporte ia notar. Acho que eles só estão entocados. Não foi uma escolha ruim. Os hotéis de aeroporto são sempre anônimos, e Pittsburgh não é o centro do universo. Mas eu queria saber como eles conseguiram tanto dinheiro.
— O nosso pessoal chegará lá o mais rápido possível.
— O gerente do hotel falou que a Turner estava no telefone.
— Com quem?
— Estão rastreando.

Depois da transa, eles permaneceram deitados exaustos e suados em lençóis bagunçados, com a respiração ofegante, que em seguida foi voltando ao normal. Turner se apoiou em um cotovelo, olhou para o rosto de Reacher e passou a ponta dos dedos pela sobrancelha dele de forma lenta e investigativa.

— Não está nem machucado.

— Osso puro — comentou ele. — Tudo isso aí.

O toque de Turner desceu para o nariz dele.

— Mas aqui não — disse ela. — Não tudo isto aqui. E foi recente, certo?

— Nebraska — respondeu Reacher. — Um cara que ficou todo nervosinho por causa de alguma coisa.

A ponta do dedo dela seguiu o rastro dos cortes, todos curados, mas não há muito tempo, e os caroços grossos no osso, que fizeram seu nariz ficar um pouco torto para a direita. Ainda uma surpresa para ele, mas automaticamente normal para ela. Turner continuou ao redor da orelha, do pescoço e do peito. Colocou a pontinha do mindinho no buraco de bala. Encaixou direitinho.

— Um .38 — revelou ele. — Munição fraca.

— Sorte — comentou ela.

— Sempre tenho sorte. Olhe para mim agora.

Ela prosseguiu com o toque até a cintura. Até a velha cicatriz de estilhaço de bomba.

— Beirute — comentou ela. — Li a sua ficha. Uma Estrela de Prata e uma Coração Púrpura. Nada mal, ainda assim; aposto que você tem mais metal na barriga do que no peito.

— Foi foda — disse Reacher. — Fragmentos da cabeça de um cara que estava de pé mais perto.

— Na ficha está como estilhaço de bomba.

— Quantas vezes você leu aquela ficha?

— Uma vez atrás da outra.

— Você sabe de onde vem a palavra *shrapnel*, estilhaço de bomba?

— De onde?

— De um sujeito britânico do século XVIII chamado Henry Shrapnel.

— Sério?

— Foi capitão da artilharia durante oito anos. Depois ele inventou a bomba explosiva e o promoveram a major. O duque de Wellington usou a bomba explosiva nas Guerras Peninsulares e na Batalha de Waterloo.

— Incrível.

— Mas obrigado por ter lido aquela ficha. Significa muito pra mim.
— Por quê?
— Porque agora não preciso gastar um tempão te contando um monte de história antiga. Você já sabe.
— Contar histórias antigas um pro outro cria um laço bacana.
— Você não me contou nenhuma.

Romeo ligou para Juliet e disse:
— Ela estava ligando pra um celular pré-pago que muito provavelmente foi comprado no Walmart. Se foi pago em dinheiro, é irrastreável. E aposto que foi.
— Mas valeu a tentativa — falou Juliet.
— Mas, você sabe, quem vai a um supermercado grande pra comprar celular pré-pago é militar. Porque alguns deles não ganham o suficiente pra ter uma conta mensal. O que é uma vergonha, francamente. E porque alguns deles levam vidas necessariamente desorganizadas. Por isso, pré-pagos são mais convenientes para eles.
— Já é alguma coisa.
— O telefone está aparecendo em três torres de celular a noroeste do Pentágono.
— Sei.
— Rock Creek fica a noroeste do Pentágono.
— Fica, sim.
— Acho que ela estava ligando para a nave-mãe. E alguém a bordo dela atendeu a ligação.
— Nosso pessoal está a caminho de Pittsburgh.
— Bobagem. Ninguém em Rock Creek pode ajudar a Turner agora.

40

Turner tomou um banho, mas Reacher não se incomodou. Ele se enrolou em um roupão e esparramou-se em uma poltrona, quente, profundamente satisfeito, sentindo-se relaxado como nunca. Turner saiu de roupão e perguntou:

— Que horas são?

— Quatro minutos — respondeu Reacher — faltando pra você poder ligar de volta pra Leach. Ela sabe que eu estou com você?

Turner fez que sim e disse:

— Tenho certeza que o mundo inteiro sabe a esta altura. De qualquer maneira, eu falei para ela.

— Ela ficou tranquila quanto a isso?

— Ela é sargento do Exército dos EUA. Não acho que seja alguma puritana.

— Não é por causa disso. Se você se safar, ninguém vai poder encostar nela por ter te ajudado. Ela vai sair por cima da carne seca. Mas se eu não me safar, ela continua encrencada por ter me ajudado. Ou vice-versa. E assim por diante. Ela está dobrando os riscos e dividindo as chances dela por dois.

— Ela não se opôs.
— Você tem que ficar com essa sargento.
— Vou fazer isso — disse Turner. — Se eu conseguir voltar algum dia.
Depois, pegou o telefone e começou a digitar.

A pouco mais de 22 quilômetros dali, um telefone tocou dentro de um escritório de campo do FBI na East Carson Street, em Pittsburgh, que ficava um pouquinho a sudeste da área central. Um agente de serviço atendeu e se pegou falando no Hoover Building, em D.C. Disseram a ele que os computadores do Departamento de Segurança Interna estavam mostrando os nomes de Sullivan e Temple como hóspedes de um hotel em um aeroporto ali perto. O agente revirou seus boletins e o registro de fugitivos e viu que a polícia Metropolitana de D.C. e a Polícia do Exército estavam procurando duas pessoas que poderiam viajar usando esses nomes.

O agente de serviço ligou para o agente especial no comando e perguntou:

— Você quer que eu espalhe a notícia pra D.C. e pro Exército?

O agente no comando ficou em silencio por um momento e depois orientou:

— Não há necessidade de complicar as coisas.

Não há necessidade de dividir o crédito, o agente de serviço pensou.

— Mande um dos nossos homens pra dar uma checada — disse o agente no comando.

— Agora?

— Assim que puder. Não tem muita pressa. A gente tem até de manhã. Tenho certeza de que eles não vão a lugar nenhum.

Turner estava com o telefone preso entre o ombro e o pescoço novamente, como antes, e Reacher conseguia ouvir o som da chamada. Depois, escutou Leach atender. Não conseguia distinguir as palavras, mas foi possível decifrar o humor dela. Que não era bom. Ela se lançou a um longo e rápido monólogo, reduzido a um rápido grasnado plástico pelo receptor do telefone, todo ele frustrado e furioso.

— De qualquer maneira, obrigada — agradeceu Turner antes de desligar, com uma aparência muito cansada e amargamente desapontada.

— O quê? — perguntou Reacher.

— Adivinha.

— Não tinha número nenhum.

— A transcrição desapareceu. Alguém a tirou da sala do arquivo.

— Morgan?

— Só pode ser. Ninguém mais faria ou conseguiria fazer isso.

— Ou seja, ou ele faz parte do esquema ou está seguindo ordens cegamente.

Turner concordou com um gesto de cabeça e avaliou.

— Eles estão fazendo uma faxina no quartel. Estão se defendendo de todas as maneiras. Porque eles são melhores do que eu achei que fossem. Ou seja, estou fodida. Não existe mais saída pra mim. Não sem aquele número A.M.

— Ele não está em um computador em algum lugar?

— A gente não confia de verdade em computadores. Dão a sensação de que podemos estar mandando coisas direto pro *New York Times*. Ou pra China.

— Então o arquivo físico é o único registro?

Novamente fez que sim com um gesto de cabeça e explicou:

— É o único de que eu tenho conhecimento. Talvez Bagram tenha uma cópia. Por quê? Você está pensando em pedir ao Departamento Jurídico das Forças Armadas para fazer um requerimento judicial? Boa sorte.

— Pode ter sido arquivado incorretamente?

— Não, e, de qualquer maneira, a Leach conferiu em todos os lugares. Ela não é burra.

— Tem que existir outro jeito de abordarmos isso.

— Me acorda se pensar em alguma coisa — disse ela. — Porque eu já cansei. Preciso dormir um pouco.

Ela largou o roupão no chão e caminhou nua e silenciosa pelo quarto, ajeitando as cortinas, apagando luzes e depois enfiando-se debaixo das cobertas. Rolou na cama, deu um longo, triste e exausto suspiro e depois ficou quieta. Reacher a observou por um momento, voltou para a poltrona e ficou sentado por um período no escuro. Ele visualizou a sala do arquivo em sua cabeça, no andar de cima, primeira à esquerda, sala 201. Visualizou o capitão de serviço no andar de baixo, na 103, recebendo a ligação de longa distância de Weeks e Edwards, tomando nota, subindo a velha escada de pedra com a preciosa folha de papel na mão, mostrando-a para Turner, recebendo a resposta dela, transmitindo-a, fazendo a cópia e indo para o segundo andar novamente para arquivar tanto a ligação quanto a resposta na gaveta certa, corretamente, sequencialmente, um de costas para o outro.

Em seguida visualizou Morgan saindo de seu escritório, a apenas duas salas de distância, olhando para os dois lados do corredor. Um serviço rápido. Duas páginas queimadas, ou rasgadas, ou retalhadas. Ou dobradas, enfiadas num bolso e entregues mais tarde a pessoas desconhecidas em troca de firmes acenos de cabeça em demonstração de reconhecimento e implícitas promessas de consideração futura.

Tem que existir outra saída. Reacher teria se lembrado do número. Ele gosta de números. Esse podia ter despertado um atrativo intrínseco. Primo, ou quase, ou com algum coeficiente interessante. Mas não o tinha visto. Entretanto, nada era impossível. Nenhum sistema era totalmente perfeito, nenhuma segurança era à prova de falhas, e sempre havia cartas na manga.

Tem que existir outra saída.

Mas Reacher não conseguia pensar em nenhuma. Não naquele momento. Levantou-se, bocejou, espreguiçou-se, largou seu roupão em cima do de Turner e se deitou na cama ao lado dela, que já dormia profundamente, respirando devagar. Quente e macia. A bateria dela havia descarregado. Apagara, exausta. Como naquele filme antigo: *Pensarei nisso amanhã.* Ele olhou para o teto, escuro e acinzentado. Fechou os olhos, inspirou, expirou e adormeceu.

Dormiu bem, durante ininterruptas cinco horas.

Depois acordou, às quatro da manhã.

Porque alguém estava esmurrando a porta.

41

TURNER ACORDOU TAMBÉM, IMEDIATAMENTE, MAS Reacher pôs a cabeça dela em seu ombro.

— Eu vou — sussurrou ele.

Piscou uma vez, saiu da cama e pegou o roupão no chão. Vestiu-o enquanto caminhava. Os murros não paravam. Não era um som educado ou elogioso. Não um barulho do tipo som de hotel no final da madrugada. Era impaciente e exigente. *Boom, boom.* Arrogante e intrusivo. Era um som que deixava transparecer que não haveria conversa. Era o som do cumprimento da lei. Ou o som de alguém fingindo ser os agentes que fariam a lei ser cumprida.

Reacher não usou o olho mágico. Não gostava de olho mágico. Nunca gostou. Muito fácil para um agressor esperar até que as lentes ficassem escuras e atirar com um revólver pelo buraco. Não exigia mira alguma. Melhor ignorá-lo completamente, abrir a porta muito rápido de uma vez só e golpeá-los na garganta. Ou não. Tudo dependia de quem, ou quantos, fossem.

Atrás dele, Turner também tinha saído da cama e vestido o roupão. Reacher gesticulou para que ela fosse para o banheiro. Nada a ganhar oferecendo um alvo único. Ela não tinha nenhum outro lugar para onde ir. Só havia uma saída do quarto, que era a porta. Estavam em um andar alto, e de qualquer forma as janelas não abriam. Questão legal, presumivelmente, por causa de crianças curiosas e por ser um aeroporto de hotel, com barulho de aviões desde bem cedo até tarde da noite.

Turner foi para o banheiro, e Reacher pôs a mão na maçaneta. Respirou. Guardas da polícia metropolitana ou agentes federais estariam com as armas apontadas. Isso era com certeza. Mas não atirariam. Não imediatamente. Receberam muito treinamento. E tinham muitos protocolos. Mas os quatro caras do carro amassado podiam atirar imediatamente. Eram treinados, mas não tinham protocolos nem a obrigação de preencher um monte de papelada.

Então, melhor opção: abra a porta, mas fique atrás dela. Irresistível. Uma porta que se abre aparentemente sozinha implora por um pescoço esticado e uma olhada rápida. Por sua vez, um pescoço esticado e uma olhada rápida simplesmente imploram por um direto na têmpora. Aí você fecha a porta no chute instantaneamente e tem um refém no chão em um lado da porta, enquanto os amigos dele foram deixados do lado de fora. Conseguiu sua base para a negociação.

Reacher girou a maçaneta, para baixo, dez graus. Vinte. Trinta. Nenhuma reação. Quarenta, cinquenta, sessenta. Nenhuma reação. Continuou até os noventa, rápido, deu na maçaneta um puxão brusco, para que a porta ficasse talvez a dois terços de sua abertura total, e depois fechou o punho, ergueu o braço e aguardou.

Por um longo tempo.

Era nítido que a porta tinha sido travada por uma bota pelo lado de fora para que permanecesse aberta, enquanto decisões eram levadas em consideração. Processo que estava levando um tempo considerável.

Quase um minuto se passou.

Um objeto flutuou lá pra dentro.

Reacher não olhou para ele. Não o seguiu com sua visão consciente. Não tinha nascido ontem. Mas o breve brilho que captou pelo canto do olho informou *envelope*. Um envelope do tamanho de uma folha A4, selado com um lacre de metal, ele pensou, como algo que tinha saído de um escritório. Leve e não muito volumoso. E o som que fez quando pousou no carpete respaldava as primeiras impressões. De papel, porém firme, fez um barulho ao cair de ponta, emitiu minúsculos sons deslizantes, como se contivesse um pequeno número de itens lá dentro, todos finos e leves.

    Reacher aguardou.

    Em seguida, uma cabeça surgiu do outro lado da porta.

    Com um rosto.

    O rosto da sargento Leach.

Leach estava com seu uniforme de combate. Tinha uma aparência muito cansada. Entrou no quarto, Turner saiu do banheiro e Reacher fechou a porta. A major viu o envelope no carpete e perguntou:

— Está tudo aí?

— Está — respondeu Leach.

— Achei que você ia mandar despachar para o correio entregar amanhã de manhã.

— Acho que a senhora vai precisar disso mais rápido do que o FedEx consegue entregar.

— Você veio dirigindo de lá até aqui?

— Bom, não andei nem peguei avião.

— Quanto tempo você levou?

— Umas quatro horas.

— Obrigada, sargento.

— De nada.

— Que horas você pega no serviço de manhã?

— Cedo o bastante pra ter que ir embora agora.

— Mas...

— Estou numa posição em que não gostaria de estar.

— Que posição?

— Vou ter que criticar um colega de equipe; um oficial.

— Uma pessoa ou duas?

— Uma, senhora.

— Eu?

— Não, senhora.

— Morgan?

— Não, senhora. Outra pessoa. Mas a senhora é a comandante, e eu não sou dedo-duro.

— Então conta pro Reacher. Ele não é comandante de ninguém.

Leach ficou em silêncio por um tempinho e ponderou o artifício. Concordou com ela, aparentemente, pois se virou para Reacher e disse:

— Senhor, tenho uma preocupação antiga em relação ao capitão de serviço.

— Antiga quanto? — perguntou Reacher.

— Permanente.

— Por que você não fez nada a respeito?

— Fazer o que? Ele é capitão, eu sou sargento.

— E daí?

— Ele é um rabiscador. Fica desenhando e rabiscando o tempo todo que está no telefone.

— Já vi os resultados — disse ele concordando com um gesto de cabeça. — Na mesa dele. Em um velho bloco de notas amarelo.

— Você sabe por que ele faz isso?

— Porque está entediado.

— Mas, às vezes, ele não está entediado. Quando chegam notícias importantes. Ele muda. De repente fica entusiasmado.

— Nenhuma lei proíbe isso.

— Mas a caneta continua na mão dele. Ele muda, e os desenhos mudam também. Às vezes não são nem desenhos. Às vezes ele anota algumas coisas. Palavras-chave.

Reacher ficou calado.

— Não percebe? — indagou Leach. — Ele lida com informação secreta, que supostamente deveria existir em formato físico em um lugar só, que é a sala do arquivo em Rock Creek. Porque a informação ou parte dela existir em forma física em outro lugar é totalmente contra o regulamento.

— Ai, por favor, me conta — disse Turner.

— Ele anotou o número? — perguntou Reacher.

— Sim, senhora — respondeu Leach. — Sim, senhor. Ele anotou o número.

Leach tirou uma folha de papel amassada do bolso. Era uma página do bloco amarelo que Reacher tinha visto. Estava com uma curva grandona na parte de cima por ter ficado vários dias enrolada. Estava praticamente coberta com tinta preta de caneta esferográfica. Havia figuras geométricas e caracóis, caixas, máquinas, espirais, misturados ocasionalmente a horários, nomes e palavras, alguns deles sublinhados com força, alguns encaixotados e sombreados quase a ponto de ficarem ilegíveis.

Leach colocou a ponta do dedo na primeira letra legível, que estava no terço superior da página, que era Kandahar. Um substantivo próprio. O nome de um lugar. Ele tinha uma seta vívida desenhada ao lado dele. A seta estava apontando enfaticamente para fora da palavra.

— Esta é a última mensagem antes do que está faltando. Isto é o Weeks e o Edwards saindo de Kandahar, voltando a Bagram para ficarem de prontidão, conforme as ordens. Tudo isso ainda está na sala do arquivo, exatamente onde devia estar.

Em seguida ela fez seu dedo dar um salto até o terço no pé da página, onde duas palavras se destacavam, separadas por um travessão: Hood — Dias. O H de Hood estava adornado com curvas barrocas. Um homem ao telefone, entediado.

— Esta é a mensagem seguinte à que está desaparecida — informou Leach. — Também está na sala do arquivo, imediatamente depois do negócio sobre Kandahar. São os nossos homens informando, depois que chegaram ao Fort Hood, no Texas, que esperavam estar com tudo resolvido em uma questão de dias.

Em seguida, ela movimentou a mão para cima novamente e pôs os dedos sobre o terço do meio da página.

— Então esta parte aqui é o que corresponde à lacuna nos registros — afirmou Leach.

O terço do meio da página era uma bagunça de rabiscos pretos, com formas geométricas, caracóis repetidos interminavelmente, caixas e labirintos espirais. Mas enterrado bem no centro disso tudo estavam as letras A e M, seguidas por um número de quatro dígitos. A coisa toda tinha sido primeiramente rabiscada, depois reforçada cuidadosamente, com linhas mais precisas, enquadrada, enfatizada, sublinhada e depois abandonada.

A.M. 3435.

Turner sorriu e disse:

— Tecnicamente ele está errado, sargento, mas nós vamos fazer vista grossa desta vez.

A.M. 3435.

Que era um número que Reacher teria se lembrado muito bem, por que ele era ligeiramente atrativo, tendo em vista que 3 e 4 e 3 e 5, se elevados às potências 3 e 4 e 3 e 5, respectivamente, juntos, dariam exatamente 3435 como resultado. O que era levemente interessante. Esses tipos de números tinham sido muito discutidos por um sujeito chamado Joseph Madachy, que já havia sido dono e editor de uma revista chamada *Recreational Mathematics*. Reacher tinha lido um montão de números antigos, quando criança, na biblioteca de uma base dos Fuzileiros Navais no Pacífico.

— Sargento — disse Reacher —, qual é a melhor maneira de eu entrar em contato com a major Sullivan no Departamento Jurídico?

— Diretamente, senhor?

— Pessoalmente?

— Quando, senhor?

— Agora.

— No meio da noite?

— Neste minuto.

Leach tirou outro pedaço de papel do bolso. Menor. Uma folha de um bloquinho de rascunho, pela metade. Disse:

— É o celular pessoal dela. Tenho certeza que neste momento ele está na mesinha de cabeceira dela.

— Como você sabia que eu ia precisar dele?

— Cheguei à conclusão de que era assim que os senhores teriam que proceder. As petições de defesa deixam muito espaço pra margem de manobra. Permissão para falar abertamente?

— É claro.

Leach tirou um segundo pedaço de papel do bolso. Outra folha de um bloquinho de rascunho, rasgada na metade, do mesmo jeito. Informou:

— Este é do celular da capitão Edmonds. Sua outra advogada. Acho que ela é uma escolha melhor. A probabilidade de ela perseguir mais energicamente é maior. Ela gosta de ver as coisas certas serem feitas.

— Mesmo depois de eu ter fugido da cadeia?

— Acho que sim.

— Então ela é uma idealista?

— Aproveitem enquanto podem. Não vai durar. Não durou com a major Sullivan.

— O FBI já está envolvido? — perguntou Reacher.

— Já foram comunicados.

— Quem está responsável pelas ações do Exército?

— A 75ª PE. Uma equipe comandada pelo subtenente Espin. Que o senhor conhece. Foi ele que te levou pra Dyer. As pessoas andam falando que ele está levando isso pro lado pessoal. Está alegando que o senhor abusou da boa vontade dele. Que fez um favor ao senhor e, por isso, sem querer, colocou essa coisa toda em movimento.

— O que foi que ele fez por mim?

— Manteve o senhor em Dyer. O detetive Podolski queria levar o senhor pro centro da cidade. O Espin disse que não. Aí, pra piorar as coisas, o senhor pediu a ele pra ir chamar o capitão de serviço da Polícia Metropolitana o mais rápido possível, ele fez isso, o que agora está contabilizando como mais um fator de exploração do senhor.

— O capitão de serviço teria ido de qualquer maneira.

— Mas não tão rápido. E todo o plano do senhor dependia de conseguir fazer tudo antes do final da tarde. O senhor tinha que começar cedo. E o Espin acha que acidentalmente facilitou isso.

— Ele está avançando de alguma forma?

— Até agora, não. Mas não é por falta de tentativa.

— Você pode dar um recado a ele?

— Provavelmente.

— Fala com ele pra parar de achar que o universo gira em torno dele. Pergunte o que ele teria feito na nossa situação.

— Farei isso, senhor. Se eu conseguir.

— Qual é o seu nome sargento?

— Senhor, é Leach.

— Não, o seu primeiro nome.

— Senhor, é Chris.

— De Christine ou Christina ou alguma coisa assim?

— Só Chris, senhor. É o que está na minha certidão de nascimento.

— Bom, Chris, se eu ainda estivesse no comando da 110ª, moveria céus e terras para manter você lá. Aquela unidade teve uma boa quantidade de grandes praças e você é a melhor de todos eles.

— Obrigada, senhor.
— Não; obrigado a *você*, sargento.

Leach foi embora depois disso, apressada, pois tinha que encarar uma viagem de carro de quatro horas, seguida de um dia inteiro de serviço. Reacher olhou para Turner e disse:
— Você deve ser uma comandante boa pra cacete pra inspirar uma lealdade dessas.
— Não melhor do que você foi — devolveu o elogio. — Você tinha a Frances Neagley.
— Você andou lendo a ficha dela também?
— Andei lendo todas as fichas. Todos os históricos operacionais também. Eu queria conhecer a 110ª de cabo a rabo.
— Como eu disse, você é uma excelente comandante.
Reacher abriu a página do bloco amarelo e colocou-a na mesa do hotel, depois esticou ao lado dele um dos papéis pela metade do bloquinho de rascunho. Em seguida, pegou o telefone e ligou para o celular da capitão Tracy Edmonds.

42

O TELEFONE CHAMOU VÁRIAS VEZES, MAS REACHER JÁ esperava por isso. As redes de telefone celular podem levar oito segundos para direcionar uma chamada. E pouquíssimas pessoas pulam da cama como nos filmes. A maioria acorda devagar, depois fica piscando e tateando desajeitadamente.

Por fim, Edmonds atendeu:

— Alô.

O tom dela tinha um pouco de ansiedade, e o som de sua voz estava um pouco arrastado, como se a língua estivesse inchada ou a boca, cheia.

— Capitão Edmonds? — disse Reacher.

— Quem é?

— Seu cliente, Jack Reacher. Major do Exército dos Estados Unidos. Recentemente reconvocado. Atualmente lotado na 110ª PE. Você está sozinha?

— Que tipo de pergunta é essa?

— Estamos prestes a ter uma conversa confidencial, doutora. Temos assuntos legais para tratar.

— Cacete. O senhor está certíssimo, temos mesmo.
— Calma, capitão.
— O senhor fugiu da cadeia.
— Isso não é mais permitido?
— Nós temos que conversar.
— Nós estamos conversando.
— Conversar de verdade.
— Você está sozinha?
— Sim, estou sozinha. O que isso importa?
— Tem uma caneta?
Ela ficou em silêncio por um tempinho.
— Agora tenho.
— Papel?
— Já peguei.
— OK, presta atenção. Para preparar uma defesa adequada, vou precisar de cópias físicas de tudo que qualquer pessoa tiver sobre um cidadão afegão conhecido por nós apenas como A.M. 3435.
— Isso provavelmente é secreto.
— Eu tenho direito ao devido processo legal. Os tribunais levam essa merda muito a sério.
— Não interessa. O que o senhor está pedindo é demais.
— Justiça é justiça. Eles têm aquela bobagem lá do depoimento juramentado.
— Reacher, eu estou representando o senhor em uma reclamação de paternidade. Não no negócio do Juan Rodriguez. Isso é com a major Sullivan. E conseguir cópias físicas da inteligência militar sobre o Afeganistão seria uma tarefa enorme mesmo em um caso criminal. Não vai conseguir isso numa reclamação de paternidade. Por que conseguiria?
— Você me falou que o Código Unificado da Justiça Militar ainda categoriza adultério como crime. Qual é a penalidade?
— Potencialmente substancial.
— Então não é só uma reclamação de paternidade. É um caso criminal também.
— Essa linha é tênue.
— Eles não podem encarar a situação de duas maneiras, doutora. Eles consideram adultério crime. Ou isso significa alguma coisa ou não significa nada.

— Reacher, nós temos que conversar.
— Esta é a parte em que você me fala que a melhor coisa a se fazer é me submeter à justiça e seguir as regras?
— Seria.
— Talvez. Só que escolhi o plano B. Então preciso daquelas informações.
— Mas que relação elas têm? O Afeganistão não tinha nem começado quando o senhor estava na Coreia. Ou quando se encontrou com o Big Dog.

Reacher ficou calado.
— Ah! — exclamou Edmonds.
— Correto — disse Reacher. — Você é bem rápida pra uma advogada. Isto é sobre a major Turner *e* sobre mim também, porque o que temos aqui é alguém fazendo um desafio para dois comandantes da 110ª Unidade Especial. O que significa que haverá vencedores e perdedores, e os especialistas dizem que você tem que ficar com os vencedores, porque ficar do lado certo da história gera recompensas além da imaginação neste Exército.
— Os senhores serão os vencedores?
— Pode contar com isso. Eles vão apanhar que nem um boi ladrão. E nós precisamos fazer isso, capitão. Eles mataram dois soldados nossos no Afeganistão. E espancaram um dos seus colegas até quase a morte.
— Vou ver o que posso fazer — disse Edmonds.

Turner ainda estava de roupão, sem demonstrar sinal algum de que voltaria para a cama. Reacher perguntou a ela:
— O que tem nesse envelope?
— A outra coisa que pedi à sargento Leach.
— Evidentemente. Mas o que é?
— Nós vamos pra Los Angeles.
— Vamos?

Ela fez que sim com a cabeça e advertiu:
— Você precisa cuidar da situação da Samantha.
— Vou chegar lá.
— Pior cenário possível: a gente fracassa nisto aqui, eles nos trancafiam e jogam a chave fora. Não posso deixar isso acontecer. Não

antes de você conhecer sua filha. Você não ia pensar em mais nada pelo resto da vida. Então pode colocar o meu problema em segundo plano e focar no seu.

— Quando você bolou esse plano?

— Algum tempo atrás. Estou no meu direito, afinal de contas. Você está na minha unidade. Portanto, sou sua comandante. Nós vamos pra Los Angeles.

— O que tinha no envelope?

Ela respondeu espalhando o conteúdo pela cama.

Dois cartões de crédito.

E duas carteiras de motorista.

Ela fez dois pares, pegou um e passou o outro para Reacher. Uma carteira de motorista de Nova York e um cartão de crédito Visa. A carteira era de um cara chamado Michael Dennis Kehoe, 45 anos, com endereço do Queens. Homem, olhos azuis, um metro e noventa e oito. Doador de órgãos. Na foto, um rosto quadrado e um pescoço branco. O cartão Visa estava no mesmo nome, Michael D. Kehoe.

— São de verdade? — perguntou Reacher.

— Os meus são.

— E os meus, não?

— Eles são meio que de verdade. São de um cofre em que ficam armazenados materiais para militares disfarçados.

Reacher assentiu a 110ª usava pessoal disfarçado o tempo todo. Eles precisavam de documentos. O governo os fornecia, totalmente autênticos, com exceção de nunca terem sido emitidos para uma pessoa de verdade.

— Os seus são de onde? — perguntou Reacher.

— Uma amiga da Leach. Ela disse que conhecia uma pessoa que se parecia comigo.

— Então qual é o seu nome agora?

Turner respondeu jogando a carteira no colo dele, como se estivesse fazendo um truque de mágica com cartas. Margaret Vega, de Illinois, um metro e setenta, olhos castanhos, 31 anos. Não era doadora de órgãos. Na fotografia, uma mulher hispânica de pele clara. À primeira vista, um pouco parecida com Turner, mas não muito.

Reacher arremessou a carteira de volta.

— E a senhora Vega ficou satisfeita em emprestar a CNH dela? — perguntou ele. — Assim do nada? E o cartão de crédito?

— Nós temos que devolvê-los. E temos que pagar qualquer gasto que fizermos. Obviamente eu tive que prometer. Mas o dinheiro do Billy Bob pode dar conta disso.

— Não é essa a questão. A srta. Vega está em uma situação complicada agora.

— Acho que a Leach consegue ser persuasiva.

— Só porque ela acha que vale a pena fazer isso por você.

— Ela não tinha amigo nenhum que se parecesse com você. Nem um tiquinho. Foi por isso que a gente teve que usar o material do cofre. Provavelmente o sr. Kehoe era o alvo em um treinamento. Ele parece com o cara que fica com a serra elétrica num filme B de terror.

— Deve funcionar bem, então. Quando a gente vai embora?

— O mais rápido possível — respondeu Turner. — Vamos pegar um dos primeiros voos.

Tomaram banho e se vestiram. Fazer as malas não era nada além de enfiar as escovas de dente novas no bolso e vestir os casacos. Deixaram as cortinas fechadas, as luzes apagadas, e Reacher pendurou a plaquinha de *não perturbe* na maçaneta do lado de fora, em seguida atravessaram apressados o corredor até o elevador. Tinha acabado de dar cinco da manhã, e Turner acreditava que os voos longos para a Costa Oeste começariam por volta das seis. Não devia haver opções infinitas de aviões saindo do Aeroporto Internacional de Pittsburgh, mas devia haver algo. No pior cenário possível, eles podiam fazer conexão em São Francisco, Phoenix ou Las Vegas.

O elevador chegou ao lobby, e ao saírem depararam-se com uma cena desértica. Não havia ninguém na recepção. Ninguém em lugar algum. Então Reacher jogou os cartões-chave no lixo, e eles seguiram na direção da porta, onde depararam-se com uma situação do tipo "depois de você, não, depois de você" com um sujeito sozinho na escuridão da calçada do lado de fora e que tinha escolhido aquele exato momento para entrar. Era um homem baixo, estava de terno azul-marinho, camisa branca e gravata também azul-marinho. O cabelo tinha sido recentemente cortado, curto e conservador, e o rosto rosado fora recentemente barbeado. Por fim eles desenvolveram uma hierarquia entre os três. O cara segurou a porta para Turner, que saiu, e então Reacher recuou, o cara entrou, e finalmente Reacher saiu.

Não havia táxis na calçada. Mas um ônibus circular do hotel estava parado ali com o motor ligado e a porta aberta. Não havia motorista ao volante. Lá dentro, talvez, dando uma mijada.

Dez metros à frente, um Crown Vic estava estacionado na vaga reservada para os bombeiros. Azul-escuro, limpo e brilhante, com antenas na tampa do porta-malas. No fundo do lobby, o sujeito que tinha entrado estava aguardando atendimento na recepção. Terno azul-marinho. Camisa branca. Gravata azul-marinho. Cabelo curto, rosto rosado. Barba feita.

— FBI — disse Reacher.

— Eles estavam rastreando aqueles nomes. Sullivan e Temple — afirmou Turner.

— Ele acabou de passar por nós. Quanto tempo até o cérebro dele dar o clique?

— Ele é do FBI, então não vai ser uma coisa instantânea.

— Podemos voltar para caminhonete e ir a gente mesmo dirigindo.

— Não, a caminhonete tem que ficar aqui. A gente precisa continuar a quebrar a corrente. Entra no ônibus. O motorista vai voltar num minuto. Tem que voltar. Deixou o motor ligado.

— Seríamos alvos fáceis — contestou Reacher.

— Seremos invisíveis — discordou Turner. — Duas pessoas num ônibus.

Reacher olhou ao redor. O cara ainda estava ao balcão. Ninguém atrás dele. O ônibus circular era todo emperiquitado, com partes cromadas e um estilo corporativo. Tinha janelas escuras. Como uma limusine de estrela de cinema. Um toque de glamour para o viajante cotidiano.

Janelas escuras. Só camaradas num ônibus. Predador e presa, movimento e imobilidade. Uma antiga herança evolutiva.

— OK — concordou Reacher. — Vamos entrar no ônibus.

Subiram, a suspensão afundou sob o peso deles, caminharam ao longo do corredor baixo e assentaram-se na fileira oposta à entrada do hotel, no meio do ônibus.

E ficaram sentados, esperando.

Não era uma sensação boa.

A visão do lado de fora também não era das melhores, por causa da distância, do escuro da janela e das múltiplas camadas de vidro, mas Reacher ainda conseguia ver o sujeito. Ele estava ficando impaciente. Tinha se virado para ficar de frente para o lobby e se distanciado um passo do balcão da recepção. Reivindicando um espaço mais amplo, expressando seu ressentimento, mas ficando próximo o suficiente para continuar sendo definitivamente o primeiro da fila. Não que ele tivesse alguma concorrência. Nem teria durante a próxima hora ou coisa assim. Os voos noturnos também começariam a chegar lá pelas seis.

Então o sujeito repentinamente se moveu para a frente, um passo largo, impetuoso, como se estivesse prestes a cumprimentar alguém. Ou abordar alguém. Na lateral direita da moldura uma segunda figura ficou visível. Um homem de uniforme preto e jaqueta curta. Um mensageiro, talvez. O cara do FBI fez uma pergunta, acompanhada por um movimento de abertura de braço, como que dizendo *cadê todo mundo*, e o cara de jaqueta curta ficou em silêncio, constrangido, como que obrigado a aventurar-se fora do território com que estava acostumado, depois enfiou-se atrás do balcão e bateu em uma porta, mas não obteve resultado, então abriu uma fresta e chamou, de maneira questionadora, e quinze segundos depois uma mulher jovem saiu de lá, passando os dedos pelo cabelo. O cara do FBI voltou à recepção, a jovem aproximou-se para ficar cara a cara com ele, e o sujeito de jaqueta curta saiu do lobby.

Não era mensageiro. Era o motorista do ônibus.

Ele subiu, viu que tinha clientes e olhou de volta para o lobby, vendo se pegaria mais alguém, e devia ter concluído que não, porque perguntou:

— Doméstico ou internacional?

— Doméstico — respondeu Turner.

O cara jogou-se no banco, puxou um comprido cinto de segurança, prendeu-o bem, a porta emitiu um suspiro sibilante e o cara engatou a marcha.

Mas foi obrigado a esperar, pois um carro que estava chegando manobrava ao lado do Crown Vic para estacionar, bloqueando a saída.

Era o carro com as portas amassadas.

43

O CARRO COM AS PORTAS AMASSADAS PASSOU TRISCANDO ao lado do Crown Vic estacionado, depois diminuiu a velocidade e se preparou para encostar bem perto da entrada do hotel. O ônibus se movimentou na direção do espaço vago, devagar e pesado, passou bem perto do carro e ficou lado a lado com ele. Reacher levantou-se de seu banco e olhou pela janela. Todos os quatro caras estavam no carro. Os dois que tinha conhecido na primeira noite, o terceiro cara e o sujeito grande de orelhas pequenas. O bando todo estava ali.

— Deixa pra lá — aconselhou Turner.

— A gente tem que tirar esses caras da jogada.

— Mas não aqui e não agora. Depois. Eles estão em segundo plano, lembra?

— Não tem hora melhor do que o presente.

— No lobby de um hotel? Em frente a um agente do FBI?

Reacher esticou o pescoço e viu os quatro caras saindo do carro. Eles olharam para a esquerda e para a direita, de maneira rápida e dinâmica, depois foram direto lá para dentro, em fila indiana, num fluxo totalmente linear, um, dois, três, quatro, como homens com um propósito urgente.

— À vontade, major. Outra hora, outro lugar. Nós vamos pra LA.

O ônibus ganhou velocidade e deixou o hotel pra trás. Reacher ficou observando até não ter mais nada a ser visto. E depois se virou.

— Me conta o que você sabe sobre o FBI rastrear os nossos nomes — pediu ele.

— O mundo moderno — disse Turner. — Segurança Interna. É uma operação que depende de informação. Tudo está conectado. As companhias aéreas com certeza, e sem dúvida os hotéis dos aeroportos também. Nesse caso, seria muito fácil emitir um alerta para o caso de dois nomes específicos aparecerem no mesmo lugar, no mesmo horário.

— O FBI compartilharia essa informação?

— Você está brincando?

— Então a gente precisa rever o que falamos sobre os chefões deste esquema aqui. Eles não são oficiais do Estado-Maior do alto escalão. Eles são oficiais do Estado-Maior do *altíssimo* escalão. Você não acha? Para estar dentro do banco de dados do departamento de Segurança Interna em tempo real?

— Talvez em tempo não tão real assim. O FBI chegou antes deles aqui, afinal de contas.

— Do escritório deles aqui em Pittsburgh. Eles devem ter saído muito mais cedo. Devem ter ficado sabendo antes do FBI. Eles têm um sistema de alerta próprio.

O ônibus do hotel os deixou em frente ao terminal, e eles entraram para checar o quadro de partidas. Os próximos a sair eram dois voos com diferença de um minuto entre eles, um da U.S. Airways para Long Beach e outro da American Airlines para o condado de Orange.

— Tem preferência? — perguntou Turner.

— Long Beach — escolheu Reacher. — A gente pode alugar um carro. Pegamos direto a 710. Depois a 101. O depoimento juramentado da mãe foi emitido de um escritório em North Hollywood. Estou achando que é lá que ela está.

— Como você vai encontrá-la?

— Vou começar pelo estacionamento do escritório do advogado dela. É um lugar de onde não vai se mudar.

— O escritório do advogado dela vai estar sendo vigiado, com certeza. Por elementos da 75ª e do FBI, isso é certo. E os nossos quatro amigos não oficiais estarão lá aproximadamente seis horas depois que se derem conta de que não estamos no hotel.

— Então a gente vai ter que ser muito cuidadoso.

O balcão da U.S. Airways estava abrindo. Uma mulher cordial de aproximadamente cinquenta anos passou um minuto ligando computadores e organizando plaquinhas, papéis e canetas e depois virou-se para eles com um sorriso. Turner pediu passagens para Long Beach no voo da manhã. A mulher usou o teclado, digitando com os dedos esticados por causa das unhas, e disse que não tinha muitas. Mas duas não seriam problema. Então primeiro Turner depois Reacher entregaram suas carteiras de motorista e cartões de crédito, de maneira distraída e casual, como se tivessem acabado de pegá-las na carteira juntos a outros documentos. A mulher alinhou-os em frente de si, em um análogo físico perfeito de dois assentos de avião e digitou os nomes, movimentando a cabeça para trás e para a frente enquanto olhava ora para as carteiras de motorista, ora para a tela, em seguida passou os cartões, navegou pelo sistema, teclou e clicou um pouco mais, até que uma máquina começou a funcionar e imprimiu os cartões de embarque. A mulher os pegou e os confrontou com as carteiras de motorista e os cartões de crédito.

— Sra. Vega, sr. Kehoe, aqui está — disse, entregando-os como uma pequena cerimônia.

Eles agradeceram, saíram andando, e Reacher disse:

— Foi por isso que você me fez comprar a blusa, né?

— Você vai se encontrar com a sua filha — disse Turner. — A primeira impressão é a que fica.

Juliet ligou para Romeo, porque havia uma divisão de trabalho, e algumas das responsabilidades eram dele, e disse, todo entusiasmado:

— Nosso pessoal está no corredor, neste momento, exatamente em frente ao quarto deles.

— Corredor? — perguntou Romeo.

— Corredor do hotel. Quarto do hotel. Eles disseram que o quarto está escuro, quieto, há uma plaquinha de *Não perturbe* na porta e eles ainda não conferiram.

— Mas eles estão no quarto?

— Têm que estar.

— Então por que o nosso pessoal está no corredor?

— Tem um problema.

— Que tipo de problema? — questionou Romeo.

— O FBI está lá.

— Onde?

— Com o nosso pessoal. Literalmente. No corredor. Parado lá. Um sujeito. Ele não pode fazer nada por que acha que tem quatro testemunhas civis. Nós não podemos fazer nada por que sabemos que temos uma testemunha do FBI. Está todo mundo parado lá.

— No corredor?

— Bem em frente ao quarto deles.

— Nós sabemos que eles estão lá dentro? Com certeza?

— Onde mais poderiam estar?

— Estão os dois lá dentro?

— Por que você está perguntando?

— Eu fiz uma investigação.

— De quê?

— Dados. Depois daquela ligação pra nave-mãe. Fiquei um pouco preocupado. Achei que seria apropriado tomar algumas precauções. Entre as coisas que coloquei na lista de alerta está o cofre da 110ª em que ficam armazenados materiais para militares disfarçados. Sem nenhum motivo específico. Só para ter a sensação de que estava fazendo tudo o que podia. Mas acabei de receber uma informação. Uma das identidades acabou de comprar uma passagem na U.S. Airways, de Pittsburgh para Long Beach, na Califórnia.

— Pra quando?

— Primeiro voo de hoje de manhã. Pra mais ou menos daqui a meia hora.

— Só um deles?

— Nenhuma das outras identidades está aparecendo como ativa.

— E qual delas está?

— Michael Dennis Kehoe. O homem, em outras palavras. Eles se separaram. Acho que tiveram que fazer isso. A mulher só tem a identidade da Helen Sullivan, e a esta altura eles devem ter ciência de que nenhuma mulher chamada Helen Sullivan viaja num avião tão cedo. Não sem julgamentos extensivos e tribulações. O que a Turner não tem como bancar. Por isso o Reacher está indo pra Califórnia sozinho. O que faz sentido. Ele precisa estar lá. Ela, não.

— Talvez a Turner esteja sozinha no quarto — sugeriu Juliet.

— Faz sentido. Se o Reacher está indo sozinho pra Califórnia.

— Faz muito sentido. Se ele estiver mesmo indo.

— Mas não, se ele não estiver. Nós precisamos descobrir isso agora. Precisamos armar um acordo com o FBI. Não caguetamos o agente deles se eles não caguetarem a gente. Ou qualquer outra coisa. Mas precisamos fazer o nosso pessoal passar por aquela porta agora, neste exato momento. Mesmo que o FBI também entre.

Turner era a comandante, e ela queria ir para a sala de embarque o mais rápido possível. Achava que a segurança do aeroporto poderia servir de barreira. Contra os quatro caras, pelo menos. Isto é, se eles chegassem ao aeroporto. O que eles provavelmente conseguiriam se conversassem com o motorista do ônibus. Dois passageiros? Sim, senhor, doméstico. Mas a segurança do aeroporto seria inútil contra o FBI ou o exército. Esses caras furariam a fila e entrariam pela porta lateral.

Ou seja, não tanto uma barreira — estava mais para um filtro.

Eles não tinham nada de metal nos bolsos, com exceção de algumas moedas, que colocaram em uma desgastada tigela preta. Passaram pelo arco um atrás do outro, apenas duas figuras sem casaco e sem calçados em meio a uma quantidade de gente que só aumentava. Puseram o casaco de volta, amarraram as botas, dividiram os trocados e saíram para procurar um café.

Juliet ligou para Romeo e disse:

— Nosso pessoal olhou dentro do quarto. Alegaram estar preocupados com o amigo deles, e o cara do FBI caiu nessa na hora. Isso fez parecer com que a abertura da porta fosse um serviço público.

— E? — perguntou Romeo.

— Não havia ninguém no quarto.
— Eles estão no terminal do aeroporto.
— Os dois?
— Um dos passageiros no mesmo voo da U.S. Airways usou um cartão de crédito de um banco no condado de Arlington. Uma mulher chamada Margaret Vega.
— E? — perguntou Juliet.
— Ela é um dos dois únicos passageiros que compraram passagem na hora do voo. O outro foi o Michael Dennis Kehoe. O débito nos cartões deles foi feito no mesmo minuto.
— Onde a Turner conseguiu um cartão de crédito com nome de Margaret Vega?
— Não sei. Ainda.
— Não foi no cofre com material para militares disfarçados?
— Não. Uma pessoa de verdade, possivelmente. Da nave-mãe, talvez. Vou verificar.
— Quando o voo sai?
— Vão começar o embarque em aproximadamente quinze minutos.
— OK, estou mandando o nosso pessoal direto pro terminal. Eles podem conferir em terra, pelo menos.
— Estou à sua frente — disse Romeo. — Eles podem entrar na sala de embarque. Podem entrar até no avião, se precisarem. Comprei duas passagens pra eles e deixei duas na fila de desistência. O que foi difícil, a propósito. Tudo indica que vai ser um voo cheio. Diga a eles que os cartões de embarque estarão no balcão de passagens.

A área para embarque era um saguão amplo e espaçoso, carpetado, pintado em tons pastel, mas longe de ser sossegada, pois havia mais de cem pessoas dentro dela. Claramente, Pittsburgh para Long Beach era uma rota popular. Reacher não tinha certeza do porquê. Embora soubesse que Pittsburgh estava se tornando uma cidade atrativa para a indústria do cinema. Por causa de dinheiro. Estavam sendo oferecidos incentivos financeiros, e as produtoras vinham correspondendo. Todo tipo de filme já tinha sido filmado ali, e outros estavam planejados. Então talvez aquele pessoal fizesse parte da galera do cinema indo para casa. O aeroporto de Long Beach não era um destino menos conveniente para

Hollywood e Beverly Hills do que o LAX. Os dois eram bem afastados. Mas não interessa, o amontoado de gente ali era grande e indisciplinado. E como sempre Reacher tentou ficar bem atrás, na beirada do tumulto, mas Turner era a comandante e queria entrar no avião o mais rápido possível. Como se a estreita fuselagem fosse território soberano, uma embaixada em solo estrangeiro, diferente da cidade que a rodeava. Os assentos deles tinham um número alto, o que significava que seriam no fundo e que, portanto, embarcariam antes do que a maioria, logo depois das pessoas com dificuldades de locomoção, das famílias com crianças pequenas, dos passageiros da primeira classe e dos clientes frequentes. Então Turner era a favor de abrir caminho para ficarem mais perto do balcão de embarque. Ela tinha a destreza de uma pessoa pequena. Deslizava por brechas negadas ao porte mais desajeitado de Reacher. Mas ele a seguiu obstinadamente e chegou ao lugar que ela tinha demarcado aproximadamente um minuto depois dela.

Mais ou menos imediatamente o procedimento de embarque começou. Uma mulher abriu a porta oficial, usou um microfone com cabo encaracolado, a multidão surgiu, cadeiras de roda foram empurradas, pessoas idosas com bengalas mancavam atrás delas, chegou a vez dos casais com crianças e equipamentos para sentar de uma complexidade fantástica, depois homens e mulheres em ternos elegantes entraram apressados, em seguida Reacher foi arrastado pelo fluxo, pela ponte até o avião, atravessou o ar frio e o fedor de querosene, e finalmente entrou na cabine. Encurvou-se, abaixou a cabeça e percorreu o corredor até seu assento, que era um negócio estreito com espaço adequado para as pernas apenas se ele ficasse sentado com o corpo totalmente ereto. Ao lado dele, Turner parecia mais satisfeita. Aquele assento tinha sido projetado para o tipo de corpo dela.

Colocaram os cintos e esperaram.

Romeo ligou para Juliet e informou:

— Estou acompanhando o sistema da U.S. Airways neste exato momento.

— E? — questionou Juliet.

— Má notícia, infelizmente. Kehoe e Vega já embarcaram. E acabamos de perder as nossas duas reservas para o caso de haver desistência.

Dois passageiros frequentes apareceram e ficaram com os bilhetes. Eles têm prioridade.

— Você não pode ligar para a U.S. Airways e falar que eles não têm prioridade porra nenhuma?

— Eu poderia, mas acho que não farei isso. A empresa aérea cobraria uma tarifa. É assim que funciona agora. Ao que tudo indica, a boa-vontade tem valor monetário, pelo menos quando o Tio Sam está pagando a conta. E uma tarifa geraria documentação, o que não podemos deixar acontecer. Então temos que deixar como está. Vamos colocar dois deles a bordo. Pelo menos.

— Quais dois?

— Parece que foi feito em ordem alfabética.

— Não é o ideal — comentou Juliet.

— Olhos e ouvidos são tudo de que precisamos agora. Uma operação de contenção.

— Os outros dois pegaram o voo da American para o condado de Orange. Vão chegar mais ou menos no mesmo horário. Podem se reunir na Califórnia.

Reacher olhava para a frente no comprido tubo de alumínio e observava as pessoas entrarem lentamente, se virarem para a direita, andarem mais um pouco, encontrarem o número de seus assentos e enfiaram malas grandes e casacos volumosos nos compartimentos acima de suas cabeças. Bagagem, malas, carga. Não era a sua onda. Alguns dos rostos que se aproximavam pareciam felizes, mas a maioria estava carrancuda. Lembrou-se dos voos que pegou quando era criança, muito tempo antes, às custas das forças armadas, em aeronaves de empresas havia muito esquecidas, como Baniff, Easter e Pan American, quando viajar de avião era algo raro e exótico, as pessoas se arrumavam para a viagem e ruborizavam com a empolgação da novidade. Ternos e gravatas, vestidos elegantes e às vezes até luvas. Pratos de porcelana, jarros de leite e talheres de prata.

De repente, ele viu o cara em quem tinha dado um murro do lado da cabeça.

44

ÃO TINHA COMO CONFUNDIR O CARA. REACHER lembrava-se bem dele. No motel, na primeira noite, o carro apareceu, sem amassado, o cara desceu pelo lado do passageiro, deu a volta no capô e começou com a conversa fiada.

A gente não está preocupado com você, velho.

Reacher lembrava-se do longo gancho de esquerda, de sentir osso e do estalo quando a cabeça dele sacolejou de lado.

Era o cara, sem dúvida.

E bem atrás dele estava o sujeito que Reacher imaginou ser o terceiro homem. Não o motorista da primeira noite nem o cara grande de orelhas pequenas, mas o sujeito insignificante que se juntou a eles no segundo dia. Os dois caras olhavam para a frente, para direita e para esquerda, para perto e para longe, até encontrarem sua presa, depois desviaram rápido o olhar e se fingiram de bobos. Reacher observou o lugar atrás de si; o passageiro seguinte era uma mulher, bem como o outro depois dela, que ocupava a última cadeira. O comissário de bordo foi até o sistema de som, disse que estava prestes a fechar a porta da cabine e que todos deviam desligar seus aparelhos eletrônicos portáteis. Os dois sujeitos continuaram a caminhar apressadamente pelo corredor até afundarem em assentos separados, um à esquerda outro à direita, três e quatro fileiras à frente, respectivamente.

— Isso é loucura — comentou Turner.

— Com certeza, é loucura pra cacete — concordou Reacher. — Quanto tempo dura este voo?

Pergunta que foi respondida imediatamente não por Turner, mas pelo comissário de bordo, novamente no sistema de som, dando outro de seus recados padrões. Ele disse que o computador estava mostrando um voo com duração de cinco horas e quarenta minutos, devido ao vento contrário.

— Esse negócio de colocar o seu problema em segundo plano não está funcionando — reclamou Reacher. — Não está funcionando mesmo. Porque eles não estão deixando com que funcione. O que isso significa? Agora eles estão em um avião com a gente? Por quê? O que é que eles vão fazer? Em frente a cem outras pessoas neste tubinho de metal?

— Podem simplesmente ter recebido ordem pra vigiar a gente de perto.

— Eles têm olhos atrás da cabeça?

— Vai ver é algum tipo de advertência. Devemos supostamente nos sentir intimidados.

— Ah sim, agora eu estou morrendo de medo. Eles mandaram o Débi e o Loide.

— E cadê os outros dois?

— Voo cheio — disse Reacher. — Talvez eles só tenham conseguido dois lugares.

— Nesse caso, porque não mandaram o cara grande?

— A questão não é por que ou por que não, mas sim como. Como estão fazendo isto? Estavam penando pra conseguir nos encontrar e agora estão cinco minutos atrás da gente. E até onde sabem, a gente não tem identidade. A não ser a da Sullivan e a do Temple, e eles têm consciência de que nós sabemos que ninguém chamado Sullivan ou Temple vai conseguir entrar num avião hoje, não sem uma séria e minuciosa investigação. Então como eles ficaram sabendo que nós estávamos indo para o aeroporto? Por que faríamos isso sem identidade? Era muito mais provável que fôssemos para o estacionamento e voltássemos para a estrada.

— O motorista do ônibus contou para eles.

— Rápido demais. Ele ainda nem voltou pra lá. São eles. Não tem informação que não consigam. Estão no sistema operacional da companhia aérea agora mesmo. Eles nos viram comprar as passagens e nos observaram embarcar. O que significa que tiveram acesso ao cofre da 110ª onde fica o material para militares disfarçados. De que outra maneira o nome Kehoe iria significar alguma coisa pra eles? Estão observando tudo que fazemos. Cada passo que damos. Estamos em um aquário de um peixinho-dourado.

— Nesse caso, eles já devem ter ligado a Vega ao Kehoe. Porque compramos as passagens na mesma hora e estamos sentados juntos. Então sabem que eu sou a Vega. O que significa que a Vega verdadeira está ferrada. Assim como a Leach, por intermediar o empréstimo. E por nos entregar as coisas. A gente tem que avisar as duas.

— Não temos como avisar nenhuma das duas. Não podemos fazer nada. Não durante as próximas cinco horas e quarenta minutos.

O avião taxiou, agarrado ao solo e desajeitado, antes da partida de uma aeronave da American Airlines, que Reacher imaginou ser o voo para o condado de Orange, com horário de partida um minuto depois. O céu ainda estava escuro. Não havia nem sinal do sol da manhã.

O avião chegou à pista de decolagem, virou e parou, como que para se recompor, depois seus motores roncaram e ele acelerou pelo caminho, estrondeando implacavelmente sobre as placas de concreto, Reacher olhou pela janela e viu o chão distanciar-se aos poucos e a grande asa de alumínio inclinava e flexionava ao sustentar todo aquele peso. As luzes de Pittsburgh cintilavam ao longe, entalhadas em curvas e promontórios às margens de extensos rios negros.

Três e quatro fileiras à frente os dois caras olhavam para a frente estudiosamente. Ambos estavam em assentos do meio. Os menos desejados e por isso mesmo os últimos a serem vendidos. No lado esquerdo da cabine, estava o cara da primeira noite. Ele tinha uma mulher jovem ao seu lado à janela e uma mulher mais velha no lado do corredor. No corredor direito da cabine, estava o sujeito insignificante do segundo dia. Ao lado dele havia um idoso de cabelo branco na poltrona à janela, uma das pessoas que embarcaram primeiro, Reacher pensou, com uma bengala. No assento do corredor havia uma mulher de terninho, que dava a impressão de que a primeira classe lhe seria mais adequada. Talvez estivesse fazendo uma viagem de negócios. Talvez a empresa dela tivesse cortado benefícios para diminuir os custos.

— Gostaria de saber quem são eles — comentou Turner.

— Eles estão num avião agora — disse Reacher. — Não num carro. O que indica duas certezas. Desta vez eles estão com identidades e não estão armados.

— Até que altura na cadeia de comando teríamos que subir pra encontrar alguém com acesso 24 horas, sete dias por semana a todo sistema de segurança nacional deste país?

— Creio que tudo mudou depois do onze de setembro. Eu saí quatro anos antes desse dia. Mas eu diria que alguém no nível de um general de brigada na Inteligência pode ter acesso a esse recurso. Embora não irrestrito. É uma agência paranoica. Eles possuem todo tipo de controles e verificações. Dar uma pequena bisbilhotada num passageiro de uma empresa aérea às cinco da manhã seria algo completamente diferente.

— Então quem?

— Pensa nisso ao contrário. Até que altura na cadeia de comando teríamos que descer? O presidente poderia fazer isso. Ou o conselheiro de segurança nacional. Ou qualquer um que entra na Situation Room regularmente. Os chefes do Estado-Maior, em outras palavras. No entanto, essa responsabilidade demanda atenção 24 horas por dia e está em funcionamento por mais de doze anos. Ou seja, deve haver um departamento separado. Um chefe adjunto do Estado-Maior. Tipo um braço direito, indicado para estar no topo de tudo, o tempo todo. Ele poderia entrar e sair de qualquer sistema quando quisesse.

— Então a gente está lidando com um chefe adjunto do Estado-Maior?

— Quanto mais alto, maior o tombo.

— Conspirando com alguém no Afeganistão?

— Esses caras todos se conhecem. São muito sociáveis. Provavelmente colegas de classe.

— Então quem são esses caras no avião? Eles não gostam dos funcionários do Pentágono?

Reacher não respondeu. Apenas observava e aguardava.

Então, dez minutos depois, a paciência dele foi recompensada. A elegante executiva de terninho levantou-se e foi ao banheiro.

45

REACHER AGUARDOU A MULHER DE TERNO PASSAR POR ELE, desprendeu o cinto, levantou e seguiu em frente. Uma fileira, duas, três, quatro. Ele se jogou no assento vago da mulher e o sujeito insignificante do segundo dia recuou na direção do idoso de bengala do cabelo branco, que tinha pegado no sono rápido e estava dormindo com a cabeça encostada na janela.

— Me deixa ver sua identidade — ordenou Reacher.

O cara não obedeceu. Ficou sentado ali, completamente desconcertado, prensado por sua presa, como uma sardinha enlatada. Usava uma calça cargo de nylon e um moletom preto por baixo de um casaco marinheiro também preto. Tinha um relógio Hamilton no pulso esquerdo, o que significava que provavelmente era destro. Quanto tempo as mulheres demoram no banheiro? De acordo com a experiência de Reacher, elas não eram rapidíssimas. Quatro minutos, possivelmente.

Três mais do que precisava.

Reacher inclinou-se como se fosse dar uma cabeçada no assento da frente, moveu-se com muita velocidade para a direita, depois inclinou-se para trás novamente, tudo isso feito com um movimento contínuo e fluido, então, o cara acabou preso atrás do ombro direito e da parte de cima do braço de Reacher, que esticou a mão direita, agarrou o pulso direito do cara e puxou a mão dele, torcendo-lhe o pulso de maneira que os nós dos dedos ficassem na sua direção e a palma virada para o lado contrário; então, com a mão esquerda, ele agarrou o dedo indicador direito do cara e disse:

— Você pode aguentar isso como homem ou pode gritar que nem uma menininha.

E quebrou o dedo do cara, ao forçá-lo violentamente para baixo noventa graus, fazendo com que estalasse, depois arrebentou a segunda articulação com a eminência tenar. O cara estremeceu, se contorceu, prendeu o ar, em choque e com dor, mas não gritou. Não como uma menininha. Não como as cem outras pessoas que estavam ali.

Em seguida Reacher quebrou o dedo do meio, do mesmo jeito, nos mesmos dois lugares, e então o cara começou a tentar desprender o braço esquerdo, o que Reacher deixou, mas somente para que ele pudesse trocar de mãos e pegar os mesmos dois dedos do outro lado.

E pediu:

— Identidade?

O cara não respondeu. Não conseguia. Estava ocupado demais chorando, fazendo careta e olhando para suas mãos arruinadas. Os dedos estavam totalmente desalinhados, tortos, em forma de L e apontavam para os ângulos mais esquisitos. Reacher foi apalpando-o de cima para baixo, bem de perto, empurrando-o e puxando-o para chegar a todos os bolsos. Nada empolgante na maioria deles. Mas sentiu uma protuberância característica no bolso de trás direito. Uma carteira de três dobras, com certeza. Pegou-a e levantou-se. Do outro lado do corredor e uma fileira atrás o outro cara estava quase de pé. A mulher de terno tinha saído do banheiro e caminhava na direção dele. Ela esperou um pouco para deixá-lo sentar e depois seguiu seu caminho.

Reacher jogou a carteira no colo de Turner e prendeu o cinto de segurança.

— O que você fez com ele? — perguntou Turner.

— Ele não vai puxar nenhum gatilho durante uma ou duas semanas. Nem dar soco em alguma coisa. Nem dirigir. Nem abotoar a calça.

Ele está fora da jogada. A prevenção é o melhor remédio. Vingue-se antecipadamente.

Turner não respondeu.

— Eu sei. Feroz. O que você vê é o que você recebe.

— Não, foi um bom trabalho.

— Como é que foi visto daqui?

— Ele ficou estremecendo um pouco. Eu sabia que estava acontecendo alguma coisa.

— O que tem na carteira?

Turner abriu-a. Era velha e grossa, feita com um couro decente que tinha ficado moldada de acordo com o seu conteúdo. Que era numeroso. No compartimento de trás, havia dinheiro em duas partes, um belo maço de pouco menos de um centímetro de notas de vinte, mas nenhuma mais alta, e outro mais fino com notas de um, dez e cinco. A parte da frente tinha três bolsos feitos do tamanho de cartões de crédito. Acima deles no centro havia uma carteira de motorista da Carolina do Norte, com o rosto do cara na foto e o nome Peter Paul Lozano.

Não havia identidade militar.

— Ele é civil? — indagou Turner. — Ou disfarçado?

— Imagino que disfarçado — opinou Reacher. — Mas a capitão Edmonds consegue descobrir pra gente. Vou passar o nome pra ela. A Edmonds está trabalhando no Comando de Recursos Humanos.

— Você vai pegar o nome do outro cara?

— Dois triangulariam melhor do que um.

— Como você vai fazer isso?

— Vou pensar em alguma coisa.

Quatro fileiras à frente, o cara chamado Lozano estava encurvado e balançando para a frente e para trás em seu assento, como se tivesse enfiado as mãos debaixo dos braços para lidar com a dor. Uma aeromoça aproximou-se e ele olhou para ela, como se quisesse falar, mas acabou desviando o olhar. Afinal, o que é que ele ia falar? Um homem mau veio aqui e me machucou? Veja como sou fraco, quase uma menininha? Como um dedo-duro na sala do diretor. Obviamente esse não era o estilo dele. Não na frente de cem outras pessoas.

— Militar — comentou Reacher. — Você não acha? O treinamento de campo militar o ensinou a ficar de boca fechada.

Depois o outro cara passou espremido pela senhora idosa ao seu lado. O cara da primeira noite, que tinha ficado cheio de conversa. Ele deu um passo à frente e se abaixou para falar com o parceiro. O que se transformou em uma pequena reunião. Houve discussão, houve exibição de ferimentos, houve olhares hostis por sobre o ombro. A mulher de terninho desviou o olhar; seu rosto estava branco e paralisado.

— Não vai funcionar duas vezes — comentou Turner. — Um sujeito prevenido vale por dois. O foda é que o cara está acompanhando tudo lance a lance.

— E desejando que o passageiro do lado dele tenha uma bexiga maior.

— Você acha mesmo que a Edmonds vai conseguir o arquivo 3435 pra gente?

—- Ou vai ou não vai. É meio a meio. Como jogar uma moeda.

— E qualquer uma das duas opções está boa pra você, correto?

— Eu preferia conseguir o arquivo.

— Mas você não vai ficar de coração partido se não consegui-lo. Porque pedir o arquivo já era o suficiente. Pedi-lo foi meio como contar pra eles que estamos a um passo de distância. Tipo um aviso de que estamos na cola deles.

— Eu preferia conseguir o arquivo — repetiu ele.

— Como esses caras no avião. Você vai mandá-los de volta machucados. Você está mandando uma mensagem, não está?

Reacher ficou calado.

Reacher manteve um olho no cara da primeira noite, três fileiras à frente do lado esquerdo. A mulher ao lado dele à janela parecia estar dormindo. Por trás ela parecia ser jovem e estava vestida como uma sem-teto. Definitivamente nada de vestido elegante nem de luvas. Mas estava limpa. Alguém da indústria do cinema, provavelmente. Em início de carreira, já que estava na classe econômica. Não era uma estrela. Talvez uma estagiária ou assistente de um assistente. Talvez estivesse explorando locações ou organizando um lugar que serviria de escritório. A mulher mais velha ao corredor parecia ser avó. Talvez estivesse indo visitar os netos. Talvez os ancestrais dela tivessem trabalhado para Carnegie e Frick, nas suas usinas brutais, depois, quando a cidade enfrentou uma época difícil; talvez seus filhos tivessem se juntado à diáspora do cinturão da ferrugem e ido embora para climas mais ensolarados. Talvez estivessem vivendo o sonho no calor do sul da Califórnia.

Reacher aguardou.

E no final, foi o próprio cara que acabou demonstrando ter um problema com a bexiga. Muito café de manhã, provavelmente. Ou suco de laranja. Ou água. O que quer que fosse, o cara se levantou, passou apertado pela vovó, e endireitou o corpo no corredor, cravou os olhos em Reacher e deu passos hesitantes na direção da parte de trás do avião, observando Reacher durante todo o percurso, uma fileira, duas, três, então, quando chegou do lado ele se virou e continuou a andar de costas o resto do caminho, com os olhos ainda em Reacher, exagerados, como se dissessem *não existe a menor possibilidade de você pular em mim*. Ficou tateando atrás de si em busca da porta, e a primeira coisa que entrou no banheiro foi a bunda dele, os olhos cravados em Reacher até o último segundo possível, depois a porta foi fechada e a trava disparou na direção da tranca.

Quanto tempo os homens levam no banheiro?

Não tanto quanto as mulheres, geralmente. Reacher destravou o cinto e se levantou.

46

REACHER AGUARDOU DO LADO DE FORA DO BANHEIRO, pacientemente, como um passageiro comum, como se fosse o próximo da fila. A porta era um dispositivo dobrável padrão, com as dobradiças à direita, de cor creme e um pouco encardida. Nenhuma surpresa. Ele escutou o barulho abafado da sucção da descarga e então houve um silêncio, para lavar a mão, assim esperava, em seguida o vermelho do *Ocupado* transformou-se no verde do *Desocupado*, o centro da porta foi puxado para trás, a beirada da esquerda deslizou pelo seu trilho e assim que ela se distanciou três quartos da tranca, Reacher se virou, meteu a mão esquerda pela lacuna que estava aumentando, pegou o cara pelo peito e o empurrou com muita força para o anteparo atrás da privada.

Reacher pressionou-o e fechou a porta novamente com um empurrão do quadril. O espaço era minúsculo. Mal cabia Reacher sozinho. Ele ficou comprimindo o cara, peito com peito, rosto com rosto. Virou um pouco para a esquerda, para que ficassem quadril com quadril, de modo a não tomar uma joelhada no saco, pressionou o antebraço horizontalmente na garganta do sujeito, para segurá-lo contra a parede, e o cara começou a se contorcer e debater, mas inutilmente, pois não conseguia se movimentar mais do que quatro ou cinco centímetros. Nenhuma oscilação, nenhum impulso. Reacher se inclinou com força, virou a mão esquerda ao contrário, pegou o pulso direito do cara e o girou como se fosse a maçaneta de uma porta — o que significava que, à medida que Reacher torcia o braço, exatamente a mesma torção ia para o braço do cara, sem parar, cada vez mais forte, implacavelmente, até o ponto em que o cara precisaria dar uma pirueta ou uma estrela para aliviar a pressão agonizante. O que ele obviamente não tinha como fazer devido à falta de espaço. Reacher continuou até o ponto em que o cotovelo do cara ficou exatamente na sua frente, então começou a suspender o braço do sujeito, cada vez mais alto, sem parar de torcer, até ele ficar na horizontal, a três centímetros da parede lateral, em seguida tirou o antebraço da garganta do cara e golpeou o cotovelo no cotovelo do sujeito de cima pra baixo, despedaçando-o, o que fez com que o braço do cara ficasse repentinamente pendurado de um jeito que braço nenhum foi feito para ficar.

O cara gritou, o que Reacher esperava que fosse abafado pela porta, ou que ficasse perdido no som da precipitação do ar, desabou e ficou meio sentado na pia. Reacher quebrou o outro braço dele, do mesmo jeito, *torce, torce, despedaça*, e então suspendeu-o pelo colarinho, endireitou-o e conferiu os bolsos a três centímetros de distância, uma proximidade exagerada, o cara ainda pelejando, movimentando as coxas como se estivesse andando numa bicicleta imaginária, porém sem gerar nenhuma força sequer devido à proximidade extrema. Reacher não sentia nada além de uma pequena movimentação.

A carteira do cara estava no bolso direito, o mesmo que a do cara anterior. Reacher pegou-a, virou para a esquerda, deu uma cotovelada com força no meio do peito dele, o que fez com que voltasse a ficar no vaso; então desembaraçou-se daquele emaranhado de membros dependurados e saiu abrindo a porta empurrando-a com o ombro. Fechou-a o máximo que pôde depois de sair e caminhou pelo curto percurso até seu assento.

A segunda carteira tinha um conteúdo mais ou menos parecido com o da primeira. Um belo maço de notas de vinte, algumas notas pequenas que o cara tinha recebido de troco, espaços para cartões de crédito, e uma carteira de motorista da Carolina do Norte com a foto do cara e o nome Ronald David Baldacci.

Não havia identidade militar.

— Se um é disfarçado, todos são — afirmou Reacher.

— Ou são todos civis.

— Suponha que não sejam.

— Então são militares de carreira em Fort Bragg. Já que têm carteira de motorista da Carolina do Norte.

— Quem está em Fort Bragg hoje em dia?

— Quase quarenta mil pessoas. Mais de quatrocentos quilômetros quadrados. Foi considerada uma cidade no último censo. Há muitas bases aéreas, inclusive a 82ª Forças Especiais, departamento de operações psicológicas, a escola militar Kennedy Special Warfare Centre, a 16ª Polícia do Exército e um monte de departamentos de apoio e de logística.

— Um monte de gente entrando e saindo do Afeganistão, em outras palavras.

— Inclusive o pessoal da logística. Eles levaram coisas pra lá e agora estão retirando. Ou não.

— Você ainda acha que isto é uma repetição do esquema do Big Dog?

— Só que maior e melhor. E não acho que eles estejam vendendo aqui nos EUA. Acho que estão vendendo para a população nativa.

— A gente vai descobrir — disse Reacher. — A gente está a um passo de distância, afinal de contas.

— Vamos colocar esse problema de novo em segundo plano — disse Turner. — Você vai cuidar daquilo que precisa. Agora você vai se encontrar com a sua filha.

Aproximadamente cinco minutos depois disso, o cara saiu do banheiro, pálido, suando, parecendo menor, muito diminuído, movimentando apenas a parte inferior do corpo. A de cima permanecia rígida, como um robô que só está funcionando pela metade. Ele cambaleou pelo corredor, passou apertado pela vovó e se jogou de volta no assento.

— Ele devia pedir uma aspirina pra aeromoça — comentou Reacher.

Em seguida o voo voltou ao normal e ficou igual a todos os voos que Reacher já tinha pegado. Não serviram comida. Não na classe econômica. Havia coisas para se comprar, a maioria pequenas bolinhas químicas engenhosamente disfarçadas de vários produtos naturais, mas nem Reacher nem Turner compraram coisa alguma. Decidiram comer na Califórnia. O que os deixaria com fome, mas Reacher não se importava de ficar com fome. Acreditava que a fome o mantinha alerta. Acreditava que ela estimulava a criatividade do cérebro. Outra antiga herança evolutiva. Se você está com fome, dá um jeito de pensar em algo mais inteligente para conseguir o próximo mamute-lanoso hoje, não amanhã.

Ele se lembrou que tinha conseguido dormir aproximadamente três horas antes de ser acordado pela Leach às quatro da manhã, então fechou os olhos. Não estava preocupado com os dois caras. O que iriam fazer? Podiam cuspir amendoins neles, pensou, mas nada além disso. Ao lado dele, parecia que Turner tinha chegado à mesma conclusão. Ela deitou a cabeça no ombro de Reacher. Ele dormiu com o corpo completamente ereto, despertando toda vez que a cabeça caía para a frente.

Romeo ligou para Juliet e disse:
— Estamos com um problema sério.
— Como assim?
— A Turner deve ter lembrando o número. A advogada do Reacher acabou de entrar com um requerimento para ver a biografia inteira do A.M. 3435.
— Por que a advogada do Reacher?
— Estão tentando despistar. Acham que nós estamos vigiando a advogada dela. Mas talvez não a dele. Sequer é a advogada principal dele. É a novata que está cuidando do caso de paternidade.
— Então com certeza dá para rejeitarmos. Não tem nada a ver com o caso de paternidade.
— É um requerimento como outro qualquer. O processo é esse mesmo. Temos que dar uma boa razão para rejeitar. E não temos como fazer isso, porque não temos nada comprovadamente especial em relação ao sujeito. Exceto pra nós. Não podemos chamar atenção assim. Todo mundo vai pensar que ficamos doidos. Vão questionar, quem diabos está censurando esse cara? Ele é só a porra de um camponês.
— Então quanto tempo nós temos?
— Um dia, talvez.
— Você cancelou os cartões de crédito deles?

— Cancelei o dele. Foi muito fácil, porque, pra começar, era do Exército. Mas não posso encostar no dela sem deixar um rastro de documentação. Margaret Vega é uma pessoa real.

— O que é que vamos fazer?

— Vamos acabar com isso na Califórnia. Eles vão pousar em breve. Quatro contra dois.

Reacher e Turner dormiram a maior parte das três horas, acordaram com o avião aproximando-se de Long Beach e com o comissário de bordo novamente no sistema de som, falando sobre recolocar o assento na posição vertical e sobre desligar os aparelhos eletrônicos portáteis. Nada daquilo interessava a Reacher, porque ele não descera o encosto de seu assento e não tinha nenhum aparelho eletrônico portátil ou coisa do tipo. Pela janela dava para ver as colinas marrons do deserto. Reacher gostava da Califórnia. Achava que podia morar ali, se morasse em algum lugar. Era quente, e ninguém o conhecia. Poderia ter um cachorro. *Eles* poderiam ter um cachorro. Visualizou Turner, talvez em um quintal de algum lugar, podando uma roseira ou plantando uma árvore.

— Não devemos usar a Hertz nem a Avis — sugeriu Turner. — Para alugar um carro. Nenhuma das empresas grandes. Pra evitar a possibilidade dos computadores delas estarem conectados ao governo.

— A velhice está te deixando paranoica — zombou Reacher.

— O que não quer dizer que eles não estejam querendo me pegar.

Ele sorriu. Ela perguntou:

— O que sobra pra gente, então?

— As locadoras aqui da cidade. Um carro da Rent-a-Wreck ou um Lamborghini com quatro anos de uso.

— Eles vão aceitar dinheiro?

— A gente tem cartão de crédito.

— Eles podem ter cancelado. Parece que conseguem fazer esse tipo de coisa.

— Não. Ainda, não. Não sabem que estamos com eles.

— Viram a gente comprar as passagens de avião.

— Viram a Vega e o Kehoe comprarem as passagens. Mas nós não somos Vega e Kehoe mais. De agora em diante, somos Lozano e Baldacci pelo menos quando o assunto for cartão de crédito. Vamos usar os deles. Que tal isso como mensagem?

— Eles conseguem rastrear cartões de crédito.

— Eu sei.

— Você quer que eles encontrem a gente, não quer?

— Mais fácil do que a gente os encontrar. Mas concordo com você sobre a Hertz e a Avis. Não vamos deixar as coisas tão fáceis. Precisamos dar a eles um sentimento de progresso.

— Primeiro a gente tem que conseguir sair do aeroporto, que pode estar cheio de policiais metropolitanos. Porque o subtenente Espin não é um sujeitinho dos mais idiotas que já nasceram. Ele deve saber onde você está indo. E ele tem pessoal. Pode colocar um cara em qualquer aeroporto a cento e cinquenta quilômetros de Los Angeles. O dia e a noite inteiros. E o FBI pode estar lá também. Os agentes lá de Pittsburgh não precisam ser gênios para descobrirem onde estávamos indo.

— Vamos ficar de olhos abertos.

A descida foi longa e tranquila, o pouso, suave, e o taxiar, rápido e ágil. Quando ressoou uma campainha baixinha, uma luz se apagou e aproximadamente 97 pessoas se levantaram, Reacher permaneceu sentado, porque não era menos confortável do que ficar de pé debaixo de um teto de um metro e oitenta. E os caras três e quatro fileiras à frente também permaneceram sentados, porque não havia nenhuma maneira conhecida pela ciência de um ser humano do sexo masculino sair de um assento na classe econômica de uma aeronave sem usar o apoio das mãos e dos braços.

O avião começou a ser esvaziado pela frente, as pessoas desciam aos poucos, como areia em uma ampulheta. Pegavam suas malas e casacos nos compartimentos onde os tinham guardado, afunilavam-se para sair, e a fileira seguinte saía para o corredor, para substituí-los, e assim por diante. O idoso de cabelo branco e bengala e a jovem estagiária de cinema tiveram que se esforçar para passar por seus vizinhos imóveis do assento do meio. Em seguida, as duas outras fileiras esvaziaram e os dois caras ficaram sentados completamente sozinhos em um mar de espaço vazio. Chegou a vez de Reacher percorrer o corredor; encurvado e com a cabeça abaixada, ele parou três fileiras adiante e suspendeu o cara à esquerda pela parte da frente da camisa, colocando-o de pé. Parecia-lhe o mínimo que podia fazer. Ele parou novamente uma fileira à frente e fez o mesmo com o cara à direita. Depois, seguiu caminhando pelo corredor, atravessou o ar quente fedendo a querosene e entrou no aeroporto de Long Beach.

47

AEROPORTOS SÃO CHEIOS DE PESSOAS ESPERANDO, O QUE torna a vigilância instantânea quase impossível. Porque todo mundo é suspeito. Um cara sentado à toa sem fazer nada atrás de um jornal amarrotado? Raro na rua, mas praticamente obrigatório em um aeroporto. Poderia haver cinquenta policiais metropolitanos e cinquenta agentes do FBI, todos disfarçados, só nos primeiros dez metros.

Mas ninguém demonstrou interesse neles. Ninguém olhou para eles, ninguém se aproximou e ninguém os seguiu. Então eles apertaram o passo, saíram andando rápido na direção da fila de táxis, entraram pela porta de trás em um sedan malconservado e pediram ao motorista para levá-los a uma locadora de carro que não fosse Hertz, Avis, Enterprise ou qualquer outra que tivesse placa luminosa. O motorista não fez perguntas suplementares. Não buscou especificações detalhadas. Simplesmente arrancou, como se soubesse onde estava indo. Ao negócio de seu cunhado, provavelmente, ou ao cara que lhe desse a melhor gorjeta por lhe arranjar clientes.

Nesse caso, o cunhado ou o pilantra que dava a melhor gorjeta devia se chamar Al e ser uma cara legal, porque o táxi estacionou em frente a um lote vago com aproximadamente vinte carros, onde no fundo havia uma cabana de madeira com *Al Legal Locadora de Veículos* pintado no telhado, de maneira amadora, à mão, com tinta rala e pincel largo.

— Perfeito — disse Reacher.

Peter Paul Lozano foi quem pagou a corrida, com uma nota tirada de seu maço de notas de vinte de pouco menos de um centímetro, e depois Reacher e Turner perambularam pelo lote. Era óbvio que o negócio do Al era algo entre uma locadora da Rent-a-Wreck e o aluguel de uma Lamborghini. O lote estava cheio de veículos que tiveram prestígio quando lançados e que provavelmente continuaram tendo prestígio durante um bom tempo, mas que estavam agora num longo e triste declínio. Havia Mercedes-Benz, Range Rovers, BMWs e Jaguars, todos já tinham sido substituídos por três gerações de modelos mais recentes, todos estavam arranhados, amassados e com as pinturas um pouco foscas.

— Eles vão funcionar? — perguntou Turner.

— Sei não — respondeu Reacher. — Sou a última pessoa a quem se deve perguntar alguma coisa sobre carros. Vamos ver o que o Al tem pra falar sobre o assunto.

O que foi, traduzido e parafraseado:

— Eles duraram esse tempo todo, por que parariam agora?

O que Reacher achou lógico e otimista. Al era um cara de uns sessenta, sessenta e cinco anos, tinha a cabeça toda branca, era barrigudo e estava de camisa amarela. Ocupava uma mesa que preenchia metade da cabana quente e fedida a madeira empoeirada e creosoto.

— Vão lá, escolham um carro, qualquer carro — encorajou ele.

— Uma Range Rover — preferiu Turner. — Nunca andei numa.

— Você vai adorar.

— Espero que sim.

Reacher fechou o negócio, à mesa gigante, com as carteiras de Vega e Baldacci, um número de telefone celular inventado, um dos cartões de crédito de Baldacci e uma assinatura rabiscada que poderia significar qualquer coisa. Em troca, Al lhe entregou uma chave, fez um comprido movimento com o braço na direção do lado direto do lote e disse:

— O preto.

O preto mostrou-se na verdade um roxo-escuro por estar queimado de sol. A película fumê das janelas estava descolando e dando bolhas, e os bancos, rachados e flácidos. Era dos anos 1990, Turner pensou. Não era mais um veículo premium, mas funcionou; ela virou para a direita e seguiu pela rua.

— Durou esse tempo todo. Por que pararia agora?

Ele parou pouco menos de dois quilômetros depois, mas porque o motorista quis, para tomarem café na primeira lanchonete que viram, um estabelecimento familiar na Long Beach Boulevard. Tinha tudo de bom, inclusive uma omelete para Turner, que demorou muito para sair. Ela ligou para a sargento Leach do telefone público e disse a ela para tomar cuidado. Reacher ficou tomando conta do estacionamento e não viu ninguém. Nenhuma perseguição, nenhuma vigilância, nenhum interesse sequer. Voltaram para a rua e seguiram na direção noroeste, à procura do viaduto que levava à 710, com Reacher dirigindo pela primeira vez. O pomposo banheirão lhe servia bem. A película nas janelas proporcionava segurança. Estava quase opaca. E as partes mecânicas pareciam em condições de cumprir sua tarefa. O carro flutuava, como se a superfície da estrada fosse só um vago rumor em algum lugar muito, muito distante.

— O que você vai fazer se vir o pessoal? — perguntou Turner.

— Quem?

— Sua filha e a mãe dela.

— Você está querendo saber o que é que eu vou falar?

— Não, estou falando de longe, na primeira vez que colocar os olhos nelas.

— Não vejo como eu poderia reconhecê-las.

— Suponha que reconheça.

— Aí vou procurar uma armadilha.

— Correto — disse Turner. — Elas são a isca até que se prove o contrário. A polícia metropolitana e o FBI vão estar lá com certeza. É um destino conhecido. Qualquer pessoa que você vir pode estar disfarçada. Então proceda de maneira apropriada.

— Sim, senhora.

— Entre este lugar aqui e North Hollywood o perigo dobra a cada quilômetro. Estamos indo direto pro centro do inferno.

— Você está dando instruções pré-ação?

— Sou sua comandante. Tenho a obrigação de fazer isso.

— Você está ensinando o pai-nosso ao vigário.
— É provável que você reconheça, sabe disso.
— As filhas não necessariamente se parecem com os pais.
— Estou falando que você pode reconhecer a mãe.

Juliet ligou para Romeo, porque algumas responsabilidades eram dele, e disse:
— Tenho notícias muito ruins.
— Tem alguma relação com o Baldacci ter usado o cartão de crédito dele em uma locadora de carro chamada Al?
— O que tem esse Al?
— É um negócio lá da Costa Oeste. O que aconteceu?
— Reacher pegou o pessoal no avião. Ele deixou os dois fora de combate e roubou a carteira deles.
— No avião?
— Ele quebrou os dedos do Lozano e os braços do Baldacci e ninguém percebeu.
— Isso não é possível.
— Aparentemente, é sim. Um contra dois, em um avião, com cem testemunhas. É uma humilhação escandalosa. E agora ele está alugando carros por nossa conta? Quem esse sujeito está pensando que é?

Reacher se achava um mau motorista. A princípio ele dizia isso como subterfúgio para priorizar a segurança, presumindo que assim poderia se concentrar mais, no entanto depois se deu conta de que era verdade. Sua percepção espacial e seus tempos de reação eram todos baseados na escala humana, não na escala de uma rodovia. Necessitava de muita proximidade. Animal, não máquina. Talvez Turner tivesse razão. Talvez aparecesse mesmo uma fera. Não que fosse um motorista terrível. Só pior do que a média. Mas não pior do que a média dos motoristas na I-710, naquela manhã em particular, na parte dela conhecida como Long Beach Freeway. As pessoas estavam comendo, bebendo, fazendo a barba, penteando o cabelo, se maquiando, lixando as unhas, mexendo em papéis, mandando mensagens, navegando na internet, conversando demoradamente no telefone celular, algumas dessas conversas terminando em berros e outras acabando em lágrimas. No meio disso tudo, Reacher tentava manter a velocidade e a direção, enquanto observava o movimento e a agitação à frente e calculava para que lado deveria desviar caso precisasse.

— A gente deveria parar pra ligar pra capitão Edmonds — sugeriu Reacher. — Quero saber se ela consegue o que a gente precisa.

— Deixa o meu problema em segundo plano — disse Turner.

— Eu deixaria se pudesse. Mas eles não deixam. Os outros dois caras deviam estar naquele voo pro condado de Orange. Ou então no próximo voo pra Long Beach. De um jeito ou de outro, eles só estão uma ou duas horas atrás da gente.

— Saber o que a Edmonds consegue ou não consegue fazer pra nós não vai nos ajudar com eles.

— Do ponto de vista tático é crucial — discordou Reacher. — Como preconiza o manual de campo. Temos que avaliar se eles precisam manter intactas suas funções cognitivas para interrogatório futuro.

— Isso não está no manual de campo.

— Talvez tenham dado uma enxugada nele.

— Você quer dizer que, se a Edmonds tiver fracassado, você vai deixar os dois caras vivos pra que possa arrancar a informação deles na porrada?

— Eu não iria arrancar na porrada. Iria perguntar delicadamente, como fiz com o Big Dog. Mas se eu entender que não preciso perguntar nada a eles, posso deixar a natureza seguir seu caminho antecipadamente.

— Que caminho seria esse?

— A visualização do futuro não pertence a nós. Mas alguma coisa descomplicada, provavelmente.

— Reacher, você está indo ver a sua filha.

— E quero viver o suficiente pra isso. Não dá pra fazer esse esquema de deixar um problema no primeiro plano e outro no segundo. Não nesta situação. A gente tem que agir nos dois planos. Senhora. Com respeito e subordinação.

— Tá. Mas a gente vai comprar um telefone, pra não precisar ficar parando toda hora. Na verdade, vamos comprar dois telefones. Um pra cada. Pré-pagos, com dinheiro. E um mapa daqui.

O que fizeram pouco mais de um quilômetro depois, ao saírem da autoestrada e pararem em um centro comercial ancorado por uma farmácia de uma rede famosa, que vendia celulares pré-pagos, mapas e cujos caixas aceitavam dinheiro além de todas as outras formas de pagamento conhecidas pelo homem. Colocaram o mapa no carro e adicionaram os números um do outro em seus telefones; em seguida, Reacher se debruçou sobre a lateral quente da Range Rover e ligou para o celular de Edmonds.

— Eu fiz a requisição no início do expediente hoje — informou ela.
— E?
— Até agora não houve sinal de que podem negar.
— Quando você espera recebê-los?
— Imediatamente ou muito em breve.
— Então isso é bom.
— É, sim.
— Então quando?
— Hoje mais tarde ou amanhã de manhã.
— Tem uma caneta?
— E papel.
— Quero que você dê uma checada nos nomes Peter Paul Lozano e Ronald Baldacci no Comando de Recursos Humanos.
— Quem são eles?
— Não sei. Por isso quero que você verifique.
— Relevante em relação a alguma coisa específica?
— Em relação a estar do lado certo da história.
— Fiquei sabendo de uma coisa que você também tem que saber.
— O quê?
— O detetive Podolski achou as suas roupas no aterro sanitário. Elas foram analisadas.
— E?
— O sangue não bate.
— Vai demorar muito pra eu receber um pedido de desculpa da Sullivan?
— Ela está mudando de opinião. Ficou muito comovida por você ter deixado o bilhete na carteira dela avisando que devolveria o dinheiro.
— A polícia metropolitana está saindo fora, então?
— Não. Você fugiu após uma acusação policial legítima.
— Isso não é mais permitido?
— Vou fazer o melhor que posso em relação ao Lozano e o Baldacci.
— Obrigado — agradeceu Reacher.

Eles retornaram para a autoestrada e seguiram para o norte, apenas um entre os mil veículos que cintilavam movendo-se ao sol.

Romeo ligou para Juliet e disse:

— Conversei com o cavalheiro chamado Al diretamente, usando um pretexto, e ele me contou que os dois estão em uma Range Rover preta de vinte anos de uso.

— Bom saber — comentou Juliet.

— Não é o carro mais veloz do planeta. Não que houvesse algum suficientemente veloz. Coloquei o nosso pessoal num helicóptero. Do condado de Orange para Burbank. Eles estarão em posição com pelo menos uma hora de antecedência.

— Quem pagou por ele?

— Não foi o Exército — informou Romeo. — Não se preocupa.

— Você cancelou o cartão de crédito do Baldacci? E o do Lozano também, suponho eu.

— Não posso. São cartões pessoais. Eles mesmo têm que fazer isso, assim que saírem do hospital. Até então, vamos ter que reembolsá-los, como sempre.

— Esse negócio está nos custando uma fortuna.

— Um pequeno investimento, meu amigo.

— Não tão pequeno.

— Está quase acabado. Depois é só voltarmos pros negócios, como sempre.

Reacher continuava a desviar-se dos comedores, dos bebedores, dos barbeiros e cabelereiros, dos maquiadores, dos que lixavam unha, dos que arquivavam papel, dos leitores, dos que enviavam mensagens, dos que navegavam na internet, dos que gritavam, dos que choravam e chegou a East Los Angeles, onde pegou a East Santa Ana Freeway, até a 101, em Echo Park. A partir daí começaram a percorrer um caminho longo e lento, na direção noroeste, pelas colinas, passando por nomes que eles ainda achavam glamourosos, como Santa Monica Boulevard, Sunset Boulevard e Hollywood Bowl. E então o telefone dele tocou. Reacher atendeu e disse:

— Estou dirigindo com uma mão na 101 com a placa de Hollywood à minha direita e falando no telefone. Finalmente estou me sentindo em casa.

— Tem caneta e papel? — perguntou Edmonds.

— Não.

— Então escuta com atenção. Peter Paul Lozano e Ronald David Baldacci são soldados da ativa que já estão há muito tempo servindo em um batalhão de logística no Fort Bragg, na Carolina do Norte. Estão lotados em uma companhia treinada para a infiltração e exfiltração de itens sensíveis no Afeganistão e que, no momento, é claro, só faz exfiltração, por causa da retirada, o que também os está deixando muito ocupados. Os testes físicos deles estão sempre acima da média. É tudo o que sei.

Reacher compartilhou a informação com Turner, depois de desligar, que comentou:

— É isso aí. Coisas que deveriam estar chegando aqui no nosso país e não estão.

Reacher ficou calado.

— Você não concorda?

— Só estou tentando visualizar — disse ele. — Todos esses itens sensíveis saindo de cavernas ou de qualquer outro lugar, a maioria deles levados para Fayetteville, mas alguns sendo jogados na carroceria de caminhonetes caindo aos pedaços com placas esquisitas que imediatamente arrancam montanha acima. Talvez as caminhonetes tenham chegado cheias de grana. Talvez seja um negócio feito mediante a entrega do dinheiro. É isso que você está pensando?

— Mais ou menos.

— Eu também. Um aquário. Muito estresse e incerteza. E visibilidade. E risco de traição. É lá que eles descobrem em quem podem confiar. Por que tudo está contra eles, até mesmo as estradas. O quanto essas coisas são sensíveis? Elas ficam bem na carroceria de uma caminhonete caindo aos pedaços com uma placa esquisita?

— O que você está querendo dizer?

— Toda a ação está no Afeganistão. Mas esses caras estão no Fort Bragg.

— Talvez tenham acabado de chegar do Afeganistão.

— Acho que não — contestou Reacher. — Percebi isso na primeira vez em que vi os dois primeiros. Saquei que nenhum dos dois tinha estado no Oriente Médio. Não estavam queimados de sol, nenhum estresse nem tensão nos olhos. Eles prestam serviço aqui. Mas são da equipe A. Por que manter a sua equipe A na Carolina do Norte quando todas as suas ações estão no Afeganistão?

— Tipicamente, esse pessoal tem uma equipe A em cada ponta.

— Mas só existe uma ponta. As coisas saem das cavernas e vão direto pras caminhonetes caindo aos pedaços com placas esquisitas. Não chegam perto nem do Fort Bragg nem da Carolina do Norte.

— Então talvez eu esteja errada. Talvez estejam vendendo nos Estados Unidos, não no Afeganistão. Para isso haveria a necessidade de uma equipe A em Bragg para fazer o desvio aqui.

— Mas eu também não acho que isso esteja acontecendo — disse Reacher. — Porque armas pequenas são a única coisa que eles conseguem vender, pra ser realista. Notaríamos qualquer coisa mais pesada. E vender uma quantidade de armas suficiente pra fazer o dinheiro que eles parecem estar fazendo iria inundar o mercado. E o mercado não está inundado. Senão você teria ouvido falar disso. Alguém teria dado o grito se houvesse uma torrente de armas militares à venda. Os fabricantes nacionais provavelmente fariam pressão. A mensagem iria acabar chegando à sua mesa. É pra isso que a 110ª serve.

— Então o que é que eles estão fazendo?

— Não tenho ideia.

Reacher relembrou todos os dados pertinentes do depoimento juramentado de Candice Dayton, inclusive do nome do advogado dela e do endereço do escritório. Turner tinha encontrado a quadra no mapa, e a unha de seu polegar esquerdo estava sobre ele. O indicador direito traçava o progresso deles e as duas mãos estavam ficando bem próximas. Atravessaram a Ventura Freeway, e ela disse:

— Continua até a Victory Boulevard. Deve ter uma placa pro aeroporto Burbank. Aí a gente vai chegar pelo norte. Imagino que eles estão focando o lado sul. Vamos estar no ponto cego deles.

A Victory Boulevard era a próxima saída. Depois eles viram à direita na Lankershim e voltaram para o sudeste, paralelamente à autoestrada de que tinham saído minutos antes.

— Agora encosta — disse Turner. — Daqui em diante a gente vai ser supercuidadoso.

48

REACHER ESTACIONOU NA ENTRADA DE UMA RUA TRANS-versal e eles olharam para o sul juntos, para as quadras ao norte da Ventura Freeway, que eram um frenético catálogo de A a Z de atividade comercial nos Estados Unidos — iam de empreendimentos de porte médio, passando pelo pequenos até chegar aos superminúsculos. Eram empresas de varejo, outras de atacado, as que ofereciam serviços, algumas delas sólidas no mercado, outras extremamente otimistas, algumas promissoras, outras definhando rápido, algumas familiares e onipresentes. Um visitante do espaço chegaria à conclusão de que unhas de acrílico eram tão importantes quanto tábuas.

Turner continuava com o mapa aberto e disse:

— Ele fica na Vineland Avenue, duas quadras ao norte da autoestrada. Então entra à esquerda na Burbank Boulevard, à direita na Vineland e depois segue direto. Ninguém conhece este carro, mas não podemos arriscar passar por lá mais do que duas vezes.

Então Reacher arrancou de novo, fez as curvas, seguiu pela Vineland como qualquer pessoa, não devagar e observador nem rápido e agressivo, simplesmente outro veículo anônimo rodando pela manhã ensolarada.

— Ele está se aproximando, do lado direito, na próxima quadra. Estou vendo um estacionamento em frente.

Reacher o viu também. Porém era um estacionamento compartilhado, que não pertencia apenas ao advogado. Porque no lado direito dele havia uma construção baixa comprida, com telhado de madeira e uma passarela coberta em frente, e cujas paredes exteriores eram pintadas com uma cor que Reacher considerou um tom singular de bege, parecido com o tom de pele maquiada dos filmes. O prédio era dividido horizontalmente em seis empreendimentos separados: uma loja de perucas, uma loja de cristais, um fornecedor de produtos geriátricos, uma cafeteria, um contador especializado em imposto de renda com uma placa anunciando que ali "Se Habla Español" e o advogado de Candice Dayton, que ficava mais ou menos no centro da fileira, entre os cristais mágicos e as cadeiras de rodas elétricas. O estacionamento tinha aproximadamente oito fileiras de vagas, estendendo-se por toda a fachada do prédio e atendendo a todas as lojas. Reacher supôs que os clientes de quaisquer lojas podiam estacionar na vaga que quisessem.

O estacionamento estava meio cheio, com todos os carros à primeira vista inteiramente válidos, a maioria deles limpos e brilhantes sob o sol implacável, alguns deles tortos nas vagas, como se os motoristas tivessem estacionado ali para resolver algum assunto rapidamente. Reacher tinha pensado em que tipo de carro duas pessoas poderiam viver e chegou à conclusão de que uma perua antiga ou uma SUV moderna seriam o requisito mínimo, com um banco de trás dobrável e um espaço livre suficiente entre os assentos e a ponta traseira para caber um colchão. Vidro escuro na lateral e atrás seriam uma vantagem. Um Buick Roadmaster antigo ou uma Chevy Suburban nova seriam adequados, com exceção de que qualquer pessoa que estivesse planejando morar em uma Chevy Suburban nova com certeza acharia vantajoso vendê-la, comprar um Buick Roadmaster e ficar com o troco. Portanto, ele procurou mais por peruas antigas, talvez empoeiradas, talvez com pneus vazios, de certa maneira arriadas, como se estacionadas por muito tempo.

No entanto, não viu nenhum veículo assim. A maioria era inteiramente normal, e três ou quatro deles tão novos e insípidos que poderiam ser carros alugados em aeroportos, veículos que Espin e a 75ª PE estariam usando, dois ou três deles esquisitos o bastante para serem apreensões do FBI adaptadas para uso em missões de vigilância. Sombras, a claridade do sol e janelas escuras tornava difícil saber se alguns deles estavam ou não ocupados.

Eles seguiram em frente, na mesma velocidade, mesma trajetória e chegaram à autoestrada novamente, porque Reacher teve a repentina sensação de que fazer a meia volta ali mesmo no estacionamento ou qualquer outra opção atípica de manobra chamaria a atenção, por isso voltaram a percorrer o mesmo comprido e lento retângulo, chegaram à Lankershim pela segunda vez e pararam na entrada da mesma rua transversal de novo, sentindo-se confortavelmente afastados e invisíveis em relação ao sul.

— Quer dar mais uma olhada? — perguntou Turner.

— Não precisa — respondeu Reacher.

— Então qual é o próximo passo?

— Podem estar em qualquer lugar. Não sabemos como são nem que carro têm. Então não tem por que ficar rodando de carro. Precisamos pegar a localização exata com o advogado. Se é que ele sabe, dia a dia.

— Com certeza, mas como?

— Posso ligar ou posso pedir à Edmonds pra ligar pra mim, mas o advogado vai falar que toda correspondência tem que ir pro escritório e que todas as reuniões devem ser feitas no escritório. Ele não pode dar a localização a uma parte tão envolvida quanto eu. Tem que presumir que qualquer contato que eu fizer terminaria em algo ou terrível ou violento. Reponsabilidade profissional básica. Ele pode ser processado em milhões de dólares.

— Então o que é que você vai fazer?

— Vou fazer o que os caras fazem quando não têm mais nada rolando.

— Que é...

— Vou ligar pra uma prostituta.

Deram ré, seguiram para o norte de novo e encontraram uma lanchonete, onde tomaram café e Reacher analisou alguns anúncios no catálogo telefônico que pegou emprestado com o dono, depois voltaram para a estrada e foram até um motel que viram ao lado do estacionamento do aeroporto de Burbank. Não fizeram check-in. Ficaram no carro, e Reacher ligou para um número que tinha memorizado. A ligação foi atendida por uma mulher com um sotaque estrangeiro. Dava a impressão de ser de meia-idade e de estar com sono.

— Quem é a sua americana mais bem avaliada? — perguntou Reacher.

— Emily — respondeu a estrangeira.

— Quanto?

— Mil a hora.

— Ela está disponível agora?

— É claro.

— Ela aceita cartão de crédito?

— Aceita, mas aí são mil e duzentos.

Reacher ficou calado.

— Ela pode encontrar com você em menos de trinta minutos, e ela vale cada centavo. Como você quer que ela se vista?

— De professora de maternal — respondeu Reacher. — Que saiu da faculdade há um ano.

— Uma garota comum? Esse visual faz muito sucesso.

Reacher informou que seu nome era Pete Lozano e deu o nome e o endereço do motel atrás de si.

— É do lado do estacionamento do aeroporto? — perguntou a estrangeira.

— É — respondeu Reacher.

— Nós usamos muito esse lugar. Emily não vai ter problema pra achar.

Reacher desligou, e eles se aconchegaram, esperaram, sem conversar, sem fazer nada a não ser olhar para a frente pelo para-brisa.

Depois de dez minutos, Turner disse:

— Você está bem?

— Na verdade, não — respondeu Reacher.

— Por que, não?

— Estou sentado aqui olhando fixamente para meninas de quatorze anos. Me sinto um pervertido.

— Reconhece alguma?

— Ainda não.

No total, eles esperaram mais de 35 minutos antes de o telefone de Reacher tocar. Não era a estrangeira ligando para dar uma desculpa pelo atraso de Emily, mas a capitão Edmonds ligando para informar algo que ela anunciou como notícia de primeira página. Reacher inclinou o telefone e Turner aproximou a cabeça pra escutar. Edmonds falou:

— Estou com o arquivo completo sobre o A.M. 3435. Chegou cinco minutos atrás. E sem que eu precisasse dar nem uma insistida.

— E? — perguntou Reacher.

— Não, major, não precisa se preocupar em agradecer. O prazer foi todo meu. Eu não me importo de arriscar minha carreira me enveredando por caminhos que os chefões do Departamento Jurídico teriam medo de se meter.

— OK, obrigado. Eu devia ter agradecido primeiro. Desculpa.

— Algumas coisas você precisa entender. Já faz mais de dez anos que estamos no Afeganistão, e nesse contexto 3435 é um número relativamente baixo. Atualmente estamos muito além de cem mil. O que significa que os dados deste homem foram criados há algum tempo. Aproximadamente sete anos atrás, eu acho, pelo que sei. E não houve atualizações significativas. Nada além do mínimo exigido pela rotina. Porque esse cara é completamente comum. Chato até. À primeira vista, um camponês insignificante.

— Qual é o nome dele?

— Emal Gholam Zadran. Hoje ele tem 42 anos e é o mais novo dos cinco irmãos Zadran, todos ainda vivos. Ele parece ser a ovelha negra da família. Considerado por muitos um sujeito infame. Os irmãos mais velhos são todos honrados cultivadores de papoula que trabalham na fazenda da família, assim como os ancestrais há cem anos, de maneira muito tradicional, banal e modesta. Mas o jovem Emal não queria se contentar com isso. Ele tentou fazer um monte de coisa e fracassou em tudo. Os irmãos o perdoaram, o aceitaram de volta e, de acordo com o que se sabe sobre ele, Emal mora perto deles nas colinas, não faz absolutamente nada produtivo e é totalmente arredio.

— Por que ele foi registrado sete anos atrás?

— Por uma das coisas que ele tentou fazer e fracassou.

— Que foi...

— Nada foi provado, senão teríamos atirado nele.

— O que não foi provado?

— A história é que ele tentou se tornar empreendedor. Estava comprando granadas de mão da 10ª Divisão de Montanha e vendendo pro Talibã.

— Quanto ganhou com elas?

— Não consta.

— Não provaram?

— Fizeram o melhor que puderam.

— Por que não atiraram nele mesmo assim?

— Reacher, você está falando com uma advogada do Exército. Nada foi provado, e nós somos os Estados Unidos da América.

— Suponhamos que eu não esteja falando com um advogado do Exército.

— Então eu falaria que nada foi provado, e naquele momento provavelmente a gente estava beijando a bunda afegã e almejando que eles fossem instituir o governo civil deles em algum momento num futuro não tão distante, pra que a gente pudesse dar o fora de lá, e nessa atmosfera atirar em indivíduos nativos contra quem nada foi provado, mesmo com o nosso sistema de justiça militar de gatilho sensível, teria sido severamente contraprodutivo. Caso contrário, tenho certeza de que teriam atirado nele.

— Você é bem inteligente — elogiou Reacher. — Para uma advogada do Exército.

E desligou, porque estava observando uma menina que saiu de um carro e caminhava na direção da entrada do motel. Ela era luminosa. Jovem, loura, viçosa, vigorosa e de certa maneira séria, como se estivesse determinada a usar todos os anos à frente a não fazer nada a não ser bem ao mundo. Parecia uma professora de maternal que tinha saído da faculdade aproximadamente um ano antes.

49

A MENINA PASSOU PELA RECEPÇÃO DO MOTEL E PAROU, como se não soubesse aonde ir. Ela tinha o nome, mas não o número do quarto. Turner abaixou a janela e gritou:
— Você é a Emily?

O que era algo que ela e Reacher tinham combinado. Não havia dúvida de que era estranho ser abordada no estacionamento de um motel por uma mulher de carro, antes do que obviamente seria um bizarro programa a três. Porém uma abordagem similar feita por um homem seria ainda mais estranha. Então foi Turner que fez a pergunta, à qual a menina respondeu:
— Sou, sim.
— Somos os seus clientes — disse Turner.
— Desculpa. Eles não me disseram. Pra casal é mais caro.
— Você provavelmente já ouviu isso antes, ou não, possivelmente, mas a gente só quer conversar. Vamos te dar dois mil dólares por uma hora do seu tempo. Vestidos o tempo todo, nós três.

A menina se aproximou, mas não ficou muito perto, alinhada à janela, manteve a distância, olhou e perguntou:

— O que exatamente vocês estão querendo?

— Um serviço de atriz — respondeu Reacher.

Eles conversaram do lado de fora, para manter a situação amigável. Reacher e Turner encostados na lateral do carro e Emily completava o triângulo a pouco mais de um metro de distância, onde estava livre para se virar e sair correndo. O que ela não fez. Passou o AmEx de Lozano em uma abertura no iPhone e, assim que viu um número de autorização, ela alertou:

— Não faço pornô.

— Não é pornô — disse Reacher.

— Então que tipo de serviço de atriz?

— Você é atriz?

— Sou garota de programa.

— Você era atriz antes?

— Eu tinha a intenção de ser atriz.

— Você interpreta?

— Achei que isso era o que eu ia fazer hoje. A jovem e inocente idealista, preparada, de maneira muito relutante, a fazer qualquer coisa pra conseguir verba extra para sua escola. Ou talvez eu fosse pegar uma máquina de cortar grama emprestada com um dos membros da associação dos pais e mestres. Mas normalmente é uma entrevista de emprego. Como eu posso mostrar que estou realmente comprometida com a empresa?

— Em outras palavras, você está atuando.

— O tempo todo. Inclusive agora.

— Preciso que você vá se encontrar com a recepcionista de uma firma de advocacia e caia nas graças dela.

Reacher explicou o que queria. Ela não demonstrou curiosidade sobre o porquê.

— Se tiver jeito, use o estilo maternal — continuou Reacher. — Ela vai ser receptiva. Isso é sobre uma mãe batalhadora em busca de ajuda. Diga a ela que a sra. Dayton é amiga da sua tia, que ela te emprestou um dinheiro quando você estava na faculdade, que isso te tirou do buraco e que agora você quer retribuir o favor. E que, de qualquer maneira, você quer vê-la de novo. Alguma coisa desse tipo. Você pode escrever o seu próprio roteiro. Mas a recepcionista não pode te dar a localização dela. Na verdade, ela está proibida de fazer isso. Ou seja, este é o momento pra você fazer uma interpretação digna de Oscar.

— Quem se machuca nesta história?

— Ninguém se machuca. Pelo contrário.

— Por dois mil dólares? Nunca ouvi falar nisso antes.

— Se ela for o que diz que é, consegue ajuda. Se não for, eu não me machuco.

— Não sei se quero fazer isso — titubeou Emily.

— Você pegou o nosso dinheiro.

— Por uma hora do meu tempo. Estou satisfeita em ficar aqui e conversar. Ou a gente pode entrar no carro. Fico pelada se quiserem. É o que geralmente acontece.

— Que tal mais quinhentas pratas em dinheiro? Como gorjeta. Quando você voltar.

— Que tal setecentos?

— Seiscentos.

— E o Oscar vai para... Emily.

Ela não deixou que eles a levassem de carro. Garota esperta. Palavras não valem nada. O longo preâmbulo poderia não passar de um falatório fantasioso antes de o cadáver pelado dela ser encontrado em uma vala três dias depois. Deram a Emily o endereço e vinte pratas, e ela pegou um táxi. Os dois observaram-na sair de vista, depois se viraram, entraram na Range Rover e esperaram.

— Encara a realidade, Reacher. O A.M. 3435 é Emal Zadran, que tem um histórico documentado de comprar e vender material bélico nas colinas das áreas tribais. Peter Lozano e Ronald Baldacci têm um histórico documentado de fazer parte de uma companhia encarregada de enviar e retirar esse mesmo material bélico daquelas mesmas colinas. Esse barulho ensurdecedor que estou ouvindo é o som das peças se encaixando?

— Ele estava comprando e vendendo material bélico dos EUA nas colinas sete anos atrás.

— Depois disso, ele saiu de cena. Ao ficar melhor ainda nisso. Ele foi direto pro topo do esquema. Agora ele é o chefão, o cara. Ele está fazendo uma fortuna pra alguém. Tem que estar. Por que outro motivo eles iriam fazer tanta coisa para esconder esse cara?

— É provável que você esteja certa.

— Preciso de uma contribuição substancial sua. Não que concorde sem refletir. Você é meu subcomandante.

— Isso é uma promoção?

— Só novas ordens.

— Falei sério, você pode estar certa. O informante o chamou de ancião tribal. O que soa pra mim como uma categorização com base no status dele. Como um honorífico. E uma ovelha negra que fica de bobeira o dia inteiro sem fazer nada produtivo não seria vista como uma pessoa de status. Estaria mais pra idiota da vila. Certamente ele não seria honrado. Então o velho Emal está fazendo alguma coisa pra alguém. E a minha única objeção era colocar uma equipe de prontidão na Carolina do Norte, quando toda a ação está no Afeganistão. Mas talvez haja um papel legítimo para eles. Porque se o que você disse for verdade, então há muito dinheiro vindo pra cá. Carregamentos inteiros, provavelmente. Uma enorme quantidade física. Então, sim, eles precisam de uma equipe na Carolina do Norte. Só que não pra lidar com as armas. Pra lidar com o dinheiro.

Romeo ligou para Juliet e falou:

— Está ficando pior.

— Como isso é possível?

— Eles acabaram de usar o cartão do Lozano. Dois mil dólares gastos com uma artista de rua. Você sabe o que isso significa?

— Eles estão entediados?

— Só existe um tipo de artista de rua que tem a própria maquininha de cartão: prostitutas. Eles estão nos ridicularizando. Eles estariam dando tudo para os sem-teto se eles tivessem maquininha de cartão em seus celulares.

— Mas eles não têm.

— E a advogada de Reacher pegou o arquivo completo do Zadran há aproximadamente uma hora. Ou seja, ele já está rodando por aí.

— Você se preocupa demais.
— É uma conexão óbvia. Não precisa ser um gênio pra descobrir.
— Talvez você esteja se preocupando cedo demais — disse Juliet.
— Você ainda não ficou sabendo da boa notícia.
— Tem alguma?
— Nosso pessoal acabou de ver os dois passando de carro pelo escritório do advogado. Numa Range Rover de vinte anos de uso, preta. Difícil ter certeza, porque tinha vidro escuro, mas tiveram uma forte impressão de que havia duas pessoas lá dentro, uma alta e outra baixa.
— Quando foi isso?
— Menos de uma hora atrás.
— Só uma vez?
— Até agora. Reconhecimento, é óbvio.
— Tem muito movimento lá?
— É um centro comercial. Parece uma parada de quatro de julho.
— Pra onde eles foram depois que passaram por lá?
— Pegaram a autoestrada. Provavelmente pra dar a volta. É bem possível que estejam entocados em algum quarteirão na zona norte.
— Tem alguma coisa que a gente possa fazer?
— Tem, acho que tem, sim. Eles foram supercautelosos pra dar a volta lá pelo escritório. Devem saber que está cheio de policiais metropolitanos e agentes do FBI. E não há nada lá que eles possam descobrir. Não para eles. Isso seria o pior tipo de negligência. Por isso eu não acho que eles vão chegar perto daquele escritório de novo. Nesse caso, ficar tomando conta dele é um desperdício de pessoal. Não os veremos lá, porque eles não passarão pelo centro comercial de novo. Simples assim. Portanto, o nosso pessoal seria melhor utilizado em outro lugar. Possivelmente em um papel mais proativo. Só uma sugestão.
— Concordo — disse Romeo. — Pode liberar o pessoal.

Reacher e Turner passaram o tempo tentando descobrir que tipo de material bélico que coubesse na carroceria de uma caminhonete pudesse ser vendido por muito dinheiro. O que era frustrante, por que as duas características tendiam a ser excludentes. Os MOABs eram cilindros periformes, com barbatanas sinistras, de nove metros de comprimento por quase três de largura. Os Drones valiam 37 milhões de dólares cada, mas tinham uma envergadura de mais de um metro e oitenta. E, sem os joysticks, não passavam de um amontoado inútil de metal. E eles ficavam todos no Texas ou na Flórida. Já rifles, fuzis, revólveres e granadas de mão não valiam muito. Uma Beretta M9 custava aproximadamente seiscentos dólares em uma loja. Talvez uns quatrocentos usada, na rua, ou nas colinas, menos os custos e as despesas, o que significava que precisariam de trezentas a quatrocentas vendas só para cobrirem os cem mil que investiram nas Ilhas Cayman. E até mesmo o Exército perceberia se estivesse perdendo armas aos montes.

Eles não chegaram a lugar algum.

Emily voltou.

50

MILY SAIU DO TÁXI, ASSIM COMO NA PRIMEIRA VEZ, AINDA na personagem, toda radiante e ingênua, avançou com determinação e parou onde tinha ficado antes, a aproximadamente um metro e meio da janela de Turner. A major abriu a janela e Emily disse:

— Me senti mal fazendo aquilo.
— Por quê? — perguntou Reacher.
— Ela era uma mulher legal. Eu a manipulei.
— Com sucesso?
— Consegui a localização.
— Onde é?
— Vocês me devem seiscentas pratas.
— Tecnicamente, não. É uma gorjeta, o que quer dizer que é um presente fora do contrato principal. Não é uma dívida.
— Você está tentando me passar a perna agora?
— Não, só sou naturalmente pedante.
— Que seja, eu ainda quero as seiscentas pratas.

Que Ronald Baldacci pagou do maço de notas de vinte em sua carteira. Reacher passou o dinheiro para Turner, que o passou pela janela para Emily, que deu uma olhada pros lados e comentou:
— Isso está parecendo esquema de droga.
— Qual é a localização? — perguntou Reacher.
Ela deu o endereço completo, com nome da rua e número da casa.
— E o que é? Um lote vago? Um estabelecimento comercial com estacionamento próprio?
— Não sei.
— Como é que o escritório estava?
— Muito cheio. Não acho que a srta. Dayton está na lista de prioridades deles.
— OK, obrigado, Emily — agradeceu Reacher. — Foi bom te conhecer. Tenha um ótimo dia.
— É só isso?
— O que mais poderia ser?
— Você não vai perguntar porque uma menina legal como eu está fazendo este tipo de serviço? Não vai me dar conselhos pro futuro?
— Não — respondeu Reacher. — Ninguém deveria ouvir um conselho meu. E parece que você está mandando bem. Mil dólares por hora não está nada mal. Conheço gente que se fode por vinte.
— Quem?
— Gente que usa uniforme, a maioria.

O mapa de Turner mostrava que a localização nova ficava ao sul da Ventura Freeway, em um bairro sem nome. Nada de Universal City, de West Toluca Lake, com certeza nada de Griffith Park, e ao sul demais para ser North Hollywood. Mas Reacher achou que era o tipo de lugar perfeito. Teria um alto fluxo de pessoas, todas indo e vindo, indiferentes, e teria empreendimentos e empresas sendo abertos e decretando falência. Portanto, teria prédios vazios e estacionamentos somente para funcionários em frente a negócios falidos. A melhor maneira de chegar lá era indo para o sul novamente pela Vineland, passar pelo escritório de advocacia, atravessar a Ventura Freeway e o bairro estaria aguardando à direita.
— Temos que levar em consideração que a polícia metropolitana e o FBI têm esta mesma informação — alertou Turner.

— Tenho certeza que têm — concordou Reacher. — Então nós vamos fazer a mesma coisa que no escritório de advocacia.

— Uma passada.

— O que pode ser a segunda passada para alguns deles, porque tenho certeza de que estão indo e voltando. Entre esse lugar e o escritório de advocacia. Eles não podem deixar nenhuma das duas cenas ficarem estáticas demais.

E se for um beco ou uma rua sem saída?

— A gente acha outro jeito.

— Na melhor das hipóteses, a gente dá uma examinada no lugar. Nada de apresentações. Nós precisamos fazer uma porrada de vigilância de longe antes de sequer pensar nisso.

— Entendi.

— Mesmo se a mais linda menina de quatorze anos do mundo sair correndo balançando um cartaz com a frase *Bem-vindo à sua casa, papai.* Porque pode ser a menina de quatorze anos errada e outro pai.

— Entendi — disse Reacher.

— Repete.

— Nada de apresentações — disse Reacher.

— Então vamos nessa.

Eles não usaram a Vineland Avenue. Acharam que passar pelo escritório de advocacia novamente iria transformar uma passada em duas para alguns dos observadores, sem nenhuma razão produtiva sequer, e essas duas passadas poderiam se tornar três, se o rodízio fosse calculado incorretamente. E três é demais. A maioria das pessoas percebem as coisas na terceira vez. Isso era o que dizia a experiência de Reacher. Ainda que não soubessem que estavam notando. O tropeço em uma palavra quando está conversando com um amigo? Você acabou de ver o mesmo cara pela terceira vez no canto do olho. Ou o mesmo veículo, ou o mesmo carro da floricultura, ou o mesmo casaco, ou cachorro, ou sapato, ou caminhar.

Então eles deram uma volta no sentido horário, para o leste primeiro, depois para o sul, e atravessaram a autoestrada um pouco à direita em uma linha reta. Depois estacionaram. O bairro que procuravam estava à frente, do lado direito. Era um emaranhado superpovoado de construções baixas com meio-fio de concreto e calçada com grama seca, postes revestidos de alcatrão, que sustentavam dezenas de fios, alguns deles tão grossos quanto o pulso de Reacher, e atrás deles havia construções pequenas, algumas casinhas, alguns predinhos com jardim, algumas lojas e mercearias. Dava para ver claramente um salão de manicure e uma caminhonete. Havia cestas de basquete, gols de hockey, antenas parabólicas do tamanho de banheiras e carros estacionados por todo o lugar.

— Nada bom — reclamou Turner.

Reacher concordou com um gesto de cabeça, porque não era mesmo. Estava lotado, e os carros, muito próximos uns dos outros; passar por ali significaria parar, acelerar e fazer manobra por um obstáculo atrás do outro. Chegar à velocidade de uma caminhada seria um luxo.

— Você é a comandante — disse ele.

— Você é o subcomandante — respondeu ela.

— Por mim, vamos nessa. Mas a decisão é sua.

— Por que você acha isso?

— Os pontos negativos parecem ruins, mas na verdade não são. As coisas podem funcionar a nosso favor. A polícia metropolitana e o FBI não sabem com que carro a gente está. Pra eles, isto aqui é só um carro com vidros filmados. Não é o que eles estão procurando.

— Mas os dois caras do carro amassado podem estar. Eles estão conseguindo informações muito boas. Na pior das hipóteses, alguém acessou o cartão de crédito e eles sabem com que carro nós estamos.

— Não tem importância — argumentou Reacher. — Eles não podem fazer nada com a gente. Não aqui. Não em frente a testemunhas do governo. Eles devem saber que a polícia metropolitana e o FBI estão bem ali com eles. É o perfeito ardil 22. Eles vão ter que ficar quietinhos e aceitar a situação.

— Eles podem seguir a gente. A polícia metropolitana e o FBI não verão nada de errado nisso. Só mais um carro saindo do bairro.

— Concordo. Mas é como eu falei. Isso se as coisas funcionarem a nosso favor. Seriam dois coelhos com uma cajadada. Nós passamos o olho no local e atraímos os caras pra o lugar que escolhermos. De modo geral, eu chamaria isso de um bom dia de trabalho. Falando como subcomandante. Mas a decisão é sua. Por isso você ganha essa grana alta. Quase tanto quanto um professor de ensino médio.

Turner ficou calada.

— Os dois problemas estão no primeiro plano, lembra?

— Tá, vai nessa.

Eles verificaram o mapa, e Reacher decorou as curvas. Direita, esquerda, direita, e estariam na rua dela, ao que tudo indicava. O número do terreno dela parecia ser mais ou menos no meio do caminho entre uma ponta e outra.

— Só uma passada de olho, lembre-se — reforçou Turner. — Nada de apresentações.

— Certo — concordou Reacher.

— Sem exceção.

— Sim, senhora.

Ele afastou-se vagarosamente do meio-fio, seguiu na direção da primeira curva, virou o volante e entrou no bairro. A primeira rua estava uma bagunça. Uma área que misturava residências e estabelecimentos comerciais, com um food truck que vendia pães e bolos parado em frente a uma mercearia, uma bicicleta de criança largada na sarjeta e um carro sem rodas suspenso em blocos. A segunda rua estava melhor. Não era mais larga, porém era reta e menos tumultuada. O estilo do bairro se solidificou nos primeiros cinquenta metros. Havia pequenas casas à esquerda e à direita. Não eram prósperas, porém íntegras. Algumas tinham telhado novo, e outras, estuque pintado, algumas tinham plantas ressecadas em tubos de concreto. Gente normal, fazendo o melhor que podia, pelejando para fazer coincidirem o salário e o final do mês.

Então chegaram à última curva à direita, e o estilo do bairro mostrou-se um pouco mais. Mas nada muito desconcertante. Reacher viu uma rua comprida e reta, o 101 claramente visível no final dela, atrás de uma cerca de arame trançado. As casas os dois lados da rua eram todas iguais; tinham sido construídas para os soldados americanos no final dos anos 1940 e continuavam ali mais de sessenta anos depois. Todas elas eram bem cuidadas, mas em diferentes medidas, pois algumas estavam conservadas, outras reformadas, algumas ampliadas, mas outras mais modestas. A maioria tinha carros na entrada da garagem, e a maioria tinha carros extra estacionados ao meio-fio. No geral, eram tantos que, na verdade, a rua tinha praticamente uma só pista.

Lenta e inoportuna.

— FBI à frente e direita com certeza — alertou Turner.

Reacher concordou com um gesto de cabeça e permaneceu calado. Um dos carros ao meio-fio era um Chevy Malibu, aproximadamente dois quilômetros à frente, cinza, básico, sem identificação, mas nenhuma tentativa de se camuflar. Portanto, possivelmente um supervisor, que tinha parado ali por um momento só para dar uma checada no moral e dar uma levantada no ânimo. Possivelmente do cara atrás de quem ele estava estacionado.

— Dá uma olhada naquele negócio na frente dele — disse Reacher.

Era um Hummer H2 civil largo, alto, gigantesco, com a pintura preta e os detalhes cromados todos encerados, rodas enormes e pneus finos parecidos com tiras de barbante.

— Coisa de oito anos atrás — comentou Turner. — Uma apreensão legal, possivelmente por coca no compartimento da porta, ou porque tinha sido usado em algum negócio fraudulento, ou porque tinha transportado mercadoria roubada no porta-malas. Primeiro confiscado e, depois, reaproveitado como veículo disfarçado para vigilância, levemente destoante em termos de credibilidade. Bem como o governo costumava ser.

E vinte metros à frente do Hummer havia um compacto branco, estacionado ao outro meio-fio, de frente para eles, limpo, insípido, quase sem uso, sem nenhuma personalização. Um carro alugado em aeroporto, quase certo. A 75ª PE. Um cara desafortunado, que teria viajado de classe econômica até o Aeroporto Internacional de Los Angeles, depois alugado um carro pago com o austero orçamento do governo na Hertz ou na Aviz. O pior carro do estacionamento, sem acessório algum.

— Está vendo? — perguntou Reacher.

Ao lado dele, Turner respondeu afirmativamente com um gesto de cabeça e disse:

— Agora a gente sabe onde é o endereço. Exatamente no meio do caminho entre o para-choque dianteiro do Hummer e o daquele treco, eu diria. Discretos eles, não?

— Como sempre.

Reacher estava verificando o número das casas. O terreno que estavam procurando estaria à esquerda, aproximadamente trinta metros à frente, se a triangulação do governo estivesse precisa.

— Você está vendo mais alguém? — perguntou ele.

— Difícil falar — respondeu Turner. — Qualquer um desses carros pode ter gente dentro.

— Vamos torcer pra que tenham — disse Reacher. — Duas pessoas em particular.

Ele seguiu em frente, lenta e cuidadosamente, deixando uma margem de erro. A direção de seu carro velho tinha um pouco de folga. Quinze centímetros pra mais ou para menos era o máximo com que podia contar. Ele passou pelo Malibu cinza e deu uma olhada para a direita. Pendurada na frente da camisa com colarinho branco havia uma gravata. FBI com certeza. Provavelmente a única gravata em dois quilômetros quadrados. Logo em seguida estava o Hummer. Nele havia um cara branco de cabelo claro atrás do volante. Com um corte tipicamente militar, alto na parte de cima, muito curto embaixo. Provavelmente o primeiro desse tipo visto dentro de um H2 tunado. Governo. Destoante.

Reacher olhou para a esquerda e começou a acompanhar os números. Ele não tinha certeza do que encontraria. Algum tipo de disparidade, basicamente. Algo diferente dos lugares antes e depois. Algo cercado com tábuas, ou que tenha sido incendiado, derrubado e depois limpo, ou onde ninguém nunca tenha construído nada. Com um carro grande e velho estacionado lá no fundo, à sombra dos vizinhos. Talvez um Buick Roadmaster.

Mas o endereço que Emily passara era de uma casa como todas as outras. Sem diferença das anteriores e posteriores. Não tinha sido cercada com madeira pelo banco, nem incendiada ou derrubada. Uma casa normal, num lote normal. Havia um carro na entrada para a garagem, mas não era um Buick Roadmaster. Era um cupê de duas portas, importado, de um vermelho queimado pelo sol, bem antigo e menor ainda que o compacto branco da PF. Portanto, não era grande o bastante para que duas pessoas dormissem lá dentro. Sem chance. A casa era velha e tinha um andar mais alto, com uma janela à esquerda, outra à direita e uma janela de sótão nova perfurada exatamente acima de uma porta azul.

E havia uma menina saindo dessa porta azul.

Ela era loura.

E ela era alta.

51

ÃO PARA — falou Turner, mas Reacher freou mesmo assim. Não conseguiu se conter. A garota deu a volta no cupê estacionado e caminhou até a calçada. Estava usando camisa amarela, jaqueta jeans escura, uma calça baggy preta grande e tênis amarelo, sem meia e sem cadarço. Era magra e tinha os membros compridos, toda descontraída; o cabelo era da cor de palha, partido no meio, ondulado e ia até a metade das costas. O rosto era informe, como são os rostos dos adolescentes, mas tinha olhos azuis, maçãs do rosto salientes e, na boca, carregava um meio sorriso debochado, como se sua vida fosse cheia de aborrecimentos triviais, mas facilmente tolerados com paciência e boa vontade.

Ela saiu caminhando para o oeste, afastando-se deles.

— Atenção, Reacher. Acelera, passa por ela e não para. Vai até o final da rua, agora. Isto é uma ordem. Se é ela, nós vamos confirmar depois e dar um jeito nisso.

Reacher acelerou novamente, transformou a velocidade de uma caminhada na de corrida leve, e passaram pela garota no momento em que ela estava ao lado do compacto branco da PE. Ela parecia não ter reação alguma a ele. Parecia não saber que ele estava ali por causa dela. Não tinham contato a ela, presumivelmente. Afinal, o que poderiam dizer? *Oi, senhorita, estamos aqui para prender o seu pai. Que você não conheceu. Isto é, se ele aparecer. Já que acabaram de contar a ele tudo sobre você.*

Reacher manteve um olho no retrovisor e ficou vendo a garota diminuir. Parou no cruzamento, virou para a esquerda, olhou para ela uma vez mais, foi embora e a perdeu de vista.

Ninguém foi atrás deles. Encostaram cem metros depois, mas a rua atrás deles continuou vazia. O que teoricamente era uma pequena decepção. Não que Reacher tivesse achado isso. Na cabeça dele, os dois sobreviventes do carro amassado eram um problema a ser tratado no último dos planos.

— Eles me falaram que ela estava morando em um carro — disse Reacher.

— Talvez a mãe dela tenha conseguido um emprego novo. Ou um namorado novo.

— Você viu algum local que poderia servir de ponto de vigilância?

— Nada óbvio.

— Quem sabe a gente não devia se juntar à multidão e estacionar na rua? Vamos ficar tranquilos se não sairmos do carro.

— Dá pra fazer coisa melhor do que isso — contestou Turner.

Ela conferiu o mapa e olhou ao redor pelas janelas do Range Rover, estendendo o pescoço em busca de um terreno mais alto ou de pontos de observação elevados. Havia muitos no sul, onde as montanhas de Hollywood se elevavam na poluição, mas elas estavam muito distantes, e, de qualquer maneira, a frente da casa ficaria invisível do sul. No final, ela apontou um pouco para o noroeste, para um viaduto no emaranhado onde a 134 se encontrava com a 101. Ela era bem alta, e sua curva parecia aninhar o bairro inteiro, já que se precipitava de uma autoestrada à próxima.

— Nós podemos fingir que o carro quebrou se aquele viaduto tiver acostamento. Que o carro ferveu ou alguma coisa assim. Este carro é perfeito pro papel. Podemos ficar horas lá. O FBI não presta assistência a veículos quebrados na pista. Se a polícia de Los Angeles nos abordar, nós falamos, claro, o motor esfriou e já vamos embora.

— O subtenente Espin vai ver — contestou Reacher. — Ele com certeza está vigiando o terreno. Se vir qualquer tipo de carro estacionado lá no alto, ele vai investigar.

— Tá, se qualquer coisa diferente de uma viatura da polícia de Los Angeles parar lá por nossa causa, a gente arranca imediatamente, e se for o Espin, a gente se livra dele até Burbank.

— Nós vamos ter deixado o cara pra trás bem antes de Burbank. Aposto que deram pra ele um quatro cilindros alugado.

Decidiram que antes passariam em uma loja de penhores, pois precisavam de um item de qualidade durante um curto período, rápido e sem que se lembrassem deles, pois pagariam por ele com um cartão de crédito roubado, por isso as lojas de coisas de segunda mão eram um mercado melhor. Pegaram ruas secundárias para irem a West Hollywood, escolheram um entre os muitos estabelecimentos, e nele Reacher pediu ao cara:

— Me deixa dar uma olhada no seu melhor binóculo.

Havia muitos, a maioria velha. O que fazia sentido. Reacher lembrou que na época do pai dele, binóculos eram comprados simplesmente porque binóculos eram comprados. Toda família tinha um. E uma enciclopédia. Ninguém usava nenhum dos dois. Assim como a câmara de oito milímetros, se era a família de um coronel pra cima. Mas eles tinham que ser adquiridos. Parte do dever secreto do homem de família. Só que todos aqueles homens de família estavam mortos, e a casa de seus filhos adultos tinha uma capacidade finita. Então as coisas deles encontravam-se amontoadas entre violões e anéis de formatura, ainda nas caixas aveludadas em que vieram, e etiquetadas com preços que ficavam entre nem barato demais nem caro demais.

Eles acharam um de que gostaram, poderoso, porém não muito pesado, ajustável o bastante para se encaixar no roso dos dois, Baldacci pagou e eles caminharam de volta para o carro.

— Acho que a gente tem que esperar anoitecer. Não vai acontecer nada antes disso, de qualquer maneira. Não se a mãe dela tiver um emprego novo. E nós temos um carro preto. O Espin não vai nem conseguir enxergá-lo no escuro. Mas a rua deve ser iluminada o bastante para ser vista com binóculos.

— OK — concordou Reacher. — Nós deveríamos comer primeiro, eu acho. Isso pode levar horas. Quanto tempo você está preparada para ficar lá em cima?

— O quanto for necessário. Quantas horas forem necessárias.

— Obrigado.

— Em todo o meu histórico de encontros, não sei se esta é a coisa mais inteligente ou a mais burra que já fiz.

Eles comeram muito bem e sem pressa em West Hollywood. A conta caríssima foi paga por Peter Lozano. Depois, deixaram o final da tarde se transformar em início de noite, e, assim que as luzes das ruas ficaram mais claras que o céu, voltaram para o carro e pegaram a Sunset Boulevard para a 101. O trânsito estava ruim, como sempre, mas o céu usou os minutos perdidos para ficar gradativamente mais escuro, de modo que, no momento em que chegaram ao viaduto em curva, a luz do dia já tinha desaparecido completamente.

O viaduto não tinha acostamento, mas havia uma faixa pintada no chão para definir o fluxo do trânsito ao longo da curva, o que deixava um espaço maior do que o de um acostamento, então eles pararam, como se o painel do carro estivesse piscando igual a uma árvore de natal. Turner estava com o novo velho binóculo a postos, e eles seguiram adiante um pouco mais até chegarem a um lugar onde achassem que tinham a melhor vista possível. Reacher desligou o carro. Estavam a aproximadamente 250 metros da porta azul e mais ou menos 40 metros acima. Igualzinho ao manual de campo. Uma linha reta com elevação. Mais do que satisfatório. Nada mal mesmo. A casa estava sossegada. A porta azul, fechada. O velho cupê vermelho continuava parado no mesmo lugar. O Malibu do FBI tinha ido embora da rua, mas o Hummer ainda estava lá, bem como o compacto branco a vinte metros dele. O resto da lista automotiva tinha mudado em pouco. Os trabalhadores do turno do dia estavam indo para casa, e os do da noite saíam.

Eles revezavam o binóculo. Reacher se virou no banco do motorista, descansou as costas na porta e olhou além de Turner à sua frente, através da janela aberta. A imagem era escura e indistinta. Nenhum dispositivo para melhora de visão noturna. Mas era adequado. Atrás dele carros passavam em velocidade a trinta centímetros, uma procissão constante, todos deixando a 101 e entrando na 134. Nenhum deles parava para ajudar. Apenas balançavam o veículo com a corrente de ar e seguiam em frente em velocidade, ignorando-os.

Romeo ligou para Juliet e disse:
— Eles estavam em West Hollywood há pouco. Compraram algo em uma loja de penhores com o cartão do Baldacci e depois comeram em um restaurante chique com o do Lozano.
— O que eles poderiam querer em uma loja de penhores? — perguntou Juliet.
— Não interessa. A questão é que eles estavam em West Hollywood, fazendo hora, aparentemente sem propósito, algo que, presumivelmente, não fariam se ainda tivessem algo na agenda, como descobrir a localização atual da srta. Dayton, por exemplo. Por isso eu acho que devemos deduzir que eles já descobriram.
— Como eles conseguiram descobrir?
— Não importa. O que interessa agora é o que vão fazer em seguida. Provavelmente estão em West Hollywood só se escondendo até escurecer. Nesse caso eles estão de volta à casa agora, prestes a começar um longo período de vigilância.
— O nosso pessoal não está mais lá.
— Então faça com que voltem. Diga a eles para procurarem na vizinhança com um olhar militar e descobrir de onde uma equipe qualificada estaria observando. Não pode haver mais do que uma meia dúzia de pontos de observação. Eles não vão estar acocorados no quintal de um vizinho, por exemplo. Provavelmente estão bem distantes. O manual de campo preconiza uma linha de visão mais elevada. No andar de cima de um prédio vazio, talvez, ou numa torre de água, ou um estacionamento de mais de um andar. Diga ao nosso pessoal para compilar uma lista de possibilidades, se dividir e investigar. Mais eficiente assim. Precisamos acabar com isso hoje à noite.
— Dá pra comprar arma numa loja de penhores.
— Mas eles não compraram. Há um período de espera. A Califórnia tem leis. E eles só gastaram trinta dólares.
— No cartão de crédito. Podem ter feito um acordo paralelo em dinheiro. Lozano e Baldacci estavam com muito no avião.

— Uma compra ilegal? Aí eles não teriam ficado ali pra comer. Não no mesmo bairro. Teriam ficado nervosos demais. Eles devem ter ido pra outro lugar. É assim que vejo. Então presuma que eles ainda estão desarmados.

— Espero que esteja certo quanto a isso — disse Juliet. — Faria com que as coisas ficassem mais fáceis.

Turner ficou trinta minutos com o binóculo e depois o devolveu a Reacher, piscando e esfregando os olhos. Ele o abriu para que se encaixasse no rosto e ajustou o foco, o que demandou uma volta grande na rodinha. Ou ele ou ela era cego.

— Quero ligar pra sargento Leach de novo — disse ela. — Quero saber se ela está bem.

— Fala que eu desejo tudo de bom pra ela — falou Reacher.

Ele escutou parte do final da conversa de Turner enquanto observava o que estava acontecendo a 250 metros de distância. O que não era nada de mais. O Hummer permanecia onde estava, e o pequeno compacto branco também. Ninguém entrou nem saiu pela porta azul. Aparentemente estava tudo bem com a sargento Leach. E com a amiga colaboradora, Margaret Vega. Pelo menos, até então. A conversa foi curta. Turner não disse nada explícito, mas nas entrelinhas Leach parecia estar concordando com ela que a sorte estava lançada, e a única opção disponível era derrotar ou ser derrotado.

A porta azul permaneceu fechada. A maior parte do tempo, Reacher manteve o binóculo apontado diretamente para ela, mas durante quatro segundos a cada vinte ele fazia uma exploração fragmentada do bairro. Visualizou o caminho que fez rua abaixo, a esquina por onde tinham entrado, onde havia um food truck em frente à mercearia, a bicicleta largada e o carro sem as rodas. Depois vinha a rua principal, que era a Vineland Avenue, tão ao sul da autoestrada quanto o escritório de advocacia era ao norte.

Voltou para a porta azul, que permanecia fechada.

E depois visualizou o caminho que fez rua abaixo, mas para o lado contrário, para a direita, em vez de para a esquerda, e viu uma esquina idêntica, como uma imagem espelhada. O mesmo tipo de loteamento, os mesmos tipos de problemas, e depois a rua principal novamente, ainda a Vineland, porém quinhentos metros mais ao sul, o que fazia com que o bairro não fosse tão retangular. Era mais alto na direita do que na esquerda, como uma flâmula. Em um local bem acima do lugar mais alto da esquina direita ficava a autoestrada, depois o escritório de advocacia e, em um local depois da esquina inferior no canto direito, ficava uma lanchonete antiga toda acesa e reluzente.

Reacher soube por que caminho andaria.

Voltou para a porta azul, que permanecia fechada.

Ela permaneceu fechada até um minuto antes das oito horas. Depois foi aberta e ela saiu de novo, do mesmo jeito que antes. O mesmo andar de membros longos, quase gracioso, mesmo cabelo, mesma camisa, mesma jaqueta, mesmo tênis. Presumivelmente, sem meia nem cadarço, com a mesma expressão sarcástica, mas estava escuro e a imagem era limitada.

Do mesmo jeito que antes.

Mas ela se virou para o outro lado.

Foi para a direita, não para a esquerda. Para longe do trevo da autoestrada. Na direção da rua principal. Ninguém foi com ela. Ninguém a seguiu, nenhuma proteção. Reacher apontou, e Turner gesticulou a cabeça.

— Você acha possível que eles não tenham contado para nenhuma delas? — perguntou ele.

— Obviamente eles não contaram pra menina — respondeu ela. — Não podem falar, nós encontramos o seu pai, mas vamos prendê-lo.

— Eles podem falar isso pra mãe? Ela não vai conseguir muita pensão alimentícia se eles jogarem a chave fora.

— No que você está pensando?

— Eles não mandaram ninguém com ela. O que deveriam ter feito. Se não posso chegar até ela na casa, vou tentar me aproximar quando ela sair. Isso é óbvio, claro. Mas não tem ninguém com ela. A única razão lógica é que eles não contaram a elas, e não têm como explicar quatro caras seguindo-as pra todo lado, então eles não as seguem pra todo lado.

— Além disso, eles são muquiranas. Se contarem a elas, terão que colocar uma oficial mulher de apoio na casa. O que custaria dinheiro.

— Certo, então se mãe e filha são iscas, mas não sabem disso, e elas saem de casa, então tudo o que o Espin pode fazer é segui-las de longe e dar uma passada de carro perto delas de vez em quando.

— Concordo.

— Mas ninguém está se movimentando, e não ligaram nenhum dos veículos.

— Talvez esperem até que ela fique fora de vista.

— Vamos ver se fazem isso.

Não fizeram. A garota virou à direita no final da rua e desapareceu, mas perto da casa dela ninguém se mexeu, e nenhum carro foi ligado.

— Talvez exista outra equipe — ponderou Turner.

— Você aprovaria esse orçamento?

— É claro que sim.

— Eles aprovariam? Se nem mesmo colocaram uma oficial de apoio na casa?

— Tá, só há uma equipe, e ela não está se movimentando. Preguiça e convencimento. Além disso, deve ser difícil achar vaga pra estacionar.

— Eles não estão se movimentando porque acham que eu sou burro o bastante pra caminhar pela entrada e bater na porta.

Então um carro vindo da Vineland se aproximou, percorreu todo o caminho desde a ponta do bairro e virou na esquina que eles tinham usado antes. Os faróis oscilaram para a direita e para a esquerda, depois ele seguiu pela rua, determinado e brilhante, passou pelo Hummer, passou pela porta azul, quase emparelhou com o compacto branco e depois parou, deu ré com velocidade, passou pela casa novamente, passou pelo Hummer e foi até a última vaga na rua, que era obviamente muito mais distante do que o motorista gostaria. O carro estacionou impecavelmente, os faróis foram apagados, dois caras desceram, bem distantes e indistintos, na realidade, apenas sombras em movimento, uma talvez maior do que a outra.

A parte reptiliana de seu cérebro agitou-se, e, um bilhão de anos depois, Reacher inclinou-se um pouquinho para a frente.

52

O BINÓCULO ERA MEDIANO DE LONGE, E A LUZ ESTAVA muito fraca, então Reacher manteve a mente aberta. Em qualquer dia, havia aproximadamente quarenta milhões de pessoas na Califórnia, e dois indivíduos específicos aparecerem enquanto são observados por um terceiro era um evento improvável.

Contudo, eventos improváveis aconteciam de tempos em tempos, então Reacher manteve seu campo de visão firme nas duas figuras, ajeitando o foco conforme os dois andavam de modo a conseguir uma imagem melhor. Começaram a caminhar, não pela calçada, pelo meio da rua, rápido, lado a lado, chegando cada vez mais perto, o que fazia a certeza de Reacher aumentar. Eles passaram pelo Hummer de novo, deram um passo para dentro de um poço de luz, e então Reacher teve certeza.

Estava olhando para o motorista da primeira noite ao lado do cara grande de cabeça raspada e orelhas pequenas.

Eles pararam bem em frente à casa e não se movimentaram mais, depois se viraram e ficaram de frente para o caminho de onde tinham vindo, como se analisando o horizonte ao longe, depois começaram a girar parados no mesmo lugar, lentamente, no sentido anti-horário, dando pequenos passos arrastados, apontando de vez em quando, sempre pra longe da casa e para cima.

— Estão procurando a gente — disse Reacher.

Eles continuaram a girar, passaram do ponto central e viram a ponta da direita do viaduto pela primeira vez. O cara da orelhinha deu a impressão de ter percebido na hora. Ele levantou o braço e traçou a curva da direita para a esquerda, depois voltou da esquerda para a direita, monitorando toda a larga circunferência, mostrando como ela aninhava todo o bairro, em seguida puxou a mão de volta na direção do peito, como se dissesse, *lá em cima é tipo a primeira fileira do camarote, e o palco é bem aqui*, em seguida ele usou a mesma palma para sombrear os olhos e observou detalhadamente o viaduto, parte por parte, metro por metro, em busca do melhor ângulo, até que por fim parou, como se estivesse olhando exatamente para a ponta contrária do binóculo.

— Eles nos acharam — disse Reacher.

Turner conferiu o mapa e informou:

— Eles não conseguem chegar aqui muito rápido. Não do jeito que as ruas estão. Têm que sair no Hollywood Bowl por ruas secundárias, depois subir de novo, atrás de nós, pela 101. É um quadrado bem grande.

— A menina está sozinha.

— É a gente que eles querem.

— E é ela que a gente quer. Eles devem grudar nela. Eu grudaria.

— Eles não sabem pra onde ela foi.

— Não precisa ser um gênio pra descobrir. A mãe não está em casa, e ela assiste a programas de TV até às oito horas, depois sai pra comer alguma coisa.

— Eles não vão fazer a menina de refém.

— Eles espancaram o Moorcroft até quase a morte. E estão ficando sem tempo.

— Então o que é que você quer fazer?

Reacher não respondeu. Só jogou o binóculo no colo de Turner, ligou o carro, engatou a marcha e olhou para trás por cima do ombro. Arrancou de uma vez, saiu da faixa pintada na rua, juntou-se ao trânsito, desceu a curva, saiu da 101, pegou a 134 e fundiu-se ao trânsito lento, olhando para a frente em busca da primeira saída, a qual achava que seria muito perto e que seria Vineland Avenue. E era, com a opção de ir para o norte ou para o sul. Reacher avançou pelo congestionamento, frustrado, e seguiu para o sul, ao longo da parte mais alta do bairro, passou pela primeira esquina em que havia comércio e residências, pela segunda, e seguiu em frente, cem metros, até ver a lanchonete adiante, toda acesa e reluzente.

E atravessando a Vineland na direção dela estava a garota.

Ele diminuiu a velocidade, deixou-a passar cinquenta metros à frente e ficou observando-a caminhar pelo estacionamento da lanchonete. Havia uma garotada ruidosa na esquina, uns oito ou dez no total, meninos e meninas, de bobeira, envolvidos pelas sombras e pelo ar da noite. Ela foi na direção deles. Talvez não estivesse indo comer. Talvez tivesse comido em casa. Alguma coisa do freezer preparada no micro-ondas. Talvez aquela ali fosse a vida social dela depois do jantar. Talvez tivesse saído para um encontro frequente com a galera no lugar que escolheram para curtir e se divertir a noite inteira.

O que seria uma boa. Muita gente junta proporcionava segurança.

Ela se aproximou do pessoal e houve alguns comentários inexpressivos, alguns toques de mão, algumas gargalhadas e um pouquinho de zoeira. A rua estava acabando para Reacher, então ele tomou uma decisão repentina, entrou no estacionamento e parou na esquina oposta. A garota ainda estava falando. A linguagem corporal, relaxada. Aqueles eram seus amigos. Gostavam dela. Isso era nítido. Não havia constrangimento algum.

No entanto, minutos depois ela saiu, com a linguagem corporal dizendo *vou entrar agora*, ninguém se moveu para acompanhá-la, e ela não pareceu desapontada. Quase o oposto disso. Dava a impressão de ter gostado da companhia deles, mas estava pronta para curtir sozinha. Do mesmo jeito. Como se isso fosse a mesma coisa para ela.

— Ela gosta de ficar sozinha.

— E é alta — completou Reacher.

— O que não necessariamente significa alguma coisa.

— Eu sei.

— Não podemos ficar aqui.

— Quero ir lá dentro.
— Nada de apresentações. Ainda, não.
— Não vou falar com ela.
— Você vai chamar atenção para ela.
— Só se aqueles caras virem este carro aqui em frente.

Turner ficou calada. Reacher observou a garota abrir a porta e entrar. A lanchonete tinha sido construída em um estilo tradicional, em aço inoxidável, com dobras, vincos e linhas de tonalidade tripla, como um automóvel antigo, tinha janelas pequenas cujas armações eram parecidas com as de um vagão ferroviário antigo e letras em neon configuradas ao estilo Art Deco. Parecia movimentado lá dentro. Estavam no horário de pico, entre o período mais cedo em que o restaurante dava desconto nas refeições e a chegada dos que tomam café tarde da noite. Reacher sabia tudo sobre aquele tipo de lanchonete. Sabia o ritmo delas. Tinha passado centenas de horas nesse tipo de lugar.

— Observação apenas — alertou Turner.
— Combinado — concordou Reacher.
— Sem contato.
— Combinado.
— Tá, vai.
— Vou esconder o carro em algum lugar e esperar. Vê se não arranja problema.
— Nem você.
— Me liga quando tiver acabado.
— Obrigado — agradeceu Reacher. Ele desceu e atravessou o estacionamento. Escutou os carros na Vineland e um avião no céu. Ouviu a garotada, discutindo, conversando e rindo. Escutou a Range Rover se afastar atrás de si. Parou por um instante e respirou fundo.

Em seguida, puxou a porta da lanchonete e entrou.

O interior também era montado em estilo tradicional como o lado de fora, com as mesas e poltronas fixas à esquerda e à direita e um balcão de fora a fora exatamente diante da porta, a aproximadamente dois metros da parede do fundo, onde havia uma abertura que dava para a cozinha, mas nela havia um vidro espelhado. As poltronas às mesas eram de vinil, ao balcão havia uma longa fileira de bancos, tudo cromado e em cores pastel, como conversíveis dos anos 1950, o chão era revestido com linóleo, e todas as outras superfícies horizontais eram revestidas com laminado rosa, ou azul, ou amarelo-claro, com uma padronagem imitando anotações a lápis que, dado o contexto antiquado, fez Reacher pensar em intermináveis equações arcanas envolvendo barreira de som e bomba de hidrogênio.

Havia um atendente grisalho e corcunda atrás do balcão, uma garçonete loura de aproximadamente quarenta anos atendendo no lado esquerdo da lanchonete e uma garçonete morena de aproximadamente cinquenta anos atendendo no lado direito, todos ocupados, porque o lugar estava mais de três quartos cheio. Todas as mesas à esquerda estavam ocupadas, algumas por pessoas comendo ao final de um dia de trabalho, outras por pessoas comendo para se prepararem para uma noite fora, uma por um grupos de hipsters com a aparente intenção de representarem a autenticidade de uma época. No lado direito havia duas mesas vagas, e o balcão tinha dezenove costas e cinco vãos.

A garota estava bem no final à direita, ao balcão, dona dele, como se o lugar fosse um bar e ela tivesse sido um freguês regular nos últimos cinquenta anos. Em frente à menina havia talheres, um guardanapo e um copo de água, mas nenhuma comida ainda. Ao lado dela havia um lugar vazio, e depois vinha um cara encurvado sobre um prato, e outro, e outro, e o próximo banco vazio ficava nove lugares depois. Reacher chegou à conclusão de que teria uma visão melhor dela se sentasse a uma das mesas vazias, porém os frequentadores de lanchonetes tinham uma etiqueta própria: um cliente ocupar o espaço para quatro pessoas de uma mesa no período mais movimentado era mal visto.

Então Reacher ficou à porta, incerto, e a garçonete loura que atendia o lado esquerdo ficou com pena dele, deu a volta e tentou dar um sorriso acolhedor, mas estava cansada e ele não saiu como ela queria. O que se apresentou na verdade foi um olhar insípido e desinteressante, completamente vazio, e ela disse:

— Senta onde você quiser, já já alguém vai te atender.

E saiu apressada novamente, Reacher concluiu que *onde você quiser* incluía a mesa para quatro pessoas, então virou para a direita e deu um passo.

A garota o estava olhando pelo espelho.

E ela o olhava descaradamente. Seus olhos estavam cravados nos dele, na parede espelhada, por meio de reflexões, refrações, ângulos de incidência e todas aquelas outras coisas que ensinam nas aulas de Física do ensino médio. Ela não desviou o olhar nem quando ele a fitou diretamente.

Sem contato, ele tinha prometido.

Reacher continuou a caminhar para o lado direito da lanchonete e sentou-se na poltrona a uma mesa vazia praticamente atrás dela. Para vê-la melhor, ele pôs o ombro na janela e as costas ficaram expostas para o resto do lugar, o que ele não gostava de fazer, mas não tinha opção. A garçonete morena apareceu com um cardápio e deu um sorriso tão descorado quanto o da loura.

— Água? — perguntou ela.

— Café — preferiu Reacher.

A garota continuava a olhá-lo pelo espelho.

Ele não estava com fome, porque a comida que o Lozano pagara em West Hollywood tinha sido um banquete apropriado para um rei. Por isso Reacher arredou o cardápio para o lado. A morena não ficou nada entusiasmada com a decisão dele de não pedir comida nenhuma. Ele teve a impressão de que não a veria de novo tão cedo. Ela não voltaria para lhe servir mais café.

A garota ainda estava olhando.

Ele experimentou o café. Estava razoável. O atendente do balcão levou um prato para a garota, que quebrou o contato visual tempo suficiente para falar alguma coisa que o fez sorrir. O nome dele estava bordado no uniforme: era Arthur. Ele falou alguma coisa, a menina sorriu e ele foi embora.

A garota pegou os talhares e o guardanapo com uma mão, o prato na outra, desceu do banco, caminhou na direção da mesa de Reacher e perguntou:

— Por que eu não me sento com você?

53

A GAROTA COLOCOU OS TALHERES NA MESA, O GUARDA-napo e o prato, depois voltou ao balcão para pegar seu copo de água. Ela acenou para o cara chamado Arthur, apontou para a mesa, como se dissesse *estou mudando de lugar*, voltou com a água, colocou-a ao lado do prato, escorregou pelo banco de vinil e ficou exatamente em frente a Reacher. De perto ela tinha a mesma aparência que de longe, mas todos os detalhes estavam mais nítidos. Em particular os olhos, que pareciam, em combinação com a boca, deixar tudo debochado.

— Por que você ia querer sentar comigo? — perguntou ele.
— Por que não iria? — devolveu ela.
— Você não me conhece.
— Você é perigoso?
— Posso ser.
— O Arthur tem uma Colt Python debaixo do balcão, do lado contrário ao lugar em que você está sentado. E outra na ponta contrária. As duas estão carregadas. Com .357 Magnums. Que saem de canos de oito polegadas.

— Você come muito aqui?

— Praticamente todas as refeições, mas a palavra seria frequentemente. Não muito. Muito se refere a quantidade, e eu prefiro porções pequenas.

Reacher ficou calado.

— Desculpa — disse ela. — Não consigo me conter. Sou naturalmente pedante.

— Por que você quis vir sentar comigo? — perguntou ele.

— Por que eu vi o seu carro três vezes hoje?

— Quando foi a terceira vez?

— Tecnicamente foi a primeira vez. Eu estava no escritório de advocacia.

— Por quê?

— Curiosidade.

— Sobre o quê?

— Sobre por que a gente vê o mesmo carro três vezes no mesmo dia.

— A gente?

— A gente que presta atenção — disse ela. — Não se faça de desentendido, senhor. Tem alguma coisa acontecendo no bairro, e a gente ia adorar saber o que é. E você parece que é alguém que vai contar pra gente. Se eu te perguntar com gentileza.

— Por que você acha que eu poderia te contar?

— Porque você é um deles: está rodando por aqui o dia inteiro, bisbilhotando.

— O que você acha que está acontecendo? — perguntou Reacher.

— A gente sabe que vocês estão espalhados lá perto do escritório de advocacia. E a gente sabe que estão espalhados lá pela minha rua. Por isso estamos achando que alguém da minha rua é cliente do advogado, e eles estão fazendo algum negócio obscuro juntos.

— Quem na sua rua?

— Essa é a grande questão, não é? Isso depende do quanto vocês tentam estacionar longe do lugar pra disfarçar. A gente acha que vocês querem ficar perto do alvo, mas não bem frente a ele, porque seria óbvio demais. Mas o quão perto? É isso o que a gente não sabe. Vocês poderiam estar vigiando um monte de casas diferentes, dependendo de onde estacionam, na direita, na esquerda ou mais numa ponta da rua do que na outra.

— Qual é o seu nome? — perguntou Reacher.
— Lembra da Colt Python?
— Carregada? Sim.
— Meu nome é Sam.
— Sam de quê?
— Sam Dayton. E o seu?
— É só isso mesmo que você sabe da operação na sua rua?
— Não vem condenar a gente com elogiozinho besta. Acho que a gente teve a manha de descobrir tudo isso. Vocês ficam todos de boca amarrada sobre o que está acontecendo. Que é uma expressão ótima, né? Boca amarrada? Mas o negócio é a maneira como vocês movimentam os carros entre o escritório de advocacia e onde eu moro. Entendo que vocês têm essa obrigação, mas isso revela a conexão.
— Ninguém conversou com você sobre isso?
— Por que conversariam?
— Sua mãe falou alguma coisa?
— Ela não presta atenção. É muito estressada.
— Por causa de quê?
— Tudo.
— E o seu pai?
— Não tenho pai. Quer dizer, é óbvio que eu tenho, biologicamente, mas nunca encontrei com ele.
— Irmãos e irmãs?
— Não tenho.
— Quem você acha que nós somos? — perguntou Reacher.
— Agentes federais, óbvio. Ou do DEA, ou da ATF ou do FBI. Estamos em Los Angeles. É sempre alguma coisa com droga, arma ou dinheiro.
— Quantos anos você tem?
— Quase quinze. Você ainda não me falou o seu nome.
— Reacher — respondeu ele, olhando para ela muito atenciosamente. Mas não houve reação. Nenhuma centelha. Nenhum momento *aha!* Nem *Ai meu Deus!*, o que Reacher achou que seria mais provável de acontecer com crianças. O nome não significava nada para ela. Nada mesmo. Não tinha sido mencionado na presença dela.
— Então, você vai me contar o que está acontecendo? — intimou ela.

— O seu jantar está esfriando. É isso que está acontecendo. Você devia comer.
— Você vai comer?
— Já comi.
— Então pra que entrar aqui?
— Por causa da decoração.
— O Arthur tem muito orgulho dela. De onde você é?
— Eu ando por aí.
— Então você é agente federal — afirmou ela antes de começar a comer um pouco da comida, que Reacher apostou que estava no cardápio como O incrível falso lombo da mamãe. O cheiro de carne moída com ketchup era inconfundível. Ele sabia tudo sobre aquele tipo de lanchonete. Tinha passado centenas de horas nelas e comido quase tudo que serviam.
— Então eu estou certa? — insistiu ela. — É o advogado e um cliente?
— Parcialmente — respondeu Reacher. — Mas não existe nenhum negócio obscuro entre eles. Tem mais a ver com um cara que talvez faça uma visita a um deles. Ou aos dois.
— Uma terceira parte? Com uma queixa?
— Mais ou menos.
— Então vai ser uma emboscada. Vocês estão esperando o cara aparecer? Vocês vão prender o cara na minha rua? Isso ia ser legal demais. A não ser que aconteça no escritório de advocacia. Vocês podem escolher? Se puderem, podem deixar pra fazer isso na minha rua? Têm que pensar nisso de qualquer maneira. Na rua ia ser mais seguro. Aquele centro comercial é muito cheio. O cara é perigoso?
— Você viu alguém por aí?
— Só o seu pessoal. Eles ficam o dia inteiro sentados no carro vigiando. Além das equipes móveis. O cara no Malibu cinza aparece muito por aqui.
— Muito?
— Frequentemente, eu diria. Ou geralmente. E os dois caras no carro alugado. E vocês dois na Range Rover. Mas não vi nenhum cara sozinho que parecesse ser perigoso.
— Que dois caras no carro alugado?

Um deles tem uma cabeça com formato engraçado. E orelhas cortadas.

— Cortadas?

— Primeiro, de longe, achei que elas só eram pequenas. Mas de perto dá pra ver que foram cortadas. Fazendo tipo uns hexágonos.

— Quando você chegou perto desse cara?

— Hoje à tarde. Ele estava na calçada em frente à minha casa.

— Ele falou alguma coisa?

— Nada. Mas por que ele ia falar? Não sou advogado nem cliente e não tenho queixa contra ninguém.

— Não estou autorizado a te contar muita coisa, mas aqueles dois caras não estão com a gente. Não são nossos parceiros, está bem? Na verdade, eles devem ser parte do problema. Fique longe deles. E fale isso pros seus amigos.

— Isso não é legal — disse a garota.

O telefone de Reacher tocou. Ele estava desacostumado a andar com celular, e a princípio achou que era de outra pessoa. Por isso ignorou-o. Mas a garota ficou olhando para o bolso dele, até Reacher pegá-lo. O número de Turner estava na tela.

Ele pediu licença e atendeu.

Turner estava com a respiração ofegante.

— Estou voltando, preciso de você em frente à lanchonete neste segundo.

— A voz dela tinha uma espécie de emoção contida.

Então Reacher desligou, deixou Sam Dayton sozinha sentada à mesa, foi lá para fora, se apressou pelo estacionamento para chegar à rua. Um minuto depois ele viu faróis bem à esquerda, altos e distantes um do outro, seguindo na direção dele em velocidade. A Range Rover velha, vindo do sul, com muita pressa. Os faróis o iluminaram, e ela parou derrapando bem ao lado dele, que deu um puxão na porta e entrou.

— O que está pegando? — perguntou ele.

— A situação saiu um pouco do controle.

— Coisa muito ruim?

— Acabei de atirar num cara.

54

TURNER PEGOU A VENTURA FREEWAY NO SENTIDO OESTE e disse:

— Imaginei que o escritório de advocacia já devesse estar fechado a esta hora, o centro comercial todo, provavelmente, por isso imaginei também que o pessoal que está fazendo a vigilância já devia ter ido embora, então fui lá pra dar uma olhada, porque a gente precisa saber de algumas coisas que podem ser necessárias no futuro, inclusive que tipo de trancas o escritório de advocacia tem, que tipo de alarme. Os dois, a propósito, são muito básicos. Dá pra entrar lá em cinco minutos, se precisar. Então eu olhei o mapa pra ver como chegar à Mulholland Drive com facilidade, porque sempre quis dirigir pela Mulholland Drive, tipo um agente do FBI num filme, e imaginei que, se a menina está lá com você na lanchonete, então ela ia ficar lá dentro pelo menos mais trinta minutos, o que me deixava com tempo pra fazer um passeio, aí eu saí fora.

— E? — disse Reacher somente para fazê-la prosseguir. Atirar em pessoas era estressante, e o estresse era um negócio complicado pra se lidar. As pessoas reagem a ele de muitas formas diferentes. Algumas o reprimem, outras se livram deles falando. Ela era das que falava, Reacher percebeu.

— Me seguiram — contou ela.

— Isso foi burrice — comentou ele, porque ela não gostava que concordassem com ela sem refletir.

— Eu o enxerguei rápido. Havia luzes atrás dele e pude perceber que era só um cara. Só o motorista e mais ninguém. Então eu não dei muita importância praquilo. E muita gente gosta da Mulholland Drive, por isso não me incomodei por ele estar indo na mesma direção.

— E o que foi que te incomodou?

— Ele estava indo na mesma velocidade. O que não é natural. Velocidade é uma coisa pessoal. Eu sou bem lenta, na maior parte do tempo. Geralmente as pessoas ficam se aglomerando atrás de mim ou me ultrapassam. Mas esse cara ficava lá, o tempo todo. Como se eu estivesse rebocando o carro com uma corda. Eu sabia que não era a 75ª PE nem o FBI, porque nenhum dos dois sabia com que carro estávamos, então só podia ser os nossos outros amigos, mas só tinha um cara no carro, não dois, o que significava que ou não era nenhum dos dois, ou eles tinham se separado e estão caçando sozinhos. Isso ficou claro muito rápido, e nos filmes as coisas não demoravam a ficar bem violentas na Mulholland, então achei melhor parar na primeira saída que visse, como uma mensagem, para revelar que eu tinha descoberto a presença dele, obrigando-o a fazer uma escolha: ou aceitava a derrota dignamente e continuava rodando pela estrada, ou era um mau perdedor, parava e me atacava.

— E ele parou?

— Com certeza. Ele era o quarto cara no carro amassado hoje de manhã. Aquele que você chama de motorista da primeira noite. Eles se separaram e estão caçando sozinhos.

— Ainda bem que foi ele e não o outro.

— Ele era bem mau.

— Mau como?

— Muito mau.

— Tá de sacanagem — disse Reacher. — Ele é um desperdício de comida. Foi o segundo cara em quem bati. O que faz com que ele seja pior do que aquele que acabou de pagar um jantar pra gente.

— Você me pegou — disse Turner. — Foi igual a tomar doce de criança.

— Como assim tomar?

— Ele tinha uma arma.

— Isso equilibra um pouco as coisas.

— E equilibrou mesmo, por menos de um segundo, porque aí ele já não estava mais com a arma, o que significava que eu a tinha pegado e uma voz na minha cabeça estava gritando *ameaça ameaça ameaça, centro mete bala,* então pisquei e descobri que tinha feito aquilo, bem no coração. O cara estava morto ante de cair no chão.

— E você precisa de mim pra quê?

— Você está me falando que não faz orientação psicológica?

— Não é uma das minhas especialidades.

— Bem, felizmente eu sou uma soldado profissional e não preciso de orientação psicológica.

— Então como é que eu posso te ajudar?

— Preciso que você tire o corpo de lá. Não consigo levantá-lo.

A Mulholland era exatamente como nos filmes, só que menor. Eles entraram nela com a cautela de um agente do FBI, preparados para parar se a costa estivesse limpa, preparados para prosseguir se já houvesse luzes piscando e rádios fazendo barulho na cena. Mas não havia. Então pararam. O trânsito na estrada estava leve. Pitoresco, mas nada prático.

O visual noturno dali era espetacular.

— Não é esse o objetivo, Reacher — reclamou Turner.

O cara morto estava no chão perto da lateral dianteira do carro. Os joelhos dobrados de lado, mas fora isso ele estava esparramado nas costas. Não havia dúvida. Era o motorista da primeira noite. Com um buraco no peito.

— Que arma era? — perguntou Reacher.

— Glock 17.

— Que está onde agora?

— Limpa de volta no bolso dele. — Por ora. Vamos ter que decidir o que fazer.

— Só temos duas possibilidades — disse Reacher. — E em qualquer uma delas a polícia de Los Angeles o encontra mais cedo ou mais tarde. A melhor alternativa é jogar o corpo na ravina. Ele pode ficar lá uma semana. Pode ser comido. Ou pelo menos mastigado, principalmente os dedos. Colocá-lo no carro é muito pior. Não interessa se acharem que foi suicídio ou homicídio, porque a primeira coisa que vão fazer é analisar as digitais, e a partir desse momento o Fort Bragg vai ficar pirado, e esse negócio todo vai ser desvendado de uma ponta a outra.

— E nós somos uma dessas pontas. E você não quer isso.

— Você quer?

— Só quero que seja esclarecido. Não me interessa por quem.

— Então você é a pessoa menos feroz que já conheci. Eles te difamaram da pior maneira possível. Você devia cortar a cabeça deles com uma faca de mesa.

— Não é pior do que aquilo que eles falaram sobre você com relação ao Bob Dog.

— Exatamente. Eu estou prestes a parar pra comprar uma faca de mesa. Então me dê uma possibilidade de êxito. Alguns dias na ravina não vão machucar ninguém. Porque, mesmo que nós não desvendemos isso pessoalmente, a polícia de Los Angeles e o Fort Bragg vão fazer isso, quem sabe na semana que vem, quando eles finalmente acharem o cara. De um jeito ou de outro, o negócio vai ser esclarecido.

— Tá.

— E a gente vai ficar com a Glock.

E foi o que fizeram, junto com a carteira e o telefone celular. Então Reacher juntou a frente do casaco do cara com as mãos, ergueu-o e cambaleou com ele até o mais perto que ousava da beirada no lugar onde ia jogá-lo. A maioria dos descartes em ravinas davam errado. Os corpos ficavam pendurados a uns dois metros ou um pouco mais, bem ali no início do declive. Devido à falta de altura e distância. Então Reacher rodou o cara como um lançador de martelo das olimpíadas, dois giros completos, baixo de um lado, alto do outro, depois soltou, arremessando-o na escuridão. Escutou o barulho das árvores quebrando e das pedras trepidando ruidosamente, depois não ouviu muitas outras coisas a não ser o zumbido da planície lá embaixo.

Eles deram meia-volta na pista e voltaram, atravessaram o Laurel Canyon, até chegarem à autoestrada. Reacher dirigia. Turner desmontou a Glock e examinou-a, depois montou-a novamente e colocou-a no bolso, com uma nove milímetros na câmara e mais quinze no pente. Em seguida abiu a carteira. O conteúdo era o mesmo que o dos outros. Um maço grosso de notas de vinte, uma meia dúzia de notas menores, uma abertura cheia de cartões de crédito válidos e uma carteira de motorista da Carolina do Norte com a foto de um sujeito. O nome dele era Jason Kenneth Rickard, e a estada terrena dele tinha acabado um mês antes de seu aniversário de 29 anos. Não era doador de órgãos.

O telefone dele era similar aos que Reacher e Turner tinham comprado na farmácia. Um pré-pago barato e irrastreável para ser usado especificamente em uma missão, sem dúvida. Na agenda havia apenas três números, os dois primeiros eram de *Pete L* e *Ronnie B,* que eram obviamente de Lozano e Baldacci, e o terceiro era simplesmente *Shrago*. No registro de chamadas havia pouquíssima atividade. Nada muito relevante, apenas três chamadas recebidas, todas de Shrago.

— Shrago deve ser o cara grande de orelha pequena. Parece que ele faz o papel de líder do esquadrão.

— Elas não são pequenas — afirmou Reacher. — São cortadas.

— O quê?

— As orelhas dele.

— Como é que você sabe?

— A garota me contou. Ela as viu de perto.

— Você conversou com ela?

— Ela fez contato, na lanchonete.

— Por que ela faria isso?

— Ela acha que somos agentes federais. Está curiosa sobre o que está acontecendo na rua dela. Achou que a gente podia dar algumas informações pra ela.

— Onde ela viu o cara das orelhas?

— Na calçada em frente à casa dela.

— Tem certeza de que ela não sabe o que está acontecendo?

— Tenho. Nem ao menos do processo de paternidade. Meu nome não significou nada pra ela. É óbvio que a mãe não contou nada sobre o depoimento juramentado. Ela não sabe nem que a mãe dela é cliente do advogado.

— Era pra você não falar com ela.

— Não tive escolha. Ela sentou à minha mesa.

— Com um completo estranho?
— Ela se sente segura na lanchonete. Parece que o atendente do balcão toma conta dela.
— Como ela era?
— É uma menina bacana.
— Sua?
— É a melhor candidata até agora. Ela é tão esquisita quanto eu. Mas ainda não me lembro da mulher na Coreia. Não daquela última vez.
— Orelhas cortadas? — perguntou Turner.
— Pequenos hexágonos — completou Reacher. — Nunca ouvi falar disso.
— Nem eu.

Reacher pegou o telefone e ligou para Edmonds. Eram nove horas na Costa Oeste, portanto, meia-noite na Costa Leste, mas ele tinha certeza de que ela atenderia. Era uma idealista. Chamou sete vezes, e então ela atendeu, com a língua inchada como antes, e Reacher disse:
— Tem caneta?
— E papel — adiantou-se Edmonds.
— Preciso que você confira mais dois nomes no Recursos Humanos. É quase certo que sejam da mesma companhia de logística do Fort Bragg, mas preciso de confirmação. O primeiro é Jason Kenneth Rickard, e o segundo é um cara chamado Shrago. Não sei se esse é o nome ou o sobrenome. Tente conseguir o histórico dele. Parece que tem as orelhas mutiladas.
— Orelhas?
— Aquelas coisas do lado da cabeça.
— Eu falei com a major Sullivan mais cedo hoje à noite. O gabinete do Secretário do Exército está pressionando para que haja uma resolução rápida do problema com o Rodriguez.
— Retirar a acusação seria uma resolução bem rápida.
— Isso não vai acontecer.
— Tá, deixa comigo — disse Reacher. Desligou, colocou o telefone no bolso e voltou a dirigir com as duas mãos. Laurel Canyon Boulevard era um nome idiota para a estrada em que estavam. Ela ficava no Laurel Canyon, é claro, enroscando-se pelo caminho estreito e montanhoso de um bairro muito desejado e pitoresco, mas não era um boulevard.

Um boulevard era uma rua larga, reta, cerimonial, geralmente com fileiras de espécies de árvores ou outros traços de paisagismo formal. Do francês antigo *boullewerc*, que significa baluarte. Um boulevard era a parte superior de um bastião adornado com paisagismo, é comprido, largo, plano, ideal para passear.

Eles saíram na Ventura Boulevard, que não era a mesma coisa que a Ventura Freeway, mas pelo menos era larga e reta. A Ventura Freeway estendia-se à frente, Universal City ficava à direita, e Studio City, à esquerda.

— Espera — disse Reacher.

— Pra quê? — questionou Turner.

— O advogado do Big Dog ficava em Studio City. Bem na Ventura Boulevard. Eu lembro de ter visto isso no depoimento juramentado.

— E?

— Talvez as fechaduras e o alarme dele também não sejam tão bons.

— É uma medida bem complicada, Reacher. Você tem um montão de outros crimes nisso aí.

— Vamos lá pelo menos pra dar uma olhada.

— Eu vou ser cúmplice.

— Você tem direito a veto — comentou Reacher. — Dois dedos no botão, como em um lançamento nuclear.

Ele virou à esquerda, seguiu rua abaixo. Um telefone tocou. Um toque eletrônico alto, como o canto de um passarinho demente. Não era o dele nem o de Turner, mas o de Rickard, no banco de trás, ao lado da carteira vazia.

55

REACHER ENCOSTOU, CONTORCEU O CORPO PARA TRÁS E pegou o telefone. Ele estava tocando alto e vibrando em sua mão. Na tela estava escrito *chamada*, o que era informação supérflua, considerando o quanto ele fazia barulho e vibrava, mas também estava escrito *Shrago*, o que era útil. Reacher abriu o telefone, colocou-o na orelha e disse:

— Alô.

Uma voz perguntou:

— Rickard?

— Não — respondeu Reacher. — Não é o Rickard.

Silêncio.

Reacher disse:

— No que vocês estavam pensando? Um bando de almoxarifes contra a 110ª PE? Com a gente, três arremessos são três rebatidas. Você é o único que está sobrando. E está completamente sozinho agora. E você é o próximo. Como é que isso faz você se sentir?

Silêncio.

Reacher disse:

— Mas eles não deveriam ter te colocado nessa posição. Foi injusto. Eu sei disso. Sei como o pessoal do Pentágono é. Não sou insensível. Eu posso te ajudar.

Silêncio.

Reacher disse:

— Me diz o nome deles, volta direto pro Bragg, e vou deixar você em paz.

Silêncio. Em seguida um rápido *beep-beep-beep* no ouvido de Reacher, e *Chamada Finalizada* na tela. Reacher jogou o telefone de volta no banco de trás e disse:

— Vou perguntar duas vezes, mas não vou perguntar três.

Eles seguiram em frente e não demoraram quase nada para chegar a Studio City. A boulevard era margeada por empresas, algumas delas em imóveis próprios, outras amontoadas em centros comerciais, como aquele lugar em North Hollywood. O acesso a alguns dos prédios e alguns dos centros comerciais era por ruas vicinais, e outros ficavam atrás de estacionamentos próprios. Era difícil ver os números, porque a frente de muitas lojas estava escura. Eles entraram e saíram de dois estacionamentos errados. Mas não demoraram muito para encontrar o lugar. Era um centro comercial verde-limão, com cinco estabelecimentos. O advogado de Big Dog ficava no centro.

Só que ele não estava lá mais.

O centro daquele lugar era ocupado por um contador. Se Habla Español e mais uma porção de outras línguas.

— As coisas mudam em dezesseis anos — comentou Turner. — As pessoas se aposentam.

Reacher ficou calado.

— Você tem certeza de que este é o endereço certo?

— Você acha que eu estou errado?

— Dá pra te perdoar.

— Obrigado, mas tenho certeza.

Reacher se aproximou para ver melhor. O estilo do lugar não era moderno. A sinalização, as mensagens, a autovalorização e as promessas eram todas um pouco datadas. O advogado não tinha se aposentado recentemente.

Havia uma luz acessa no fundo.

— Acionada por timer — afirmou Turner. — Por segurança. Não tem ninguém lá dentro.

— Estamos no inverno — alegou Reacher. — Estamos no início da época de fazer declaração de imposto de renda. O cara está lá dentro.

— E?

— A gente pode falar com ele.

— Sobre o quê? Você está querendo conseguir uma restituição de imposto de renda?

— Ele, no mínimo, manda a correspondência pro antigo dono. Talvez até o conheça. O antigo dono pode até ser o senhorio dele.

— O antigo dono pode ter morrido dez anos atrás. Ou se mudado pro Wyoming.

— Só temos um jeito de descobrir — disse Reacher. Ele caminhou até o lugar e bateu com força no vidro. — A esta hora da noite, é melhor que você fale com ele.

Juliet ligou para Romeo, porque algumas responsabilidades eram dele, e disse:

— O Shrago me contou que o Reacher está com o telefone do Rickard. Portanto, também com a arma dele, suponho eu. E ele sabe que o nosso pessoal é da logística de Fort Bragg.

— Por causa da biografia de Zadran — disse Romeo. — Era uma conexão fácil de fazer.

— Só nos resta um homem. Estamos quase sem defesa.

— O Shrago dá conta do recado.

— Contra eles? Nós perdemos três homens.

— Você está preocupado?

— É claro que estou. Nós estamos perdendo.

— Você tem alguma sugestão?

— Está na hora — disse Juliet. — Sabemos qual é o alvo de Reacher. Temos que dar permissão para o Shrago.

Por um período, tiveram a impressão de que Turner estava certa. Parecia não haver ninguém lá, só a luz de um equipamento de segurança com timer, mas Reacher continuou batendo e por fim um cara caminhou até um lugar em que ficou visível e gesticulou com os braços para que fossem embora. A que Reacher respondeu também acenando, o que levou a um impasse, o cara fazendo mímicas que significavam *Não quero que ninguém entre aqui à noite*, e Reacher sentindo-se igual à criança em um filme mandada para a casa do médico no meio da noite para chamar, *vem rápido, o velho Jeb foi enterrado vivo por uma pilha de formulários de declaração de imposto de renda*. E o cara cedeu primeiro. Ele bufou de irritação e andou pelo corredor central de seu estabelecimento pisando com força. Destrancou e abriu a porta. Era um jovem asiático. De trinta e poucos anos, talvez. Estava de calça cinza e colete vermelho.

— O que vocês querem? — perguntou ele.
— Nos desculpar — respondeu Turner.
— Por quê?
— Por te interromper. Sabemos que o seu tempo é valioso. Mas precisamos de cinco minutos dele. Pelos quais ficaremos felizes em lhe pagar cem dólares.
— Quem são vocês?
— Tecnicamente no momento trabalhamos para o governo.
— Posso ver as identidades?
— Não.
— Mas vocês querem me pagar cem dólares?
— Só se você tiver informação relevante.
— Sobre qual assunto?
— Sobre o advogado que era dono deste lugar antes de você.
— O que tem ele?
— O congresso requer que nós verifiquemos algumas informações de pelo menos cinco maneiras diferentes, já conseguimos quatro e esperamos que você possa ser o número cinco, hoje à noite, para que possamos ir pra casa.
— Que tipo de informação?
— Em primeiro lugar, solicitaram que perguntássemos, por pura formalidade, se você sabe se o sujeito da nossa investigação está vivo ou morto.
— Sei, sim.
— E?
— Vivo.

— Bom — disse Turner. — Essa é só uma informação preliminar. E agora nós só precisamos do nome completo e do endereço atual dele.

— Eu deveria ter sido o primeiro a ser procurado. Não o quinto. Sou eu que redireciono a correspondência dele.

— Não, nós lidamos com os mais difíceis antes. Faz com que o dia flua melhor. Em vez de subir uma ladeira, nós descemos.

— Vou anotar pra você.

— Obrigada — disse Turner.

— Tem que ser completo e sem erro — completou Reacher. — Você sabe como o congresso é. Se um cara coloca avenida e o outro av., eles abrem a possibilidade de descartar a informação.

— Não se preocupem — disse o sujeito.

O nome completo do advogado era Martin Mitchell Ballantyne, e ele não tinha se mudado para o Wyoming. O endereço dele ainda era em Studio City, Los Angeles, Califórnia. Dava praticamente para ir a pé. De acordo com o mapa de Turner, era próximo ao final da Ventura, na Coldwater Canyon Drive. Talvez onde o cara tinha morado a vida inteira.

Se fosse esse caso, ele tinha sido um advogado péssimo. O endereço era em um predinho com jardim, provavelmente da década de 1930, com oito décadas de decadência. Estava fora de moda havia muito tempo. Estava deplorável. Paredes verde-escuras, como lodo, e janelas amarelo-claras.

— Não fica muito esperançoso — recomendou Turner. Ele deve se recusar a nos receber. É meio tarde pra uma visita surpresa.

— As luzes ainda estão acesas.

— E ele pode não lembrar de nada a respeito daquilo. Foi há dezesseis anos.

— Então não tem como piorar.

— A não ser que ele chame isto de manipulação de testemunha de acusação.

— Ele deve pensar nisto como um depoimento.

— Só não fique surpreso se ele enxotar a gente de lá.

— Ele é um sujeito velho e solitário. Não tem nada que ele queira mais do que duas visitas.

Ballantyne nem os enxotou nem ficou feliz ao vê-los. Permaneceu à porta, passivo, como se muito tempo de sua vida tivesse sido gasto abrindo aquela porta tarde nas noites de LA devido a demandas urgentes. Tinha estatura mediana, era razoavelmente saudável e não tinha muito mais de sessenta anos. Mas sua aparência era cansada. E tinha um jeito muito lúgubre. O olhar de um homem que tinha confrontado o mundo e perdido. Tinha uma cicatriz no lábio, que Reacher supôs não ser resultado de um procedimento cirúrgico. Atrás dele havia uma mulher que Reacher supôs ser a esposa dele. Ela tinha uma aparência similar à dele, porém menos passiva e mais abertamente hostil.

— Gostaríamos de comprar quinze minutos do seu tempo, sr. Ballantyne — disse Reacher. — O que acha de cem pratas?

— Eu não pratico mais advocacia — respondeu o cara. — Não tenho mais licença.

— Aposentou-se?

— Foi cassada.

— Quando?

— Há quatro anos.

— É sobre um caso antigo que queremos conversar.

— Qual é o seu interesse nele?

— Estamos fazendo um filme.

— Quanto tempo tem o caso?

— Dezesseis anos.

— Por cem pratas?

— São suas se quiser.

— Entrem — convidou o cara. — Vamos ver se vou querer.

Os quatro caminharam apertados por um corredor estreito antes de chegarem a uma sala também estreita, que tinha uma mobília melhor do que Reacher esperava, como se Ballantyne tivesse sido rebaixado de um lugar melhor. Quatro anos antes, talvez. Cassado, talvez por ter sido penalizado, processado ou por ter falido.

— E se eu não conseguir lembrar? — questionou Ballantyne.

— Você recebe o dinheiro mesmo assim — respondeu Reacher. — Contanto que você faça um esforço honesto.

— Qual era o caso?

— Dezesseis anos atrás, você fez um depoimento juramentado para um cliente chamado Juan Rodriguez, também conhecido como Big Dog.

Ballantyne inclinou-se para a frente. Valia a pena fazer um esforço honesto pelos cem dólares, mas ele decidiu isso quando ainda tinha contabilizado apenas um dólar e vinte e cinco centavos.

Ele recostou-se novamente.

— O negócio com o Exército? — questionou ele.

Reconhecimento em sua voz. E uma espécie de mistério. Como se alguma coisa ruim tivesse se remexido e voltado do mundo dos mortos. Como se o negócio com o Exército não lhe tivesse trazido nada além de problemas.

— Isso — respondeu Reacher. — O negócio com o Exército.

— E o seu interesse nele é exatamente qual?

— Você usou o meu nome nos lugares em que tinha que preencher as lacunas.

— Você é o cara? — perguntou Ballantyne. — Na minha casa? Eu já não sofri o bastante?

— Mas que inferno, saiam daqui agora — expulsou a mulher dele. O que ela aparentemente queria mesmo que eles fizessem porque continuou repetindo aquilo em voz alta, clara e venenosa, sem parar, como uma ênfase pesada no *agora*. O que em termos de tom e conteúdo Reacher entendeu como evidência clara de que o consentimento tinha sido retirado, que a invasão de domicílio tinha começado, como ele prometera a Turner dois dedos no botão nuclear, e ela estava um pouco receosa com a questão da testemunha de acusação, então ele foi embora, na mesma hora, com Turner aproximadamente trinta centímetros atrás dele. Caminharam de volta para o carro, apoiaram-se nele e Turner concluiu:

— Então está tudo relacionado com o sistema de arquivamento.

Reacher concordou com um gesto de cabeça e disse:

— Você vai usar a Sullivan?

— Você usaria?

— Com certeza. Ela tem patente alta e está exatamente lá no Departamento Jurídico das Forças Armadas, não enfiada na Comando de Recursos Humanos do Exército.

— Concordo — disse Reacher.

Ele pegou o telefone e ligou para Edmonds.

56

EDMONDS ATENDEU, SONOLENTA E UM POUCO IMPACIENTE, e Reacher disse:

— Hoje mais cedo você me contou que a major Sullivan te falou que o gabinete do Secretário do Exército está pressionando para que haja uma resolução rápida do problema com o Rodriguez.

— E o senhor me acordou no meio da noite pra me dar outra resposta espirituosa?

— Não, preciso que você descubra quem exatamente pediu isso pra major Sullivan, ou pelo menos por qual canal a mensagem chegou.

— Muito obrigada por pensar em mim, mas a major Sullivan não deveria lidar com isso diretamente?

— Ela vai estar muito ocupada fazendo outra coisa. Isso é muito importante, capitão. E muito urgente. Preciso que seja feito cedo. Então aborde todo mundo que você conhece, em todos os lugares. O mais cedo que puder. Enquanto eles ainda estiverem na esteira, ou seja lá o que esse pessoal faz de manhã.

★

Reacher procurou nos bolsos e encontrou o número do celular da Sullivan, no papel pela metade do bloquinho de anotações que Leach lhe tinha entregado. Ele ligou e aguardou as chamadas. Ela atendeu depois da sexta, o que ele achou que era muito bom. Tinha sono leve, aparentemente.

— Alô — disse ela.

— Aqui é Jack Reacher. Lembra de mim?

— Como eu posso esquecer? Nós precisamos conversar.

— Estamos conversando.

— Sobre a sua situação.

— Mais tarde, pode ser? Agora a gente tem coisa pra fazer.

— Agora? Estamos no meio da noite.

— Ou agora ou o mais rápido possível. Dependendo do nível de acesso que você tem.

— A quê?

— Acabei de falar com o advogado que fez o depoimento juramentado do Big Dog.

— Pelo telefone?

— Cara a cara.

— Isso é totalmente inapropriado.

— Foi uma conversa muito curta. Nós saímos assim que pediram.

— Nós?

— A major Turner está comigo. Uma oficial de mesma patente e igualmente habilidosa. Uma testemunha independente. Ela escutou também. Como uma segunda opinião.

— Escutou o quê?

— O arquivo jurídico tem uma função de busca no computador?

— É claro que tem.

— Então se eu digitar *Reacher, reclamação contra*, o que vai aparecer?

— Exatamente o que você tem, basicamente. O depoimento juramentado do Big Dog ou algo similar.

— A busca é rápida e confiável?

— Você me acordou mesmo no meio da noite pra conversar sobre informática?

— Preciso saber disso.

— O sistema é bem rápido. Não é uma ferramenta muito intuitiva, mas é capaz de te levar direto a um documento específico.

— Eu mencionei o caso pro advogado e ele lembrou imediatamente. Ele o chamou de o negócio com o Exército. Depois ele me perguntou qual era o meu interesse, eu contei, e ele falou "eu já não sofri o bastante?"

— O que ele quis dizer com isso?

— Você tinha que estar lá pra escutar. Estava tudo no tom de voz dele. O depoimento juramentado não foi uma acusação que ele encaminhou e depois esqueceu. Não era coisa rotineira. Era um *negócio*. Era toda uma história, com começo, meio e fim. E estou supondo que o final foi ruim. Foi isso o que nós escutamos. Ele deixou transparecer que foi um episódio ruim na vida dele. Ele o estava relembrando com arrependimento.

— Reacher, eu sou advogada, não especialista em diálogos. Preciso de fatos, não do que alguém acha que uma pessoa está deixando transparecer quando fala.

— E eu sou interrogador, e o interrogador descobre muita coisa escutando. Ele me perguntou qual era o meu interesse, como se estivesse pensando em algum outro interesse que ainda poderia haver naquilo. Todos os interesses possíveis já não foram exauridos anos atrás?

— Reacher, estamos no meio da noite. Seja objetivo e vá direto ao ponto.

— Segura a onda aí. Você tem muita coisa pra fazer. Não vai voltar a dormir agora. O que eu quero realçar é que, depois que ele falou, eu já não sofri o bastante?, na mesma hora a mulher dele começou a gritar e berrar enxotando a gente de lá. Eles estão morando em condições precárias e estão muito infelizes por conta disso. E o Big Dog era um assunto complicado pra eles. Algo como um acontecimento determinante, anos atrás, com consequências negativas até hoje. Essa é a única maneira de entender o motivo pelo qual eles falaram daquele jeito. Então agora eu estou me perguntando se essa coisa toda estava realmente litigada na época, tantos anos atrás. Talvez o advogado tenha levado um pé na bunda. E talvez ele tenha feito a sua primeira violação ética. O que pode ter sido o primeiro passo em uma estrada esburacada que terminou quatro anos atrás, quando a licença dele foi cassada. Tanto que nem ele nem a esposa conseguem sequer ouvir falar do caso de novo, porque foi o início de todos os problemas deles. Eu já não sofri o bastante? Como se dissesse, eu tive dezesseis anos de inferno por causa desse caso e agora você quer me colocar de volta nisso tudo de novo?

— Reacher, o que você está fumando? Você não se lembra do caso. Portanto, você não o litigou. Senão você se lembraria. E se ele tivesse sido litigado dezesseis anos atrás, a ponto de o advogado ter tomado um chute no rabo, por que o estariam litigando de novo agora?

— Eles estão litigando o caso de novo?

— Estou prestes a desligar.

— O que aconteceria se alguém fizesse uma busca com *Reacher, reclamação contra*, solicitasse o depoimento juramentado do Big Dog, depois o inserisse no sistema no nível da unidade? De maneira um pouco sorrateira em relação à seriedade dele?

Nenhuma resposta.

Reacher disse:

— Ele daria a impressão de ser exatamente igual a um caso legal, não daria? Nós montaríamos uma defesa, começaríamos a nos preparar, planejar estratégias, depois esperaríamos pela reunião com o promotor e almejaríamos que a nossa estratégia sobrevivesse.

Nenhuma resposta.

Reacher disse:

— Você se reuniu com o promotor?

Sullivan disse:

— Não.

— Talvez não exista promotor nenhum. Talvez isso seja uma ilusão de apenas um lado. Desenvolvida para durar um minuto só. Por exemplo, era para eu ter visto o seu documento e fugido que nem louco.

— Não tem como ser uma ilusão. Estou sendo pressionada pelo gabinete do secretário.

— Quem disse? Talvez você esteja recebendo mensagens, mas não sabe na realidade de onde estão vindo. Você pelo menos sabe se o Big Dog está morto? Viu o certificado de óbito?

— Isto é conversa de doido.

— Talvez. Mas reflete comigo. Suponhamos que ele tenha realmente sido litigado dezesseis anos atrás. Sem o meu conhecimento. Talvez um entre centenas, e eles usaram, como amostra, um caso semelhante envolvendo algum outro cara. Mas o meu caso estava incluído como material de apoio. Tipo uma ação coletiva. Quem sabe eles tinham começado uma nova e agressiva política contra advogados pilantras. O que explicaria porque o cara tomou tanta porrada. Que tipo de documentação a gente iria ver?

— Se tivesse realmente sido litigado? Muita documentação. Nem queira saber.

— Então, se eu fizer uma busca com *Reacher, defesa contra reclamação*, o que eu encontraria?

— No final você encontraria tudo que eles tivessem identificado como material de defesa, suponho eu. Centenas de páginas, provavelmente, em uma pasta grande.

— Isso é parecido com fazer compras online? Ele faz o link de uma coisa com a outra?

— Não, eu te falei. É um treco tosco. Foi desenvolvido por gente acima dos trinta. Estamos falando do Exército, não se esqueça.

— OK, se eu estivesse preocupado com um cara chamado Reacher, quisesse amedrontá-lo para que ele fugisse, e estivesse com muita pressa, eu poderia fazer uma busca no arquivo com *Reacher, reclamação contra*, que eu conseguiria encontrar o depoimento juramentado do Big Dog e poderia colocá-lo de volta em circulação sem ter a menor consciência de que ele era apenas uma pequena parte de um arquivo muito maior. Isso por causa da maneira como a ferramenta de busca funciona. Correto?

— Hipoteticamente.

— Então este é o seu trabalho, que começa neste momento. Você tem que testar essa hipótese. Veja se consegue encontrar algum resquício de um arquivo maior. Busque com todas as palavras-chave em que conseguir pensar.

Eles entraram no carro e seguiram para o leste na autoestrada, voltaram para a Vineland Avenue, depois foram para o sul, passaram pelo bairro da garota e chegaram à lanchonete. Ela tinha ido embora, inevitavelmente, assim como a garçonete loura e também todos os outros clientes da hora do jantar. A hora do rush tinha definitivamente acabado. O período de fim de noite tinha começado. Havia três homens ocupando mesas separadas, bebendo café, e uma mulher comia torta. A garçonete morena estava conversando com o atendente do balcão. Reacher e Turner

ficaram à porta, a garçonete escapuliu de lá para cumprimentá-los, e Reacher disse:
— Desculpa, mas eu tive que sair correndo àquela hora. Houve uma emergência. Eu não paguei pela minha xícara de café.
— Já resolveram isso — revelou a garçonete.
— Quem? Não a menina, eu espero. Isso não seria correto.
— Já resolveram isso — repetiu a mulher.
— Está tudo certo — disse o atendente, Arthur. Ele estava limpando o balcão.
— Quanto custa uma xícara de café? — Reacher perguntou a ele.
— Dois dólares e um centavo — respondeu o cara. — Com os impostos.
— Bom saber — comentou Reacher. Ele sacou duas notas e uma moeda de um centavo, colocou em cima do balcão e disse:
— Para pagar pelo favor, quem quer que tenha feito isso. Fico muito agradecido. Tudo que vai, volta.
— OK — disse o cara, deixando o dinheiro onde estava.
— Ela me disse que vem sempre aqui.
— Quem?
— Samantha. A menina.
O cara confirmou com um gesto de cabeça antes de responder:
— Ela é uma freguesa bem regular.
— Diga a ela que peço desculpa por ter precisado sair correndo. Não quero que ela pense que eu fui mal-educado.
— Ela é só uma menina. Com que você está preocupado?
— Ela acha que eu trabalho pro governo. Não quero que ela fique com uma impressão ruim. Ela é uma garota muito inteligente. O serviço público é algo que ela pode pensar em fazer.
— Pra quem você realmente trabalha?
— Pro governo — respondeu Reacher. — Mas não pro departamento que ela imaginou.
— Vou dar o recado.
— Há quanto tempo você a conhece?
— Mais tempo do que te conheço. Então, se eu tenho a opção de escolher entre a privacidade dela e as suas perguntas, vou ficar com a privacidade dela.

— Eu compreendo. Não esperaria nada além disso. Mas você pode falar mais uma coisa pra ela?

— O quê?

— Diga a ela para se lembrar daquilo que eu falei pra ela sobre os hexágonos.

— Hexágonos?

— Os hexágonos pequenos — completou Reacher. — Fala pra ela que isso é importante.

Eles voltaram pro carro e ligaram-no, mas não foram a lugar algum. Permaneceram sentados ali no estacionamento da lanchonete, com os rostos cintilando rosa e azul por causa do neon Art Deco, e Turner perguntou:

— Você acha que ela está em segurança?

— A 75ª PE e o FBI estão de olho na janela do quarto dela a noite inteira, ambos alertas especificamente para a possibilidade de aparecer um intruso, que eles esperam que seja eu, só que não vai ser, porque eu não vou lá, e nem o Shrago, na minha opinião, porque ele sabe o que eu sei. Nenhum de nós pode entrar naquela casa hoje à noite. Então, sim, eu acho que ela está em segurança. Quase por acidente.

— Então a gente devia ir achar um lugar pra ficar. Tem preferência?

— Você é a comandante.

— Eu gostaria de ficar no Four Seasons. Mas a gente tem que deixar os cartões de crédito fora do radar, para não descobrirem onde passaremos a noite. Ou seja, só podemos usar grana, o que significa motéis, o que significa que a gente devia voltar para aquele motel em Burbank, onde a gente encontrou com Emily, a prostituta. Tudo parte da experiência autêntica.

— Como dirigir um carro na Mulholland Drive.

— Ou atirar em um homem na Mulholland Drive. Isso também está nos filmes.

— Você está bem?

— Se eu tiver algum problema, você vai ser o primeiro a ficar sabendo — respondeu ela.

O motel com certeza era autêntico. Tinha uma grade de arame na janela da recepção e só aceitava dinheiro. A impressão que o quarto dava era de que estaria frio e úmido, mas era Los Angeles, onde nada é frio e úmido. Na verdade, parecia quebradiço e ressecado, como se tivesse ficado no forno por tempo demais. Porém, era funcional e não estava longe de ser confortável.

O carro ficou estacionado a cinco quartos de distância. Não havia outro lugar para escondê-lo. Mas estava suficientemente seguro, mesmo que Shrago o visse. Ele iria ver o quarto em frente a ele, o invadiria, encontraria as pessoas erradas e concluiria que o carro estava um quarto ao lado de onde deveria estar, mas esquerda ou direita era uma aposta meio a meio, o que significava que se ele escolhesse o errado, teria feito três arrombamentos diferentes antes de colocar os olhos em seu alvo, e iria supor que o carro estava a dois quartos de onde deveria estar. Quantos quartos isso envolveria? A cabeça dele explodiria muito antes de chegar a cinco quartos. As orelhinhas dele iriam parar muito longe dali, como estilhaços.

Reacher calculou que eles tinham quatro horas de sono. Ele tinha certeza de que Edmonds estava fazendo das tripas coração na Virgínia, no fuso horário da Costa Leste, recolhendo informações, então ela poderia ligar cedo e acordá-lo.

57

A PRIMEIRA LIGAÇÃO DE EDMONDS FOI ÀS DUAS DA manhã, horário local, cinco da manhã na Costa Leste. Reacher e Turner acordaram. Reacher colocou o telefone aberto entre os travesseiros, eles rolaram e encostaram testa com testa para que ambos escutassem. Edmonds disse:

— O senhor me pediu informações mais cedo sobre Jason Kenneth Rickard e um cara chamado Shrago. Tem caneta?

— Não — respondeu Reacher.

— Então escuta com atenção. São iguais aos outros dois. Estão todos lotados na mesma companhia no Fort Bragg. Há três equipes em um esquadrão, aquela a que pertencem é uma delas. O que exatamente isso significa, eu não sei. Possivelmente o trabalho exige especialista, e eles aprenderam a confiar uns nos outros.

— E que sejam capazes de guardar seus segredos em comum — comentou Reacher. — Me fala do Shrago.

— Ezra Shrago, terceiro sargento e líder da equipe. Trinta e seis anos. Avós húngaros. Está na unidade desde o início da guerra. Ficou cinco anos entrando e saindo do Afeganistão e, depois disso, ficou lotado unicamente aqui nos EUA.

— Qual é a das orelhas dele?
— Foi capturado.
— Na Carolina do Norte ou no Afeganistão?
— Pelo Talibã. Ele ficou desaparecido três dias.
— Por que não cortaram a cabeça dele?
— Provavelmente pelo mesmo motivo pelo qual não atiramos no Emal Zadran. Eles também têm políticos.
— Quando foi isso?
— Cinco anos atrás. Ele ganhou uma posição permanente depois disso. E não voltou ao Afeganistão desde então.

Reacher fechou o telefone, e Turner disse:
— Não estou gostando nem um pouco disso. Por que ele ia vender armas para as pessoas que cortaram as orelhas dele?
— Não é ele que fecha os negócios. Ele é apenas um dente na engrenagem da máquina. Não estão nem aí pro que ele pensa. Querem os músculos dele, não as opiniões.
— A gente pode oferecer imunidade a ele. Podemos fazer com que vire a casaca.
— Ele esmurrou o Moorcroft quase até a morte.
— Eu falei oferecer, não dar. A gente pode esfaquear o sujeito pelas costas depois.
— Então liga pra ele e faz a oferta. Ele ainda está na agenda do telefone.

Turner levantou, encontrou o telefone, voltou para a cama e ligou, mas a empresa telefônica informou que o número com o qual ela estava tentando falar tinha bloqueado as ligações dela.
— Eficiente — disse ela. — Eles estão apagando os rastros o tempo todo, minuto a minuto. Não tem mais sr. Rickard. Nem Baldacci nem Lozano. Todos viraram história.
— Vamos dar um jeito sem ter que recorrer ao Shrago — disse Reacher. — A gente vai descobrir um jeito. Talvez num sonho, daqui a cinco minutos.

Ela sorriu e disse:
— Certo. Boa noite de novo.

Juliet ligou para Romeo, porque algumas responsabilidades eram dele, e disse:

— Shrago localizou o carro deles. Está em um motel ao sul do aeroporto de Burbank.

— Mas... — disse Romeo.

— O Shrago acha que ele provavelmente não está em frente ao quarto em que se hospedaram, uma medida de segurança básica. Ele teria que conferir dez ou doze quartos e acha que não vai se safar dessa. Um ou dois, talvez, mas não mais do que isso. E não há motivo para danificar o carro, porque eles vão simplesmente alugar outro, com um dos nossos próprios cartões de crédito.

— Ele não consegue chegar à garota?

— Não até que ela saia de casa de novo. Está sendo vigiada muito de perto.

— Há atividade no arquivo jurídico. Um usuário sozinho com acesso do Departamento Jurídico das Forças Armadas, em busca de alguma coisa. O que não é comum, a esta hora da noite.

— A capitão Edmonds?

— Não, ela está no sistema do Comando de Recursos Humanos. Acabou de dar uma boa olhada no Rickard e no Shrago, mais ou menos uma hora atrás. Eles estão se aproximando.

— Do Shrago, talvez. Não de nós. Não existe nenhuma ligação direta.

— A ligação é pelo Zadran. É uma placa de neon. Então fala pro Shrago sair de Burbank. Fala pra ele esperar a garota. Diga que estamos contando com ele e que esta confusão tem que estar resolvida pela manhã, custe o que custar.

A segunda ligação de Edmonds foi às cinco da manhã, horário local, oito da manhã na Leste. Reacher e Turner voltaram a ficar na posição testa com testa, e Edmonds falou:

— Tá, tenho mais notícias. O horário da esteira acabou, e o do serviço administrativo está pra começar, portanto a única coisa que eu tenho são rumores e fofocas, mas em D.C. isso é geralmente mais preciso do que qualquer outra coisa.

— E?

— Falei com oito pessoas de dentro do gabinete do Secretário ou ligadas a ele.

— E?

— Ninguém está atinando nem com Rodriguez, nem com Juan Rodriguez, nem com Dog, nem com Big Dog. Ninguém reconhece o nome, ninguém está sabendo do caso, ninguém passou mensagem para a major Sullivan e ninguém está sabendo coisa alguma sobre um oficial superior ter feito isso.

— Interessante.

— Mas não definitivo. Oito pessoas é uma amostra pequena, e a sensação é de que um constrangimento de dezesseis anos não chamaria tanta atenção assim. Vamos ficar sabendo de mais coisa em uma hora, quando todo mundo estiver de volta ao escritório.

— Obrigado, capitão.

— Dormiram bem?

— Estamos em um motel que cobra por hora. Estamos fazendo o nosso dinheiro render. Ofereceram orientação psicológica para o Ezra Shrago depois do negócio com as orelhas dele no Afeganistão?

— As informações psiquiátricas são confidenciais.

— Mas eu tenho certeza de que você as leu do mesmo jeito.

— Ofereceram orientação e ele aceitou, o que é considerado incomum. A maioria das pessoas parece lidar com isso à maneira do Exército, ou seja, fica segurando até ter um colapso nervoso. Mas o Shrago foi um paciente receptivo.

— E?

— Três anos após o incidente, ele ainda guardava fortes sentimentos de raiva, ressentimento, humilhação e ódio. Lotá-lo aqui nos EUA foi tanto preventivo quanto terapêutico. A opinião era de que não podiam confiar nele entre a população nativa. Era uma atrocidade aguardando para acontecer. Na ficha dele há a informação de que tem ódio mortal do Talibã.

Depois Turner disse:

— Não estou gostando disso mesmo. Por que venderia armas para pessoas que ele odeia?

— Ele é um dente na engrenagem — repetiu Reacher. — Ele mora na Carolina do Norte. Ele não vê um aturbantado daqueles lá há cinco anos. Pagam a ele muita grana.

— Mas ele está participando.

— Ele está desassociado. O que os olhos não veem o coração não sente.

— Reacher deixou o telefone onde estava, entre os travesseiros, e eles voltaram a dormir.

Mas não por muito tempo. Edmonds ligou pela terceira vez quarenta minutos depois, às quinze para as seis da manhã, horário local. Ela disse:

— Só por diversão, eu voltei ao Fort Bragg pra ver em que datas eles foram enviados para lá, porque eu queria saber por quanto tempo eles serviram juntos como um quarteto. Shrago estava desde o início, como eu disse, e depois foi o Rickard, em seguida Lozano e por último Baldacci, que entrou há quatro anos, e eles estão juntos desde então. O que faz deles a equipe mais antiga da unidade, com folga. Tiveram muito tempo para se conhecer.

— OK — disse Reacher.

— Mas esse não é o ponto principal. O ponto principal é que quatro anos atrás aquela unidade teve um comandante temporário. O anterior caiu morto por causa de um infarto. Foi o comandante temporário que formou a equipe do Shrago. E adivinha quem era?

— O Morgan — respondeu Reacher.

— Acertou de primeira. Ele era major na época. Foi promovido não muito tempo depois disso sem nenhuma razão muito óbvia. A ficha dele é bem magrinha. Ela pode servir de leitura para curar insônia.

— Não vou me esquecer disso. Mas eu agora estou dormindo bem, apesar de ser acordado pelo telefone.

— Digo o mesmo — comentou Edmonds.

— Quem mandou o Morgan pra Bragg quatro anos atrás? — perguntou Reacher. — Quem fala para um cara como aquele pra onde ele deve ir?

— Estou trabalhando nisso agora.

Reacher deixou o telefone onde estava e eles voltaram a dormir.

Dormiram pela última meia hora antes de receberem a quarta ligação da manhã, às seis e quinze, horário local, da major Sullivan, no Departamento Jurídico. Ela disse:

345

— Acabei de passar três horas no arquivo e infelizmente a sua teoria está um pouco furada. A reclamação do Big Dog não foi litigada dezesseis anos atrás nem em outro momento qualquer desde então.

Reacher ficou um tempinho em silêncio e depois disse:

— Certo. Entendi. Obrigado por investigar.

— Agora você quer a boa notícia?

— Tem alguma?

— Ele não foi litigado, mas foi investigado muito minuciosamente.

— E?

— Ele era uma fraude, do início ao fim.

58

Alguém queria muito defender os seus interesses — disse Sullivan. — Você deve ter sido muito respeitado, major. Não era um esquema tipo ação coletiva. Não havia nenhuma política nova em relação a advogados picaretas. Era um negócio específico sobre você. Alguém queria limpar o seu nome.

— Quem?

— O trabalho pesado foi feito por uma pessoa da 135ª PE chamada Granger.

— Homem ou mulher?

— Homem, um capitão lotado na Costa Oeste. Don Granger.

— Nunca ouvi falar dele.

— Todos os registros dele foram copiados para um PE de duas estrelas chamado Garber.

— Leon Garber — disse Reacher. — Ele era meio que o meu rabino. Devo muito a ele. Até mais do que eu pensava, obviamente.

— Creio que sim. Ele deve ter conduzido a coisa toda. E você deve ter sido queridinho dele, porque a dedicação dele a isso foi um negócio dos infernos. Mas você tem uma dívida com o Granger também. Ele ralou pra cacete por você e viu algo que ninguém mais enxergou.

— Qual é a história?

— Você e o seu pessoal geraram muitas reclamações. O procedimento padrão da sua unidade é se fazer de desentendido e esperar que elas caduquem, o que frequentemente acontece, mas se isso não acontece, elas passam a ter que ser defendidas, com resultados historicamente mistos. Foi assim durante anos. Então aqueles que tinham caducado começaram a criar problemas, ironicamente. Todos vocês tinham na ficha uma alegação que não foi provada. A maioria delas obviamente era bobagem, ignorada com razão, mas algumas eram levadas em consideração. E as Comissões de Promoções as viam. Começaram então a pensar na possibilidade de haver fumaça sem fogo e as pessoas não estavam sendo promovidas, o que se tornou um problema. E a reclamação do Big Dog era pior do que a maioria. Imagino que o general Garber achou que ela era nociva demais para ser ignorada, ainda que provavelmente caducasse. Ele não quis deixar que ela ficasse parada ali no arquivo. Era nebulosa demais.

— Ele podia ter perguntado diretamente a mim.

— O Granger perguntou por que ele não fez isso.

— E qual foi a resposta?

— O Garber achava que você podia ter feito aquilo. Mas não queria ouvir isso diretamente.

— Sério?

— Ele achou que você pudesse ter ficado contrariado ao ver SAWs nas ruas de Los Angeles.

— Isso era problema do Departamento de Polícia de Los Angeles, não meu. A única coisa que eu queria era um nome.

— O que você conseguiu, e ele não via outra maneira de você ter conseguido isso.

— Ele também não conversou comigo depois.

— Ele ficou com medo de você ir lá e meter uma bala na cabeça do advogado.

— Era possível.

— Então o Garber era um homem sábio. A estratégia dele foi imaculada. Ele colocou o Granger naquilo, e a primeira coisa de que ele não gostou foi do Big Dog, e a segunda coisa de que ele não gostou foi do advogado. Mas não havia falhas em lugar nenhum. Ele sabia que você tinha estado com o cara momentos antes de ele ter sido espancado, e o depoimento juramentado era o que era, então ele ficou imobilizado. Chegou à mesma conclusão que você, ou seja, outro cara tinha feito aquilo, ou caras, talvez uma delegação enviada por um cliente insatisfeito, que nesse contexto significa uma gangue, ou latinos como o Rodriguez, ou negros, mas ele não fez muito progresso sozinho. Então ele foi até o Departamento de Polícia de Los Angeles, mas os policiais também não tinham nada a oferecer. O que Granger não considerou algo conclusivo, porque no período em questão os policiais estavam soterrados até a tampa em questões relacionadas a sensibilidades raciais, como o departamento de Polícia de Los Angeles geralmente ficava naquela época, e eles ficavam nervosos ao conversarem sobre gangues com um estranho, pois havia a possibilidade de ele ser na verdade um jornalista que acreditava que questões de gangues eram palavras-código para insensibilidade racial. Então Granger voltou para a ideia da gangue por conta própria e verificou os registros sobre quem era considerado armado e perigoso na época, como uma espécie de ponto de partida, e descobriu que ninguém tinha sido considerado armado e perigoso na época. Estavam dentro de um período de 72 horas sem um único registro de crimes praticados por gangues. Por isso, inicialmente Granger concluiu que as gangues estavam em decadência em LA, e deu uma olhada melhor em outros lugares, mas não teve sorte, e Garber estava pronto para finalizar a missão. Mas aí Granger viu o que estava deixando passar batido.

De seu travesseiro, Turner falou:

— O hiato de 72 horas foi porque o Departamento de Polícia de Los Angeles jogou no lixo todos os registros de crimes cometidos por gangues. Provavelmente orientados pelo pessoal de RP. A informação de que não estava acontecendo nada era falsa.

— Correto, major — disse Sullivan. — Só que os livros dos policiais que faziam as patrulhas ainda tinham todos os detalhes. Granger colocou um tenente contra a parede, a história verdadeira veio à tona e ela era bizarra. Aproximadamente vinte minutos depois do Reacher ir embora, quatro caras da El Segundo chegaram e começaram a espancar o Big Dog no próprio jardim. Um vizinho ligou pra polícia, que chegou depois e testemunhou aproximadamente um minuto do espancamento, em seguida eles entraram em ação, prenderam os caras de El Segundo, e foram os próprios policiais que levaram o Big Dog pro hospital. Mas houve um pouco de força excessiva nas prisões, e vários ferimentos sérios, então o relatório foi revisado e depois veio uma ordem de cima para que enterrassem qualquer coisa que não fosse totalmente legal, e os delegados equivocaram-se no quesito cautela e enterraram tudo. Ou talvez não fosse cautela. Talvez não houvesse nada legal.

— Então eu estou em um depoimento juramentado por causa de espancamento, mas a polícia de Los Angeles viu outra pessoa fazendo aquilo?

— Granger tirou fotocópias dos livros dos policiais. Estão todos nos nossos arquivos.

— Esse advogado que o Big Dog arranjou era corajoso pra caralho.

— Pior do que você imagina. O plano A era entrar na onda e processar o Departamento de Polícia de Los Angeles. Por que não? Todo mundo estava fazendo isso. Granger estava vasculhado o escritório do advogado numa noite, na Ventura Boulevard, e achou o rascunho de um depoimento juramentado idêntico ao seu, com a diferença de que ele era contra o Departamento de Polícia e Los Angeles, em vez de contra você. Mas ironicamente aquilo não tinha como rolar, porque o Departamento de Polícia de Los Angeles podia provar que não tinha estado na vizinhança naquele dia, porque todos os seus registros eram falsificados, aí, assim que essa pequena peculiaridade entrou na jogada, o advogado mudou pro plano B, que era o Exército. O que era na verdade fraudulento e criminoso, mas o argumento era muito sólido. Como depois o Departamento de Polícia de Los Angeles nunca admitiria ter jogado relatórios de crimes no lixo por conveniência política, eles garantiram absoluto silêncio por parte deles. Big Dog queria uma grana alta, e os caras do El Segundo não tinham como ser rastreados, então o Tio Sam era a melhor coisa à disposição.

— Como Granger finalizou isso tudo?

— Ele teve que segurar a onda, porque não queria complicar o Departamento de Polícia de Los Angeles em público. Só que ele conhecia um cara no Departamento Jurídico das Forças Armadas que conhecia um cara na Ordem dos Advogados, e juntos eles pressionaram profissionalmente o advogado. Granger o fez redigir outro depoimento juramentado, afirmando que o primeiro era fraudulento, o que ele testemunhou pessoalmente, e que, a propósito, ainda está no arquivo, no compartimento ao lado daquele onde está o falso. E depois Granger rasgou o lábio do advogado.

— Ele colocou isso no arquivo também?

— Aparentemente ele estava se defendendo de uma agressão.

— Isso pode acontecer. Como o coronel Moorcroft está passando?

— Está fora de perigo, mas não está bem.

— Diga a ele que desejo melhoras, se tiver a oportunidade. E obrigado pelo seu esforço nesta noite.

— Eu te devo desculpas, major — reconheceu Sullivan.

— Não deve, não — disse Reacher.

— Obrigada. Mas você ainda me deve trinta dólares.

Reacher imaginou Turner em Berryville, Virgínia, depois da loja de ferragens, com a calça nova e a camisa dele envolvendo-a como um balão, a ponta dela encostando na parte de trás dos joelhos da major.

— Foram os melhores trinta dólares que eu já tive — comentou ele.

Eles comemoraram da melhor maneira que conheciam, depois ficou tarde demais para voltarem a dormir, então levantaram, tomaram banho e Turner disse:

— Como você está se sentindo?

— Do mesmo jeito.

— Por quê?

— Eu sabia que não tinha feito aquilo, então não é nenhuma informação nova, e não me trouxe alívio nenhum porque, pra começar, eu não estava irritado, porque não estou nem aí para o que as outras pessoas pensam.

— Nem para o que eu penso?

— Você sabia que eu não tinha feito aquilo. Como eu sabia que você não tinha pegado os cem mil.

— Estou contente por ela ter se desculpado. Foi muito cortês da sua parte falar que ela não precisava.

— Não foi cortesia — disse Reacher. — Foi uma aceitação dos fatos. Ela realmente não precisava se desculpar. Porque o preconceito inicial dela estava correto. E eu não devia ter dito que não tinha feito aquilo, porque eu quase fiz. Eu estava a um minuto de transformar tudo que está naquele depoimento juramentado em verdade. Não por causa dos SAWs nas ruas de Los Angeles. Não estava preocupado com eles. É necessário muita força e treinamento para usar aquelas armas direito. E manutenção. Esse tipo de arma vai pro seu melhor homem, não pro pior, e existe caras assim nas ruas de Los Angeles? Eu acho que não. Pra mim, as SAWs iriam disparar uma vez e depois virar ferro-velho. Nada com que se preocupar. Eram as outras coisas que me preocupavam. As minas da Claymore e as granadas de mão. Não requerem conhecimento técnico. Mas promovem muitos danos colaterais em uma situação urbana. Transeuntes inocentes e crianças. E aquela banheira de banha desprezível estava ganhando uma fortuna e gastando tudo com puta, droga e vinte Big Macs por dia.

— Vamos tomar café — disse Turner. — E não vamos voltar pra cá. A autenticidade está perdendo o charme.

Enfiaram as escovas de dente no bolso, vestiram os casacos e seguiram na direção do estacionamento. As luzes da rua ainda estavam mais claras do que o céu. O carro estava onde o tinham deixado. A cinco quartos de distância.

Havia algo escrito nele.

Algo escrito na sujeira do vidro do passageiro. Alguém tinha usado um dedo largo para traçar quatro palavras, um total de quinze letras, todas em letra de forma maiúscula, impecáveis, tudo escrito corretamente: ONDE ESTÁ A GAROTA?

59

Samantha Dayton acordou cedo, como fazia com frequência, desceu a estreita escada do sótão e deu uma olhada lá fora pela janela da sala. O Hummer tinha ido embora. Provavelmente, no meio da noite, devido aos postos de vigilância no escritório de advocacia. Em seu lugar estava o Dodge Charger roxo, que era estiloso demais para ser um carro de polícia. Mas era um carro de polícia mesmo assim. Falando genericamente, pelo menos. Tecnicamente era o carro de um agente federal, supunha ela. DEA ou FBI. Ela reconheceu o motorista. Samantha estava entendendo como a rotatividade funcionava. Porém adiante na rua o compacto branco estava onde sempre ficava. Ele era o verdadeiro mistério. Porque não era um carro de polícia. Era alugado, muito provavelmente. Da Hertz ou da Avis, do aeroporto LAX, pensou ela. Mas o DEA, o ATF e o FBI tinham escritórios de campo em Los Angeles, com muitos funcionários e carros próprios. Portanto, o cara no compacto branco era de uma organização importante o suficiente para participar da operação, mas pequena e especializada demais para possuir seu próprio escritório local. Sendo assim, o cara tinha vindo de avião de algum outro lugar. De D.C., provavelmente, onde ficam todos os segredos.

Ela tomou banho e vestiu sua calça preta favorita, sua jaqueta jeans favorita, mas com uma camisa de malha azul limpa e, por isso, calçou sapato azul. Ela penteou o cabelo e deu uma olhada para fora de novo. Estava chegando aquilo que ela chamava de hora zero. Duas vezes por dia o compacto branco se movimentava por causa das refeições, ela supunha, ou para idas ao banheiro e aproximadamente quatro vezes ao dia o Hummer e o Charger trocavam de posição, mas aparentemente não havia coordenação entre as agências, porque uma vez por dia, no início da manhã, todo mundo desaparecia no mesmo horário, por aproximadamente vinte minutos. Zero agentes, hora zero. A rua voltava ao seu estado normal. Tipo um problema de lógica ou de simples matemática, como na aula, x número de carros, y número de lugares e z número de horas a cobrir. Alguma coisa tinha que dar.

Ela olhou para fora e viu que o compacto branco já tinha saído, depois o Charger partiu enquanto ela estava olhando. Ligaram o carro, afastaram-no lentamente do meio-fio e se foram. A rua ficou sossegada. De volta ao seu estado normal. Hora zero.

Reacher passou por sua reflexão matinal uma vez mais: a 75ª PE e o FBI estavam vigiando a casa dela, alertas especificamente em relação a um intruso. *Eu não vou lá, e nem o Shrago, porque nenhum de nós pode entrar.*

— Ele está blefando — afirmou ele. — Está tentando entrar na nossa cabeça. Está querendo fazer a gente se expor. É só isso. Ele não pode chegar nem perto daquela garota.

— Você tem certeza disso? — questionou Turner.

— Não.

— A gente não pode ir lá. Você continua na lista negra até a Sullivan oficializar tudo. E eu ainda estou na lista negra, provavelmente pra sempre.

— A gente pode ir lá uma vez.

— Não podemos, não. Eles já viram o carro uma vez ontem. Talvez duas vezes. E ser preso não vai ajudar nem a ela nem a gente.

— Podemos pegar outro carro. No aeroporto de Burbank. Shrago vai ficar sabendo disso uma hora depois, mas nós podemos usar essa hora.

O café da manhã era sempre um problema. Nunca havia nada na casa e, de qualquer maneira, a mãe dela dormia até tarde da manhã, tamanhos estresse e cansaço, e não gostaria de ouvir barulhos na cozinha. Por isso o café da manhã era uma expedição, palavra de que ela gostava muito, na opinião dela baseada em latim antigo, *ex* para fora, e *ped* para pé, como pedal, ou pedicure ou pedestre, portanto, tudo junto significava sair a pé, que era exatamente o que ela geralmente fazia, porque era óbvio que ela ainda não podia dirigir, pois só tinha quatorze anos, quase quinze.

Ela estava com muita vontade de dirigir. Dirigir seria uma vantagem enorme, porque ampliaria o alcance dela. De carro, poderia ir a Burbank, ou Glendale, ou Pasadena para tomar café da manhã, ou até Beverly Hills. Enquanto a pé suas opções se reduziam à lanchonete na ponta sul da Vineland ou à cafeteria perto do escritório de advocacia, porque todo o resto vendia taco e quesadilla ou comida vietnamita, e nenhum desses lugares ficava aberto para almoço, o que era frustrante. Normalmente.

Mas não era grande coisa naquela manhã em particular, porque os agentes federais encarariam a mesma limitação de escolhas, o que faria com que ficasse mais fácil encontrá-los. Meio a meio, basicamente, como jogar uma moeda, e ela esperava ter jogado corretamente, porque o grandão chamado Reacher parecia disposto a falar sobre coisas que valia a pena ouvir, porque era óbvio que ele estava no meio daquilo tudo, tipo um supervisor que sai correndo por causa de ligações urgentes e que abre o jogo sobre o homem da orelha.

Então, cara ou coroa?

Ela fechou a porta azul depois de sair e começou a caminhar.

Eles colocaram a Range Rover velha a um meio-fio numa área onde o carro estaria sujeito a ser rebocado, em frente ao estacionamento da locadora de veículos, e entraram na fila do balcão atrás de um casal de cabelo branco que tinha acabado de chegar de Phoenix. Quando a vez deles chegou, usaram a carteira de motorista e o cartão de crédito de Baldacci, escolheram um sedan de tamanho mediano e, depois de um monte de assinaturas e rubricas, lhes entregaram uma chave. O carro em questão era um Ford branco insípido e anônimo que, por ter acabado de ser lavado, estava pingando, estacionado debaixo de um telhado e, portanto, totalmente adequado, com exceção de que a película dos vidros eram verde, sutil e moderna, nada parecido com as folhas de plástico opacas que tinham sido colocadas no vidro da Range Rover. A sensação de dirigir o Ford seria muito diferente. A visibilidade do interior ficaria restrita apenas pela luz do sol e pelos reflexos. Ou não.

Turner tinha levado o seu livro de mapas e arranjou uma rota que ficasse longe da Vineland Avenue até que chegassem à última quadra possível. O dia despontava brilhante e vigoroso à frente deles e o trânsito estava tranquilo. Ainda era muito cedo. Saíram de Burbank por ruas pequenas, onde a maioria dos lugares eram complexos comerciais, e rodaram pela North Hollywood, atravessaram a autoestrada a leste da Vineland e seguiram para o bairro diagonalmente, sentindo-se expostos e nus atrás do fino vidro verde.

— Uma passada — disse Turner. — Velocidade lenta e constante até o final da rua, sem parar, qualquer que seja a circunstância, o tempo todo prevendo normalidade e a presença dos veículos da lei, e se alguma coisa diferente acontecer nós continuamos até o final da rua assim mesmo e decidimos o que fazer de lá. Não podemos ficar presos em frente à casa, OK?

— Concordo — disse Reacher.

Eles fizeram a curva na primeira esquina, passaram pela mercearia, pelo carro sem rodas, viraram à esquerda, depois à direita e então estavam na rua, que estendia-se à frente deles comprida, reta e normal, uma faixa estreita e metálica de carros enfileirados, de ambos os lados, todos estacionados, todos cintilando ao sol da manhã.

— FBI na frente à direita. Dodge Charger roxo.

— Entendido — disse Reacher.

— E o último carro lá na frente à esquerda. O disfarçado da Polícia Metropolitana.

— Entendido — repetiu Reacher.

— A casa perece normal.

E estava mesmo. Aparentava estar sólida, sossegada e silenciosa, como se houvesse gente dormindo lá dentro. A porta da frente estava fechada, assim como as janelas. O velho cupê vermelho não tinha saído do lugar.

Seguiram adiante.

— Até agora todos os outros veículos estão vazios. Nem sinal do Shrago. Foi só um blefe.

Continuaram, com uma velocidade lenta e constante, até o final da rua, e não viram nada com que se preocupar.

— Vamos tomar café — sugeriu Reacher.

Romeo ligou para Juliet e disse:

— Eles alugaram outro carro. Um Ford branco, no aeroporto de Burbank.

— Por quê? — questionou Juliet. — Com certeza eles sabem que não podem esconder isso de nós.

— Eles estão se escondendo do FBI e da polícia metropolitana. Trocar de carro é uma tática eficiente.

— Um Ford branco? Vou falar com Shrago imediatamente.

— Ele está fazendo progresso?

— Não tive notícia dele.

— Espera um minuto — pediu Romeo.

— O que foi?

— Mais atividade no cartão do Baldacci. O cavalheiro em Long Beach acabou de debitar mais um dia de aluguel da Range Rover. O que significa que eles não trocaram de carro. O que eles fizeram foi adicionar um carro. O que significa que eles se separaram e não estão se movimentando juntos. O que é inteligente. São dois contra um. Estão usando a vantagem que têm. E fazem questão de que Shrago saiba.

Eles deram a volta ao sul do bairro e seguiram de novo para o norte pela Vineland até chegarem à lanchonete. O Ford branco estava cumprindo o seu dever. Não fazia com que cabeças se virassem. Era comum, anônimo e invisível, como uma bolha de ar. Ideal, com exceção de suas janelas transparentes.

A lanchonete era um negócio que prosperava, naquele horário ela funcionava com seriedade e eficiência, ficava cheia de trabalhadores que repunham a energia de manhã, antes de longos dias de trabalho. Não havia nenhum hipster irônico presente. A garota também não estava lá. O que não era uma surpresa, porque mesmo que ela fosse uma freguesa regular, que fazia praticamente todas refeições lá, ainda era muito cedo. Reacher não sabia de praticamente nada sobre garotas de quatorze anos, mas imaginava que acordar cedo não estava entre as preferências do estilo de vida delas. O cara chamado Arthur estava atrás do balcão, e a garçonete morena percorria apressada o salão. Provavelmente um segundo turno de trabalho, tarde da noite e de manhã cedo. A loura não estava lá. Talvez só trabalhasse em horários de pico, começava logo antes do almoço e terminava logo depois do jantar.

Eles ficaram na última mesa à direita, exatamente atrás do banco vazio da garota. Um auxiliar de garçom lhes serviu água, e a morena, café. Turner pediu omelete e Reacher, panquecas. Comeram, gostaram, protelaram e esperaram. A garota não apareceu. O restante da clientela mudou com a passagem do tempo, pessoas que trabalhavam em escritórios e em lojas substituíram os operários, os pedidos deles eram um pouquinho mais delicados e menos calóricos, os modos deles à mesa, um pouquinho menos parecidos com jogar carvão em uma fornalha. Reacher tomou café quatro vezes. Turner pediu torrada. A garota não apareceu.

Reacher levantou, se aproximou do banco vazio da garota e sentou nele. O cara chamado Arthur acompanhou a movimentação, como um bom atendente de balcão, e fez um gesto de cabeça, como se dissesse *Já vou te atender*. Reacher aguardou, e Arthur serviu café, suco de laranja, entregou um prato, anotou um pedido e depois se aproximou. Reacher perguntou:

— A Samantha toma café aqui?

— Quase todo dia — respondeu o cara.

— Que horas ela vem?

— Eu estaria errado se dissesse que você nunca mais fará quarenta anos? — perguntou o cara.

— Generoso; errado, não.

— Algumas pessoas falam que é a época em que vivemos, mas eu acho que nunca foi diferente; quando um homem na faixa dos quarenta começa a fazer perguntas perniciosas sobre uma garota de quatorze, a maioria das pessoas vai notar, e algumas delas podem até fazer alguma coisa, como fazer algumas perguntas ao sujeito.

— Que é o que deveriam fazer mesmo — disse Reacher. — Mas quem foi que morreu e te nomeou presidente do conselho?

— Foi você que veio fazer perguntas pra mim.
— Eu gostei de conversar com ela e gostaria de conversar de novo.
— Não me deixa nem um pouco mais tranquilo.
— Ela está curiosa sobre uma situação envolvendo agentes da lei, o que não é uma boa combinação.
— O negócio na rua?
— Eu acho que posso dar algumas informações em troca da promessa dela em ficar de fora desse negócio.
— Você é de algum desses órgãos?
— Não, estou aqui de férias. Era isto ou o Taiti.
— Ela não tem idade suficiente para ficar sabendo dos fatos.
— Eu acho que tem.
— Você tem autorização?
— Estou respirando?
— Ela acorda cedo. Já devia ter chegado e ido embora a essa hora. Há muito tempo. Acho que ela não vem hoje.

60

Reacher pagou a conta com o dinheiro de Baldacci, eles voltaram para o Ford e Turner falou:
— Ou comeu em casa hoje ou não tomou café da manhã. Ela é adolescente. Não espere regularidade.
— Ela disse que fazia praticamente todas as refeições aqui.
— O que não é a mesma coisa que todas as refeições, ponto.
— O cara falou quase todo dia.
— O que não é a mesma coisa que todo dia.
— Mas por que ela ia deixar de tomar café justo hoje? Ela está curiosa e acha que eu sou uma fonte.
— Por que ela ia achar que você estaria aqui?
— Agentes da lei também se alimentam.
— Então a cafeteria, perto do escritório de advocacia, seria tão lógico quanto aqui. Ela sabe que existem dois lugares.
— A gente tem que ir lá dar uma olhada.
— Difícil demais. Não conseguiríamos ver nada da rua, e não podemos entrar a pé. Além disso, ela acorda cedo. Já vai ter ido embora. A gente devia passar em frente à casa dela de novo.

— Isso não nos daria informação nenhuma. A porta está fechada. Não temos visão de raio-x.

— Shrago está em algum lugar por aí.

— Vamos voltar lá pro viaduto — sugeriu Turner.

— Num carro branco à luz do dia? — questionou Reacher.

— Só dez minutos. Pra dar uma esfriada na cabeça.

Com a luz do dia, o binóculo era soberbo. A imagem ampliada era clara e hipernítida. Reacher conseguia ver todos os detalhes da rua, do compacto branco, do Dodge roxo, da porta azul da frente da casa. Mas não estava acontecendo nada. Tudo sossegado. Só mais um dia ensolarado, só mais uma interminável vigilância, tediosa e sem qualquer acontecimento, como são a maior parte das vigilâncias. Não havia sinal de Shrago. Alguns dos carros estacionados tinham vidros muito escuros ou espelhados, mas não eram básicos o suficiente para serem alugados. Naqueles simples o suficiente para serem alugados, não havia ninguém.

— Ele não está lá — comentou Turner.

— Gostaria que nós tivéssemos certeza de que ela está — falou Reacher.

Então o telefone dele tocou. Capitão Edmonds, na Virgínia.

— Encontrei outro arquivo sobre o Shrago, de cinco anos atrás. A decisão de mantê-lo fora do Oriente Médio foi controversa. Nós estávamos participando de duas guerras, estávamos desesperados por contingente, centenas de pessoas estavam sendo reconvocadas involuntariamente, a Guarda Nacional já tinha se afastado há anos nessa época, e a ideia de pagar um cara considerado uma bomba relógio que não podia ir para o Iraque nem pro Afeganistão era vista como absurda. A primeira opção era desligamento involuntário, mas ele estava argumentando com base em compaixão, então teve que ser ouvido, e por fim o argumento passou por toda a cadeia de comando do Departamento de Recursos Humanos e chegou até um assistente do chefe assistente do Estado-Maior responsável pelo departamento de pessoal, que decidiu em favor de Shrago.

— E? — perguntou Reacher.

— Esse mesmo assistente também era responsável pelos comandos temporários. Ele foi o cara que mandou Morgan pro Fort Bragg um ano depois.

— Interessante.

— Eu também achei. Por isso que te liguei. Shrago tinha uma dívida com ele, e o Morgan era uma peça no tabuleiro.

— Qual era o nome dele?

— Crew Scully.

— Que porra de nome é esse?

— Sangue azul da Nova Inglaterra.

— Onde ele está agora?

— Foi promovido. Agora ele é chefe adjunto do Estado-Maior.

— Responsável por quê?

— Pessoal — respondeu Edmonds. — Superintendência do Comando de Recursos Humanos. Tecnicamente, ele é o meu chefe.

— Quem mandou o Morgan pra 110ª esta semana?

— A pessoa abaixo de Scully na cadeia de comando, suponho eu. A não ser que as coisas tenham mudado.

— Você confere isso pra mim? Confere também se o Scully tem acesso aos sistemas de inteligência do Departamento de Segurança Interna.

— Não acho que ele tenha.

— Também acho que não — concordou Reacher antes de desligar e voltar a tomar conta da rua.

Juliet ligou para Romeo, porque algumas responsabilidades eram dele, e disse:

— Shrago me contou que eles não se separaram. Ele decidiu dar uma conferida na locadora de veículos e chegou lá na hora em que estavam rebocando o Range Rover.

— Deram bobeira. Usar um carro os limita. O que nos dá vantagem.

— Não é essa a questão. O Range Rover está no cartão de crédito Baldacci. Nós vamos ter que pagar o valor do reboque e a diária do aluguel. É outro tapa na cara.

— O que mais Shrago viu?

— Ele está perto. Ela está fora de casa. Só passeando a pé. Não tem ninguém a um quilômetro e meio dela. Ele vai escolher o lugar.

— E vai mandar um recado pra eles como?
— Pela lanchonete. Eles foram lá duas vezes. Há um cavalheiro lá chamado Arthur que parece disposto a dar o recado.

Os dez minutos de Turner se transformaram em quase quarenta, mas nada aconteceu, nem no viaduto atrás deles, nem na rua em frente.
— A gente tem que ir — disse ela.
— Pra onde? — perguntou Reacher.
— Perambular de carro por aí. Aleatoriamente. Num raio de um quilômetro e meio da casa, porque, se ela saiu, está caminhando. Só pelas ruas aqui perto, também porque ela está caminhando. Shrago deve estar pensando a mesma coisa.

Então eles ligaram o Ford e mergulharam na 134, saíram dela imediatamente e começaram a busca pela Vineland, quadra por quadra, aleatoriamente, com exceção da rua dela, pois decidiram não assumir esse risco. A maioria das quadras tinha aproximadamente trezentos metros de comprimento e sessenta de largura, o que significava que havia mais ou menos 120 em um quilômetro quadrado, o que significava que havia aproximadamente quatrocentas dentro de um círculo com três quilômetros de diâmetro, o que significava que havia perto de 150 quilômetros de ruas para cobrir. Mas não necessariamente, pois algumas quadras tinham o dobro da largura e os acostamentos da rodovia e viadutos consumiam espaço, além disso algumas áreas nunca tinham sido pavimentadas. Aproximadamente cem quilômetros. Três horas a uma velocidade de segurança de trinta e poucos. Não que ficar se movimentando aumentaria as chances de um encontro aleatório. Espaço e tempo não funcionavam dessa maneira. Mas o movimento dava uma sensação melhor.

Não viram nada na primeira hora, a não ser a paisagem manchada composta por calçadas e postes e árvores e casas e lojas e carros estacionados às centenas. Viram não mais do umas cem pessoas e prestaram muita atenção em todas elas, mas nenhuma era a garota e nenhuma era Shrago. Não viram nenhum carro rastejando lentamente como o deles. A maioria estava indo de um lugar para o outro normal e inocentemente, a uma velocidade regular e, às vezes, alta. E foi isso o que causou a única empolgação em toda a segunda hora, pois um BMW preto fosco atravessou um sinal aproximadamente cem metros à frente e um Porsche antigo na rua com que fazia cruzamento, bateu na lateral dele, o que produziu um amontoado em forma de T. Vapor subiu ao ar, um pequeno grupo de pessoas se aglomerou, Reacher virou à esquerda e não viu mais nada, até que outra curva aleatória o levou de volta ao local, nesse momento um carro de polícia estava lá, com as luzes piscando, e depois de três curvas mais, havia um segundo carro de polícia e uma ambulância.

Fora isso, nada. Nada mesmo. Trinta minutos depois, Turner sugeriu:

— Vamos almoçar mais cedo. Porque ela pode fazer isso, já que tomou café da manhã cedo. Ou nem tomou café da manhã.

— Na lanchonete? — perguntou Reacher.

— Acho que sim. Praticamente todas as refeições significa que ela deve pular uma, mas não duas.

Então eles atravessaram o labirinto, entraram na Vineland pela parte norte do bairro e rodaram na direção sul até verem a antiga lanchonete bem adiante, à esquerda, toda brilhante e resplandecente ao sol.

E cruzando a Vineland na direção dela estava a garota.

61

Juliet ligou para Romeo, e ele disse:
— Infelizmente, fracassamos. Demos azar. Ele precisava agarrá-la quando estivesse perto do carro, obviamente. Bem ao lado dele seria o ideal. Ele não podia arrastá-la pela rua berrando, não por uma distância considerável. Então ele deu uma acelerada, passou por ela e estacionou o carro, depois deu a volta a pé e chegou à mesma rua por trás dela, estava tudo correndo bem, tudo pronto pra que ele passasse por ela bem ao lado do carro, faltavam somente vinte metros quando um idiota atravessou o sinal e se envolveu num acidente de carro, aí de repente as pessoas começaram a se aglomerar, chegou um carro de polícia, depois outro e obviamente Shrago não pôde fazer nada em frente à aglomeração de gente nem à polícia. A garota ficou achando aquilo ali divertido durante um minuto, depois começou a andar de novo, e o Shrago teve que deixá-la ir embora, primeiro porque ele não tinha como tirar o carro do meio da confusão, e quando finalmente conseguiu sair, tinha perdido a garota e não conseguiu achá-la de novo.
— E agora? — perguntou Romeo.

— Ele está começando de novo. Vai a todos os lugares que ela frequenta. À casa dela, ao escritório de advocacia, à lanchonete. Ele vai encontrá-la de novo em algum lugar.

— Isto tem que acabar na Califórnia. Não podemos deixar que eles venham pra cá.

Reacher diminuiu a velocidade, deixou a garota atravessar cinquenta metros à frente, depois virou o volante e a seguiu para dentro do estacionamento da lanchonete. Ela foi direto para a porta, ele estacionou o carro, e Turner disse:

— Eu vou com você?

— Vai. Quero que vá comigo.

Então eles entraram e ficaram esperando à porta, onde tinham aguardado antes. A lanchonete estava igualzinha à noite anterior, a garçonete loura trabalhando de novo no lado direito do salão, a morena, que estava sofrendo havia muito tempo, atendia no lado direito, Arthur estava atrás do balcão e a garota no banco, bem na ponta. A garçonete loura se aproximou, como antes, com o mesmo sorriso vazio, e Reacher apontou para uma mesa à direita, uma depois da que ficava exatamente atrás da garota, e a loura os entregou para a morena sem nenhum sinal sequer de relutância. Eles entraram e se sentaram, Reacher com as costas novamente para o salão, Turner de frente para ele do outro lado do laminado, a garota com as costas para os dois, a aproximadamente dois metros.

Mas ela os observava pelo espelho.

Reacher acenou para o reflexo dela, em parte cumprimentando, em parte um gesto do tipo *junte-se a nós*, e a menina se iluminou como se o Natal estivesse chegando, desceu do banco, chamou a atenção de Arthur, balançou o polegar na direção da mesa atrás de si, como se dissesse *estou trocando de lugar de novo*, e aproximou-se. Turner arredou, a menina assentou ao lado dela na poltrona e ficaram os três ali juntos formando um pequeno triângulo.

— Samantha Dayton, Susan Turner, Susan Turner, Samantha Dayton — apresentou Reacher.

A menina se virou no vinil, apertou a mão de Turner e disse:

— Você é assistente dele?

— Não — respondeu Turner —, sou a oficial no comando.

— Que louco. Qual agência?
— Polícia do Exército.
— Maneiro. Quem são todos os outros?
— Somos só nós e o FBI.
— São vocês ou eles que estão comandando?
— Nós estamos, é claro.
— Então o cara no carro branco é de vocês?
— É, é nosso, sim.
— Onde ele estava antes de cair aqui de paraquedas?
— Posso até te contar, mas aí vou ter que te matar.

A menina riu e parecia não se aguentar de felicidade. Informações direto dos agentes, uma mulher comandante e piadas.

— Então o cara prestes a aparecer aqui é militar? — perguntou ela.
— Tipo um soldado desertor que vem dar adeus pra família antes de desaparecer para sempre? Mas por que a família dele ia ter um advogado? Ou o advogado é dele? Ele é espião ou algum treco assim? Tipo um oficial com uma patente bem alta, todo velhinho e distinto, mas que carrega uma desilusão trágica? Ele está vendo segredos?

— Você viu alguém hoje? — interrogou Reacher.
— O mesmo pessoal de ontem.
— Ninguém sozinho?
— O cara da orelha cortada está sozinho hoje. No carro alugado. O parceiro dele deve ter ficado doente.
— Onde você o viu?
— Ele desceu a Vineland de carro. Eu estava tomando café da manhã na cafeteria. Perto do escritório de advocacia. Só que nós vamos ter que repensar esse envolvimento. Esse negócio é um triângulo, né? E a gente não sabe pra qual deles o advogado está trabalhando. Pode ser pro vizinho, pode ser pro soldado. Pode ser pros dois, eu imagino, só que não vejo como. Ou o porquê, na verdade.

— Que horas você tomou café? — perguntou Reacher.
— Foi cedo. Logo depois que os agentes saíram.
— Eles saíram?
— Só durante vinte minutos. Parece que isso é padrão. Vocês deviam fazer uma coordenação melhor. Todo mundo se movimenta na mesma hora, e isso deixa uma brecha.

— Isso é ruim.

— Pra mim é bom. Quer dizer que eu posso sair sem que eles fiquem sabendo. Aí quando eu volto eles ficam todos surpresos, porque achavam que eu ainda estava lá dentro.

— Foi isso que você fez hoje de manhã?

— É o que eu vou fazer todo dia de manhã.

— O homem da orelha te viu sair?

— Acho que não.

— Ele te viu em algum outro lugar?

— Acho que não. Eu estava tentando passar despercebida. Por causa do seu pessoal, não por causa dele. Eu não vi o cara. Mas vi o carro dele depois. Estava estacionado onde aconteceu uma batida de carro.

— Você tem que ficar longe daquele cara — alertou Reacher.

— Eu sei. Você me falou isso ontem. Mas não posso ficar dentro de casa o dia inteiro.

Turner ficou em silêncio por um tempinho e perguntou:

— Há quanto tempo você mora naquela casa?

— Desde sempre, eu acho. Não me lembro de nenhuma outra casa. Tenho certeza de que nasci naquela casa. É isso que as pessoas falam, não é? Mesmo quando não nasceram exatamente na casa. O que não aconteceu comigo também. Nasci no hospital. Mas quando me levaram pra casa, foi pra lá. Que é o que a frase quer dizer hoje em dia, eu acho, agora que todo o negócio de partos foi institucionalizado.

— Você já morou num carro? — perguntou Turner.

— Que pergunta esquisita.

— Você pode contar pra gente. Conhecemos um monte de gente que ia adorar chegar a esse nível na cadeia alimentar.

— Quem?

— Muita gente. O que eu quero dizer é que nós não fazemos julgamentos.

— Eu estou encrencada?

— Não, você não está encrencada — respondeu Reacher. — Só estamos conferindo algumas coisas. Qual é o nome da sua mãe?

— Ela está encrencada?

— Não tem ninguém encrencado. Não na sua rua, pelo menos. Isso é sobre o outro cara.

— Ele conhece a minha mãe? Ai meu Deus, é *a gente* que vocês estão vigiando? Vocês estão esperando aquele cara ir ver a minha mãe?

— Um passo de cada vez — disse Reacher. — Qual é o nome da sua mãe? E, sim, eu sei da Colt Python.

— O nome da minha mãe é Candice Dayton.

— Nesse caso, eu gostaria de me encontrar com ela.

— Por quê? Ela é suspeita?

— Não, é uma coisa pessoal.

— Como assim pessoal?

— Eu sou o cara que eles estão procurando. Eles acham que eu conheço a sua mãe.

— Você?

— É, eu.

— Você não conhece a minha mãe.

— Eles acham que, cara a cara, eu posso reconhecer a sua mãe, ou que ela pode me reconhecer.

— Ela não vai te reconhecer. E nem você.

— É difícil falar com certeza, sem tentar.

— Confia em mim.

— Eu gostaria.

— Senhor, eu posso afirmar categoricamente que você não conhece a minha mãe nem ela te conhece.

— Por que você nunca me viu? Nós estamos falando aqui de muitos anos atrás, talvez bem antes de você ter nascido.

— O quanto você acha que pode conhecer a minha mãe?

— O suficiente pra gente se reconhecer.

— Então você não conhece a minha mãe.

— O que você quer dizer?

— Por que você acha que eu sempre como aqui?

— Porque você gosta?

— Porque é de graça. Porque a minha mãe trabalha aqui. Ela está logo ali. Ela é a loura. Você já passou por ela duas vezes e nem piscou. Nem ela. Vocês dois nunca se viram.

62

REACHER DESLIZOU PELO BANCO E ESTICOU O PESCOÇO PARA dar uma olhada. A garçonete loura estava muito ocupada, movendo-se para a esquerda, para a direita, soprando do olho uma mecha errante de cabelo, secando a palma da mão no quadril, sorrindo, anotando pedidos.
Ele não a conhecia.
— Ela já esteve na Coreia? — perguntou ele.
— Outra pergunta esquisita — disse a menina.
— Esquisita como?
— É esquisita se você a conhece.
— Como assim?
— Toda vez que está estressada e faz uma piadinha pra se martirizar, ela usa a história de nunca ter saído do condado de Los Angeles, só uma vez na vida, quando um namorado a levou pra Vegas, mas não tinha dinheiro pra pagar o hotel. Ela nem tem passaporte.
— Você tem certeza disso?
— É por isso que ela pinta o cabelo. A gente está no Sul da Califórnia. Ela não tem documento.

— Ela não precisa de documento.
— Ela é uma cidadã sem documento. Demora muito pra explicar isso.
— Ela está se dando bem?
— Esta não é bem a vida que ela planejou.
— Você está se dando bem?
— Estou de boa — respondeu a menina. — Não se preocupa comigo.

Reacher ficou calado, e Arthur saiu do ponto cego atrás de seu ombro, curvou-se e sussurrou no ouvido da menina, bem baixo, mas as sílabas fortes deixaram claro aquilo que ele falou: *esta senhora e este cavalheiro precisam se reunir com outro cavalheiro*. Na mesma hora, a menina deu um pulo, toda esfuziante, totalmente satisfeita por ceder seu lugar para um agente com patente mais alta que a deles e ainda mais perto do coração do drama. Arthur voltou a ficar fora de vista, e a menina saiu destrambelhada atrás dele, e de maneira suave como seda seu lugar vazio no banco foi imediatamente ocupado por uma figura pequena e compacta, que escorregou até ficar no lugar certo, impecavelmente, com os cotovelos já na mesa e triunfo no rosto.

Subtenente Pete Espin.

Reacher olhou para Turner, que abanou a cabeça, o que queria dizer que Espin tinha homens na lanchonete, pelo menos dois, provavelmente armados, e provavelmente bem perto. Espin se aconchegou no banco, posicionou as mãos como se estivesse embaralhando cartas e disse:
— O senhor não é o papaizinho dela.
— Aparentemente — disse Reacher.
— Eu conferi, só por diversão. O Departamento de Estado disse que a srta. Dayton nunca teve passaporte. O Departamento de Defesa disse que ela nunca entrou na Coreia com nenhum tipo de documento. Aí eu continuei investigando mais um pouco, e parece que o advogado está vendendo umas coisas pela internet. Qualquer documento, falando qualquer coisa que você queira. Com dois níveis de preço, ou só o papel, ou plausível. Neste tipo de caso, plausível significa mulheres de verdade, crianças de verdade e a xerox de verdade de uma certidão de nascimento de verdade. E esse cara não é o único. É um negócio em franca expansão. O estoque é muito grande. Se você quer uma criança nascida em uma certa data, pode fazer a sua escolha.

— Quem comprou o depoimento juramentado?

— Ele deu o nome de Romeo, mas a grana dele era boa. Lá das Ilhas Cayman.

— Quando Romeo o comprou?

— Na mesma manhã em que a major Turner foi presa. É um serviço instantâneo. A pessoa fala pra eles quais são os nomes, os lugares e as datas, e eles preenchem o documento falsificado padrão. Dá até pra fazer upload de texto, se quiser. Os documentos são feitos num computador, chegam por e-mail e parecem fotocópias. Candice Dayton foi escolhida por causa da data de nascimento da filha dela. O advogado sabia que ela era garçonete, porque comia aqui. Ela recebeu cem pratas para assinar. Mas vacilaram na data de nascimento. O senhor notou isso? Foi exatamente na metade do período em que o senhor ficou em Red Cloud. Exatamente no meio. O que parece que o cara estava olhando no calendário, não é assim que funciona a biologia.

— Boa observação — elogiou Reacher.

— Então o senhor se livrou de uma fria.

— Mas por que eu estive numa fria em algum momento? Essa é a grande questão. Você tem uma resposta pra mim? Por que o tal Romeo comprou o depoimento juramentado?

Espin ficou calado.

— E quem é esse Romeo de verdade? — perguntou Reacher.

Sem resposta.

— O que acontece agora? — indagou Turner.

— Prisão — respondeu Espin.

— O Reacher também?

— Afirmativo.

— Você tem que ligar pra major Sullivan no Departamento Jurídico das Forças Armadas.

— Ela já me ligou. O negócio com o Big Dog já era, mas desde o momento em que entrou naquela cela no Dyer até agora, sabemos que o Reacher cometeu uns cem crimes, ou até mais, desde encarceramento ilegal de uma pessoa para dar apoio a um outro crime até fraude com cartão de crédito.

— A sargento Leach te deu um recado nosso? — perguntou Reacher.

— Aparentemente o senhor quer que eu me gabe.

— Eu perguntei o que você faria diferente.
— Eu teria depositado minha confiança no sistema.
— Porra nenhuma.
— Especialmente se eu fosse inocente.
— Eu era inocente?
— Inicialmente — contestou Espin.
— Você não respondeu à minha pergunta. Por que o Romeo comprou o meu depoimento juramentado?
— Não sei.
— E pode ter sido o Romeo que ressuscitou a história do Dog?
— Possivelmente.
— Por que ele faria isso? E as outras coisas? Os dois depoimentos juramentados falsos. Qual era o propósito deles? Qual era o único propósito possível deles?
— Não sei.
— Sabe, sim. Você é um cara inteligente.
— Romeo queria que o senhor fugisse.
— Por que Romeo queria que eu fugisse?
— Porque o senhor estava no esquema da major Turner.
— E o que isso diz sobre o esquema da major Turner? Se ela é culpada, ele ia me querer como testemunha. Ele ia me querer no tribunal, confirmando todos os detalhes pavorosos pro o júri.

Espin ficou um tempinho em silencio. Depois informou:
— Tenho ordens para levar os senhores de volta, majores. Os dois. O restante está acima da minha alçada.
— Você sabe que é um esquema — disse Reacher. — Você acabou de me contar que o Romeo tem dinheiro nas Ilhas Cayman. Foi ele mesmo que abriu a conta da Turner. Isto não é nenhum bicho de sete cabeças. Você já viu esquemas melhores do que este. Este é o manual dos idiotas. Ou seja, é certo que vai desmoronar. Provavelmente muito em breve. Porque a major Turner e eu não somos idiotas. Nós vamos atear fogo na casa deles. O que te dá uma opção. Ou você é o desmiolado que levou a gente algemado antes do nosso grande triunfo ou você coloca o seu cérebro pra funcionar e começa a pensar onde vai querer estar quando a poeira abaixar.
— Que seria onde?

— Não aqui.

Espin abanou a cabeça e alegou:

— O senhor sabe como é; eu tenho que voltar com alguma coisa.

— Nós podemos te dar alguma coisa.

— Que tipo de coisa?

— A prisão de alguém, uma determinação merecedora de medalha por não deixar pedra sobre pedra, o glacê de um bolo muito grande. E o glacê é sempre a parte mais doce e visível de um bolo muito grande.

— Vou precisar de mais do que argumentos de venda.

— Alguém espancou o Moorcroft quase até a morte, e acho que vocês todos já concluíram que não fui eu. Então quem foi? Você vai pegar um integrante bem antigo de uma armação muito grande, vai entregá-lo com um laço para a classe política e receber todos os créditos.

— Onde eu vou achar esse integrante bem antigo?

— Você tem que procurar por alguém que ficou fora do quartel por um período não explicado.

— E?

— Você vai chegar à conclusão de que alguém seguiu o Moorcroft pra fora do lugar onde ele tomou café da manhã e também o forçou ou atraiu para dentro de um carro. Você vai chegar à conclusão de que não havia outra maneira de fazer aquilo. E vai chegar à conclusão de que não foi um praça. Porque ele tomou o café da manhã no Cassino dos Oficiais. Então você vai procurar um oficial.

— Tem um nome?

— Morgan. Ele armou para o Moorcroft tomar a porrada. Ele o levou. Verifica o cesto de roupa suja dele. Duvido que ele tenha participado, mas aposto que ficou perto o bastante para dar uma bela olhada.

— Ele estava fora do quartel nesse período?

— Ele alega que estava no Pentágono. A ausência dele estava bem documentada. Era uma fonte de muita preocupação. E o Pentágono guarda os registros. Muito trabalho, mas aposto dez contra um que você vai provar que ele não estava lá.

— Isso é sério?

— O Morgan faz parte de um grupo pequeno e diversificado que contém numa ponta, até onde sabemos, quatro praças de uma companhia de logística do Fort Bragg e, na outra, dois chefes adjuntos do Estado-Maior.

— Isso vai dar merda se o senhor estiver errado.
— Eu sei disso.
— Dois deles?
— Um deles está no Departamento de Segurança Interna e o outro, não.
— Isso vai dar muita merda se o senhor estiver errado.
— Eu pareço estar?
Espin não respondeu.
— É sempre meio a meio, Pete. Como jogar uma moeda. Ou eu estou certo ou estou errado ou você leva a gente de volta ou não, ou os chefes adjuntos são o que dizem que são, ou não são. Sempre meio a meio. Uma coisa ou outra está sempre certa.
— E você é um juiz imparcial?
— Não, não sou imparcial. Vou arrancar a cara deles quando estiverem dormindo. Mas eu estar puto com isso não significa que eles não fizeram aquilo.
— Tem nomes?
— Um até agora. Crew Scully.
— Que porra de nome é esse?
— Sangue azul da Nova Inglaterra, parece.
— Aposto que é formado na West Point.
— Eu sou formado na West Point e não tenho nome de imbecil.
— Aposto que é rico.
— Está cheio de gente rica na prisão.
— Quem é o outro?
— A gente não sabe.
— O melhor amigo do Crew Scully na academia militar, provavelmente. Esses caras ficam juntos.
— Talvez — disse Reacher.
— Eu pego o Morgan, e a major Turner pega esses caras? — perguntou Espin.
— Você vai ser a história de interesse humano.
— O que supostamente eles estão fazendo?
Turner explicou tudo, falou do dinheiro vivo obtido nos mercados secundários, das caminhonetes caindo aos pedaços com placas esquisitas, da grana nas carrocerias, da grana nos contêineres do Exército, dos

conteúdos dos contêineres do Exército nessas mesmas caminhonetes, que depois desapareciam montanha afora, enquanto a grana era carregada secretamente e arranjada para ser descarregada de novo pelos quatro caras na Carolina do Norte. Tudo mediado por um nativo afegão com um histórico de venda de armas, e tudo coordenado pelos, presumivelmente enriquecidos, dois chefes adjuntos do Estado-Maior, que podiam ou não também estar operando empreendimento estratégico desonesto.

— Eu achei que vocês estavam falando sério.

63

O QUE A SENHORA RELATA SIMPLESMENTE não está acontecendo — disse Espin. — As Forças Armadas dos Estados Unidos aprenderam a lição, major. Há muito tempo. Nós contamos os grampeadores de papel agora. Tudo tem código de barra. Tudo está num computador à prova de bombas. Temos companhias da PE em todos os locais significativos. Temos mais pontos de conferência que cachorro tem pulga. Não estamos mais perdendo coisas. Acredite em mim. Aquele caos à moda antiga ficou pra trás há muito tempo. Se tiver uma meia com buraco, o safado responsável por ela é mandado pra casa. Uma única bala perdida dá início a uma tempestade de merda tão grande que a gente vê o céu ficar marrom daqui. Simplesmente não está acontecendo, senhora.

Turner ficou calada.

— Mas alguma coisa está acontecendo — insistiu Reacher. — Você sabe disso.

— Estou ouvindo. Me conta o que é que está acontecendo.

— Conversa com o detetive Podolski, da Polícia Metropolitana. Morgan estava fora do quartel no momento crítico.

— Ainda é o Morgan que os senhores estão querendo me dar?

— Vale a pena ter o Morgan. Tudo o que eu tenho são dois processos judiciais falsos.

— Como parte de uma conspiração crível, parece que o valor dele acabou de despencar.

— Alguma coisa está acontecendo — repetiu Reacher. — Contas de banco falsas, documentos jurídicos falsos, espancamentos, quatro caras nos caçando por tudo quanto é lugar. Tudo vai ficar completamente crível quando terminar. Sempre fica. A possibilidade de observar o passado novamente é algo magnífico. E os sujeitos inteligentes conseguem fazer esse tipo de observação do passado primeiro.

— Um tiro no escuro dos infernos — titubeou Espin.

— É sempre meio a meio, Pete. Como jogar uma moeda. Ou o Morgan vale muito ou vale pouco, ou alguma coisa está acontecendo, ou não está, ou você é um desmiolado chocho ou você é o cara que está fazendo a curva primeiro e se preparando para colocar outra faixa no peito.

Espin ficou calado.

— Chegou a hora de jogar a moeda, Pete — pressionou Reacher. — Cara ou coroa.

— Os senhores têm um plano?

— Nós vamos voltar pra D.C. Você não precisa nos levar. Vamos pra lá de qualquer maneira.

— Quando?

— Agora.

— É lá que o Morgan está.

— É lá que todos eles estão.

— Suponho que os senhores concordarão em pegar o mesmo voo que nós — sugeriu Espin.

— Por nós tudo bem — concordou Reacher. — Mas só com você. Mais ninguém.

— Por quê?

— Quero que você deixe o seu pessoal aqui mais um dia. O último dos quatro caras lá do Fort Bragg está aqui. Ele acha que a garota ainda está funcionando de isca. Por isso eu quero que a protejam. Ela pode não ser minha, mas é uma menina encantadora. Talvez por não ser minha.

— Acho que o meu pessoal pode ficar mais um dia.

— Quero proteção atenta, mas discreta. Não a deixe com medo. Trate isso como um exercício. Porque, de qualquer maneira, não passa de um negócio especulativo. É a gente que ele quer. E ele vai saber em que avião nós estamos. Romeo vai contar pra ele. Por isso o cara vai estar bem atrás de nós. Pode estar até no mesmo voo.

Espin ficou calado.

— Tome a sua decisão, soldado — pressionou Reacher.

— Não preciso tomar minha decisão — retrucou Espin. — O que estão propondo me dá seis horas para tomar minha decisão.

— Mas você precisa se decidir.

— Delta, no LAX, daqui a noventa minutos — disse Espin. Com sinais militares de mão, ele fez o pessoal que Reacher não conseguia ver recuar, em seguida deslizou para fora do banco, levantou-se e foi embora.

Como ele, Reacher e Turner foram embora um minuto depois. A garota estava na lateral do salão que sua mãe atendia, sentada ao balcão, falando para Arthur alguma coisa que o fazia sorrir. Reacher ficou olhando para ela enquanto caminhava. Pernas e braços compridos, joelhos e cotovelos ossudos, a jaqueta jeans, a calça, a nova camisa de malha azul, o sapato combinando, sem meia, sem cadarço, o cabelo da cor de palha ensolarada até no meio das costas, os olhos e o sorriso. Paternidade. Sempre improvável. Como ganhar o Prêmio Nobel ou jogar a Série Mundial de beisebol. Não era para ele.

— Como é que você está? — perguntou Turner.

— Do mesmo jeito — respondeu ele. — Não tinha filho antes, continuo não tendo agora.

— E o que você teria feito?

— Isso não interessa mais.

— Você está bem?

— Acho que eu estava me acostumando com a ideia. E eu gostei dela. A gente tinha algumas coisas em comum. O que é esquisito. Acho que as pessoas podem ser iguais, em todo o mundo. Mesmo que não sejam parentes.

— Você acha que ela vai ter medo do uivo dos lobos?
— Acho que ela já tem inveja deles.
— Então talvez vocês sejam parentes. De muito tempo atrás.

Reacher olhou para ela pela última vez, através da pequena janela emoldurada da lanchonete, depois Turner deu partida no carro, na direção sul da Vineland, e ela saiu de vista.

Para chegar ao aeroporto, eles teriam que pegar a 101 e a 110, subir um elevado lateral na El Segundo Boulevard, e isso lhes tomaria praticamente todos os noventa minutos que Espin lhes tinha dado, porque as autoestradas estavam lentas. Edmonds ligou novamente da Virgínia quando eles ainda estavam ao norte do Hollywood Bowl e disse:

— Crew Scully transferiu Morgan pra 110ª pessoalmente. Não delegou a ninguém essa tarefa. Ele geralmente delega, quando o assunto é comandos temporários. E ele não possui acesso aos sistemas de inteligência do Departamento de Segurança Interna.

— Confere se ele tem um amigo que possui — falou Reacher.
— Já estou fazendo isso.
— Me avisa.
— A gente ainda está no lado certo da história?
— Pode contar com isso — respondeu Reacher e desligou.

O trânsito seguia adiante, mas de forma estranha, sempre se movimentava, porém muito lentamente, como se todos os motoristas estivessem participando de uma cena em câmera lenta.

— A gente pode estar providenciando a nossa própria prisão, você sabe — comentou Turner. — A gente pode sair do avião, e o Espin pode nos algemar bem ali no terminal em D.C.

— A gente pensa em alguma coisa — disse Reacher. — Seis horas é muito tempo.

— Algo em mente?
— Ainda não.
— Eles são negociadores de armas profissionais. É a única coisa que eles fazem.

— Meio a meio, Susan. Ou isso é a única coisa que eles fazem ou não é.

— O que mais eles podem fazer?

— Temos seis horas para chegar a uma conclusão sobre isso.
— Suponha que a gente não chegue a essa conclusão.
— Espin ouviu o nome Crew Scully e imaginou que o cara era rico. Suponha que ele seja. Suponha que os dois sejam.
— Nós sabemos que eles são ricos.
— Mas estamos fazendo uma suposição sobre como eles ficaram ricos. Suponha que eles eram ricos antes. Suponha que eles sempre foram ricos. Suponha que sejam aristocratas da Costa Leste que sempre foram cheios da grana.
— Tá, vou ficar alerta em relação a homens idosos com calça rosa desbotada.
— Isso pode alterar a equação. Estamos supondo que o lucro é uma motivação poderosa neste caso. Talvez a gente precise dar uma minimizada nisso. Talvez eles tenham como pavimentar os próprios buracos. Aqueles cem mil podem ser dinheiro deles mesmos.
— Isso não é hobby, Reacher. Não com contas em banco falsas, documentos jurídicos falsos, espancamento de homens idosos e quatro caras vindo atrás da gente.
— Concordo, isso é muito mais do que um hobby.
— Então o que é?
— Não sei. Só estou pensando alto. Tentando aproveitar ao máximo essas seis horas.

Eles deixaram o Ford branco em um estacionamento coberto no terminal Delta e jogaram a chave em uma lata de lixo, o que eles sabiam que custaria caro a Romeo em aluguel e taxas de reembolso. Reacher desmantelou a Glock de Rickard e colocou as partes separadas em outras quatro latas de lixo. Em seguida entraram passando pela porta errada e deram uma volta grande. Chegaram ao balcão de passagens por trás. Espin já estava lá. Ele provavelmente tinha pegado a 405. E deve ter feito isso sozinho. Não havia ninguém com ele. Ninguém ao lado dele e ninguém nas sombras. Estava parado em pé, de frente para as portas principais do terminal. Aproximaram-se por trás, ele se virou, e Reacher comprou três passagens de primeira classe com o cartão de crédito de Baldacci.

64

ELES ESTAVAM PRÓXIMOS AO PORTÃO VINTE MINUTOS ANTES do embarque começar, em assentos com um amplo campo de visão, e não viram Shrago. Não que Reacher esperasse por isso. LA era um lugar grande, onde era difícil se locomover. Primeiro eles teriam que ver a cobrança no cartão, depois Shrago teria que dar um jeito de chegar ao aeroporto e simplesmente não havia tempo suficiente. Então Reacher tomou café e relaxou; só então o embarque começou, o telefone dele tocou e ele sentou-se enquanto falava, que era praticamente o que estava todo mundo fazendo.

Era Edmonds no telefone, de Virgínia. Ela disse:

— A 75ª PE acabou de me informar sobre a situação da Candice Dayton.

— Eu te falei que não me lembrava dela.

— Peço desculpas. Devia ter sido menos cética.

— Não se preocupe com isso. Eu mesmo quase acreditei.

— Perguntei para algumas pessoas sobre os amigos do Crew Scully. Ele teve um colega de classe em West Point de quem ficou próximo. Eles se tornaram unha e carne. Perguntei a cinco pessoas diferentes, e esse foi o cara que todas elas mencionaram pra mim.

— O que ele faz?

— Atualmente é chefe adjunto do Estado-Maior da inteligência do Exército.

— Não disse?

— Eles têm históricos similares, moram perto um do outro em Georgetown e são membros dos mesmos clubes, inclusive de alguns muito exclusivos.

— Eles são ricos?

— Não são tão ricos como outras pessoas. Mas estão confortáveis, como se dizia antigamente. Você sabe como essas pessoas são. Precisam de alguns milhões para se sentir confortáveis.

— Qual é o nome do cara?

— Gabriel Montague.

— Você está certa sobre o histórico similar. Gabe e Crew. Parece um bar perto de Harvard. Ou uma loja onde você compra calça jeans rasgada por trezentos dólares.

— Esses alvos são enormes, Reacher. São gigantes andando pela terra. E sabem quantas provas os senhores têm? Zero.

— Você pensa como advogada. O profissional de que estou precisando agora, a propósito. Sou inocente, quero sair limpo em relação ao que aconteceu depois que eles me trancafiaram por duas coisas que eu não fiz. Se fugi, foi porque eu tinha esse direito.

— A major Sullivan está trabalhando nisso. Ela quer que seja tudo retirado. Frutos da árvore envenenada.

— Diga a ela pra ser rápida. Estamos voltando agora, com a escolta de um subtenente. Não quero nenhuma gracinha no Reagan National. Ela tem aproximadamente cinco horas.

— Vou conversar com ela.

Então o comissário de bordo foi até o equipamento de som, informou que a porta da cabine estava sendo fechada e que todos os aparelhos eletrônicos deviam ser desligados. Pela primeira vez na vida, Reacher obedeceu a instrução do membro da tripulação, enfiou o telefone no bolso e o avião começou a dar ré e taxiar. Decolou sobre o oceano, depois fez uma curva bem aberta para a direita para dar meia-volta e ficar de frente para o leste novamente, atravessou uma vez mais a costa sobre Santa Monica e subiu à medida que voava terra adentro, de maneira que North Hollywood e a Ventura Freeway e a Vineland Avenue e a lanchonete e a casinha com a porta azul ficassem todos a bombordo, distantes lá embaixo, praticamente invisíveis.

Uma conversa envolvendo três pessoas na primeira classe não era fácil. As poltronas largas faziam com que a da janela ficasse bem longe da do corredor. E os membros da tripulação ficavam o tempo todo indo e voltando da cozinha, com uma infinidade de comidas e bebidas de graça. O que ajudou Reacher a entender porque ser rico era chamado de estar confortável, mas aquilo fazia com que conversar fosse difícil. No final, Espin levantou-se, empoleirou no braço da poltrona de Turner, que se inclinou para mais perto de Reacher à janela, se acomodaram de maneira que todos pudessem ver e falar uns com os outros, e Espin comentou:

— Se eu precisar de algum tipo de mandado para lidar com o Morgan, obviamente vão me perguntar sobre a natureza da alegada conspiração. Então é melhor terem uma história pra mim até a hora de desembarcarmos deste avião. Ou não estarão me dando nada. Nesse caso, teremos que repensar o status especial dos senhores.

— Não vai funcionar assim, Peter. Isto aqui não é um ensaio. Não estamos tentando entrar sem pagar no cinema. E você não tem nenhum direito a voto aqui. Nós vamos nos separar no aeroporto Reagan National se a gente tiver ou não uma história, goste você ou não, e você vai dar tchauzinho pra gente com um sorriso cordial no rosto, ou de pé no corredor, ou sentado em uma cadeira de rodas com a perna quebrada. Essas são as regras. Está claro?

— Mas nós compartilhamos as informações que temos? — indagou Espin.

— Totalmente. Pra começar, a capitão Edmonds acabou de me contar que Crew Scully tem um amigo próximo chamado Gabriel Montague.

— Sei. Frequentaram a academia militar juntos?

— Mais ou menos. West Point, enfim.

— Quem é ele?

— Chefe adjunto do Estado-Maior da inteligência do Exército.

— Está lá no topo da cadeia.

— Quase.

— Os senhores têm prova?

— Sabe quantas provas a minha advogada disse que temos? Zero. Para fins informativos.

— Mas o senhor acha que são esses dois?

— Tenho certeza que são.

— Por quê?

— William Shakespeare. Ele escreveu uma peça chamada *Romeo and Juliet*. Duas famílias, ambas similares em nobreza. Um casal de amantes desventurados, porque a Juliet era Capulet e o Romeo, Montague, igual aos Shark e os Jet em *Amor, sublime amor*. Assista o filme.

— O senhor acha que o Montague é o Romeo? Será que ele ia ser tão burro assim?

— Ele provavelmente acha que isso foi esperteza. Coisa de gente que usa calça rosa desbotada. Provavelmente acha que pessoas como nós nunca ouviram falar de Shakespeare.

— A sua advogada estava certa. Zero.

— Ela é advogada. Você, não. Você é o cara com a moeda. Ou o Montague é o Romeo ou não é. Exatamente meio a meio.

— Isso é a mesma coisa que ir a Vegas e apostar o financiamento da sua casa no vermelho.

— Meio a meio é uma chance maravilhosa.

— Esses dois são chefes adjuntos do Estado-Maior, Reacher. Você tem que ter muita certeza. Tem que atirar pra matar.

Romeo ligou para a Juliet e disse:

— Eles estão vindo pra cá. Três passagens de primeira classe. O que é outro tapa na cara. A terceira passagem está em nome do Espin, da 75ª PE. A princípio eu achei que ele tinha feito a prisão. Mas então por que o Reacher iria comprar as passagens? Agora eles é que estão nos caçando. Foi isso o que eles fizeram. Espin entrou na deles.

— Shrago está a pelo menos uma hora do aeroporto — comentou Juliet.

— Peça-o para se apressar. Ele está no próximo voo da American.

— Vai estar muito atrás do Reacher?

— Duas horas.

— É muito tempo. Nós só temos mais um homem, e ele nem está aqui. Acho que nos derrotaram.

— Esse é sempre um resultado possível. Sabíamos em que tipo de negócio estávamos nos metendo. Sabíamos o que poderíamos ter que fazer.

— Sobrevivemos durante um bom tempo.

— E sobreviveremos a uma diferença de duas horas. Não vai acontecer nada. A major Turner vai ter que tomar banho. Viajar com mulher é algo ineficiente. E depois disso vai ficar fácil pro Shrago. Eles terão que vir atrás de nós. Não vamos ter que procurá-los.

Espin ficou andando para frente e para trás no corredor, devido ao valor jurídico da conversa e ao nível de conforto dele. Ficar empoleirado em um braço de poltrona não era o tipo de conforto pelo qual Baldacci tinha pagado. A maior parte do tempo ele ficava refletindo sozinho. Assim como Turner, assim como Reacher. Sem a certeza de sucesso. Então Turner pediu para que Espin voltasse e, quando ele tinha se ajeitado, disse:

— Nós temos um ponto fixo, que é a cadeia logística. Ela é uma correia transportadora de mão dupla, e ela nunca para. Neste momento ela está levando caixas vazias e trazendo caixas cheias. Essas caixas estão cheias das coisas normais. Meias furadas com códigos de barras. Concordo com isso. Então não está acontecendo nada. Só que nós sabemos que tem alguma coisa acontecendo, sim. E se essas caixas não estiverem indo vazias? Nós sabemos que os membros das tribos não estão comprando coisas com código de barra, mas e se eles estiverem comprando coisas enviadas exclusivamente para eles? Quase como um pedido pelo correio. Motivo pelo qual os caras no Fort Bragg seriam importantes. Eles enchem as caixas que deveriam estar vazias.

— Há sistemas funcionando nas duas pontas — argumentou Espin.

— Está igualmente paranoico?

— Não creio que isso seja possível.

— Então isso poderia estar acontecendo?

— Pode ser.

— Mas Reacher acha que o lucro pode não ser o motivo primordial nem central. O que pode fazer com que isso seja um projeto pessoal. Talvez eles estejam favorecendo alguém. Talvez estejam armando uma facção contra a outra. Talvez achem que são grandes especialistas no

Afeganistão. Esses caras mais velhos da Nova Inglaterra sempre acham que são meio britânicos. Talvez se lembrem dos velhos tempos da Northwest Frontier. Talvez achem que têm uma expertise singular.

— É possível.

— Mas a correia transportadora é de mão dupla. Não devemos nos esquecer disso nunca. Eles podem estar tirando coisas de lá, não levando, escondidas dentro de material bélico que está voltando. O que também faz os caras de Bragg serem importantes. Eles teriam que descarregar na rua, e depois transportar.

— Que tipo de coisa?

— Se o lucro não é primordial nem central, então pode ser alguma coisa que gere entusiasmo pessoal. Arte, talvez, como estátuas e esculturas. As coisas que os Talibãs jogam no lixo. Se você é um cavalheiro refinado, esse tipo de coisa pode ser atrativo pra você. Só que a reação deles tem sido muito exagerada pra ser arte. Ninguém é espancado por causa de uma estátua velha.

— Então que tipo de coisa?

— Temos dois cavalheiros idosos com entusiasmos pessoais que devem ser mantidos em segredo. Porque os entusiasmos são criminosos e de alguma maneira também escandalosos. Mas também lucrativos, de um jeito cavalheiresco. Essa é a sensação que estou tendo.

— Garotas? Garotos? Órfãos?

— Olha pra isso pelo ponto de vista do Emal Zadran. Ele era um incompetente, um fracassado, mas se reabilitou. Ganhou algum respeito na comunidade. Como? Alguém deu um papel a ele, desse jeito. Como o de um empreendedor de novo, muito provavelmente. Alguém queria comprar ou vender algo e o Zadran virou o cara. Porque conhecia as pessoas certas. Ele já tinha as conexões formadas. Quem sabe relacionamentos cruciais, talvez por acaso.

— Comprar ou vender o quê? — perguntou Espin.

— Nós vamos descobrir isso em D.C. — respondeu Reacher. — Logo depois que você der tchauzinho pra gente, ou em pé ou sentado.

Dormiram o restante do voo. A cabine estava com uma boa temperatura, as poltronas eram confortáveis, e o movimento, suave. Reacher sonhou com a garota, em uma idade bem mais jovem, com uns três anos, gordinha, não magrela, vestida com a mesma roupa, só que miniaturizada, com pequenos tênis sem cadarço. Eles estavam caminhando por uma rua em algum lugar, a mãozinha macia e quente na palma gigante dele, as perninhas feito doidas, tentando se manter em pé, e ele olhando por sobre o ombro o tempo todo, ansioso por causa de algo, preocupado com de que maneira ela iria correr se fosse necessário, com seu tênis sem cadarço, depois se deu conta de que poderia simplesmente acolhê-la em seus braços e correr, talvez para sempre, seu perfumado corpo sem peso não sendo fardo algum, e uma onda de alívio inundou-o. O sonho foi desaparecendo, como se tivesse cumprido seu dever.

A pressão do ar mudou, e o comissário de bordo começou com aquele negócio sobre encosto de cadeira, mesinha fechada e travada. Espin olhou para o outro lado do corredor, e Reacher e Turner olharam para ele. A moeda estava no ar, naquele exato momento. O cara estava decidindo. Ele era um desmiolado ou faria a curva primeiro? Meio a meio, pensou Reacher, como qualquer outra coisa no mundo.

Ele começou a descer, o grande avião repentinamente voltou a ser pesado e ponderoso, e assim que os membros da tripulação se acomodaram em seus assentos, todo mundo ligou o celular, e Reacher viu que tinha uma mensagem de voz da major Sullivan enviada uma hora antes. Ele a acessou, escutou um ruído e depois, "Confirmo que nenhuma ação será tomada contra você em decorrência dos dois depoimentos juramentados falsos. Portanto, você está fora de suspeita a partir de agora. Porém a major Turner ainda é considerada foragida. A situação dela é a mesma de sempre. Ou seja, o tique-taque do relógio começará novamente no momento em que vocês tocarem o solo. Você será considerado cúmplice. Cúmplice de um crime muito sério. A não ser que você se afaste dela no aeroporto. O que eu sugiro veementemente que faça, falando como sua advogada."

Ele deletou a mensagem e ligou para Edmonds. A capitão atendeu, e ele perguntou:

— Onde Scully e Montague estavam sete anos atrás?

— Vou tentar descobrir — respondeu ela.

O avião aterrissou e o tique-taque começou.

65

PRIMEIRO A EMBARCAR SIGNIFICAVA PRIMEIRO A SAIR TAMBÉM, e a porta da ponte telescópica ainda estava fechada quando chegaram lá. Por causa do fuso horário, era muito tarde na Costa Leste. Reacher empurrou a porta e vasculhou todo o espaço à frente. Havia uma magra aglomeração ao portão. Não tão grande quanto a de Long Beach. Uns dez policiais metropolitanos disfarçados e dez agentes do FBI só nos primeiros dez metros. Reacher segurou a porta, deixou Espin ir primeiro e ficou observando muito atentamente. Mas Espin não estava procurando ninguém em particular, não fez contato visual, nem sinal, nem gesto furtivo. Simplesmente movimentou-se através da multidão como uma pessoa comum. Reacher e Turner seguiram atrás dele e um minuto depois todos se reagruparam em um local onde havia um espaço vazio no corredor debaixo da placa da área de restituição de bagagem.

— Você vai em frente — disse Reacher. — A gente vai ficar aqui.
— Por quê?
— Para o caso de você ter posicionado o seu pessoal do lado de lá da segurança.

— Não tem pessoal nenhum.
— A gente vai ficar aqui mesmo assim.
— Por quê?
— Considerações táticas.
— Vou dar 24 horas aos senhores.
— Você nunca vai achar a gente.
— Achei em LA. E aqui também tem uma isca. Vou saber onde procurar.
— Você devia se concentrar no Morgan.
— Vinte e quatro horas — afirmou Espin antes de ir embora.
Reacher e Turner observaram-no se afastar.
— Vamos pegar um café — sugeriu Reacher.
— A gente vai ficar aqui? — perguntou Turner.
Reacher olhou para a o painel das chegadas e falou:
— Faria algum sentido. O próximo a chegar é da American, em mais ou menos duas horas. É quase certo que o Shrago vai estar nele. E da porta do avião até passar pela segurança ele obrigatoriamente vai estar desarmado. É o lugar pra pegar esse cara.
— A gente vai fazer isso?
— Não, mas quero colocar essa ideia na cabeça do Espin. Pro caso de ele amarelar daqui a uma hora. Ele vai achar que a gente ainda está aqui. Mas não vamos estar. Vamos comprar o café pra viagem. Vamos estar bem atrás dele.

De acordo com a experiência de Reacher, todo empreendimento bem-sucedido em Washington D.C. tinha uma coisa indispensável em comum, que era uma sólida base administrativa. Mas em nenhum desses lugares era possível pagamento em dinheiro. Qualquer hotel decente exigia cartão de crédito. O que significava que ou a Margaret Vega pagava, ou eles mostrariam para Gabriel Montague onde estavam hospedados. Turner era a favor de deixar que ele soubesse, assim Shrago apareceria e poderiam dar conta dele. Reacher discordou.
— Por quê? — questionou ela.
— Se eles mandarem o Shrago para o lugar onde estivermos e ele desaparecer, vão saber o que aconteceu com ele.
— Obviamente.

— Não quero que saibam o que aconteceu com ele. Quero a incerteza. Pelo tempo que for humanamente possível. Quero que não fiquem sabendo. Quero que fiquem olhando pro vazio, na esperança de receberem algum sinal.

— É por isso que a gente precisa de mais oficiais mulheres. Pra nós, vencer é o suficiente. Para vocês, o outro cara tem que saber que perdeu.

— Quero que eles fiquem com os celulares ligados. Só isso. Pode ser a única maneira de provarmos isto com toda certeza. E pode ser a única maneira de encontrar esse pessoal. Shrago tem que desaparecer em algum lugar desconhecido, temos que pegar os números dos telefones deles no aparelho do Shrago, depois a sargento Leach tem que abordar um grupo completamente diferente de amigos, e a gente precisa descobrir aqueles telefones antes que eles finalmente desistam do Shrago e os desliguem.

Então Margaret Vega pagou por uma noite no 12º andar de um hotel muito bacana com vista para a Casa Branca, em um quarto que tinha tudo aquilo de que precisavam e um monte de coisa inútil. Turner queria comprar roupa, mas era meia-noite e não havia nada aberto. Então eles tomaram um banho lento e longo, embrulharam-se em roupões de cinco centímetros de grossura, depois sentaram e ficaram contando os segundos até faltar vinte minutos para que o avião de Shrago abaixasse as rodas do outro lado do rio. Nesse momento, eles se vestiram de novo e saíram.

Romeo ligou para Juliet e disse:

— Fiquei monitorando o cartão da Margaret Vega, só para o caso de a Turner sair pra comprar alguma coisa sozinha, e acabaram de debitar nele um pernoite num hotel aqui na cidade.

— O telefone do Shrago vai estar ligado de novo daqui a uns dois minutos.

— Fala com ele pra não pegar um táxi direto pra cá.

Eles viram Shrago sair do terminal. Estavam em um táxi a vinte metros. Um táxi que tinha cinco metros de comprimento e dois de largura, mas era invisível. Não passava de um táxi em um aeroporto. Shrago não o viu. Ele ficou aguardando na fila atrás de uma pessoa e entrou em outro táxi.

— É aquele cara — avisou Reacher.

— Estou vendo — respondeu o motorista. O taxímetro estava rodando desde que tinham saído do hotel. Mais cem dólares de gorjeta. Mais cem pela diversão. Esse era o trato. O dinheiro não era deles mesmo.

O motorista arrancou e ficou aproximadamente cinquenta metros atrás do táxi de Shrago. Que seguia para o coração da cidade, por cima da ponte, direto para a 14th Street, passou pelo Memorial e pelo Federal Triangle. Depois atravessou a New York Avenue e parou.

Shrago desceu.

O táxi foi embora.

Eles estavam praticamente na altura da Lafayette Square, que ficava bem em frente à Casa Branca, porém duas quadras a leste, ainda na 14th Street.

— O que tem aqui? — perguntou Turner.

— Nada, aparentemente — disse Reacher, porque Shrago tinha começado a andar para o norte na 14th, no sentido da esquina com a H Street.

Virou à esquerda.

Reacher pagou o motorista com o dinheiro de Billy Boy, trezentos dólares, falou que ele podia ficar com o troco e eles saíram apressados para a mesma esquina. Shrago já estava na segunda quadra. Andava rápido. Estava prestes a passar pela esquina da Lafayette Square, o que não deixaria nada para ele olhar à esquerda. Não no escuro. E, basicamente, apenas uma coisa à direita.

— Ele está indo pro nosso hotel — disse Turner. — Uma aproximação a pé, para que o motorista do táxi não se lembre dele. Montague tem o cartão da Vega também.

— Do primeiro voo. Cara inteligente. Ele continuou rastreando esse cartão.

— Isso descarrilha um pouco a sua estratégia.

— Nenhum plano sobrevive ao primeiro contato com o inimigo.

Eles pararam, mas Shrago, não. Ele foi direto para a porta do hotel, em velocidade máxima. Como um homem ocupado com questões importantes a resolver. Estava vestindo o personagem.

— Tem um plano novo? — perguntou Turner.

— Não estamos lá dentro — respondeu Reacher. — Ele vai acabar descobrindo isso. Aí ele vai sair de novo.

— E?
— Você gostou do primeiro plano, o dos telefones?
— Era muito bom.
— Shrago deve recuperá-lo pra gente. Assim que ele descobrir que a gente não está lá dentro, vai ligar imediatamente pro chefe. Vai fazer um relatório em tempo real. Talvez o chefe demande isso dele. Nesse caso, o que acontece logo depois não tem nada a ver com você nem comigo. Nós não estávamos lá. Ele acabou de contar isso pra eles. Eles voltam à incerteza.
— Se ele ligar.
— Meio a meio. Ou ele liga, ou não.
— Se a gente souber que ele ligou...
— Ele provavelmente vai estar no telefone quando sair.
— Ele pode estar ligando pro nosso quarto vazio.
— Meio a meio. Ou a gente vê, ou não. Ou sabemos ou pressupomos.

Eles ficaram nas sombras externas do parque e aguardaram. Eram quase duas horas da manhã. O clima não tinha mudado. Estava frio e úmido. Reacher pensou no tênis sem cadarço da garota. Não era um tênis de se usar em todos os cinquenta estados. Em seguida pensou na segurança do hotel, no turno da noite conferindo a identidade falsa, verificando o registro, fazendo uma ligação para o quarto, subindo a escada com a chave mestra. Dez minutos, talvez.

Nove minutos.

Shrago saiu pela porta.

Não tinha telefone na mão.

— Cara ou coroa, Reacher — falou Turner.

Reacher deu um passo para fora da sombra e falou:

— Sargento Shrago, preciso que venha aqui. Tenho uma notícia urgente.

66

SHRAGO NÃO SE MOVEU. FICOU IMÓVEL, BEM ALI NA CALÇADA da H Street. Reacher estava exatamente em frente, na calçada do lado oposto. Fazia silêncio. Duas horas da manhã. Uma cidade onde a maioria das pessoas trabalha para o mesmo empregador.

— Sargento Shrago, a notícia é que a partir deste exato momento você se encaixa em um grupo demográfico conhecido como um bosta sem sorte. Porque você não tem como vencer. Nós estamos perto demais. A não ser que elimine nós dois, aqui e agora. Nesta rua. O que você não vai fazer. Porque não pode. Porque não é tão bom assim. Ou seja, não vai pra casa com um prêmio hoje à noite. Precisa é de um plano para controle de danos. O que você pode conseguir. A única coisa que precisa fazer é escrever tudo.

Shrago não respondeu.

— Ou pode contar tudo para um gravador, se não curtir muito escrever. Mas de um jeito ou de outro, eles vão te fazer contar a história. Isto vai ser um escândalo enorme. Não é só o Exército que vai ficar fazendo perguntas. Vamos ter comitês do senado. Você tem que ser o primeiro. Eles sempre liberam o primeiro a se entregar. Como se fosse um herói. Você precisa ser esse cara Shrago.

Shrago ficou calado.

— Você pode falar que não conhece os chefões. Menos estresse assim. Eles vão acreditar em você. Concentre-se no Morgan. Em como ele levou o Moorcroft pra ser espancado. Isso pra eles já vai ser um banquete.

Nenhuma resposta.

— Só há duas opções, sargento. Você pode fugir ou você pode atravessar a rua. E fugir não vai fazer você ganhar nada. Se a gente não te pegar hoje à noite, a gente te pega amanhã. Então atravessar a rua é a melhor opção. O que você tem que fazer de qualquer maneira, caso queira dar um aperto na nossa mão ou nos eliminar.

Shrago atravessou a rua. Desceu o meio-fio e caminhou, por pistas que podiam ser pequenas para carros, mas que pareciam bem largas a pé. Reacher ficou observando Shrago durante todo o percurso, olhos, ombros e mãos, e o que viu foi meio que uma performance off--Broadway, um homem vendo a luz, um homem finalmente tomando consciência de qual era o seu dever, e era uma atuação muito boa, mas toda aquela transparência era um plano para passar de onde Reacher estava, o suficiente para pôr Turner fora de combate, o que levaria a luta para o mano a mano. Reacher conseguia enxergar isso nos olhos dele, que estavam maníacos, e nos ombros, que estavam tensos e projetados para a frente pela adrenalina, e nas mãos, que estavam abertas, mas que pulsavam, seis milímetros para fora e para dentro, como se o cara não conseguisse esperar para colocar a coisa toda em movimento.

Ele subiu o meio-fio em que Reacher estava.

O major ficou calado. Não forçou. Não precisava. De um jeito ou de outro Shrago ia falar com Espin. Depois de sair do carro ou depois de sair do coma. A escolha era dele. Tinha nascido livre.

Mas não inteligente. Em vez do carro ele optou pelo coma. O que Reacher compreendia. Ação imediata é sempre a melhor aposta. Shrago alinhou-se com eles, Reacher à direita e Turner depois de Reacher, que percebeu que o cara estava planejando dar uma cotovelada com o braço esquerdo em sua garganta, o que ele usaria para pegar impulso, como se propelido por uma remada, e assim conseguiria chegar instantaneamente a Turner, com a mão direita livre e a tempo de dar um murro decisivo, que teria que ser com força e no meio do rosto. Nariz destruído, talvez as maçãs do rosto, talvez as órbitas, inconsciência, concussão. Talvez até uma rachadura no crânio ou um pescoço quebrado.

O que não aconteceria.

— Regra número um — disse Reacher. — Não vale morder orelha.

De perto o cara tinha uma aparência extraordinária. A cabeça brilhava às luzes da rua, os olhos eram muito fundos, os ossos do rosto pareciam duros e acentuados, como se uma pessoa pudesse quebrar a mão só de dar um soco neles. A cintura da calça estava bem cilhada com um cinto e, abaixo dele, as coxas eram inchadas como balões. Na parte de cima, o peito era largo e volumoso. Devia ser uns quinze anos mais novo que Reacher; um touro jovem, duro feito pedra, e a agressividade emanava dele como um mau cheiro. As orelhas tinham as reviravoltas intactas como as de qualquer outra pessoa, mas as partes mais lisas ao redor tinham sido cortadas, provavelmente com tesoura, bem rente, de modo que o que sobrou ficou parecendo um macarrão, tipo uma florzinha de tortellini crua, brilhante, da cor da carne de um homem branco. Não exatamente na forma de hexágono. Pois um hexágono tinha uma forma regular, com seis lados iguais, e os tocos de Shrago tinham sido aparados com extrema proximidade, não com regularidade geométrica. Eram polígonos irregulares, mais precisamente. Reacher pensou que, se a menina fosse dele, teriam uma conversa. Não faz sentido ser pedante a não ser que se esteja completamente correto.

— Última chance, sargento — ofereceu. — Hora de tomar a grande decisão. A gente sabe tudo sobre o Scully, o Montague e o Morgan. A única maneira de se salvar é começando a falar. A melhor arma de um soldado é o cérebro. Hora de começar a usar o seu. De qualquer maneira, eu vou quebrar o seu braço. Informação completa. Porque você machucou a garota no Berryville Grill, o que era desnecessário. Você tem problema com mulher? Foi uma mulher que cortou suas orelhas?

Shrago firmou os pés e girou a parte de cima do corpo, violentamente, para a direita e um pouco para baixo, tão rápido que seu braço esquerdo foi arremessado bem além dele, tão distante que suas costas curvadas foram iluminadas. O próximo movimento teria sido o mesmo giro no sentido contrário, ainda mais rápido, ainda mais violento, com o braço esquerdo cuidadosamente posicionado desta vez, com o cotovelo mirando a lateral da garganta de Reacher, de maneira que a porrada forte fizesse o serviço e servisse como uma espécie de ponto de apoio a impulsioná-lo para cima de Turner.

Teria sido.

Reacher sabia que ele estava vindo, então o movimento em resposta ao ataque aconteceu um milésimo de segundo depois do de Shrago, um giro idêntico ao de seu oponente, como dois dançarinos quase coordenados, o punho gigante de Reacher precipitando-se exatamente onde o rim exposto de Shrago estava prestes a chegar, por causa de seu grande giro, e Reacher ficou o tempo todo tentando entender aquela emoção, tentando julgar o quanto dela era por causa das orelhas, o quanto era por causa de Scully e Montague, porque o grau de paixão na defesa de uma causa era um indicador de sua profundidade, e no final chegou à conclusão de que boa parte dela era devido às orelhas, mas um pouco era pela defesa de algo bom, agradável e lucrativo.

Então Shrago atingiu seu ponto de equilíbrio, todo tensionado como uma mola, e começou a soltar o giro violento na direção oposta, o cotovelo seguindo na direção do alvo. Porém, antes de ele completar três centímetros do giro, o punho de Reacher o atingiu, um golpe perfeito, um murro paralisante no rim, uma dor doentia e atordoante espalhando-se pelo corpo de Shrago, que cambaleou, sem coordenação, com o corpo todo exposto, e Reacher podia soltar seu próprio giro, totalmente livre, no momento que quisesse. Foi o que fez, golpeando de baixo para cima, o punho encontrando a lateral do pescoço de Shrago, embaixo da volta do maxilar, dois golpes rápidos poderosos como tiros, um, dois, direita, esquerda, o rim, o pescoço, o que fez com que Shrago sacudisse para o outro lado, deixando-o de pé, mas num estado em que teria direito a uma contagem protetora de oito segundos, o que não aconteceu, porque brigar no escuro nas imediações do Lafayette Square não era um esporte civilizado com regras. Em vez disso, Reacher examinou-o meticulosamente na luz fosca e concluiu que apenas uma parte de seu corpo era mais dura do que os ossos do rosto de Shrago, então deu um pulo para a frente e meteu uma cabeçada bem na ponte do nariz dele, como uma bola de boliche balançando em alta velocidade; e o pino em que ela acertaria, uma cabeça no chão no final da pista. Reacher deu passou cautelosos para trás, e Shrago permaneceu de pé por um longo segundo, antes de os joelhos receberam a mensagem de que as luzes lá de cima tinham apagado, e desabou num amontoado vertical, como se tivesse pulado de um muro. Reacher o rolou com a sola da bota para que ficasse de barriga para baixo, depois se abaixou, agarrou um pulso, torceu-o até que o braço estivesse rígido para trás e quebrou o cotovelo de Shrago com a mesma sola da bota. Vasculhou os bolsos e encontrou uma carteira e um telefone, mas nenhuma arma, porque o cara tinha ido pra lá direto do aeroporto.

Depois levantou, suspirou, olhou para Turner e disse:

— Liga pro Espin e pede pra ele vir recolher este cara. Fala que ele vai conseguir o que precisa pro mandado dele.

Eles aguardaram nas sombras na outra esquina do parque. O telefone de Shrago era um aparelho barato igual ao do Rickard, um pré-pago descartável específico para a missão, e estava configurado da mesma maneira, mas havia quatro números na lista de contatos, não três, os primeiros eram de Lozano, Baldacci e Rickard, e o quarto era simplesmente *Sede*.

E o registro de chamadas mostrava que Shrago tinha ligado pra sede dois minutos antes de sair do hotel.

— Lá do nosso quarto vazio — comentou Turner. — Sua suposição estava certa. Seu plano sobreviveu ao contato com o inimigo.

Reacher concordou com um gesto de cabeça e disse:

— Eles provavelmente o mandaram procurar em outro lugar. Nesse caso, não estão esperando uma ligação dele, não até ele ter alguma novidade. E provavelmente não vão ligar pra ele antes de amanhecer. De qualquer maneira, nós não vamos atender. O que vai deixá-los um pouco confusos e ansiosos. A gente deve ter umas doze horas antes de desistirem dele.

— É melhor a gente falar pro Espin manter isso na surdina. Senão o Montague vai ficar sabendo da prisão. Com certeza, ele está monitorando a 75ª.

Turner fez isso, com uma segunda ligação para Espin, e depois ligou para o celular da sargento Leach. Ela começou com o mesmo preâmbulo informativo que tinha usado da primeira vez, avisando a Leach que ela deveria desligar e informar a Morgan sobre a ligação, e pela segunda vez Leach não fez isso, então Turner deu a ela o número para o qual Shrago vinha ligando e lhe pediu para abordar todo mundo que ela conhecesse capaz de fazer alguns trabalhinhos freelance de coleta de informações. Pelo tom de Turner, ficou claro que Leach estava oferecendo uma perspectiva cautelosamente otimista. Reacher sorriu no escuro. Os sargentos do exército americano. Não havia nada que eles não conseguissem fazer.

Depois um carro parou na outra ponta do parque, um sedan surrado, como o que tinha largado Reacher no motel na primeira noite, dois caras grandes desceram, de bota e uniforme de combate do Exército, tiraram Shrago dos arbustos e o colocaram no banco de trás. Não sem alguma dificuldade. Shrago não era nada leve.

Em seguida os caras entraram de novo no carro e foram embora. Reacher e Turner ficaram em silêncio durante um bom intervalo, como em um funeral, depois atravessaram a rua de novo, passaram pela porta do hotel e subiram de elevador até o quarto deles.

67

ELES TOMARAM OUTRO BANHO, COMO UM ATO PURAMENTE simbólico de limpeza e para usarem mais algumas toalhas — havia mais de quarenta delas no banheiro, a maioria grandes e grossas o bastante para servirem de cobertor. Depois aguardaram Leach ligar de volta, o que eles imaginavam que aconteceria ou em breve, ou nunca, porque ou os contatos dela conheciam o tipo certo de gente ou não conheciam. Porém o primeiro telefone a tocar foi o de Reacher, com informações de Edmonds, que disse:

— Sete anos atrás, Crew Scully tinha acabado de ser nomeado assistente do chefe adjunto do Estado-Maior, do departamento de pessoal. Ele não tinha trocado de quartel até então. Nessa época ele estava lotado na Alexandria. Agora todo o Comando de Recursos Humanos é no Fort Knox, no Kentucky. Com exceção do escritório do chefe adjunto do Estado-Maior, que ficou no Pentágono. E é por isso que Scully ainda pode continuar morando em Georgetown.

— Ele parece ser um cara muito chato — comentou Reacher.

— Mas o Montague, não. Sete anos atrás, o Montague estava no Afeganistão. Ele comandava a operação de inteligência no país. Toda ela. Não só a do Exército.

— Um trabalho e tanto.
— Pode apostar.
— E?
— Não posso provar nada. Não sobrou documento nenhum.
— Mas...
— Ele deve ter liberado Zadran. Esse é o protocolo. De jeito nenhum um suspeito de contrabandear granada vai embora pra casa nas montanhas sem uma ordem da Inteligência. Sabe aquela pergunta que você fez antes sobre o motivo pelo qual não atiraram nele? Basicamente foi porque o Montague disse para não fazerem isso, por esse motivo. Ou seja, o Zadran tem uma dívida enorme com o Montague.
— Ou o Zadran estava planejando alguma coisa grande com o Montague.
— Seja uma coisa ou outra, nós podemos rastrear o relacionamento até pelo menos sete anos atrás.
— Eu devia ter pedido a você para examinar o que o Morgan fazia sete anos atrás.
— Fiquei surpresa pelo senhor não ter pedido. Então tomei a iniciativa. Morgan tem entrado e saído de tudo quanto é lugar, basicamente. Ele é o cara quando o assunto é preencher uma lacuna. Mas nós vivemos em um universo de aleatoriedades, e ele já esteve em mais batalhões de logística do que a aleatoriedade sozinha poderia predizer. Nenhum deles abastecia o Iraque, todos abasteciam o Afeganistão. O que não é tão aleatório assim também.
— Foi sempre o Scully que o transferiu?
— Todas as vezes.
— Obrigado, capitão.
— Em que lado da história nós estamos neste momento?

Mas Reacher desligou sem responder, porque outro telefone estava tocando. Não o de Turner, mas o de Shrago. Assim como tinha tocado o de Rickard, com o canto de passarinho maluco. O mesmo tipo de telefone. O de Shrago estava na penteadeira do hotel, alto e agudo, movimentava-se por causa da vibração como um brinquedo mecânico. O visor na parte de frente dizia: *Chamada*. O que era uma informação supérflua. No entanto, logo abaixo estava escrito: *Sede*.

O telefone tocou oito vezes, depois parou.

Reacher ficou calado.

— Isso foi ansiedade — comentou Turner. — Simples assim. Nós não gastamos mais dinheiro nenhum, por isso não geramos mais nenhuma pista. Ou seja, eles não têm nada pra contar a ele.

— Eu fico me perguntando por quanto tempo eles vão continuar ansiosos. Antes de caírem na real.

— A negação é uma coisa maravilhosa.

Turner caminhou até a janela, espreitou por entre as cortinas e disse:

— Quando eu voltar, vou mandar fazer uma limpeza a vapor na minha sala. Não quero deixar nenhum rastro do Morgan pra trás.

— Por que o Montague deixou o Zadran ir embora para as montanhas?

— Diria que por razões políticas ou jurídicas.

— As duas opções são possíveis. Mas e se tiver sido por outra coisa?

— Não consigo visualizar outra coisa. O cara estava na faixa dos trinta e poucos anos na época, e era o mais novo entre cinco, o que significa duas desvantagens em uma cultura muito hierárquica. Além disso, ele era um incompetente e um fracassado, o que era a desvantagem três, então o cara não tinha nem status nem valor. Evidentemente nenhum talento real também. Ou seja, ele não seria a primeira escolha de ninguém. Esse esquema não tem a ver com o recrutamento de um profissional, nem para o serviço normal, nem pro esquema que chamamos de entusiasmo pessoal.

O telefone de Shrago tocou novamente. O mesmo canto de passarinho, a mesma vibração, mesmas palavras na tela. Tocou oito vezes e parou.

Juliet voltou para a sala e sentou no sofá-cama. De outro sofá-cama a dois metros de distância, Romeo disse:

— E?

— Tentei duas vezes — comentou Juliet.

— Intuição?

— Ele deve estar ocupado. Se ficar a trinta metros deles, vai desligar o telefone. Acho que isso é bem óbvio.

— Por quanto tempo ele pode ficar bem próximo deles?

— Horas, teoricamente.

— Então nós só ficamos esperando a ligação?

— Acho que temos que fazer isso.
— Suponha que ela não aconteça.
— Aí nós fomos derrotados.

Romeo soltou o ar pela boca lenta e demoradamente e comentou:
— Ganhar ou perder, nossa experiência tem sido muito boa.

O telefone de Turner tocou um minuto depois que o de Shrago parou pela segunda vez. Ela colocou no viva voz e Leach disse:
— É um pré-pago provavelmente comprado no Walmart. Se foi comprado com dinheiro, é tão rastreável quanto o ex-marido da minha irmã.
— Algum detalhe? — perguntou Turner.
— Muitos. A única coisa que a gente não sabe é quem é o dono dele. Conseguimos ver todas as outras coisas. Aquele telefone só ligou para dois números na vida dele e só recebeu chamadas de dois números, que são os mesmos.
— Divididos igualmente?
— Muito desproporcional.
— Em favor de?
— Leach leu o número e não era o de Shrago.
— Só pode ser o do Romeo — disse Reacher. — Sargento, agora precisamos que você investigue esse número.
— Eu tomei a liberdade de me antecipar e já fiz isso, major. O esquema é o mesmo. Um pré-pago do Walmart, mas esse é ainda mais solitário. O único número pro qual ele ligou e do qual recebeu chamadas é o do parceiro dele. Esta rede de comunicações é muito compartimentalizada. As táticas operacionais e a disciplina deles são exemplares pra mim. Os senhores estão lidando com gente muito inteligente. Permissão para falar abertamente?
— É claro — autorizou Turner.
— Os senhores têm que agir com extrema cautela, majores. E podem começar melhorando algumas coisas.
— De que jeito?
— O outro número para o qual o primeiro cara ligou é de um telefone que está atualmente imóvel duas quadras ao norte da Casa Branca. O meu palpite é de que os senhores estão naquele hotel chique, ou o

bandido está vigiando o prédio, ou os senhores já tomaram o telefone do sujeito, e ele está aí no quarto. Nesse caso, os senhores têm que ter em mente que, se eu consigo vê-lo, eles também conseguem. Até os senhores o desligarem. O que deveriam pensar em fazer.

— Você consegue vê-lo?

— A tecnologia é uma coisa maravilhosa.

— Você consegue ver os outros dois telefones?

— Lógico. Estou olhando pra eles agora.

— Onde eles estão?

— Estão juntos num endereço em Georgetown.

— Agora? Isso aí funciona em tempo real?

— No momento em que está acontecendo. Atualizado a cada quinze segundos.

— Estamos no meio da noite. A maioria dos camaradas está dormindo profundamente.

— Verdade.

— É a casa do Scully ou do Montague?

— Nenhuma das duas. Não sei que prédio é esse.

68

Each disse que havia muitas questões envolvendo triangulação, WiFi, GPS, margens de erro, e que ninguém conseguia dizer se um telefone estava no bolso esquerdo de um casaco ou no bolso direto da calça, mas era possível afirmar com uma certeza razoável em qual prédio um telefone celular estava. Quanto maior a construção, maior ficava a certeza, e Leach estava olhando para uma construção muito grande. Ela tinha conseguido identificar o endereço, encontrá-lo no computador, e disse que a imagem da rua mostrava uma casa muito imponente. Ela forneceu as características, que incluíam uma fachada antiga de tijolos, quatro andares, janelas corrediças gêmeas dos dois lados da chique porta da frente, que era pintada com um preto brilhante e tinha uma luminária de cobre no alto. Havia uma fenda para correspondência, um número na porta e uma pequena placa de bronze em que parecia estar escrito *Dove Cottage*.

Turner permaneceu na linha com Leach, e Reacher ligou para Edmonds de seu próprio telefone. Deu a ela o endereço em questão, lhe pediu para procurar tudo o que conseguisse, registros fiscais, informações sobre o nome, que estabelecimentos o município permite naquela área. Ela falou que faria aquilo e desligou. Turner terminou de falar com Leach e também desligou.

— A gente não tem carro — disse ela.

— Não precisamos de carro — afirmou Reacher. — Vamos fazer o que o Shrago fez. Pegamos um táxi e nos aproximamos a pé.

— Não deu muito certo pro Shrago.

— Nós não somos o Shrago. E eles estão desprotegidos agora. Chefes adjuntos do Estado-Maior vivem numa bolha. Já passou muito tempo desde a última vez que fizeram alguma coisa sozinhos.

— Você vai cortar a cabeça deles com uma faca de mesa?

— Ainda não consegui achar a faca. Quem sabe a gente não pede serviço de quarto.

— Eu ainda sou a comandante?

— O que você tem em mente?

— Quero uma prisão limpa. Quero que fiquem numa cela no Dyer. e quero corte marcial completa. Quero tudo como preconiza o manual, Reacher. Quero ser absolvida em público. Quero que os jurados escutem cada palavra e quero uma decisão judicial.

— Uma prisão limpa requer uma causa provável — alegou Reacher.

— A mesma coisa pra cortar cabeça deles com faca de mesa.

— Por que o Montague deixou o Zadran voltar pra casa nas montanhas?

— Por causa do histórico dele.

— Gostaria de saber mais sobre ele.

— Sabemos tudo o que vamos saber.

Reacher concordou com um gesto de cabeça. *Um camponês insignificante, 42 anos de idade, mais novo de cinco, ovelha negra da família, infame, tentou fazer um monte de coisa e fracassou em tudo.*

— A faca de mesa seria mais fácil — comentou Reacher.

O telefone dele tocou. Era Edmonds.

— Foi rápida — atendeu Reacher.

— Imaginei que ia conseguir dormir uma hora hoje à noite se eu fosse rápida.

— Não conte com isso. O que você conseguiu?

— Dove Cottage é um clube particular. Abriu há quatro anos. A lista de membros é confidencial.

— Quatro anos atrás?

— Não temos prova nenhuma.

— Quatro anos atrás, o Morgan estava em Bragg, montando a equipe que seria comandada pelo Shrago.

— Não temos como provar uma conexão.

— Scully e Montague são membros?

— Que parte de confidencial o senhor não entendeu?

— Algum boato?

— Dizem que só podem se filiar homens. Inclusive políticos, mas não é um clube restrito deles; há militares, pessoal da imprensa e empresários, e parece que não fazem nenhum negócio. Os sujeitos vão lá para se divertir, só isso. Às vezes ficam lá a noite inteira.

— Fazendo o quê?

— Ninguém sabe.

— Como é possível se filiar?

— Não sei; é só para homens.

— Como eu me filiaria?

— Convite, suponho eu. O senhor ia ter que conhecer um cara que conhece um cara.

— E ninguém sabe o que eles fazem lá?

— Há centenas de clubes particulares em D.C. É impossível ficar de olho.

— Obrigado, doutora — agradeceu Reacher. — Por tudo. Você fez um ótimo trabalho.

— Isso está me parecendo um adeus.

— Pode ser. Ou não. Como jogar uma moeda.

A latitude e a estação lhes diziam que tinham mais noventa minutos antes de o Sol nascer. Então eles pegaram o que precisavam e desceram para a rua, onde um homem de chapéu chamou um táxi para eles. O veículo seguiu para o norte pela 16th até o Scott Circle, onde pegou a Mass Avenue para Dupont, dali seguiu pela P Street através do parque para chegar a Georgetown. Eles foram até a esquina com a Wisconsin Avenue, onde desceram. O táxi foi embora, eles caminharam duas quadras, voltando pelo caminho por onde tinham passado, viraram à esquerda e seguiram na direção de seu alvo, que ficava mais duas quadras ao norte, à direita, em um local que parecia a vizinhança mais cara desde que o dinheiro fora inventado. À esquerda, ficavam os jardins requintados de uma mansão imensa. À direita havia casas, brilhando no escuro, lustrosas, polidas, todas vigorosas à sua maneira, todas ocupando orgulhosas o seu lugar na fileira.

O alvo deles encaixava-se perfeitamente ali.

— Uma casinha e tanto — comentou Turner.

Era uma casa alta e bonita, rigorosamente simétrica, contida, discreta, que evitava de todas as maneiras possíveis se mostrar ostentosa, ainda assim resplandecia com o brilho de seu polimento. A placa de cobre era pequena. Havia luzes acesas em algumas das janelas, a maioria delas com vidros ondulados antigos, o que fazia com que a luz parecesse suave como de uma vela. A porta era repintada todo ano de eleição, começando na época de James Madison. Era uma porta grande, feita com esmero e que se encaixava perfeitamente ali. Era o tipo de porta que não abria, a não ser voluntariamente.

Não havia uma maneira evidente de se entrar.

Mas eles não estavam à espera de milagres, e sim de vigiar e aguardar. E os jardins requintados da mansão imensa ajudavam nisso. Os jardins tinham uma cerca de ferro cravada em um muro de pedra na altura do joelho, que era grande o bastante para uma pessoa pequena sentar-se. Turner era uma pessoa pequena, e Reacher estava acostumado a ficar desconfortável. Sobre a cabeça havia uma treliça densa de galhos nus. Nenhuma folha, portanto. Não os escondia totalmente, mas talvez servisse como um tipo de camuflagem. Os galhos estavam emaranhados o bastante para amenizar a luz da rua. Como as novas padronagens digitais dos pijamas.

Eles aguardavam, meio escondidos, quando Turner falou:

— Nós nem sabemos como eles são. Podem sair e passar bem na nossa frente.

Então ela ligou novamente para Leach e pediu-lhe para avisá-los caso os telefones se movimentassem. O que ainda não tinha acontecido. Eles continuavam aparecendo em um monte de torres, cuja triangulação apontava diretamente para a casa em frente a eles. Reacher observava as janelas e a porta. *Os sujeitos vão lá para se divertir. Às vezes ficam lá a noite inteira.* Nesse caso, eles começariam a ir embora em breve. Políticos, militares, pessoal da imprensa e empresários também tinham trabalho a fazer. Eles sairiam cambaleando, prontos para irem pra casa tomar um banho e se arrumar para o dia que estava por vir. Mas o primeiro cara a sair não estava cambaleando. A porta foi aberta aproximadamente uma hora antes da alvorada, e um homem de terno saiu, impecável, de banho tomado, cabelo penteado, sapatos brilhando tanto quanto a porta. Ele virou para a esquerda e seguiu pela calçada, nem rápido, nem devagar, aparentemente relaxado. Muito sereno, muito satisfeito e muito contente com a vida. Já tinha passado da meia-idade. Ele foi para a P Street e depois de cinco metros desapareceu na escuridão.

Reacher supôs subconscientemente que veria depravação, confusão, cabelos desarrumados, olhos vermelhos, gravatas frouxas, colarinhos com batom e quem sabe garrafas seguras pelo gargalo abaixo de punhos de camisas abertos. Porém o sujeito era exatamente o oposto. Talvez o lugar fosse um spa. Talvez o cara tivesse feito uma massagem com pedras a noite inteira ou algum outro tipo de fisioterapia subcutânea. Nesse caso, tinha funcionado muito bem. O sujeito parecia elástico de tanto bem-estar e satisfação.

— Estranho — disse Turner. — Não é o que eu estava esperando.

— Talvez seja uma sociedade literária — palpitou Reacher. — Um clube de poesia. A Dove Cottage original foi onde William Wordsworth morou. O poeta inglês. Solitário qual nuvem vaguei, e miríade de narcisos dourados, e aquela merda toda. Uma casa caiada, na Inglaterra. No Lake District inglês, que é um lugar bonito.

— Quem fica acordado a noite inteira lendo poesia? — questionou Turner.

— Muita gente. Geralmente mais jovem que aquele cara, admito.

— Pra se divertir?

— A poesia pode ser profundamente gratificante. Foi pro cara do narciso, enfim. Ele falava sobre se deitar, se elevar e se lembrar de uma coisa boa que tinha visto.

Turner ficou calada.

— Melhor que o Tennyson — disse Reacher. — Nisso você tem que concordar comigo.

Eles vigiaram e aguardaram mais trinta minutos. O céu atrás da casa estava clareando. Só um pouco. Outra aurora, outro dia. Depois um segundo cara saiu. Similar ao primeiro. Velho, impecável, rosado, de terno, sereno, profundamente satisfeito. Nenhum sinal de estresse, nenhum sinal de pressa. Nenhuma angústia, nenhum constrangimento. Ele fez o mesmo caminho que o primeiro cara, na direção da P Street, caminhando com passos leves e relaxados, com a cabeça erguida, dando um meio sorriso, dentro de uma bolha de contentamento, como o mestre de um universo em que tudo estava bem.

— Espera — disse Reacher.

— O quê? — perguntou Turner.

— Montague — falou Reacher.

— Aquele era ele? A Leach não ligou.

— Não, este é o clube do Montague. Ele é o proprietário. Ou ele e o Scully são proprietários juntos.

— Como é que você sabe?

— Por causa do nome. "Dove Cottage" é como "Romeo". Bem no fundo esse cara é um oficial da inteligência fraco. Ele é arrogante demais. Simplesmente não consegue resistir.

— Resistir a quê?

— Porque ele deixou o Zadran voltar pra casa nas montanhas.

— Por causa do histórico dele.

— Não, apesar do histórico dele. Por causa de quem ele era. Por causa de quem eram os irmãos dele. Os irmãos o perdoaram e o aceitaram de volta. O Zadran não se reabilitou e encontrou um papel. Os irmãos o reabilitaram e deram a ele um papel. Parte do acordo deles com Montague. Era uma via de mão dupla.

— Que acordo?

— As pessoas se lembram de que o William Wordsworth morava com a irmã Dorothy, mas se esquecem de que os dois moravam com a esposa dele, a cunhada e um bando de filhos. Três em quatro anos, eu acho.

— Quando foi isso?

— Mais de duzentos anos atrás.

— Então por que é que a gente está conversando sobre isso?

— A Dove Cottage original era uma pequena casa caiada. Muito pequena para sete pessoas. Eles se mudaram. Ela passou a ter outro inquilino.

— Quem?

— Um cara chamado Thomas De Quincey. Outro escritor. Havia uma montoeira de escritores lá naquela época. Eles eram todos amigos. Mas o

Wordsworth só ficou seis anos. O De Quincey, onze. O que fez com que a Dove Cottage se tornasse mais dele do que do Wordsworth, em termos de quanto tempo eles passaram lá. Ainda que seja do Wordsworth que as pessoas se lembram. Provavelmente porque ele era um poeta melhor.

— E?

— Espera — pediu Reacher. — Olha lá.

Estavam abrindo a porta novamente, e um terceiro sujeito saía. Cabelo grisalho, mas volumoso e com um belíssimo estilo. Cara rosada, de banho tomado e barbeado. Um terno de trezentos dólares e uma camisa nova como neve fresca. Gravata de seda com um belo nó. Um político, provavelmente. O cara ficou parado por um segundo, respirou profundamente o ar da manhã e depois começou a caminhar, exatamente como os outros dois, relaxado, despreocupado, serenidade emanando dele em ondas. Pegou o mesmo caminho na direção da P Street e por fim ele saiu de vista.

— Conclusões? — perguntou Reacher.

— Igual ao que tínhamos concluído antes — respondeu Turner. — É um santuário para refinados cavalheiros mais velhos com entusiasmos pessoais.

— O que está sendo enviado pra cá nas remessas de material bélico?

— Não sei.

— O que os irmãos do Zadran fazem para sobreviver?

— Trabalham na fazenda da família.

— Cultivando o quê?

— Papoula — respondeu Turner.

— Exatamente. E eles deram um papel ao Zadran. De vendedor. Porque ele já tinha conexões formadas. Como você disse. O que o Thomas De Quincey escrevia?

— Poesia?

— O trabalho mais famoso dele foi um livro autobiográfico chamado *Confissões de um comedor de ópio*. Foi isso que ele fez na Dove Cottage durante onze anos direto. Ele aliviava as tensões do dia. Depois escreveu suas memórias sobre isso.

— Eu queria que a gente conseguisse entrar lá — comentou Turner.

Reacher tinha estado na Dove Cottage original, na Inglaterra. Em uma visita. Ele pagara a entrada na porta e abaixara a cabeça para passar pela baixa padieira. Fácil assim. Entrar na nova Dove Cottage ia ser bem mais difícil. Infiltrar-se em uma casa era algo para o qual a Delta Force e os Navy SEALs treinavam a carreira inteira. Não era uma tarefa simples.

— Você está vendo câmeras? — perguntou Reacher.

— Não, mas deve ter, com certeza — respondeu Turner.

— Tem campainha?

— Não tem botão, só a aldrava. O que é mais autêntico, é claro. Talvez existam leis municipais para este bairro.

— Então deve ter câmera.

— Um lugar como esse não pode abrir a porta todas as vezes que alguém bate. Não sem saber quem é.

— O que demanda uma sala de operações, com telas e algum tipo de mecanismo para destrancar a porta remotamente. Um cara só dava conta dela. Será que tem segurança?

— Eles têm que ter criados. Discretos como caras de ternos escuros. Como mordomos ou comissários de bordo. Que também são a segurança. Acho que as câmeras são pequenas. Talvez só lentes de fibra ótica, salientes na parede. Pode haver dezenas delas. O que faz sentido. Alguém tem que ficar de olho aberto para o que pode acontecer em um lugar como aquele.

— Precisamos ver alguém entrar, não sair. Precisamos ver como o sistema funciona.

Mas isso não aconteceu. Ninguém entrou. Ninguém saiu. A casa ficou lá, com seu visual complacente. As mesmas luzes continuaram acesas. As primeiras manchas da manhã surgiram por cima do telhado.

— Nunca nos encontramos com eles — comentou Turner.

— Eles viram as nossas fotos — disse Reacher.

— Eles mostraram as nossas fotos para os caras da segurança?

— Eu sinceramente espero que sim. Porque nós estamos falando do chefão responsável pela inteligência do Exército dos Estados Unidos.

— Então a porta vai ficar trancada — disse Turner. — Só isso. Não nos custa nada.

— Isso os deixa alerta? Ou eles já estão alerta?

— Você sabe que eles estão alerta. Eles estão olhando pro vazio.

— Talvez não deixem mulher entrar.

— Eles iam ter que mandar alguém descer para explicar isso. Se não nos reconhecerem, nós podemos ser qualquer pessoa. Funcionários do município ou qualquer outra coisa. Vão ter que falar com a gente.

— Tá — disse Reacher. — Bater na porta é uma opção. Em que posição na lista de opções você quer colocar isso?

— No meio — respondeu Turner.

Cinco minutos depois Reacher perguntou:

— Debaixo de quê?

— Acho que a gente devia ligar pra DEA. Ou pro Espin, na 75ª. Ou pra polícia metropolitana. Ou pra todos eles. Pro FBI também, provavelmente. Eles podem começar a investigar a parte financeira.

— Você é a comandante.

— Quero uma prisão conforme a lei.

— Eu também.

— Sério?

— Porque você quer.

— Essa é a única razão?

— Gosto de prisão conforme a lei sempre que possível. Todas as vezes. Não sou um bárbaro.

— De qualquer maneira a gente não pode ficar aqui. Está clareando.

Realmente. O sol no horizonte disparava raios horizontais que iluminavam a parte de trás da casa e arremessavam sombras de comprimentos impossíveis. Um cone no céu já estava azul. Seria um belo dia.

— Liga — pediu Reacher.

— Pra quem primeiro?

— Pra Leach — disse Reacher. — É melhor que ela coordene. Senão isto aqui vai virar um episódio do Keystone Cops.

Turner pegou os telefones nos bolsos; estava com dois, o dela e o de Shrago. Ela verificou se estava com o correto, abriu-o e deu as costas à rua para ligar. O novo, quente e dourado sol da alvorada iluminou as costas dela.

Então o telefone de Shrago tocou. No muro de pedra na altura do joelho, na borda debaixo da cerca. A cantoria maluca dos passarinhos estava desligada, mas ele vibrava. Vibrava muito. O telefone trançava de um lado para o outro, como se tentasse escolher uma direção. A tela estava acesa como antes, com as palavras *Chamada* e *Sede*.

O telefone zumbiu oito vezes e parou.

— Aurora — disse Turner. — Meio que o fim do prazo. Ou algo que eles mesmos combinaram. Devem estar muito ansiosos a esta altura. Vão desistir dele em breve.

Eles ficaram olhando para a casa durante mais um minuto e quando estavam virando um brilho iluminou o andar de cima, um breve flash amarelo, como uma câmera antiga, e escutaram dois tiros abafados, quase simultâneos, mas não totalmente, um pouco dissonantes, rápido demais para ser dois tiros disparados com uma única arma, mas perfeito para dois sujeitos idosos contando até três e puxando o gatilho.

69

ADA ACONTECEU DURANTE UM LONGO E LÚGUBRE MINUTO. Então a porta preta foi aberta com um puxão rápido e uma corrente de homens começou a escorrer lá de dentro, em vários estados de disposição, alguns limpos, arrumados prontos para irem embora, outros quase, alguns ainda desgrenhados e amarrotados, todos eles brancos e idosos, uns oito ou nove no total. Misturados a eles havia uma meia dúzia de homens jovens de uniforme, como mensageiros de hotel, e um homem mais jovem com uma blusa de gola alta, que Turner pensou que pudesse ser o cara da segurança. Todos pararam na calçada, se recompuseram e em seguida saíram caminhando relaxadamente como se nada daquilo tivesse a ver com eles. Um cara de terno passou bem em frente a Reacher, com uma expressão no rosto que indagava, *Quem, eu?*

Reacher e Turner começaram a se movimentar contra a maré de fugitivos, na direção da casa, da porta preta, esbarrando por alguns retardatários, em seguida entraram e chegaram a um largo e sofisticado corredor de entrada, em estilo colonial, todo amarelo-claro, com castiçais de bronze, relógios, mogno escuro e uma pintura a óleo de George Washington.

Subiram a escada, que era larga e coberta por um carpete grosso, e inspecionaram uma sala vazia, onde havia dois elegantes sofás-camas, ao lado de elegantes mesas de centro. Sobre as mesas havia exemplares requintados daquilo que os fumadores de ópio necessitam. Lamparinas, tigelas e cachimbos muitíssimo compridos, tudo arrumado a uma altura que um homem deitado relaxadamente a seu lado alcançaria o cachimbo exatamente onde o queria. Havia travesseiros aqui e ali e um quente e abafado peso no ar.

Encontraram Scully e Montague no quarto adiante. Ambos tinham aproximadamente sessenta anos, ambos grisalhos, ambos magros, mas não duros como aço iguais aos generais que queriam que as pessoas soubessem que vieram da infantaria. Aqueles dois estavam satisfeitos com o fato de os camaradas perceberem que eles entraram pela porta dos fundos. Estavam de calça escura e vestiam blazers usados para fumar. Seus cachimbos eram feitos de prata e osso. Os dois tinham buraco nas duas têmporas, balas de ponta oca. Nove milímetros, das Berettas das Forças Armadas caídas no chão. Os ferimentos de entrada eram na direita. Reacher imaginou os dois, após a ligação ao amanhecer, não atendida, quem sabe um aperto de mão, canos contra a pele, ombros para fora, um, dois, três.

De repente a rua ficou uivando sirenes e aproximadamente cem pessoas desceram apressadas dos carros.

Um cara da DEA contou a eles a história, em uma sala depois do corredor largo e sofisticado. Shrago tinha aberto o bico pro Espin em mais ou menos um segundo e meio, o que significava que o Morgan estava em custódia trinta minutos depois; ele também abriu o bico em um segundo e meio e, em consequência disso, o Espin tinha ligado para três agências diferentes e uma batida policial foi planejada. E executada. Mas com um atraso de cinco minutos.

— Vocês não chegaram atrasados — comentou Reacher. — Podiam ter vindo ontem que eles teriam feito a mesma coisa. Não importa quem estivesse subindo a escada. Vocês, ou nós, ou qualquer um, eles iriam naufragar como cavalheiros.

O cara contou que havia locais para reuniões de fumadores de ópio como a Dove Cottage em muitíssimos lugares, no mundo todo, para os homens que preferem vinho requintado à cerveja. O ópio era o produto autêntico, aquecido até virar fumaça, que é inalada, um deleite para o cavalheiro, doce como mel orgânico. O produto verdadeiro. A fonte. Não era algo mesclado, nem alterado, nem enfraquecido, nem convertido. De maneira nenhuma. Não era sórdido, não vinha das ruas e era inalterado há milhares de anos. Arqueólogos diziam que a Idade da Pedra também poderia ser chamada de Idade da Fumaça.

Assim como vinho fino, todo tipo de bobagem fazia diferença. O terreno era considerado importante. O melhor deles era o afegão. As encostas eram examinadas individualmente. Como os vinhedos. Montague fez um acordo com os irmãos Zadran. O produto deles era de alto nível. Batizaram-no de *Z*, divulgaram-no e em pouquíssimo tempo Dove Cottage estava arrecadando enormes quantias com joias para filiação. Isso tudo funcionou muito bem durante quatro anos. Até o cara que eles mantinham lá no exterior ser visto seguindo na direção norte para o ritual de toma lá dá cá e a coisa toda ser descoberta, apesar do grande esforço deles. Espin aproximou-se e disse que esse grande esforço tinha sido considerável. Contou que não tinha feito metade da investigação sobre as questões financeiras, mas já conseguira ver que os cem mil tinham saído diretamente da conta pessoal de Montague.

Por fim, o grupo de pessoas na casa incluía o coronel John James Temple, que ainda era o advogado de Turner, e a major Helen Sullivan e a capitão Tracy Edmonds, que ainda eram as advogadas de Reacher. Temple tinha conseguido uma anulação da ordem de prisão de Turner. Basicamente, ela estava livre para ir embora, e tinha ficado pendente apenas a retirada formal das queixas. Sullivan e Edmonds não tinham tido maiores problemas. Devido ao status em que Morgan se encontrava naquele momento, era impossível dizer se Reacher ainda estava ou não no Exército. Era uma questão que teria que chegar até o chefe adjunto do Estado Maior responsável pelos recursos humanos, e ele estava morto no andar de cima.

Turner pediu uma carona para eles dois ao coronel Temple, que se aplacou um pouco quando Reacher lhe devolveu a identidade. A atmosfera estava tensa. Mas Reacher sentia-se ansioso para levar Turner de volta ao hotel, e o sedan do coronel Temple era melhor do que caminhar. Só que eles não voltaram para o hotel. Evidentemente, Turner informou que o destino deles era Rock Creek, porque Temple passou de carro por cima da água na direção da Virgínia. Do prédio antigo de pedra. O comando dela. A base dela. A casa dela. *Quando eu voltar, vou mandar fazer uma limpeza a vapor na minha sala. Não quero deixar nenhum rastro do Morgan pra trás.*

Momento em que ele teve certeza. Ela adorava a fogueira de acampamento, assim como ele tinha gostado, no passado, mas por um breve período, e somente aquela fogueira especial na 110ª Unidade Especial. Que agora era dela.

Já passava de metade da manhã quando eles chegaram, e todo mundo estava lá. O pessoal do turno da noite tinha ficado. Espin os mantivera informados, e eles acompanharam tudo lance a lance. O pessoal do turno do dia chegou e viu que a situação estava praticamente resolvida, que não tinha mais como dar errado. A sargento Leach e o capitão de serviço estavam lá. Reacher se perguntou se Turner algum dia mencionaria os rabiscos. Provavelmente não. Mais provável que o mudasse de área.

A primeira hora dela foi muito cerimonial, com muitas batidas de punhos, elogios vagos, tapinhas nas costas. Turner acabou a turnê na sala dela e ficou lá trabalhando no local de onde tinha saído, revisando todas as informações, verificando tudo o que tinha sido feito. Reacher ficou com Leach por um período, depois desceu os antigos degraus de pedra e deu uma longa caminhada, percorrendo as quadras de três faixas aleatoriamente formando um percurso em oito. Retornou e a encontrou ainda ocupada, então deu mais um tempo com a Leach, escureceu, e ela desceu a escada com a chave de um carro na mão.

— Dá uma volta comigo — convidou.

O pequeno carro esporte vermelho tinha ficado desligado durante alguns dias, mas ligou tranquilamente e permaneceu funcionando com estabilidade, talvez um pouco barulhento e gutural, mas Reacher concluiu que aquilo devia ser algo feito de propósito pela pessoa que projetou o silencioso do carro. Turner posicionou o aquecedor na posição vermelha, abriu o teto e o enfiou atrás do banco.

— Tipo a letra de um rock comercial — disse ela.

Ela entrou no carro, atravessou o portão, virou à esquerda, percorreu a rota do ônibus, passou pelo motel, seguiu para o centro comercial e ali estacionou em frente ao lugar grande de estuque que tinha o cardápio em estilo grego.

— Vou pagar um jantar pra você — comentou ela.

Havia todo tipo de pessoa no restaurante. Casais, famílias e crianças. Algumas das crianças eram meninas, e algumas delas podiam ter quatorze anos. Turner escolheu uma mesa à janela, eles observaram um ônibus passar e Reacher disse:

— Sou detetive e sei o que você vai perguntar.

— Sabe? — questionou ela.

— É sempre meio a meio. Como jogar uma moeda pra cima.

— Fácil assim?

— Você não tem obrigação nem de pensar nisso. Essa parada foi minha, não sua. Eu vim pra cá. Você não foi pra Dakota do Sul.

— Isso é verdade. Foi assim que começou. Eu não tinha certeza. Mas mudou. Por um tempo. Começou na cela, na prisão militar do Dyer. Você estava levando o Temple embora, olhou para trás e me pediu para esperar. E eu esperei.

— Você não tinha escolha. Estava na prisão militar.

— Mas agora eu não estou.

— Entendo — disse Reacher. — A 110ª é melhor.

— E eu a recuperei. Não posso simplesmente ir embora.

— Entendo — repetiu Reacher. — E eu não posso ficar. Não aqui. Em lugar nenhum. Então não é só você. Nós dois estamos falando não.

— A 110ª foi criação sua. Se isso faz você se sentir melhor.

— Eu queria te conhecer — disse Reacher. — Só isso. E conheci. Missão cumprida.

Eles comeram, pagaram, esvaziaram os bolsos na mesa. Turner pegou as carteiras, os cartões de crédito e o telefone de Shrago, para o processo, e Reacher pegou o dinheiro, para as semanas por vir, menos trinta dólares, que Turner prometeu devolver a Sullivan. Em seguida, foram para o estacionamento. O ar estava frio e um pouco úmido. O meio da noite, no meio do inverno, no canto nordeste da Virgínia. O preguiçoso Potomac não estava distante. À direita além dele, o brilho de D.C. iluminava as nuvens. A capital da nação, onde todo tipo de coisa estava acontecendo. Eles se beijaram pela última vez, se abraçaram e desejaram sorte um para o outro. Turner entrou no seu carrinho vermelho e foi embora. Reacher a ficou olhando até perdê-la de vista. Depois jogou o telefone no lixo, atravessou a rua e caminhou até encontrar um ponto de ônibus. Para o norte, não para o sul. Para fora, não para dentro. Adiante e para longe. Ele sentou-se, sozinho.

Impresso no Brasil pelo
Sistema Cameron da Divisão Gráfica da
DISTRIBUIDORA RECORD DE SERVIÇOS DE IMPRENSA S.A.
Rua Argentina, 171 – Rio de Janeiro, RJ – 20921-380 – Tel.: (21)2585-2000